'Er zullen mensen sterven', zegt een doodsbange vrouw op het hoofdkantoor van de politie. Haar dochter heeft in een visioen het Woeste Leger gezien bij hun dorp in Normandië. Al eeuwenlang doen verhalen de ronde dat misdadigers een akelig einde zullen beleven wanneer het Woeste Leger hen komt halen.
Kort daarna wordt een man dood aangetroffen. De geruchten die algauw rondgaan, worden door de lokale politie afgedaan als bijgeloof.
Commissaris Adamsberg waagt zich op geheel eigen wijze aan het onderzoek naar de waarheid.

Fred Vargas (Frankrijk, 1957) is historica en archeologe van beroep. Haar fascinatie voor en kennis van restjes, sporen en oude botjes komen goed van pas in haar romans. Vargas' stijl is uniek, haar verkoopcijfers gigantisch en haar succes wereldwijd: haar boeken verschijnen in maar liefst veertig landen.

Boeken van Fred Vargas bij De Geus

Uit de dood herrezen
Een beetje meer naar rechts
Verblijfplaats onbekend
Maak dat je wegkomt
De man van de blauwe cirkels
Misdaad in Parijs
De terugkeer van Neptunus
De omgekeerde man
De eeuwige jacht
Vervloekt

Fred Vargas

De verdwijningen

Uit het Frans vertaald door
Rosa Pollé en Nini Wielink

DE GEUS

*Ouvrage publié avec le soutien du Centre national du livre –
Ministère français chargé de la culture.* Deze uitgave is mede mogelijk
gemaakt dankzij een bijdrage van het Franse ministerie van Cultuur
– Centre national du livre, het Institut Français des Pays-Bas/Maison
Descartes en de BNP Paribas

Oorspronkelijke titel *L'armée furieuse*, verschenen bij Éditions
Viviane Hamy
Oorspronkelijke tekst © Fred Vargas en Éditions Viviane Hamy,
mei 2011
This book is published by arrangement with Literary Agency
Wandel Cruse, Paris
Nederlandse vertaling © Rosa Pollé, Nini Wielink en De Geus BV,
Breda 2014
Omslagontwerp b'IJ Barbara
Omslagillustratie © Getty Images/Vetta/Andrea Zanchi en
Whatapicture/Plainpicture/HH
ISBN 978 90 445 2159 7
NUR 332

Niets uit deze uitgave mag verveelvoudigd en/of openbaar gemaakt
worden door middel van druk, fotokopie of op welke wijze dan ook,
zonder voorafgaande schriftelijke toestemming van De Geus BV,
Postbus 1878, 4801 BW Breda, Nederland. Telefoon: 076 522 8151.
Internet: www.degeus.nl.

Wilt u het gratis magazine *Geuzennieuws* met informatie over onze
nieuwe uitgaven ontvangen, ga dan naar www.degeus.nl en meld u aan.

De verdwijningen

1

Er liep een spoor van broodkruimeltjes van de keuken naar de slaapkamer, tot op de schone lakens waaronder de oude vrouw lag, dood en met haar mond open. Commissaris Adamsberg keek er zwijgend naar en liep met trage passen heen en weer langs de etensresten, terwijl hij zich afvroeg door welk Klein Duimpje, of in dit geval door welke reus, ze hier waren achtergelaten. Het appartement was een donkere, kleine driekamerwoning op de begane grond in het achttiende arrondissement van Parijs.

In de slaapkamer lag de oude vrouw. In de woonkamer zat haar man. Hij wachtte zonder een spoor van ongeduld of emotie en wierp alleen begerige blikken op zijn krant, opgevouwen met de kruiswoordpuzzel voorop, die hij niet durfde af te maken zolang de politie in huis was. Hij had in het kort zijn verhaal gedaan: zijn vrouw en hij hadden elkaar ontmoet bij een verzekeringsmaatschappij, zij was daar secretaresse en hij boekhouder, ze waren in vreugde getrouwd, niet wetend dat dit negenenvijftig jaar zou duren. En nu was de vrouw 's nachts overleden. Aan een hartstilstand, zoals de commissaris van het achttiende arrondissement aan de telefoon had verklaard. Aan zijn bed gekluisterd had hij Adamsberg gebeld om voor hem in te vallen. 'Doe me een lol, het kost je maar een uurtje, een routineklusje, meer niet.'

Adamsberg liep nog een keer langs de kruimels. De woning was onberispelijk schoon, de leunstoelen droegen antimakassars, de laminaatvloeren waren geboend, de ramen zonder een streep, de afwas gedaan. Hij keerde terug naar de broodtrommel, waarin een half stokbrood lag en een in een droge theedoek gewikkelde, flinke korst waar het broodkruim uit was gehaald. Weer terug bij de echtgenoot trok hij een stoel dichter bij zijn leunstoel.

'Geen goede berichten vandaag', zei de oude man terwijl

hij zijn blik van de krant losmaakte. 'Maar wat wil je met deze hitte, daar raken de mensen opgefokt van. Hier op de begane grond is het wel koel te houden. Daarom laat ik de luiken dicht. En je moet flink drinken, zeggen ze.'

'Had u niets in de gaten?'

'Er was niets aan de hand toen ik naar bed ging. Ik ging altijd even bij haar kijken, ze had het immers aan haar hart. Ik zag vanmorgen pas dat ze was overleden.'

'Er liggen broodkruimels in haar bed.'

'Dat deed ze graag. Iets eten in bed. Een stukje brood of een beschuitje voor het slapengaan.'

'Je zou toch denken dat ze daarna alle kruimels op zou ruimen.'

'Beslist. Ze boende van 's morgens vroeg tot 's avonds laat, alsof dat haar levensvervulling was. In het begin was het niet zo erg. Maar het is gaandeweg een obsessie geworden. Ze zou zelfs iets vuil hebben gemaakt om het maar schoon te kunnen maken. U had dat moeten zien. Tegelijkertijd had het arme mens tenminste iets te doen.'

'Maar die kruimels dan? Heeft ze gisteravond niet schoongemaakt?'

'Allicht niet, want ik heb haar het brood gebracht. Ze voelde zich te zwak om op te staan. Ze heeft me wel opgedragen de kruimels op te ruimen, maar wat kan mij dat schelen. Ze zou het zelf de volgende dag hebben gedaan. Ze verschoonde de lakens iedere dag. Waar dat voor nodig is, ik weet het niet.'

'Dus u hebt haar brood op bed gebracht en u hebt het daarna weer in de trommel gedaan.'

'Nee, ik heb het in de afvalbak gegooid. Dat brood was te hard, ze kreeg het niet weg. Toen heb ik haar een beschuitje gebracht.'

'Het ligt niet in de afvalbak, het ligt in de broodtrommel.'

'Ja, dat weet ik.'

'En er zit geen kruim meer in. Heeft ze al het kruim opgegeten?'

'Verdomme, nee commissaris. Waarom zou ze zich hebben volgepropt met broodkruim? Oud kruim? Bent u werkelijk commissaris?'

'Ja. Jean-Baptiste Adamsberg, Misdaadbrigade.'

'Waarom niet de wijkpolitie?'

'Die commissaris ligt op bed met een zomergriep. En zijn team is niet beschikbaar.'

'Allemaal de griep?'

'Nee, er was een vechtpartij afgelopen nacht. Twee doden en vier gewonden. Vanwege een gestolen scooter.'

'Wat een ellende. Maar wat wil je met deze hitte, die stijgt naar het hoofd. Ik ben Julien Tuilot, gepensioneerd boekhouder bij het ALLB.'

'Ja, dat heb ik al genoteerd.'

'Ze heeft het me altijd kwalijk genomen dat ik Tuilot heet; haar meisjesnaam, Kosquer, was immers veel mooier. Daarin heeft ze geen ongelijk, trouwens. Ik dacht al dat u commissaris was, omdat u zo over die broodkruimels doorvraagt. Uw collega hier uit de wijk is niet zo.'

'Vindt u dat ik me te veel op die kruimels richt?'

'U doet maar wat u niet laten kunt. Het gaat om uw rapport, u moet toch wat in dat rapport schrijven. Ik snap dat wel, ik heb mijn leven lang niet anders gedaan bij het ALLB, de boeken bijhouden en rapporten opmaken. Als het nou nog om eerlijke rapporten ging. Dat had je gedacht. Mijn baas hield er een lijfspreuk op na die hij ons voortdurend onder de neus wreef: "Een verzekeraar betaalt niet, ook al moet hij betalen." Vijftig jaar bedrog, dat doet je kop geen goed. Ik zei altijd tegen mijn vrouw: als je nou mijn kop eens waste in plaats van de gordijnen, dat zou pas nuttig zijn.'

Julien Tuilot lachte even om zijn grapje kracht bij te zetten.

'Ik begrijp het verhaal van die broodkorst gewoon niet.'

'Om iets te begrijpen moet je logisch kunnen redeneren, commissaris, logisch en slim. En ik, Julien Tuilot, kan dat, ik heb zestien kruiswoordpuzzelkampioenschappen op het hoogste niveau gewonnen in tweeëndertig jaar. Gemiddeld eens in de twee jaar, gewoon door m'n hersens te gebruiken. Logisch en slim. Het levert nog geld op ook op dat niveau. Dit,' zei hij terwijl hij naar de krant wees, 'dit is goed voor kleuters, kinderkost. Maar je moet wel vaak je potloden slijpen en dat geeft rommel. Wat heeft ze me het leven zuur gemaakt met dat potloodslijpsel! Wat zit u dwars wat dat brood betreft?'

'Het ligt niet in de afvalbak, ik vind het niet zo oud en ik begrijp niet waarom er geen kruim meer in zit.'

'Geheim van het huis', zei Tuilot, die het wel vermakelijk leek te vinden. 'Dat komt, ik heb hier twee kleine huurders, Toni en Marie, een aardig paartje, hartstikke lief, een stel dat echt van elkaar houdt. Maar bij mijn vrouw vallen ze niet zo in de smaak, dat mag u van me aannemen. Geen kwaad woord over de doden, maar zij heeft van alles geprobeerd om ze te vermoorden. En al drie jaar lang steek ik daar een stokje voor! Logisch en slim, dat is het geheim. "Een kruiswoordpuzzelkampioen krijg jij niet klein, beste Lucette", zei ik altijd tegen haar. Die twee en ik vormen een trio, ze weten dat ze op mij kunnen rekenen en ik op hen. Ze brengen me elke avond een bezoekje. En omdat ze niet dom zijn en erg geraffineerd, komen ze nooit voordat Lucette in bed ligt. Ze weten dat ik op ze wacht, wat dacht je. Toni is er altijd als eerste, hij is de grootste, de sterkste.'

'En hebben zij het kruim opgegeten? Terwijl het brood in de afvalbak lag?'

'Daar zijn ze gek op.'

Adamsberg wierp een blik op de kruiswoordpuzzel, die hem nog zo simpel niet leek, en schoof de krant van zich af.

'Wie zijn "ze", meneer Tuilot?'

'Ik praat er niet graag over, de mensen vinden het maar niks. De mensen hebben daar geen gevoel voor.'

'Zijn het dieren? Honden, katten?'

'Ratten. Toni is donkerder dan Marie. Ze houden zo veel van elkaar dat ze vaak midden onder het eten stoppen om de ander met hun pootjes over zijn kop te wrijven. Als mensen niet zo bekrompen waren, zouden dit soort taferelen hun niet ontgaan. Marie is het beweeglijkst. Zij klimt na het eten op mijn schouder en haalt haar klauwtjes door mijn haar. Ze kamt me, als het ware. Dat is haar manier om mij te bedanken. Of van mij te houden, wie weet? Het fleurt je op, wat dacht je. En nadat we allemaal lieve dingetjes tegen elkaar hebben gezegd, nemen we afscheid tot de volgende avond. Dan gaan ze terug naar de kelder door het gat achter de afvoerpijp. Lucette heeft dat een keer dichtgemetseld. Die arme Lucette. Cement maken kan ze niet.'

'Ik begrijp het', zei Adamsberg.

De oude man deed hem aan Felix denken, die achthonderdtachtig kilometer daarvandaan een wijngaard onderhield. Hij had ooit een veldslang met melk tam weten te krijgen. Maar op een dag had een man zijn veldslang gedood. Waarna Felix de man had gedood. Adamsberg liep naar de kamer waar brigadier Justin bij de dode vrouw waakte in afwachting van de behandelend arts.

'Kijk eens in haar mond', vroeg hij. 'Kijk eens of je witte voedselresten ziet, iets als broodkruim.'

'Daar heb ik niet veel zin in.'

'Doe het toch maar. Ik denk dat die ouwe haar heeft laten stikken door haar vol te proppen met broodkruim. Dat hij er vervolgens weer uit heeft gehaald en ergens weggegooid.'

'Dat kruim uit die korst?'

'Ja.'

Adamsberg opende het raam en de luiken van de slaapkamer. Hij bekeek het kleine binnenplaatsje, dat was bezaaid met vogelveren en waar in een hoek wat rommel bij elkaar stond. In het midden bedekte een rooster het afvoerputje. Het was nog nat, terwijl het niet had geregend.

'En wip het rooster van het putje daar op. Ik denk dat hij het kruim daarin heeft gegooid, met een emmer water erachteraan.'

'Dat zou stom zijn', mompelde Justin terwijl hij met een zaklamp in de mond van de oude vrouw scheen. 'Als hij dat heeft gedaan, waarom heeft hij dan de lege korst niet weggegooid? En de kruimels niet opgeruimd?'

'Om de lege korst weg te gooien had hij naar de vuilnisbakken moeten lopen en zich dus 's avonds laat op straat vertonen. Er is hiernaast een caféterras en daar zitten op warme avonden vast heel wat mensen. Hij zou zijn opgemerkt. Hij heeft een heel goede verklaring voor de korst en de kruimels bedacht. Zo origineel dat die geloofwaardig wordt. Hij is een kruiswoordpuzzelkampioen, hij weet het een met het ander te verbinden.'

Zowel teleurgesteld als met enige bewondering ging Adamsberg terug naar Tuilot.

'Hebt u toen Marie en Toni verschenen het brood uit de afvalbak gehaald?'

'Nee hoor, ze kennen het trucje en vinden het leuk. Toni gaat op het pedaal van de afvalemmer zitten, het deksel gaat open en Marie haalt eruit wat hun aanstaat. Handig, hè? Zo slim als wat.'

'Dus Marie heeft het brood eruit gehaald. En toen hebben ze samen het kruim opgegeten? Terwijl ze elkaar liefkoosden?'

'Precies.'

'Al het kruim?'

'Het zijn grote ratten, commissaris, ze lusten wel wat.'

'En de kruimels dan? Waarom hebben ze de kruimels niet opgegeten?'

'Commissaris, gaat het nou om Lucette of om de ratten?'

'Ik begrijp niet waarom u het brood in een theedoek hebt weggelegd nadat de ratten het leeg hebben gegeten. Terwijl u het ervoor in de afvalbak had gegooid.'

De oude man noteerde een paar letters in de puzzel.

'U bent vast niet goed in kruiswoordpuzzels, commissaris. Als ik de lege broodkorst in de afvalbak had gegooid, dan kunt u er donder op zeggen dat Lucette had begrepen dat Toni en Marie langs waren geweest.'

'U had het buiten weg kunnen gooien.'

'De deur piept als een varken dat gekeeld wordt. Is u dat niet opgevallen?'

'Jawel.'

'Daarom heb ik het gewoon in een theedoek gewikkeld. Dat bespaart me 's ochtends een scène. Want scènes hebben we iedere dag meer dan genoeg. Verdomme, ze moppert al vijftig jaar terwijl ze overal met haar stofdoek langs gaat, onder mijn glas, onder mijn voeten, onder mijn kont. Je zou haast denken dat ik niet meer mag lopen of zitten. Als u daarmee van doen had, zou u die broodkorst ook hebben verstopt.'

'Zou ze die dan niet in de trommel hebben gevonden?'

'Welnee. Ze eet 's morgens van die beschuiten met rozijnen. Dat doet ze vast expres, want als er iets kruimelt, is dat het wel. Zodat ze daarna weer twee uur zoet is. Snapt u de logica?'

Justin kwam de kamer in en gebaarde naar Adamsberg dat hij gelijk had.

'Maar gisteren', sprak Adamsberg ietwat mistroostig, 'liep het anders. U hebt het kruim eruit gepulkt, twee flinke handen vol, en in haar mond gepropt. Toen ze niet meer ademde, hebt u al dat kruim eruit gehaald en in het afvoerputje op de binnenplaats gegooid. Ik sta versteld van de manier die u hebt gekozen om haar te doden. Ik heb nog nooit meegemaakt dat iemand een ander in broodkruim liet stikken.'

'Inventief', bevestigde Tuilot kalm.

'U kunt wel nagaan, meneer Tuilot, dat we speeksel van uw vrouw op het broodkruim zullen aantreffen. Maar, handig en slim als u bent, zullen we ook tandensporen van de ratten op de broodkorst vinden. U hebt ze het laatste restje kruim op laten eten om uw verhaal geloofwaardig te maken.'

'Ze vinden het heerlijk om in een broodkorst weg te kruipen, ik mag daar graag naar kijken. We hebben een fijne avond gehad gisteren, ja, werkelijk. Ik heb zelfs twee glaasjes gedronken terwijl Marie me op mijn hoofd krabbelde. Daarna heb ik mijn glas afgewassen en opgeruimd, om een vermaning te voorkomen. Terwijl ze al dood was.'

'Terwijl u haar net gedood had.'

'Ja', zei de man in een achteloze zucht en hij vulde wat vakjes van zijn kruiswoordpuzzel in. 'De huisarts was de vorige dag langs geweest, hij had me verzekerd dat ze nog maanden zou leven. Dat betekende nog tientallen dinsdagen met vette saucijzenbroodjes, nog honderden verwijten, nog duizenden keren die stofdoek. Als je zesentachtig bent, heb je het recht om te gaan leven. Er zijn van die avonden. Van die avonden waarop een man opstaat en handelt.'

En Tuilot stond op, opende de luiken van de woonkamer en liet de extreme en aanhoudende hitte binnen van het begin van die augustusmaand.

'De ramen mochten ook niet open van haar. Maar ik ga dit allemaal niet zeggen, commissaris. Ik zal zeggen dat ik haar heb gedood om haar het lijden te besparen. Met broodkruim, omdat ze dat zo lekker vond, als allerlaatste verwennerij. Ik heb alles hier gepland', zei hij en hij tikte daarbij op zijn hoofd. 'Niets bewijst dat ik het niet uit naastenliefde heb gedaan. Toch? Uit naastenliefde? Ik zal worden vrijgesproken, over twee maanden ben ik hier weer terug en dan zet ik mijn glas gewoon op tafel, zonder een onderzetter te pakken, en dan hebben we het hier goed met zijn drieën, Toni, Marie en ik.'

'Ja, dat geloof ik', antwoordde Adamsberg terwijl hij langzaam opstond. 'Maar het zou kunnen, meneer Tuilot, dat u uw glas niet zomaar op tafel durft te zetten. En misschien pakt u die onderzetter wél. En ruimt u die kruimels op.'

'Waarom zou ik dat doen?'

Adamsberg haalde zijn schouders op.

'Dat heb ik eerder gezien. Zo gaat dat vaker.'

'Dan kent u mij nog niet, wat dacht je. Ik ben slim.'

'Dat is waar, meneer Tuilot.'

Buiten bleven de mensen vanwege de hitte in de schaduw, ze liepen puffend vlak langs de huizen. Adamsberg besloot om over de lege, zonnige trottoirs te gaan lopen en rustig in zuidelijke richting te slenteren. Een lange wandeling om zich los te maken van het tevreden – en inderdaad slimme – gezicht van de kruiswoordpuzzelkampioen. Die mogelijkerwijs binnenkort op een dinsdag een vet saucijzenbroodje voor het avondeten zou kopen.

2

Toen hij anderhalf uur later op de Brigade arriveerde, was zijn zwarte T-shirt nat van het zweet en waren zijn gedachten weer op orde. De geest van Adamsberg werd maar zelden langdurig door een prettige of nare indruk beheerst. Het was maar de vraag of hij wel een geest bezat, had zijn moeder vaak verzucht. Hij dicteerde zijn verslag voor de door griep gevelde commissaris en liep langs de balie om te horen of er boodschappen voor hem waren. Agent Gardon, die telefoondienst had, hield zijn hoofd voorovergebogen om de wind op te vangen van een ventilator die op de grond stond. Hij liet zijn dunne haar waaien in de frisse luchtstroom, alsof hij onder een droogkap in een kapsalon zat.

'Brigadier Veyrenc wacht op u in het café, commissaris', zei hij zonder zich op te richten.

'In het café of in de Brasserie?'

'In het café, de Cornet à dés.'

'Veyrenc is geen brigadier meer, Gardon. We zullen vanavond pas weten of hij de handschoen weer opneemt.'

Adamsberg bekeek de agent een moment aandachtig en vroeg zich af of Gardon een geest had, en zo ja, wat hij er dan in opsloeg.

Hij nam plaats aan het tafeltje van Veyrenc en de twee mannen begroetten elkaar met een oprechte glimlach en een flinke handdruk. Bij de herinnering aan de verschijning van Veyrenc in Servië[*1] liepen Adamsberg soms nog de koude rillingen over de rug. Hij bestelde een salade en hield, terwijl hij rustig at, een nogal lang verhaal over mevrouw Lucette Tuilot, meneer Julien Tuilot, Toni, Marie, hun liefde, de broodkorst, het pedaal van de

---

1 Zie de Noten op pagina 412.

afvalemmer, de gesloten luiken en vette saucijzenbroodjes op dinsdag. Van tijd tot tijd wierp hij een blik door het caféraam, dat Lucette Tuilot veel beter zou hebben gelapt.

Veyrenc bestelde twee koffie bij de cafébaas, een dikke man wiens voortdurende gemopper met de warmte alleen maar toenam. Zijn vrouw, een zwijgende, kleine Corsicaanse, bracht als een zwarte fee de bestellingen rond.

'Op een dag', zei Adamsberg terwijl hij naar haar wees, 'zal ze hem laten stikken in twee flinke handen vol broodkruim.'

'Dat zou heel goed kunnen', beaamde Veyrenc.

'Ze staat daar nog steeds te wachten op de stoep', zei Adamsberg, die opnieuw even naar buiten keek. 'Ze wacht al bijna een uur in deze verzengende hitte. Ze weet niet wat ze zal doen, waartoe ze zal beslissen.'

Veyrenc volgde de blik van Adamsberg, wiens ogen waren gevestigd op een magere, kleine vrouw, keurig gekleed in een bloemetjesblouse zoals je in Parijs in geen enkele winkel aantreft.

'Je weet niet of ze daar op jou staat te wachten. Ze staat niet tegenover de Brigade, ze loopt een meter of tien verderop heen en weer. Haar afspraak komt niet opdagen.'

'Ze komt voor mij, Louis, dat staat buiten kijf. Wie zou er nou afspreken in deze straat? Ze is bang. En dat intrigeert me.'

'Omdat ze niet uit Parijs komt.'

'Misschien is ze hier wel voor het eerst. Ze heeft dus een ernstig probleem. Wat het jouwe niet oplost, Veyrenc. Je zit al maandenlang met je voeten in de rivier na te denken en je hebt nog niets besloten.'

'Je kunt om extra uitstel vragen.'

'Heb ik al gedaan. Vanavond om zes uur moet je hebben getekend of niet. Weer smeris of niet. Je hebt nog vierenhalf uur', voegde Adamsberg er achteloos aan toe terwijl hij op zijn horloge keek, of om precies te zijn, op de twee horloges die hij om zijn pols droeg zonder dat iemand eigenlijk wist waarom.

'Ik heb nog alle tijd', zei Veyrenc en hij roerde in zijn koffie.

Commissaris Adamsberg en ex-brigadier Louis Veyrenc de Bilhc, beiden afkomstig uit de Pyreneeën, uit twee naburige dorpen, hadden een soort nonchalante rust met elkaar gemeen, die verwarring kon scheppen. Bij Adamsberg kon deze rust alle tekenen vertonen van een choquerende onachtzaamheid en onverschilligheid. Bij Veyrenc kon die nonchalance ertoe leiden dat hij zich zomaar afzijdig hield en een halsstarrige, soms ondoordringbare en stille koppigheid aan de dag legde, eventueel onderbroken door woede-uitbarstingen. 'Dat komt door die oude berg', placht Adamsberg te zeggen zonder een andere rechtvaardiging te zoeken. 'Op die oude berg groeien geen leuke, speelse gewassen zoals tussen het wuivende gras in een groot weiland.'

'We stappen op,' zei Adamsberg, die meteen hun lunch ging afrekenen, 'dat vrouwtje gaat ervandoor. Kijk maar, ze geeft het op, ze begint te twijfelen.'

'Ik twijfel ook', zei Veyrenc, die zijn koffie in één keer achteroversloeg. 'Maar mij help je niet.'

'Nee.'

'Oké. *Zo zoekt de twijfelaar en aarzelt hij constant/ in alle eenzaamheid, geen mens reikt hem een hand.*'

'Mensen weten zelf al lang van tevoren wat ze hebben besloten. Eigenlijk meteen al. Daarom hebben raadgevingen geen enkele zin. Behalve dan om je er nogmaals op te wijzen dat inspecteur Danglard zich ergert aan jouw rijmelarij. Hij kan er niet tegen als de dichtkunst geweld wordt aangedaan.'

Adamsberg groette de cafébaas met een bescheiden gebaar. Praten had geen zin, de dikke man hield daar niet van, of liever gezegd, hij hield er niet van om aardig te zijn. Hij had dezelfde uitstraling als zijn etablissement: onopgesmukt, onmiskenbaar gewoon en haast vijandig jegens zijn klanten. Er woedde een bittere strijd tussen dit trotse café en de weelderige brasserie ertegenover. Hoe meer de Brasserie des Philosophes haar karakter van oude, rijke en opgeschroefde burgerlijkheid accentueerde, hoe sjofeler de Cornet à dés zich voordeed, beide in een genadeloze klassenstrijd verwikkeld. 'Op een dag', mompelde Danglard soms, 'valt er een dode.' De kleine Corsicaanse nog buiten beschouwing gelaten, die de keel van haar man met broodkruim vol zou stoppen.

Bij het verlaten van het café begon Adamsberg te puffen zodra hij in de hete buitenlucht kwam, en hij liep behoedzaam op het vrouwtje af, dat nog altijd op een paar passen van de Brigade stond te wachten. Er zat een duif voor de deur van het gebouw en hij dacht dat als het dier op zou vliegen wanneer hij erlangs liep, de vrouw hem als vanzelf zou volgen. Alsof ze licht en vluchtig was en zo kon wegwaaien als een strootje in de wind. Van dichtbij schatte hij haar op een jaar of vijfenzestig. Ze had de moeite genomen om eerst naar de kapper te gaan voordat ze naar de hoofdstad afreisde, er zaten nog wat gelige krullen tussen het grijze haar. Toen Adamsberg begon te spreken, verroerde de duif zich niet en draaide de vrouw hem een bang gezicht toe. Adamsberg sprak langzaam en vroeg haar of ze hulp nodig had.

'Nee, dank u', antwoordde de vrouw en ze wendde haar blik af.

'Wilt u daar niet naar binnen?' vroeg Adamsberg terwijl hij naar het oude gebouw van de Misdaadbrigade wees. 'Om een politieman te spreken of zo? Want verder valt er in deze straat niet veel te doen.'

'Maar als de politie niet naar je luistert, heeft het geen zin om erheen te gaan', zei ze terwijl ze een paar stappen achteruit deed. 'Ze geloven je niet, weet u, de politie.'

'Want daar wilde u wel naartoe? Naar de Brigade?'

De vrouw liet haar bijna doorzichtige wenkbrauwen zakken.

'Bent u voor het eerst in Parijs?'

'Mijn god, ja. En ik moet vanavond terug zijn, ze mogen het niet merken.'

'Bent u gekomen om een politieman te spreken?'

'Ja. Tenminste, misschien.'

'Ik ben politieman. Ik werk daar.'

De vrouw wierp een blik op de slordige kleding van Adamsberg en leek teleurgesteld of sceptisch.

'Dus u kent ze?'

'Ja.'

'Allemaal?'

'Ja.'

De vrouw opende haar grote bruine tas, die aan de randen wat versleten was, en haalde er een velletje papier uit, dat ze zorgvuldig gladstreek.

'Meneer de commissaris Adamsberg', las ze nadrukkelijk voor. 'Kent u hem?'

'Ja. Komt u van ver om hem te spreken?'

'Uit Ordebec', zei ze en het leek alsof deze persoonlijke bekentenis haar moeite kostte.

'Ik weet niet waar dat ligt.'

'Vlak bij Lisieux, zeg maar.'

Normandië, dacht Adamsberg, en dat kon een verklaring zijn voor haar terughoudendheid. Hij kende een stel Normandiërs, van die 'zwijgers', het had hem dagen gekost om met ze overweg te kunnen. Alsof een paar woorden uiten zoiets was als een gouden munt weggeven aan iemand die hem niet echt had verdiend. Adamsberg begon te lopen en vroeg de vrouw om met hem mee te komen.

'Er is politie in Lisieux', zei hij. 'En misschien zelfs wel in Ordebec. Er zijn gendarmes bij u, toch?'

'Die luisteren niet naar me. Maar de kapelaan van Lisieux, en die kent de pastoor van Mesnil-Beauchamp, de kapelaan heeft gezegd dat de commissaris van hier wel naar me zal luisteren. Het was een dure reis.'

'Gaat het om iets ernstigs?'

'Ja, natuurlijk is het ernstig.'

'Een moord?' drong Adamsberg aan.

'Misschien wel. Tenminste, nee. Het gaat om mensen die dood zullen gaan. Dan moet je de politie toch waarschuwen?'

'Mensen die dood zullen gaan? Zijn ze bedreigd?'

Deze man stelde haar een beetje gerust. Parijs maakte haar radeloos en haar besluit helemaal. Er stilletjes vandoor gaan, liegen tegen de kinderen. En als de trein haar nou niet op tijd terugbracht? En als ze de bus nou eens miste? Deze politieman sprak langzaam, het was net alsof hij zong. Beslist niet iemand uit hun streek. Nee, eerder een mannetje uit het zuiden, met zijn enigszins getinte en gegroefde gelaat. Hem zou ze haar verhaal graag hebben verteld, maar de kapelaan was heel duidelijk geweest. Ze moest het aan commissaris Adamsberg vertellen en aan niemand anders. En de kapelaan was niet de eerste de beste, hij was de neef van de oude procurator van Rouen, en die was bekend met de politie. Hij had haar de naam Adamsberg slechts met tegenzin gegeven, nadat hij haar had afgeraden om te gaan praten, en hij zeker wist dat ze die reis niet zou maken. Maar zij kon niet rustig blijven zitten terwijl de 'gebeurtenissen' zich voltrokken. Stel dat haar kinderen iets zou overkomen.

'Ik kan alleen met die commissaris spreken.'

'Ik ben die commissaris.'

Het zag er even naar uit dat het vrouwtje wilde tegenstribbelen, hoe fragiel ze ook was.

'Waarom hebt u dat dan niet meteen gezegd?'

'Ik weet toch ook niet wie u bent.'

'Dat doet er niet toe. Je hoeft je naam maar te noemen en het volgende moment kent iedereen die.'

'Wat geeft dat dan?'

'Problemen. Niemand mag het weten.'

Een lastige tante, dacht Adamsberg. Die misschien op een dag aan haar einde zou komen met twee flinke proppen broodkruim in haar keel. Maar een lastige tante die om een duidelijke reden doodsbang was, en dat bleef hem intrigeren. *Mensen die dood zullen gaan.*

Ze waren weer omgekeerd, richting Brigade.

'Ik wilde u gewoon helpen. Ik zat al een tijdje naar u te kijken.'

'En die man daar? Hoort die bij u? Zat hij ook naar me te kijken?'

'Welke man?'

'Daarginds, met dat rare haar, met die oranje lokken, hoort die bij u?'

Adamsberg keek op en ontdekte dat Veyrenc twintig meter verderop met zijn rug tegen de deurlijst leunde van de grote toegangspoort. Hij was het gebouw niet in gegaan, hij stond daar te wachten bij de duif, die zich evenmin had verroerd.

'Hij is als kind met een mes gestoken', zei Adamsberg. 'Op de littekens is weer haar gegroeid, maar dat is rood. Ik raad u aan daar niet op te zinspelen.'

'Ik had geen kwade bedoelingen, ik ben niet goed in praten. Ik praat haast nooit in Ordebec.'

'Het is niet erg.'

'Mijn kinderen praten wel veel.'

'Oké. Maar wat is er toch met die duif aan de hand, verdomme?' zei Adamsberg zachtjes. 'Waarom vliegt hij niet weg?'

De besluiteloosheid van het vrouwtje moe, liet Adamsberg haar achter en liep op de bewegingloze duif af, terwijl Veyrenc hem in zijn logge tred tegemoetkwam. Uitstekend, laat hij zich maar om haar bekommeren, als dat zin heeft, tenminste. Hij zou het heel goed doen. Veyrencs massieve gezicht was indringend, overtuigend, en wat daar in niet geringe mate aan bijdroeg, was een bijzondere glimlach waarbij hij op een grappige manier één kant van zijn lip optrok. Een duidelijk voordeel, dat Adamsberg ooit verfoeid had,* en dat hen in een vernietigende strijd tegenover elkaar had geplaatst. Waarvan ze nu allebei de laatste restjes aan het uitwissen waren. Terwijl hij de verstarde duif in zijn handen optilde, kwam Veyrenc zonder haast op hem af, gevolgd door het doorzichtige vrouwtje, dat nogal snel ademde. Ze was eigenlijk zo onbeduidend dat Adamsberg haar misschien wel nooit had opgemerkt zonder haar bloemetjesblouse, waarin haar contouren werden afgetekend. Misschien was ze zonder die blouse wel onzichtbaar.

'Een of ander rotjoch heeft zijn pootjes vastgebonden', zei hij tegen Veyrenc terwijl hij de vervuilde vogel aandachtig bekeek.

'Behoren duiven ook tot uw taak?' vroeg de vrouw zonder enige ironie. 'Ik heb hier een hele zwerm duiven gezien, dat maakt geen nette indruk.'

'Maar deze hier,' onderbrak Adamsberg haar, 'dat is geen hele zwerm, dit is maar één duif, een duif in zijn eentje. Dat maakt het verschil.'

'Natuurlijk', zei de vrouw.

Begripvol en uiteindelijk passief. Misschien had hij zich vergist en zou ze niet met broodkruim in haar keel eindigen. Misschien was ze geen lastige tante. Misschien had ze echt problemen.

'U houdt zeker van duiven?' vroeg de vrouw.

Adamsberg keek haar aan met zijn wazige blik.

'Nee', zei hij. 'Maar ik hou niet van rotjochies die hun pootjes vastbinden.'

'Natuurlijk.'

'Ik weet niet of dat spelletje bij jullie bekend is, maar hier in Parijs wel. Ze vangen een vogel en binden zijn pootjes met een touwtje vast met een centimeter of drie speling. De vogel kan dan alleen nog maar met hele kleine pasjes vooruitkomen en niet meer vliegen. Hij sterft langzaam van de honger en de dorst. Dat is het spelletje. En ik verafschuw dat spelletje en ik zal het joch vinden dat zich hiermee heeft vermaakt.'

Adamsberg liep onder de grote toegangspoort van de Brigade door en liet de vrouw en Veyrenc op straat achter. De vrouw staarde naar het donkere haar van de brigadier, waarin choquerend rode lokken te zien waren.

'Gaat hij daar echt achteraan?' vroeg ze verontrust. 'Maar daarvoor is het al te laat, weet u. Uw commissaris had allemaal vlooien op zijn armen. Dat is het bewijs dat de duif geen kracht meer heeft om voor zichzelf te zorgen.'

Adamsberg gaf de vogel door aan de reus van zijn team, brigadier Violette Retancourt, want hij vertrouwde er blindelings op dat zij het dier wel kon verzorgen. Als Retancourt de duif niet wist te redden, dan kon niemand dat. De grote, dikke vrouw had gefronst, en dat was geen goed teken. De vogel was er ernstig aan toe, het vel van zijn pootjes vertoonde diepe sneden als gevolg van zijn verwoede pogingen om van het touwtje af te komen, dat in zijn huid vast was gaan zitten. Hij was ondervoed en uitgedroogd, ze zou zien wat er nog aan te doen was, had Retancourt geconcludeerd. Adamsberg knikte en even klemde hij zijn lippen op elkaar zoals altijd wanneer hij met wreedheid te maken kreeg. En dit touwtje viel daaronder.

Achter Veyrenc aan liep het vrouwtje met instinctieve eerbied langs de enorme brigadier. De dikke vrouw wikkelde het dier handig in een vochtige doek. Ze zou zich later over zijn pootjes buigen, zei ze tegen Veyrenc, en trachten het touwtje los te krijgen. In de grote handen van Violette Retancourt deed de duif geen pogingen om zich te bewegen. Hij liet haar begaan, zoals iedereen gedaan zou hebben, even angstig als vol bewondering.

De vrouw, inmiddels wat gekalmeerd, nam plaats in het kantoor van Adamsberg. Ze was zo smal dat ze maar een halve stoel in beslag nam. Veyrenc stelde zich op in een hoek en nam met een onderzoekende blik de hem ooit vertrouwde ruimte op. Hij had nog drieënhalf uur de tijd om een besluit te nemen. Een besluit dat volgens Adamsberg al genomen was, maar dat hij niet kende. Toen ze net de grote gemeenschappelijke ruimte door liepen, had hij de vijandige blik opgevangen van inspecteur Danglard, die zijn mappen doorzocht. Het waren niet alleen zijn versregels waar Danglard niet van hield, ook hem mocht hij niet.

3

De vrouw had haar naam ten slotte gegeven en Adamsberg noteerde hem op een willekeurig velletje papier, een nonchalance die haar verontrustte. Misschien was de commissaris helemaal niet van plan om zich om haar te bekommeren.

'Valentine Vendermot, met een "o" en met een "t"', herhaalde hij, vanwege de moeite die hij had met nieuwe woorden, en al helemaal met namen. 'En u komt uit Ardebec.'

'Uit Ordebec. Dat ligt in de Calvados.'

'En u hebt kinderen?'

'Vier. Drie zonen en een dochter. Ik ben weduwe.'

'Wat is er gebeurd, mevrouw Vendermot?'

De vrouw keek opnieuw in haar grote tas en haalde er een lokale krant uit. Ze vouwde hem met enigszins trillende handen open en legde hem op tafel.

'Het gaat om deze man. Hij wordt vermist.'

'Hoe heet hij?'

'Michel Herbier.'

'Is hij een vriend van u? Of familie?'

'O nee. Integendeel.'

'Dat wil zeggen?'

Adamsberg wachtte geduldig op haar antwoord, dat ze kennelijk moeilijk onder woorden kon brengen.

'Ik haat hem.'

'O, oké', zei hij en hij pakte de krant.

Terwijl Adamsberg zich op het korte bericht concentreerde, wierp de vrouw ongeruste blikken op de muren, ze bekeek de rechter en daarna de linker muur, zonder dat Adamsberg de reden van haar inspectie snapte. Ze was opnieuw ergens bang voor. Bang voor alles. Bang voor de stad, bang voor anderen, bang voor roddelpraatjes, bang voor hem. En hij begreep evenmin waarom ze hierheen was gekomen om met hem over die Michel Herbier te praten, als ze hem haatte. De man, gepensioneerd, verwoed jager, had zijn woning verlaten met zijn brommer. Na een week afwezigheid waren de gendarmes zijn huis binnengegaan voor een routinecontrole. Daar lag de inhoud van zijn twee tot de nok toe met wild gevulde vrieskisten omgekieperd op de grond. Dat was alles.

'Ik kan me hier niet mee bemoeien', verontschuldigde Adamsberg zich terwijl hij haar de krant teruggaf. 'Als deze man wordt vermist, dan begrijpt u toch wel dat dit volgens de voorschriften een zaak is voor de plaatselijke gendarmerie. En als u ook maar iets weet, dan moet u zich tot hen wenden.'

'Dat is onmogelijk, commissaris.'

'Kunt u niet goed overweg met de plaatselijke gendarmes?'

'Precies. Daarom heeft de kapelaan me uw naam gegeven. Daarom heb ik deze reis gemaakt.'

'Om me wat te vertellen, mevrouw Vendermot?'

De vrouw streek haar gebloemde blouse glad en boog haar hoofd. Ze sprak makkelijker als je haar niet aankeek.

'Wat er met hem is gebeurd. Of wat er met hem gaat gebeuren. Hij is dood of hij gaat dood als er niets wordt gedaan.'

'Het ziet ernaar uit dat hij gewoon is vertrokken, zijn brommer staat er immers niet meer. Is het bekend of hij iets heeft meegenomen?'

'Niets, behalve één geweer. Hij heeft een heleboel geweren.'

'Dan zal hij binnenkort wel terugkomen, mevrouw Vendermot. U weet dat we niet gerechtigd zijn om een volwassen man te gaan zoeken alleen maar omdat hij een paar dagen weg is.'

'Hij komt niet terug, commissaris. De brommer doet er niet toe. Die is verdwenen om te voorkomen dat hij wordt gezocht.'

'Zegt u dit omdat hij is bedreigd?'

'Ja.'

'Heeft hij een vijand?'

'Moeder Maria, de gruwelijkste vijand die er is, commissaris.'

'Weet u hoe die heet?'

'Mijn god, je mag zijn naam niet uitspreken.'

Adamsberg zuchtte, meer uit spijt voor haar dan voor zichzelf.
'En volgens u is deze Michel Herbier gevlucht?'
'Nee, hij weet van niets. Hij is vast al dood. Hij is "geronseld", ziet u.'
Adamsberg stond op en begon van de ene muur naar de andere te lopen, met zijn handen in zijn zakken.
'Mevrouw Vendermot, ik ben bereid om naar u te luisteren, ik ben zelfs bereid om de gendarmerie van Ordebec te waarschuwen. Maar ik kan niets doen als ik het niet begrijp. Een momentje, graag.'
Hij liep zijn kantoor uit en begaf zich naar inspecteur Danglard, die, met een gezicht als een oorwurm, nog steeds zijn dossiermappen zat door te kijken. Tot de miljarden gegevens die Danglard in zijn hersenen had opgeslagen, behoorden bijna alle namen van de hoofden en plaatsvervangende hoofden van de gendarmeries en commissariaten van Frankrijk.
'De kapitein van de gendarmerie in Ordebec, zegt u dat iets, Danglard?'
'In de Calvados?'
'Ja.'
'Dat is Émeri, Louis Nicolas Émeri. Zijn voornamen zijn Louis Nicolas als verwijzing naar zijn voorvader van moederskant, Louis Nicolas Davout, rijksmaarschalk, commandant van het derde bataljon van het Grote Leger van Napoleon. Gestreden om Ulm, Austerlitz, Eylau en Wagram, hertog van Auerstaedt en prins van Eckmühl, vernoemd naar enkele van zijn fameuze zeges.'
'Danglard, het gaat mij om de man van nu, de politieman uit Ordebec.'
'Precies. Hij gaat prat op zijn afkomst en iedereen zal dat weten. Dus hij kan arrogant, trots en krijgshaftig zijn. Afgezien van deze napoleontische erfenis is het een vrij sympathieke vent, een bedachtzame, voorzichtige, misschien te voorzichtige politieman. In de veertig. Hij heeft zich op zijn vorige posten

niet onderscheiden, dat was in de buitenwijken van Lyon, geloof ik. In Ordebec zorgt hij dat hij niet opvalt. Het is daar rustig.'

Adamsberg keerde terug naar zijn kantoor, waar de vrouw haar minutieuze onderzoek van de muren had hervat.

'Het is niet makkelijk, daar ben ik me van bewust, commissaris. Want normaal gesproken is het verboden om erover te praten, weet u. Dat kan tot verschrikkelijke problemen leiden. Zeg, die boekenkasten van u, zijn die wel goed aan de muur bevestigd? Want u hebt de zware boekwerken bovenaan gezet en de lichte onderaan. Dat zou best wel eens kunnen instorten. Je moet het zwaarste altijd onderaan leggen.'

Bang voor de politie, bang voor instortende boekenkasten.

'Die Michel Herbier, waarom haat u hem?'

'Iedereen haat hem, commissaris. Het is een vreselijke bruut, dat is hij altijd geweest. Niemand praat met hem.'

'Dat zou kunnen verklaren waarom hij uit Ordebec is vertrokken.'

Adamsberg pakte de krant weer op.

'Hij is alleenstaand,' zei hij, 'gepensioneerd, vierenzestig. Waarom zou hij niet ergens anders een nieuw leven beginnen? Heeft hij ergens familie wonen?'

'Hij is ooit getrouwd geweest. Hij is weduwnaar.'

'Hoelang al?'

'O. Meer dan vijftien jaar.'

'Komt u hem weleens tegen?'

'Ik zie hem nooit. Omdat hij iets buiten Ordebec woont, is het makkelijk om hem niet tegen te komen. En dat komt iedereen goed uit.'

'Maar zijn buren maakten zich toch ongerust over hem.'

'Ja, de Hébrards. Dat zijn beste mensen. Ze hebben hem 's avonds tegen zessen zien vertrekken. Ze wonen aan de andere kant van het weggetje, weet u. Terwijl hij vijftig meter verderop woont, verscholen in het bos van Bigard, vlak bij de voormalige vuilstortplaats. Het is daar zo vochtig als ik-weet-niet-wat.'

'Waarom maakten ze zich ongerust, als ze hem op zijn brommer hebben zien vertrekken?'

'Omdat hij het sleuteltje van zijn brievenbus gewoonlijk bij hen achterlaat als hij weggaat. Maar nu niet. En ze hebben hem niet horen thuiskomen. En er stak post uit zijn brievenbus. Dus dat betekent dat Herbier maar voor even weg was en dat hij om een of andere reden niet terug kon komen. De gendarmes zeggen dat hij niet in een ziekenhuis ligt.'

'En toen ze bij zijn huis langsgingen, lag de inhoud van de vrieskisten verspreid door de kamer.'

'Ja.'

'Waarom heeft hij zo veel vlees? Heeft hij honden?'

'Hij is een jager, hij slaat zijn wild op in vrieskisten. Hij doodt veel dieren maar hij geeft niets weg.'

De vrouw rilde even.

'Brigadier Blériot – hij is wel aardig tegen mij, heel anders dan kapitein Émeri – brigadier Blériot heeft me alles verteld. Het was verschrikkelijk, zei hij. Er lag een halve everzeug op de grond, met kop en al, hindenbouten, wijfjeshazen, everbiggen, jonge patrijzen. Allemaal in het wilde weg neergesmeten, commissaris. En het lag al dagen te rotten toen de gendarmes daar binnenkwamen. Dat is gevaarlijk met deze hitte, al dat bedorven spul.'

Bang voor boekenkasten en bang voor bacteriën. Adamsberg keek even naar de twee grote geweistangen die nog altijd op de vloer van zijn kantoor lagen, onder het stof. Het kostbare geschenk van een Normandiër, toevalligerwijs.

'Wijfjeshazen, hinden? Hij let goed op, die brigadier. Jaagt hij zelf ook?'

'O nee. Natuurlijk zeggen we "hinde" of "wijfjeshaas", want we weten hoe Herbier is. Het is een rotjager, een gemenerik. Hij doodt alleen maar vrouwtjes en kleintjes en hele worpen tegelijk. Hij schiet zelfs op zwangere wijfjes.'

'Hoe weet u dat?'

'Dat weet iedereen. Herbier is een keer veroordeeld omdat

hij een everzeug waar de biggen nog in hun nesthaar achteraan liepen heeft doodgeschoten. En hertenkalfjes. Wat een ellende. Maar omdat hij het 's nachts doet, wordt hij nooit door Émeri gesnapt. Het is wel zo dat al sinds jaar en dag geen enkele jager met hem op pad wil. Zelfs de broodjagers dulden hem niet meer. Hij is uit de Jachtvereniging van Ordebec gezet.'

'Dus hij heeft tientallen vijanden, mevrouw Vendermot.'

'Het komt er vooral op neer dat niemand met hem omgaat.'

'Denkt u dat er jagers zijn die hem zouden willen vermoorden? Bedoelt u dat? Of mensen die tegen de jacht zijn?'

'O nee, commissaris. Er is iets heel anders met hem aan de hand.'

Nadat ze even vrij vlot had gesproken, stokte de vrouw opnieuw. Ze was nog steeds bang, al leken de boekenkasten haar niet langer te verontrusten. Het was een hardnekkige, diepe angst, die de aandacht van Adamsberg bleef prikkelen, terwijl het geval-Herbier niet voldoende was om daarvoor helemaal uit Normandië te komen.

'Als u niets weet,' vervolgde hij moedeloos, 'of als u niet mag praten, kan ik niets voor u doen.'

Inspecteur Danglard was in de deuropening verschenen en hij gebaarde naar Adamsberg dat hij hem dringend nodig had. Er was nieuws over het achtjarige meisje dat het bos van Versailles in was gevlucht nadat ze een fles vruchtensap op het hoofd van haar oudoom had stukgeslagen. De man had net de telefoon weten te bereiken voordat hij het bewustzijn verloor. Adamsberg maakte Danglard en de vrouw duidelijk dat hij het gesprek zou beëindigen. De zomervakantie kwam eraan en de Brigade zou over drie dagen een derde van haar manschappen kwijtraken, de lopende zaken moesten worden afgerond. De vrouw begreep dat ze niet veel tijd meer had. In Parijs nemen ze nergens de tijd voor, had de kapelaan haar gewaarschuwd, ook al was deze kleine commissaris tegenover haar geduldig en aardig geweest.

'Lina, mijn dochter, heeft hem gezien', deelde ze ineens haastig mee. 'Herbier. Twee weken en twee dagen voordat hij verdween heeft ze hem gezien. Ze heeft dit aan haar baas verteld en op het laatst wist heel Ordebec het.'

Danglard ging opnieuw zijn dossiers ordenen, met op zijn voorhoofd een dikke frons van ergernis. Hij had Veyrenc in het kantoor van Adamsberg gezien. Wat had hij daar te zoeken? Ging hij tekenen? Bijtekenen? Het besluit moest vanavond genomen zijn. Danglard bleef even bij het kopieerapparaat staan, hij streelde de dikke kat die erop lag, in de hoop dat zijn vacht hem troost kon bieden. De redenen van zijn antipathie jegens Veyrenc waren van het soort waar je niet makkelijk voor uitkwam. Een stille en heimelijke, haast vrouwelijke jaloezie, en de dringende behoefte hem uit de buurt van Adamsberg te houden.

'We moeten haast maken, mevrouw Vendermot. Uw dochter heeft hem gezien en om de een of andere reden dacht ze dat hij zou worden vermoord?'

'Ja. Hij brulde. En er waren nog drie anderen bij hem. Het was 's nachts.'

'Was het een vechtpartij? Vanwege de hinden en hertenkalveren? Tijdens een bijeenkomst? Een jagersetentje?'

'O nee.'

'Komt u morgen maar terug, of later', besloot Adamsberg terwijl hij naar de deur liep. 'Komt u maar terug wanneer u kunt praten.'

Danglard stond op de commissaris te wachten, chagrijnig op een hoek van zijn bureau leunend.

'Is het meisje gevonden?' vroeg Adamsberg.

'De jongens hebben haar aangetroffen in een boom. Ze was als een jonge jaguar helemaal naar boven geklommen. Ze heeft een woestijnmuis bij zich, die ze niet los wil laten. De woestijnmuis lijkt oké.'

'Een woestijnmuis, Danglard?'

'Dat is een knaagdiertje. Kinderen zijn daar gek op.'

'En het meisje? Hoe is zij eraan toe?'

'Zo ongeveer als die duif van u. Ze sterft van de honger, dorst en vermoeidheid. Ze is opgenomen. Een van de verpleegkundigen weigert haar kamer in te gaan omdat de woestijnmuis zich onder haar bed heeft verstopt.'
'Heeft ze een verklaring voor haar daad?'
'Nee.'
Danglard, door zijn zorgen in beslag genomen, antwoordde gereserveerd. Het was er de dag niet naar om veel te praten.
'Weet ze dat haar oudoom het heeft gered?'
'Ja, en ze leek zowel opgelucht als teleurgesteld. Ze woonde daar helemaal alleen met hem sinds wie weet hoelang, zonder ooit een school van binnen te hebben gezien. We zijn er helemaal niet meer zo zeker van dat hij haar oudoom is.'
'Goed, delegeer het vervolg aan Versailles. Maar zeg tegen de verantwoordelijke brigadier dat ze de woestijnmuis van het meisje niet mogen doodmaken. Laten ze hem in een kooitje stoppen en van voer voorzien.'
'Is dat van belang?'
'Natuurlijk, Danglard, dat dier is misschien alles wat dat kind heeft. Een momentje.'
Adamsberg haastte zich naar het kantoor van Retancourt, die aanstalten maakte om de pootjes van de duif te bevochtigen.
'Hebt u hem gedesinfecteerd, brigadier?'
'Zo meteen', antwoordde Retancourt. 'Eerst moest-ie vocht hebben.'
'Uitstekend, gooi het touwtje niet weg, ik wil er een monster van laten nemen. Justin heeft een technisch rechercheur gewaarschuwd en die komt eraan.'
'Hij heeft me ondergekakt', merkte Retancourt kalm op. 'Wat wil dat vrouwtje?' vroeg ze en ze wees naar zijn kantoor.
'Iets zeggen wat ze niet wil zeggen. De vleesgeworden besluiteloosheid. Ze stapt wel op of we jagen haar weg als we gaan sluiten.'
Retancourt haalde ietwat laatdunkend haar schouders op, besluiteloosheid was iets wat in haar handelwijze niet voor-

kwam. Vandaar dat haar stuwkracht ver uitsteeg boven die van de zevenentwintig andere leden van de Brigade.

'En Veyrenc? Aarzelt hij ook?'

'Veyrenc heeft allang een besluit genomen. Politieman of onderwijzer, wat zou u doen? Het onderwijs is een deugd die mensen verbitterd maakt. Het politiewezen is een ondeugd die mensen hoogmoedig maakt. En omdat het nu eenmaal makkelijker is om een deugd op te geven dan een ondeugd, heeft hij geen keus. Ik ga die zogenaamde oudoom in het ziekenhuis van Versailles een bezoekje brengen.'

'Wat doen we met de duif? Ik kan hem niet mee naar huis nemen, mijn broer is allergisch voor veren.'

'Logeert uw broer bij u?'

'Tijdelijk. Hij is zijn baan kwijt, hij heeft een kistje bouten uit de garage gejat en een stel oliespuitjes.'

'Kunt u hem vanavond bij mij afgeven? De vogel?'

'Dat moet lukken', mompelde Retancourt binnensmonds.

'Maar pas op, er zwerven katten in de tuin rond.'

De hand van het vrouwtje werd schuchter op zijn schouder gelegd. Adamsberg draaide zich om.

'Lina heeft die nacht', zei ze langzaam, 'het Woeste Leger voorbij zien trekken.'

'Wie?'

'Het Woeste Leger', herhaalde de vrouw zacht. 'En Herbier was daarbij. En hij schreeuwde. En drie anderen ook.'

'Is dat een vereniging? Heeft het iets met de jacht te maken?'

Mevrouw Vendermot keek Adamsberg ongelovig aan.

'Het Woeste Leger', zei ze opnieuw heel zacht. 'De Grote Jacht. Hebt u daar nooit van gehoord?'

'Nee', antwoordde Adamsberg onder haar verbijsterde blik. 'Kom maar een andere keer terug om me dat uit te leggen.'

'Maar kent u de naam niet eens? De Troep van Hellequin?' fluisterde ze.

'Het spijt me', herhaalde Adamsberg terwijl hij met haar terugkwam in zijn kantoor. 'Veyrenc, het Noeste Leger, kent u die groepering?' vroeg hij, en hij stak zijn sleutels en gsm in zijn zak.

'Woeste', verbeterde de vrouw.

'Ja. De dochter van mevrouw Vendermot heeft de vermiste in dat gezelschap gezien.'

'Met anderen', hield de vrouw vol. 'Jean Glayeux en Michel Mortembot. Maar de vierde heeft mijn dochter niet herkend.'

Er gleed een uitdrukking van intense verrassing over het gezicht van Veyrenc, die vervolgens even glimlachte, waarbij hij zijn lip iets optrok. Als een man die net een heel onverwacht cadeau heeft gekregen.

'Heeft uw dochter dat echt gezien?' vroeg hij.

'Jazeker.'

'Waar?'

'Waar het bij ons voorbijtrekt. Op de weg van Bonneval, in het bos van Alance. Daar trekt het altijd voorbij.'

'Is dat tegenover haar huis?'

'Nee, wij wonen ruim drie kilometer verderop.'

'Is ze gaan kijken?'

'Nee, beslist niet. Lina is een heel verstandige, wijze meid. Ze was daar gewoon.'

''s Nachts?'

'Het komt altijd 's nachts voorbij.'

Adamsberg nam het vrouwtje mee zijn kantoor uit en vroeg haar de volgende dag terug te komen of om hem een volgende keer te bellen, als ze het allemaal wat beter op een rijtje had. Veyrenc, kauwend op zijn pen, hield hem onopvallend tegen.

'Jean-Baptiste,' vroeg hij, 'heb je daar echt nooit van gehoord? Van het Woeste Leger?'

Adamsberg schudde zijn hoofd en bracht zijn haar snel met zijn vingers in orde.

'Vraag Danglard ernaar', drong Veyrenc aan. 'Dat zal hem vast interesseren.'

'Waarom?'

'Omdat het, voor zover ik weet, een voorbode is van een

schok. Misschien wel een verdomd heftige schok.'

Veyrenc glimlachte opnieuw, en alsof het binnendringen van dit Woeste Leger hem ineens tot een besluit had gebracht, tekende hij ter plekke.

4

Toen Adamsberg thuiskwam, later dan verwacht – zo veel hadden ze met de oudoom te stellen gehad – stond zijn buurman, de oude Spanjaard Lucio, in de warme avondlucht luidruchtig tegen de boom in het tuintje te piesen.

'Hallo, *hombre*', zei de oude man zonder zijn bezigheid te onderbreken. 'Een van je brigadiers zit op je te wachten. Een heel dikke, kolossale vrouw. Die jongen van je heeft haar opengedaan.'

'Dat is geen dikke vrouw, Lucio, maar een godin, een multi-inzetbare godin.'

'O, is zij dat?' zei Lucio terwijl hij zijn broek weer in orde bracht. 'Die vrouw over wie je het steeds hebt?'

'Ja, de godin. Dus allicht dat ze er niet uitziet als iedereen. Weet jij wat het Noeste Leger is? Zegt die naam je iets?'

'Nee, hombre.'

Brigadier Retancourt en de zoon van Adamsberg, Zerk – die eigenlijk Armel heette, maar de commissaris, die hem nog maar zeven weken kende, was nog niet aan die naam gewend – zaten allebei in de keuken, met een sigaret in de mond, over een beklede mand gebogen. Ze keken niet om toen Adamsberg binnenkwam.

'Snap je 't of niet?' zei Retancourt zonder omwegen tegen de jonge man. 'Je bevochtigt kleine stukjes beschuit, niet te groot, en je stopt alles voorzichtig in zijn snavel. En daarna een paar druppels water, met een pipet, niet te veel in het begin. Daarbij nog een druppel uit dit flesje. Dat is een versterkend middel.'

'Leeft-ie nog steeds?' informeerde Adamsberg, die zich merkwaardigerwijs een vreemde voelde in zijn eigen keuken, nu de grote vrouw en die onbekende zoon van achtentwintig daar waren neergestreken.

Retancourt ging rechtop zitten en legde haar handen plat op haar heupen.

'Het is niet zeker of hij de nacht haalt. Ik ben al met al meer dan een uur bezig geweest het touwtje uit zijn poten te peuteren. Het was een snee tot op het bot, hij heeft er waarschijnlijk dagenlang aan getrokken. Maar het is niet gebroken. Het is gedesinfecteerd, je moet het iedere ochtend opnieuw verbinden. Hier zit het verbandgaas in', zei ze terwijl ze met een doosje een klap op de tafel gaf. 'Hij heeft een middel tegen vlooien gehad, dus wat dat betreft zou hij ertegen moeten kunnen.'

'Bedankt, Retancourt. Heeft die vent het touwtje meegenomen?'

'Ja. Dat ging nog niet zo makkelijk want het lab wordt niet betaald om touwtjes van duiven te analyseren. Het is trouwens een mannetje. Dat zei Voisenet.'

Brigadier Voisenet was zijn roeping als dierkundige misgelopen door de autoritaire bevelen op te volgen van een vader die hem zonder tegenspraak te dulden bij de politie had aangemeld. Voisenet was vooral gespecialiseerd in vissen, zee- en met name riviervissen, en zijn tafel lag vol tijdschriften over ichtyologie. Maar hij wist ook een heleboel van andere dierkundige onderwerpen, van insecten via gnoes tot vleermuizen aan toe, en die kennis hield hem deels af van de verplichtingen die zijn beroep met zich meebracht. De korpschef, op de hoogte gebracht van deze zijpaden, had hem een waarschuwing gegeven, zoals dat ook was gebeurd bij brigadier Mercadet, die aan narcolepsie leed. Maar wie in dit team, vroeg Adamsberg zich vaak af, had niet zo zijn eigen afwijking? Behalve Retancourt, maar haar capaciteiten en energie weken ook af van wat gewoon was.

Nadat de brigadier was vertrokken, bleef Zerk met hangende armen naar de deur staan kijken.

'Ze heeft indruk op je gemaakt, hè?' zei Adamsberg. 'Dat gebeurt bij iedereen de eerste keer. En alle keren daarna ook.'

'Ze is heel mooi', zei Zerk.

Adamsberg keek zijn zoon verbaasd aan, want schoonheid was beslist niet het opvallendste kenmerk van Violette Retancourt. En elegantie, fijngevoeligheid of vriendelijkheid evenmin. Ze was in alle opzichten het tegendeel van de charmante, tere gevoeligheid die haar voornaam deed vermoeden. Hoewel ze een fijnbesneden gezicht had, maar het werd omgeven door brede wangen en machtige kaken rustend op een stierennek.

'Oké', gaf Adamsberg toe, die niet wilde twisten over de smaak van een jonge man die hij nog niet goed kende.

Zodat hij nog geen zekerheid had over zijn intelligentie. Was hij intelligent of niet? Of een beetje? Eén ding stelde de commissaris gerust. Dat de meeste mensen nog steeds geen zekerheid hadden over zíjn intelligentie, en hijzelf evenmin. Hij vroeg zich niet af of hij intelligent was, dus waarom zou hij dat bij Zerk wel doen? Veyrenc beweerde stellig dat de jonge man talent had, maar Adamsberg had nog geen idee waarvoor.

'Het Noeste Leger, zegt dat jou iets?' vroeg Adamsberg terwijl hij de mand met de duif voorzichtig op het dressoir zette.

'Het wat?' vroeg Zerk, die de tafel begon te dekken, waarbij hij net als zijn vader de vorken rechts en de messen links legde.

'Laat maar. We zullen het Danglard wel vragen. Dat is een van die dingen die ik je broer heb geleerd toen hij nog maar zeven maanden was. Wat ik jou ook had geleerd als ik je op die leeftijd had gekend. Er zijn drie regels die je moet onthouden, Zerk, en dan zit je goed: als je iets niet voor elkaar krijgt, moet je het Veyrenc vragen. Als je iets niet kunt, moet je het aan Retancourt vragen. En als je iets niet weet, moet je het aan Danglard vragen. Onthoud dit trio goed. Maar Danglard zal vanavond wel buitengewoon stuurs zijn, ik weet niet of we er iets uit krijgen. Veyrenc komt weer terug bij de Brigade en dat zal hij niet leuk vinden. Danglard is een luxepoppetje, en zoals elk zeldzaam voorwerp is hij breekbaar.'

Adamsberg belde zijn oudste medewerker terwijl Zerk het

avondeten opdiende. Gestoomde tonijn met courgettes en tomaten, rijst en fruit. Zerk had gevraagd of hij een tijdje bij zijn nieuwe vader kon wonen en de afspraak was dat hij voor het avondeten zou zorgen. Een makkelijke afspraak, want het was Adamsberg praktisch om het even wat hij at, en hij kon eeuwig hetzelfde bord pasta naar binnen werken, zoals hij ook onveranderlijk een zwart linnen jasje en broek droeg, wat voor weer het ook was.

'Weet Danglard echt alles?' vroeg de jonge man terwijl hij zijn wenkbrauwen fronste, die er net zo verwilderd uitzagen als die van zijn vader, die boven diens wazige blik een soort rustiek afdakje vormden.

'Nee, er zijn veel dingen die hij niet weet. Hij weet niet hoe je een vrouw moet vinden, al heeft hij sinds twee maanden een nieuwe vriendin, dat is een uitzonderlijke gebeurtenis. Hij weet niet waar het water staat, maar de witte wijn kan hij heel goed vinden, hij weet niet hoe hij zijn angsten moet bedwingen of zijn grote hoeveelheid vragen vergeten, die zich opstapelen tot een verbijsterende hoop die hij onafgebroken doorzoekt zoals een knaagdier zijn hol. Hij weet niks van haast maken, van rustig toekijken hoe de regen neervalt of de rivier voortstroomt, hij weet niet hoe je je zorgen naast je neer kunt leggen, en erger nog, hij bedenkt ze van tevoren om er niet door verrast te worden. Maar hij weet alles wat niet op het eerste gezicht nuttig is. Alle bibliotheken van de wereld zitten in het hoofd van Danglard, en nog is er veel ruimte over. Het is iets gigantisch, iets ongehoords, iets wat ik niet kan beschrijven.'

'En als het niet op het eerste gezicht van pas komt?'

'Dan doet het dat zeker op het tweede of het vijfde gezicht.'

'O, juist', zei Zerk, kennelijk tevreden met het antwoord. 'Ik zou niet weten wat ík weet of kan. Wat denk jij dat ik kan?'

'Hetzelfde als ik.'

'Dat wil zeggen?'

'Ik weet het niet, Zerk.'

Adamsberg hief een hand op om hem te beduiden dat hij

Danglard eindelijk aan de lijn had.

'Danglard? Slapen ze allemaal bij u thuis? Kunt u even langskomen?'

'Als ik me met die duif moet bezighouden, peins ik er niet over. Hij zit onder de vlooien en ik heb een heel slechte herinnering aan vlooien. En ik hou niet van hun kop onder een microscoop.'

Zerk keek op zijn vaders horloges hoe laat het was. Negen uur. Violette had voorgeschreven de duif ieder uur van voer en drinken te voorzien. Hij bevochtigde brokjes beschuit, vulde de pipet met water, voegde er een druppel van het versterkende middel aan toe en ging aan de slag. Het dier hield zijn ogen dicht maar accepteerde het voedsel dat de jonge man in zijn snavel stopte. Zerk tilde het lijfje van de duif voorzichtig op, zoals Violet het hem had voorgedaan. Die vrouw had hem verbijsterd. Hij had nooit gedacht dat zo'n wezen kon bestaan. Hij zag haar grote handen weer voor zich die behendig met de vogel in de weer waren, haar hoofd met het blonde, korte haar naar de tafel gebogen en de krulletjes in haar brede nek, bedekt met fijn, wit donshaar.

'Zerk zorgt voor de duif. En hij heeft geen vlooien meer. Retancourt heeft dat probleem opgelost.'

'Wat is er dan?'

'Er is iets wat me bezighoudt, Danglard. Heb je dat vrouwtje met die gebloemde blouse gezien dat zonet bij ons was?'

'Jawel. Een typisch geval van inconsistentie, van lichamelijke vluchtigheid. Ze zou zo wegvliegen als je naar haar blies, net als de dopvruchten van een paardebloem.'

'De dopvruchten, Danglard?'

'De zaden van de paardebloem, die door de pluizige parachuutjes worden meegevoerd. Hebt u daar als kind nooit naar geblazen?'

'Natuurlijk wel. Iedereen heeft naar paardebloemen geblazen. Maar ik wist niet dat die zaden "dopvruchten" heetten.'

'Zo heten ze.'

'Maar los van haar pluizige parachute, Danglard, was dat vrouwtje verstijfd van angst.'

'Is me niet opgevallen.'

'Jawel, Danglard. Pure, diepe doodsangst.'

'Heeft ze ook gezegd waarom?'

'Ik denk dat ze er niet over mag praten. Op straffe van de dood, neem ik aan. Maar ze heeft me fluisterend een aanwijzing gegeven. Haar dochter heeft het Noeste Leger voorbij zien komen. Weet u wat ze daarmee bedoelt?'

'Nee.'

Adamsberg voelde zich bitter teleurgesteld en bijna vernederd, alsof hij zojuist ten overstaan van zijn zoon een proef had laten mislukken, zijn belofte niet was nagekomen. Hij zag hoe Zerk hem een ongeruste blik toewierp en gaf hem met een bezwerend gebaar te kennen dat hij nog niet klaar was met zijn demonstratie.

'Veyrenc lijkt te weten waar het om gaat,' ging Adamsberg door, 'hij raadde me aan om het u te vragen.'

'O ja?' zei Danglard op scherpere toon, want van de naam Veyrenc leek hij onrustig te worden, alsof hij een horzel op zich af zag komen. 'Wat heeft hij precies gehoord?'

'Dat haar dochter 's nachts het Noeste Leger voorbij heeft zien komen. En dat de dochter – Lina heet ze – bij die bende een jager en drie andere kerels heeft gezien. Die jager is al meer dan een week geleden verdwenen en dat vrouwtje denkt dat hij dood is.'

'Waar? Waar heeft ze het gezien?'

'Op een weg bij hen in de buurt. Bij Ordebec.'

'Ah', zei Danglard, die nu echt opleefde, zoals elke keer als er een beroep op zijn kennis werd gedaan, zoals elke keer als hij zich kon onderdompelen en vervolgens op zijn gemak rondwentelen in de diepten van zijn kennis. 'Ah, het Woeste Leger. Niet Noeste.'

'Sorry. Woeste.'

'Heeft ze dat echt gezegd? De Troep van Hellequin?'

'Ja, zo'n naam heeft ze genoemd.'

'De Grote Jacht?'

'Ook', zei Adamsberg met een zegevierende knipoog naar Zerk, als een man die zojuist een grote zwaardvis heeft binnengehaald.

'En die Lina heeft die jager bij dat gezelschap gezien?'

'Precies. Hij schreeuwde, schijnt het. En de anderen ook. Kennelijk een alarmerende groep; dat vrouwtje met die pluizige parachute lijkt te denken dat die mannen in gevaar verkeren.'

'Alarmerend?' zei Danglard met ingehouden spot. 'Dat is niet het woord, commissaris.'

'Dat zegt Veyrenc ook. Dat die bende weleens heel wat consternatie teweeg kan brengen.'

Adamsberg had opnieuw de naam Veyrenc laten vallen, opzettelijk, niet om Danglard te kwetsen maar om hem weer te laten wennen aan de aanwezigheid in hun midden van de brigadier met de rode lokken, om hem te desensibiliseren door hem zijn naam in kleine, herhaalde doses toe te dienen.

'Alleen innerlijke consternatie', nuanceerde Danglard op zachtere toon. 'Niets urgents.'

'Veyrenc kon me er niet meer over vertellen. Kom even een glaasje drinken. Zerk heeft een voorraadje voor u aangelegd.'

Danglard hield er niet van onmiddellijk de wensen van Adamsberg in te willigen, doodeenvoudig omdat hij er altijd gehoor aan gaf en hij dat gebrek aan wilskracht vernederend vond. Hij bleef nog een paar minuten mompelen terwijl Adamsberg, gewend aan het categorische verzet van de inspecteur, bleef aandringen.

'Snel, jongen', zei Adamsberg terwijl hij ophing. 'Haal wat witte wijn bij de winkel op de hoek. Aarzel niet, neem de beste, we kunnen Danglard geen slobberwijn serveren.'

'Mag ik met jullie meedrinken?' vroeg Zerk.

Adamsberg keek naar zijn zoon en wist niet wat hij moest antwoorden. Zerk kende hem amper, hij was achtentwintig, hij hoefde niemand om toestemming te vragen en hem al helemaal niet.

'Natuurlijk', antwoordde Adamsberg automatisch. 'Als je maar niet zo veel zuipt als Danglard', voegde hij eraan toe, en hij was verrast over de vaderlijke connotatie van deze raad. 'Op het dressoir ligt geld.'

Hun beider blik richtte zich op de mand. Een groot formaat aardbeienmand, die Zerk had leeggemaakt om als gevoerd bedje te dienen voor de duif.

'Hoe denk je dat het met hem gaat?' vroeg Adamsberg.

'Hij rilt, maar hij ademt wel', antwoordde zijn zoon bedachtzaam.

Voordat hij de deur uit ging, streek de jonge man heel even met een vinger over het verenkleed van de vogel. Dat talent heeft hij in ieder geval, dacht Adamsberg terwijl hij keek hoe zijn zoon wegliep, een talent om vogels te strelen, zelfs al waren ze zo alledaags, vervuild en lelijk als deze.

5

'Dat zal hard gaan', zei Danglard, en Adamsberg wist op dat moment niet of hij het over het Woeste Leger had of over de wijn, want zijn zoon had maar één fles meegebracht.

Adamsberg nam een sigaret uit het pakje van Zerk, een gebaar dat hem zonder mankeren deed denken aan hun eerste ontmoeting, een bijna-bloedbad.* Sindsdien rookte hij weer, en meestal de sigaretten van Zerk. Danglard viel op zijn eerste glas aan.

'Ik neem aan dat de paardebloemvrouw er niet met de kapitein van Ordebec over wilde praten?'

'Ze weigert dat te overwegen.'

'Dat is heel normaal, hij zou het niet op prijs stellen. U kunt dit straks ook allemaal weer vergeten, commissaris. Is er iets bekend over die verdwenen jager?'

'Dat het een meedogenloze broodjager is en erger nog, want hij doodt voornamelijk wijfjes en jonkies. De lokale jachtvereniging heeft hem geroyeerd, niemand wil nog met hem jagen.'

'Een gemene kerel dus? Een opvliegende natuur? Een moordenaar?' vroeg Danglard terwijl hij een slok nam.

'Waarschijnlijk.'

'Dat past wel bij het beeld. Die Lina woont in Ordebec zelf, klopt dat?'

'Ik denk het.'

'Nooit van het stadje Ordebec gehoord? Een beroemde componist heeft er een tijdje vertoefd.'

'Daar gaat het nu niet om, inspecteur.'

'Maar dat is een positief teken. De rest is zorgwekkender. Dat leger? Ging dat over de weg van Bonneval?'

'Dat is de naam die de vrouw heeft genoemd', antwoordde Adamsberg verbaasd. 'Hebt u gehoord dat ze het over die weg had?'

'Nee, maar het is een van de bekende *grimwelds*, hij loopt door het bos van Alance. U kunt er zeker van zijn dat geen enkele inwoner van Ordebec hem niet kent en dat ze nog vaak aan die geschiedenis denken, ook al zouden ze hem liever vergeten.'

'Dat woord ken ik niet, Danglard. Grimweld.'

'Zo noemen ze een weg waarover de Troep van Hellequin gaat, of het Woeste Leger, zo u wilt, of de Grote Jacht. Er zijn heel weinig mannen of vrouwen die de Troep zien. Een van die mannen is nogal beroemd, ook hij heeft hem voorbij zien komen in Bonneval, net als die Lina. Hij heet Gauchelin en het is een priester.'

Danglard nam twee flinke slokken achter elkaar en glimlachte. Adamsberg gooide zijn as in de koude schoorsteen en wachtte af. De enigszins provocerende glimlach die de weke wangen van de inspecteur tot plooien vormde, voorspelde niets goeds, behalve dan dat Danglard zich eindelijk helemaal op zijn gemak voelde.

'Dat gebeurde aan het begin van de maand januari, in 1091. Je hebt die wijn goed uitgekozen, Armel. Maar het zal niet genoeg zijn.'

'In welk jaar?' vroeg Zerk, die zijn kruk dichter bij de schoorsteen had gezet en aandachtig naar de inspecteur luisterde, met zijn ellebogen op zijn knieën en zijn glas in zijn hand.

'Aan het eind van de elfde eeuw. Vijf jaar voordat de eerste kruistocht begon.'

'Verdomme', zei Adamsberg zachtjes omdat hij het onaangename gevoel kreeg dat hij beduveld was door het vrouwtje uit Ordebec, ook al was ze dan een teer paardebloemetje.

'Ja', beaamde Danglard. 'Het is veel moeite voor niets, commissaris. Maar u wilt nog steeds begrijpen waarom die vrouw zo geschrokken is, toch?'

'Misschien.'

'Dan moet je het verhaal van Gauchelin kennen. En we moeten een tweede fles wijn hebben', herhaalde hij. 'We zijn met z'n drieën.'

Zerk sprong op.

'Ik ga nog wel even', zei hij.

Adamsberg zag dat hij, voordat hij wegging, weer zachtjes met zijn vinger over de duif streek. En Adamsberg herhaalde automatisch, als een vader: 'Op het dressoir ligt geld.'

Zeven minuten later schonk Danglard, gerustgesteld door de aanwezigheid van de tweede fles, zich een nieuw glas in, begon aan het verhaal van Gauchelin en hield toen op met praten terwijl hij zijn blik op het lage plafond richtte.

'Maar misschien biedt de kroniek van Hélinand de Froidmond, uit het begin van de dertiende eeuw, een duidelijker beeld. Gun me even de tijd om me te herinneren hoe het ook weer zat, het is geen tekst die ik elke dag raadpleeg.'

'Ga uw gang', zei Adamsberg uit het veld geslagen.

Vanaf het moment dat hij had begrepen dat ze teruggingen tot ver in de Middeleeuwen en Michel Herbier aan zijn lot werd overgelaten, kreeg het verhaal van het vrouwtje met haar doodsangst een aspect waar hij niets mee kon.

Hij stond op, schonk zichzelf een bescheiden glas in en keek even naar de duif. Het Woeste Leger was zijn zaak niet meer en hij had zich vergist in de vluchtige mevrouw Vendermot. Ze had hem niet nodig. Het was een ongevaarlijke idioot, idioot genoeg om bang te zijn dat de boeken uit de kast boven op haar zouden vallen, en zelfs die uit de elfde eeuw.

'Zijn oom Hellebaud vertelt wat er gebeurd is', verduidelijkte Danglard, die zich nu alleen tot de jonge man wendde.

'De oom van Hélinand de Froidmond?' vroeg Zerk heel aandachtig.

'Precies, zijn oom van vaderskant. Die het volgende zegt: *Terwijl we tegen de middag dat bos naderden, ik en mijn dienstknecht, die voor me uit reed en zich haastte om onderdak voor me te vinden, hoorde deze in het bos een hevig geraas, als het gehinnik van vele paarden, het gekletter van wapens en het geschreeuw van een menigte mensen die ten strijde trok. Doodsbang keerde hij met zijn paard naar mij terug. Toen ik vroeg waarom hij rechtsomkeert had gemaakt, antwoordde hij: "Ik kreeg mijn paard niet meer vooruit, noch door het te slaan, noch door het de sporen te geven, en ikzelf ben zo vreselijk bang dat ik niet verder kon. Ik heb namelijk ontstellende dingen gehoord en gezien.'"*

Danglard stak zijn arm uit naar de jonge man.

'Armel' – want Danglard weigerde beslist de jonge man bij zijn bijnaam, Zerk, te noemen en hij nam het de commissaris ernstig kwalijk dat die dat wel deed – 'schenk mijn glas nog eens vol, dan krijg je te horen wat die jonge vrouw, Lina, heeft gezien. Dan weet je wat haar 's nachts uit haar slaap houdt.'

Zerk schonk de inspecteur in met de gretigheid van een jongen die bang is dat een verhaal niet wordt afgemaakt, en hij ging weer naast Danglard zitten. Hij had geen vader gehad, er waren hem nooit verhalen verteld. Zijn moeder werkte 's nachts als schoonmaakster in een visfabriek.

'Dank je, Armel. En de dienstknecht ging door: *In het bos stikt het van de zielen van doden en kwade geesten. Ik hoorde ze roepen en schreeuwen: "We hebben de proost van Arques al, nu pakken we de aartsbisschop van Reims." Daarop antwoordde ik: "Laten we het kruisteken op ons voorhoofd aanbrengen en veilig verder rijden."'*

'Nu is oom Hellebaud weer aan het woord.'

'Juist. En Hellebaud zegt: *Toen we verder reden en bij het bos aankwamen, werd het al duister en toch hoorde ik verwarde stemmen en wapengekletter en hinnikende paarden, maar ik kon noch de schimmen zien, noch de stemmen verstaan. Toen we weer thuis waren gekomen, bleek de aartsbisschop op sterven te liggen en hij heeft geen twee weken meer geleefd nadat wij die stemmen hadden gehoord. Daaruit leidden we af dat hij door die geesten was meegevoerd. Waarvan we hadden gehoord dat ze hem te pakken zouden nemen.*'

'Dat komt niet overeen met wat de moeder van Lina vertelde', kwam Adamsberg voorzichtig tussenbeide. 'Ze zei niet dat haar dochter stemmen had gehoord of gehinnik of dat ze schimmen had gezien. Ze heeft alleen Michel Herbier en drie andere kerels gezien met mannen van dat Leger.'

'Omdat die moeder niet alles durfde te vertellen. En omdat ze in Ordebec zich niet nader hoeven te verklaren. Wanneer iemand daar zegt: "Ik zag het Woeste Leger voorbijtrekken", weet iedereen precies waar het om gaat. Ik zal u een betere beschrijving geven van het Leger dat Lina ziet, en dan zult u begrijpen dat ze geen rustige nachten heeft. En één ding is zeker, commissaris, en dat is dat het leven in Ordebec voor haar heel moeilijk moet zijn. Ze ontlopen haar ongetwijfeld, ze wantrouwen haar als de pest. Ik denk dat de moeder u is komen opzoeken om haar dochter te beschermen, vooral daarom.'

'Wat ziet ze dan?' vroeg Zerk met een sigaret in zijn mond.

'Armel, dat oude leger dat zo veel herrie maakt is niet ongeschonden. De paarden en hun ruiters zijn uitgemergeld en ze missen armen en benen. Het is een half in ontbinding verkerend, razend, bloeddorstig dodenleger waarvoor geen plek is in de hemel. Moet je je voorstellen.'

'Ja', knikte Zerk terwijl hij opnieuw zijn glas volschonk. 'Hebt u één momentje, inspecteur? Het is tien uur, ik moet voor de duif zorgen. Dat zijn de instructies.'

'Wie heeft je die gegeven?'

'Violette Retancourt.'

'Nou, ga je gang dan maar.'

Zerk ging zorgvuldig aan de slag met de vochtige beschuit, het flesje en de pipet. Hij begon er handig in te worden. Hij ging weer zitten, maar leek er niet gerust op.

'Hij gaat niet vooruit', zei hij treurig tegen zijn vader. 'Dat rotjoch.'

'Ik vind hem wel, geloof mij maar', zei Adamsberg vriendelijk.

'Gaat u echt een onderzoek instellen naar degene die de duif heeft mishandeld?' vroeg Danglard nogal verbaasd.

'Zeker, Danglard', antwoordde Adamsberg. 'Waarom niet?'

Danglard wachtte tot Zerks blik weer op hem gericht was voordat hij de draad van zijn verhaal over het duistere leger weer opnam. Hij raakte steeds meer onder de indruk van de gelijkenis tussen vader en zoon, hun gelijksoortige, wezenloze blik zonder glinstering of precisie, met een onduidelijke, onwaarneembare pupil. Behalve dan, bij Adamsberg, wanneer er plotseling een vonk oplichtte, zoals je soms ziet bij bruine wieren als bij eb de zon erop schijnt.

'Dat Woeste Leger sleept altijd een paar levende mannen of vrouwen met zich mee, die schreeuwen en jammeren, ten prooi aan pijn en vuur. Zij worden door een getuige herkend. Precies zoals Lina de jager en drie andere personen heeft herkend. Die levenden smeken fatsoenlijke mensen of die hun weerzinwekkende misdaden ongedaan willen maken zodat er aan hun marteling een eind komt. Dat zegt Gauchelin.'

'Nee, Danglard,' verzocht Adamsberg, 'geen Gauchelin meer. Zo is het wel genoeg, we hebben een aardig totaalbeeld.'

'U hebt mij gevraagd hierheen te komen om u over het Leger te vertellen', reageerde Danglard gepikeerd.

Adamsberg haalde zijn schouders op. Van zulke verhalen kreeg hij slaap en hij had veel liever gehad dat Danglard het bij een samenvatting hield. Maar hij wist met hoeveel vreugde de inspecteur zich erin wentelde, als in een meer dat tot de rand gevuld was met de beste witte wijn ter wereld. Vooral onder de stomverbaasde, bewonderende blikken van Zerk. Deze afleiding maakte tenminste een einde aan het halsstarrige gemok van Danglard, die nu meer verzoend leek met het leven.

'Gauchelin vertelt ons', vervolgde Danglard, glimlachend en zich bewust van Adamsbergs vermoeidheid: '*En toen kwam er een enorme meute mensen langslopen. Ze droegen op hun nek en schouders vee, kleren en allerlei voorwerpen en verschillende werktuigen met zich mee die struikrovers meestal bij zich hebben.* Dat is een mooie tekst, niet?' vroeg hij Adamsberg met een nadrukkelijke glimlach.

'Heel mooi', gaf Adamsberg toe zonder erbij na te denken.

'Eenvoud en gratie, alles zit erin. Dat is nog eens wat anders dan die loodzware versregels van Veyrenc.'

'Daar kan hij niks aan doen, zijn grootmoeder hield van Racine. Ze droeg er in zijn jeugd elke dag uit voor, Racine en anders niet. Want ze had die boeken gered bij een brand op haar kostschool.'

'Ze had beter handboeken voor de etiquette en goede manieren kunnen redden om die haar kleinzoon bij te brengen.'

Adamsberg zweeg, maar bleef naar Danglard kijken. Het gewenningsproces zou lang duren. Op het ogenblik ging het in de richting van een duel tussen beide mannen, of liever gezegd – en dat was een van de oorzaken – tussen de twee intellectuele zwaargewichten van de Brigade.

'Maar laten we verdergaan', hernam Danglard. 'Gauchelin zegt: *Allen jammerden en joegen elkaar op. De priester herkende in die stoet een aantal buren die nog niet zo lang dood waren en hij hoorde ze klagen over de hevige kwellingen die ze vanwege hun wandaden ondergingen. Hij zag ook*, en hier komen we dicht in de buurt van uw Lina, *hij zag ook Landri. In zaken en bij rechtszittingen oordeelde hij altijd zoals het hem uitkwam, en afhankelijk van de geschenken die hij had ontvangen, veranderde hij zijn vonnis. Hebzucht en bedrog maakten voor hem meer de dienst uit dan rechtvaardigheid.* En daarom werd Landri, burggraaf van Ordebec, geronseld door het Woeste Leger. Onrechtvaardig rechtspreken werd in die tijd beschouwd als een halsmisdaad. Terwijl men er nu geen punt van maakt.'

'Ja', beaamde Zerk, die geen blijk leek te geven van enige kritiek ten opzichte van de inspecteur.

'Maar in ieder geval,' vervolgde Danglard, 'wat de getuige ook probeert wanneer hij na dit angstaanjagende visioen thuiskomt, en hoeveel missen hij ook laat opdragen, de levenden die hij in handen van de ruiters heeft gezien, sterven in de week na hun verschijning. Of hooguit drie weken later. En dat is een punt dat we goed moeten onthouden in het verhaal van dat vrouwtje, commissaris: alle mensen die door het Leger worden "geronseld", zijn smeerlappen, duistere zielen, uitzuigers, verachtelijke rechters of moordenaars. En hun misdaad is meestal niet bekend bij hun tijdgenoten. En niet bestraft. Daarom rekent het Leger met hen af. Wanneer precies heeft Lina het zien voorbijtrekken?'

'Meer dan drie weken geleden.'

'Dan is er geen twijfel mogelijk', zei Danglard rustig terwijl hij naar zijn glas staarde. 'Dan is die man dood, ja. Met de Troep van Hellequin mee.'

'De Troep, inspecteur?' vroeg Zerk.

'Het Gevolg, zou je kunnen zeggen. En Hellequin is hun heer en meester.'

Adamsberg liep, weer enigszins nieuwsgierig, terug naar de schoorsteen en leunde met zijn rug tegen de bakstenen schoorsteenmantel. Dat het Leger de aandacht vestigde op ongestrafte moordenaars, vond hij interessant. Hij vermoedde plotseling dat de kerels wier naam Lina had genoemd, in Ordebec doodsbenauwd zouden zijn. Dat de anderen hen in de gaten zouden houden, er nog eens over na zouden denken en zich zouden afvragen welk misdrijf ze gepleegd konden hebben. Ook al geloof je er niet in, je gelooft er toch in. De gevaarlijke gedachte baant zich een weg. Ze beweegt zich geluidloos voort in de krochten van de geest, ze neust hier en daar en wandelt wat rond. Je duwt haar weg, ze zwijgt en komt weer terug.

'Hoe komen degenen die zijn "geronseld" aan hun einde?' vroeg hij.

'Dat hangt ervan af. Door heftige koorts of door een moord. Is er geen sprake van een acute ziekte of een ongeluk, dan is er wel een aards wezen dat de onverbiddelijke wil van het Leger uitvoert. Een moord dus, maar een moord op bevel van Seigneur Hellequin. Begrijpt u?'

De twee glazen wijn die Adamsberg had gedronken – wat zelden gebeurde – hadden zijn lichte ergernis weggenomen. Op dit moment leek het hem juist een uitzonderlijke en amusante ervaring om een vrouw te ontmoeten die in staat was het verschrikkelijke Leger te zien. En dacht hij dat de werkelijke gevolgen van zo'n visioen angstaanjagend konden zijn. Hij schonk zich nog een half glas in en pikte een sigaret uit het pakje van zijn zoon.

'Is dat een legende speciaal van Ordebec?' vroeg hij.

Danglard schudde zijn hoofd.

'Nee. De Troep van Hellequin trekt door heel Noord-Europa.

Door de Scandinavische landen, door Vlaanderen en verder doorkruist hij heel Noord-Frankrijk en Engeland. Maar hij gaat altijd over dezelfde wegen. Hij raast al duizend jaar over de weg van Bonneval.'

Adamsberg trok een stoel bij, ging zitten en strekte zijn benen, zodat de drie mannen in een kringetje voor de schoorsteen zaten.

'Dat neemt niet weg', begon hij – en zoals zo vaak stokten zijn woorden hier bij gebrek aan een gedachte die helder genoeg was om zijn zin af te kunnen maken.

Danglard had nooit kunnen wennen aan de onbestemde duisterheid van de geest van de commissaris, aan het ontbreken van een vervolg en een logische samenhang.

'Dat neemt niet weg', ging Danglard in zijn plaats verder, 'dat het niet meer is dan het verhaal van een ongelukkige jonge vrouw die zo in de war is dat ze visioenen heeft. En van een moeder die zo bang is dat ze daarin gelooft en zelfs de politie om hulp vraagt.'

'Dat neemt niet weg dat het ook een vrouw is die verscheidene doden voorspelt. Stel dat Michel Herbier niet weggegaan is, stel dat ze zijn lichaam vinden.'

'Dan bevindt die Lina van u zich in een heel lastig parket. Wie zegt dat zij Herbier niet heeft vermoord? En dat ze dat verhaal niet vertelt om haar omgeving om de tuin te leiden?'

'Hoezo, om de tuin leiden?' vroeg Adamsberg lachend. 'Denkt u werkelijk dat de ruiters van het Woeste Leger voor de politie geloofwaardige verdachten zijn? Denkt u dat het slim van Lina is om een vent die al duizend jaar daar in die buurt rondrijdt als dader aan te wijzen? Wie gaan we arresteren? Baas Hennequin?'

'Hellequin. En het is een seigneur. Misschien een afstammeling van Odin.'

Danglard vulde met vaste hand zijn glas.

'Laat gaan, commissaris. Laat de ruiters zonder benen zitten waar ze zitten, en die Lina erbij.'

Adamsberg knikte instemmend en Danglard dronk zijn glas leeg. Na zijn vertrek liep Adamsberg met lege blik een tijdje door de kamer heen en weer.

'Weet je nog', zei hij tegen Zerk, 'dat de eerste keer dat jij hier kwam er geen gloeilamp zat in de lamp aan het plafond?'

'Die ontbreekt nog steeds.'

'Zullen we er eens een nieuwe in draaien?'

'Jij zei dat het jou niet stoorde, dat lampen het wel of niet doen.'

'Dat klopt. Maar er komt altijd een moment waarop je een stap moet zetten. Er komt altijd een moment waarop je bij jezelf denkt dat je de lamp gaat vervangen; waarop je bij jezelf denkt: ik ga morgen de kapitein van de gendarmerie in Ordebec bellen. En dan moet je dat gewoon doen.'

'Maar inspecteur Danglard heeft geen ongelijk. Die vrouw is absoluut gestoord. Wat moet je met dat Woeste Leger van haar?'

'Niet dat Leger van haar zit me in de weg, Zerk. Ik hou er gewoon niet van om te horen te krijgen dat er doden gaan vallen, op welke manier dan ook.'

'Dat begrijp ik. Dan zorg ik voor de lamp.'

'Wacht je tot elf uur met voeren?'

'Ik blijf vannacht hier om hem ieder uur wat te geven. Ik slaap wel in die stoel.'

Zerk raakte met de rug van zijn vingers de vogel aan.

'Hij voelt ondanks de temperatuur hier niet warm aan.'

6

Om kwart over zes 's ochtends voelde Adamsberg hoe een hand aan hem schudde.

'Hij heeft zijn ogen open! Kom gauw kijken.'

Zerk wist nog steeds niet hoe hij Adamsberg moest noemen. 'Vader'? Veel te plechtig. 'Papa'? Dat gaat niet meer op die leeftijd. 'Jean-Baptiste'? Te amicaal en misplaatst. Intussen wist hij niet hoe hij hem moest aanspreken, en dat leidde tot lastige lege ruimtes in zijn zinnen. Open plekken. Maar die open plekken gaven precies weer dat hij achtentwintig jaar afwezig was geweest.

De twee mannen liepen de trap af en bogen zich over de aardbeienmand. Er was ontegenzeglijk een verbetering te zien. Zerk begon het verband van de pootjes af te halen en ze te ontsmetten terwijl Adamsberg koffiezette.

'Hoe zullen we hem noemen?' vroeg Zerk terwijl hij een dun schoon gaasje om de pootjes wikkelde. 'Als hij in leven blijft, moet hij wel een naam hebben. We kunnen niet steeds "de duif" zeggen. Zullen we hem Violette noemen, net als die mooie brigadier van je?'

'Dat kan niet. Het zal niemand ooit lukken om Retancourt te vangen en haar pootjes vast te binden.'

'Laten we hem dan Hellebaud noemen, zoals die vent in het verhaal van de inspecteur. Denk je dat hij zijn teksten nog had bestudeerd voordat hij hierheen kwam?'

'Ja, hij heeft ze vast doorgelezen.'

'Maar dan nog, hoe kan hij dat allemaal onthouden?'

'Probeer daar maar niet achter te komen, Zerk. Want als we werkelijk Danglards hoofd van binnen zouden zien, als jij en ik daarin zouden rondwandelen, denk ik dat we daar meer van zouden schrikken dan van al het geraas van het Woeste Leger.'

Zodra Adamsberg bij de Brigade aankwam, keek hij op de lijst en belde kapitein Louis Nicolas Émeri op de gendarmerie van Ordebec. Adamsberg maakte zich bekend en hij bespeurde een zekere besluiteloosheid aan de andere kant van de lijn. Gemompelde vragen, waarschuwingen, gemopper, geschuif van stoelen. Als Adamsberg zich onverwacht bij een politiebureau meldde, leidde dat vaak meteen tot opschudding, waarbij iedereen zich afvroeg of ze zijn telefoontje moesten beantwoorden of daar onder een of ander voorwendsel van afzien. Uiteindelijk kwam Louis Nicolas Émeri aan de lijn.

'Zegt u het maar, commissaris', zei hij argwanend.

'Kapitein Émeri, het gaat over die verdwenen man wiens vrieskist is leeggehaald.'

'Herbier?'

'Ja. Is er nog nieuws?'

'Geen enkel. We hebben zijn huis en alle bijgebouwen doorzocht. Geen spoor van de persoon te bekennen.'

Een prettige stem, iets te gemaakt, met vastberaden, minzame toonbuigingen.

'Bent u geïnteresseerd in de zaak?' hernam de kapitein. 'Het zou me verbazen als zo'n alledaags geval van verdwijning u boeit.'

'Ik ben niet geboeid. Ik vroeg me alleen af wat u van plan was te gaan doen.'

'De wet toepassen, commissaris. Niemand heeft om een opsporingsbericht gevraagd, dus de persoon is niet als vermist opgegeven. Hij is op zijn brommer vertrokken en ik heb geen enkel recht hem achterna te zitten. Als mens heeft hij die vrijheid', benadrukte hij met een zekere arrogantie. 'Het werk is volgens de voorschriften uitgevoerd, hij heeft geen verkeersongeluk gehad en zijn voertuig is nergens gesignaleerd.'

'Wat vindt u ervan dat hij weg is, kapitein?'

'Alles welbeschouwd niet zo verbazingwekkend. Herbier was hier in de omgeving niet geliefd, en velen hadden zelfs ronduit een hekel aan hem. Die kwestie van die vrieskist bewijst misschien dat iemand bedreigingen heeft geuit vanwege zijn beestachtige manier van jagen, bent u op de hoogte?'

'Ja. Wijfjes en jonkies.'

'Het is mogelijk dat Herbier geïntimideerd is, dat hij bang is geworden en dat hij ervandoor is gegaan zonder de bui af te wachten. Of hij heeft een soort inzinking gehad, gewetenswroeging, en heeft zelf zijn vrieskist leeggehaald en alles achtergelaten.'

'Ja, waarom niet?'

'In ieder geval had hij hier in de buurt geen enkel contact meer. Dus hij kon net zo goed elders een nieuw leven beginnen. Het huis is niet van hem, hij huurde. En sinds hij met pensioen was, had hij problemen met het betalen van de huur. Tenzij de eigenaar een klacht indient, ben ik aan handen en voeten gebonden. Hij is met de noorderzon vertrokken, dat denk ik.'

Émeri was open en behulpzaam, zoals Danglard al had aangekondigd, terwijl hij tegelijkertijd afstandelijk geamuseerd op Adamsbergs telefoontje reageerde.

'Dat is allemaal best mogelijk, kapitein. Hebt u daar een "weg van Bonneval"?'

'Ja, en?'

'Van waar tot waar loopt die?'

'Hij begint bij het buurtschap Les Illiers, bijna drie kilometer hiervandaan en loopt vervolgens door een gedeelte van het bos van Alance. Vanaf het Croix de Bois heet hij anders.'

'Wordt hij veel gebruikt?'

'Je kunt er overdag langs. Maar 's nachts doet niemand dat. Oude legendes die nog steeds de ronde doen, u weet hoe dat gaat.'

'Bent u niet even op verkenning uitgegaan?'

'Als u mij op een idee wilt brengen, commissaris Adamsberg, zal ik er op mijn beurt een opperen. Ik heb zo'n idee dat u een inwoner van Ordebec op bezoek hebt gehad. Of vergis ik me?'

'Dat is juist, kapitein.'

'Wie?'

'Dat kan ik u niet vertellen. Iemand die ongerust is.'

'En het is voor mij zo klaar als een klontje waarover ze het met u heeft gehad. Over dat stelletje verrekte spoken dat Lina

Vendermot heeft gezien, als je dat "zien" kunt noemen. En in dat gezelschap zou ze Herbier hebben aangetroffen.'

'Klopt', gaf Adamsberg toe.

'Daar trapt u toch niet in, commissaris? Weet u waarom Lina Herbier bij dat verrekte Leger heeft gezien?'

'Nee.'

'Omdat ze hem haat. Het is een oude vriend van haar vader, de enige misschien. Als ik u een raad mag geven, commissaris, vergeet het allemaal. Die meid is al van jongs af stapelgek en iedereen hier weet dat. En iedereen wantrouwt haar en die hele idiote familie van haar. Kunnen ze niet helpen. Eigenlijk zijn ze eerder te beklagen.'

'Weet iedereen dat ze het Leger heeft gezien?'

'Natuurlijk. Lina heeft het aan haar familie en haar baas verteld.'

'Wie is haar baas?'

'Ze is als advocate werkzaam bij het kantoor van Deschamps en Poulain.'

'Wie heeft het gerucht verspreid?'

'Iedereen. Er wordt hier sinds drie weken nergens anders meer over gepraat. Verstandige mensen lachen erom, maar wie geen verstand heeft is bang. Ik kan u verzekeren dat we er niet op zitten te wachten dat Lina voor haar lol de mensen terroriseert. Ik geef u op een briefje dat sindsdien niemand meer een voet heeft gezet op de weg van Bonneval. Zelfs vrijdenkers niet. En ik al helemaal niet.'

'Hoezo, kapitein?'

'Denk niet dat ik ergens bang voor ben' – en in die zelfverzekerde woorden meende Adamsberg iets van de vroegere maarschalk uit de tijd van Napoleon te herkennen – 'maar ik wil beslist niet dat overal wordt rondverteld dat kapitein Émeri in het Woeste Leger gelooft. Hetzelfde geldt voor u, als ik u een raad mag geven. Deze zaak moeten we onder de pet houden. Maar ik heet u hier evengoed van harte welkom als u voor zaken een keer in de buurt van Ordebec bent.'

Een ambivalent en enigszins ongemakkelijk gesprek, dacht Adamsberg terwijl hij ophing. Émeri had hem op een vriendelijke manier voor de gek gehouden. Hij had een afwachtende houding aangenomen en was al ingelicht over het bezoek van een inwoner van Ordebec. Zijn terughoudendheid was begrijpelijk. Een zieneres in je district hebben was geen pretje.

Bij de Brigade kwam men langzaam binnendruppelen, maar Adamsberg was meestal vroeg. Retancourt stond een ogenblik met haar grote lichaam in de deuropening en in zijn licht, waarna Adamsberg haar onelegant naar haar tafel zag lopen.

'De duif deed vanochtend zijn ogen open', zei hij tegen haar. 'Zerk heeft hem de hele nacht gevoerd.'

'Goed nieuws', was kortweg het antwoord van Retancourt, die geen gevoelsmens was.

'Als hij in leven blijft, noemen we hem Hellebaud.'

'Elleboog? Dat slaat nergens op.'

'Nee, "Hellebaud". Dat is een oude naam. De oom of de neef van ik-weet-niet-meer-wie.'

'Oké', zei de brigadier terwijl ze haar computer aanzette. 'Justin en Noël willen u spreken. Momo-de-schroeier schijnt weer eens te hebben toegeslagen, maar deze keer is er een hoop schade. De auto is zoals gewoonlijk volledig uitgebrand, maar er zat iemand in te slapen. Volgens het eerste onderzoek zou het om een oude man gaan. Dood door schuld, hij komt er deze keer niet met een half jaartje vanaf. Ze zijn begonnen met het onderzoek, maar ze willen weten, hoe zal ik het zeggen, welke koers u gaat varen.'

Retancourt had het woord 'koers' met een schijn van ironie benadrukt. Want enerzijds meende ze dat Adamsberg geen koers volgde, anderzijds had ze meestal kritiek op de manier waarop de commissaris tijdens een onderzoek kon zwalken. Dat conflict over zijn werkwijze was al vanaf het begin latent aanwezig, zonder dat zij of Adamsberg ook maar iets in het werk stelde om tot een oplossing te komen. Wat niet wegnam dat Adamsberg voor Retancourt de instinctieve liefde voelde die een heiden zou hebben voor de hoogste boom in het bos. De enige die een werkelijke schuilplaats biedt.

De commissaris ging aan de tafel zitten waar Justin en Noël de laatste gegevens noteerden over de in brand gestoken auto met de man erin. Momo-de-schroeier had zojuist zijn elfde voertuig in de as gelegd.

'We hebben Mercadet en Lamarre achtergelaten bij de flat waar Momo bivakkeert, in de Cité des Buttes', legde Noël uit. 'De auto is uitgebrand in het vijfde arrondissement, in de rue Henri-Barbusse. Het gaat zoals gewoonlijk om een dure Mercedes.'

'De man die dood is, weten we wie dat is?'

'Nog niet. Er is niks meer over van zijn papieren of van de nummerplaten. De jongens kijken nu naar de motor. Aanslag op de gegoede burgerij, dat is typisch Momo-de-schroeier. Hij heeft nog nooit buiten deze wijk brand gesticht.'

'Nee', zei Adamsberg hoofdschuddend. 'Momo heeft dit niet gedaan. We verspillen onze tijd.'

Op zich had Adamsberg geen moeite met tijd verspillen. Aangezien hij nooit brandde van ongeduld, was hij niet gauw geneigd het vaak opgeschroefde tempo van zijn medewerkers te volgen, net zomin als zijn medewerkers in zijn trage cadans konden meegaan. Adamsberg verhief het niet tot een methode, laat staan tot een theorie, maar hij meende dat als het om tijdwinst ging, in de bijna roerloze momenten van rust tijdens een onderzoek soms de zeldzaamste parels verscholen lagen. Zoals kleine schelpdieren in spleten tussen de rotsen kruipen, ver weg van de deining van het hoogwater. Daar vond híj ze in ieder geval.

'Het is wel duidelijk wie het gedaan heeft', hield Noël vol. 'De oude man zat waarschijnlijk in de auto op iemand te wachten. Het was donker en hij is mogelijk in zijn slaap onderuitgezakt. In het beste geval heeft Momo-de-schroeier hem niet gezien. In het ergste geval heeft hij de hele boel in één keer in de fik gestoken. Auto en inzittende.'

'Niets voor Momo.'

Adamsberg zag duidelijk het gezicht van de jonge man weer voor zich, koppig en intelligent, fijnbesneden onder een massa zwarte krullen. Hij wist niet waarom hij Momo niet was vergeten, waarom hij hem wel mocht. Terwijl hij naar zijn medewerkers luisterde, belde hij voor informatie over treinen die overdag naar Ordebec gingen, want zijn auto was in reparatie. Het vrouwtje vertoonde zich niet en de commissaris veronderstelde dat ze, nadat ze haar taak niet naar tevredenheid had kunnen vervullen, de vorige dag naar Normandië was teruggekeerd. Dat de commissaris niet op de hoogte was van het Woeste Leger had haar wellicht haar laatste beetje moed ontnomen. Want moed heb je waarschijnlijk wel nodig als je met de politie over een bende eeuwenoude duivels komt praten.

'Commissaris, hij heeft al tien auto's in brand gestoken, hij heeft een geuzennaam aangenomen. Hij wordt in zijn buurt bewonderd. Hij stijgt op de ladder, hij streeft naar de top. Voor hem is het maar een kleine stap van Mercedessen, zijn vijanden, naar mensen die zo'n auto besturen.'

'Een reuzenstap, Noël, die hij nooit zal maken. Ik heb hem twee keer tijdens zijn voorlopige hechtenis meegemaakt. Momo zou nooit een auto in de fik steken zonder hem eerst te hebben geïnspecteerd.'

Er was geen station in Ordebec, hij moest in Cérenay uitstappen en een bus nemen. Hij zou pas tegen vijf uur op zijn bestemming aankomen, nogal een onderneming voor zo'n korte wandeling. Maar omdat het in de zomer lang licht bleef, had hij alle tijd om de vijf kilometer lange weg van Bonneval af te lopen. Als een moordenaar had willen profiteren van de gekte van die Lina, kon hij daar misschien een lijk hebben achtergelaten. Dat uitstapje naar het bos was niet alleen een onuitgesproken opdracht waartoe hij zich tegenover het vrouwtje op de een of andere manier verplicht voelde, maar het was ook goed er even tussenuit te zijn. Hij rook in gedachten al de geur op die weg, zag de schaduwen al voor zich, en voelde het tapijt van zachte bladeren al onder zijn voeten. Hij had ieder van zijn agenten erheen kunnen sturen, of zelfs kapitein Émeri ertoe kunnen bewegen erheen te gaan. Maar het idee zelf op onderzoek uit te gaan had zich in de loop van de ochtend langzaam aan hem opgedrongen zonder dat hij er een verklaring voor had, terwijl hij het duistere gevoel had dat een paar inwoners van Ordebec een heel vervelende tijd doormaakten. Hij klapte zijn mobieltje dicht en richtte zijn aandacht weer op zijn twee brigadiers.

'Wees vooral gespitst op die oude man die verbrand is', zei hij. 'Met Momo's reputatie in dat deel van het vijfde arrondissement is het makkelijk om hem een moord in de schoenen te schuiven wanneer je zijn methodes navolgt, die vrij eenvoudig zijn. Benzine en een kort lontje, dat is het enige wat een moordenaar nodig heeft. Hij laat de man in de auto wachten, komt in het donker terug en steekt de boel aan. Zoek uit wie de man is, of hij goed kon zien en horen. En ga op zoek naar de chauffeur van de auto, bij wie die ouwe zich veilig voelde. Dat hoeft niet veel tijd te kosten.'

'We trekken toch wel Momo's alibi na?'

'Ja. Maar stuur de restjes benzine op voor onderzoek, octaangehalte, enzovoort. Momo gebruikt bromfietsbenzine, aangelengd met veel olie. Ga na wat de samenstelling is, het staat in het dossier. Jullie hoeven me vanmiddag niet te gaan zoeken,' voegde hij eraan toe terwijl hij opstond, 'ik ben weg tot vanavond.'

Waarheen, vroeg de magere Justin stilzwijgend met zijn blik.

'Ik ga in het bos een paar oude ruiters tegemoet. Ben niet lang weg. Geef het door op de Brigade. Waar is Danglard?'

'Bij de koffieautomaat', zei Justin en hij wees naar de bovenste verdieping. 'Hij heeft de kat naar zijn etensbak gebracht, het was zijn beurt.'

'En Veyrenc?'

'Helemaal aan de andere kant van het gebouw', zei Noël met een gemeen lachje.

Adamsberg trof Veyrenc aan achter het bureau dat het verst van de grote gemeenschappelijke ruimte vandaan tegen de muur stond geschoven.

'Ik ben me aan het onderdompelen', zei hij en hij wees op een stapel dossiers. 'Ik bekijk wat jullie in mijn afwezigheid aan klussen hebben geklaard. Ik vind dat de kat dikker is geworden, en Danglard ook. Het gaat beter met hem.'

'Hij kan toch niet anders dan dik worden? Hij ligt de hele dag bij Retancourt, languit op het kopieerapparaat.'

'Je bedoelt de kat. Als hij niet naar zijn etensbak werd gedragen, zou hij misschien besluiten te gaan lopen.'

'Dat hebben we geprobeerd, Louis. Hij at niet meer en na vier dagen zijn we met het experiment gestopt. Hij kan heel goed lopen. Zodra Retancourt weggaat, komt hij probleemloos van zijn sokkel af en gaat op haar stoel liggen. En Danglard, die heeft op de conferentie in Londen een nieuwe vriendin gevonden.'

'O, vandaar. Maar toen hij me vanochtend tegenkwam, kromp hij in elkaar van ergernis. Heb je hem gevraagd naar het Leger?'

'Ja. Het is al heel oud.'

'Heel oud', bevestigde Veyrenc glimlachend. *'In de verborgenheid sluimert een oud verhaal,/ Laat het voor wat het is, en ga niet aan de haal/ Met wat verholen is.'*

'Ik ga nergens mee aan de haal, ik ga een wandeling maken over de weg van Bonneval.'

'Is dat een grimweld?'

'Ja, die van Ordebec.'

'Heb je Danglard over je uitstapje verteld?'

Veyrenc zat ondertussen op het toetsenbord van zijn computer te tikken.

'Ja, en hij kromp in elkaar van ergernis. Hij vond het heerlijk om over het Leger uit te weiden maar het bevalt hem niet dat ik erachteraan ga.'

'Heeft hij je verteld over de "geronselden"?'

'Ja.'

'Besef dan wel, als je daar tenminste naar op zoek bent, dat de lijken van de geronselden zelden op een grimweld worden achtergelaten. Die vind je gewoon in hun eigen huis, of op een duelleerterrein, of in een put, of ook wel op een plek waar vroeger erediensten werden gehouden. Want je weet dat verlaten kerken de duivel aantrekken. Je schenkt even geen aandacht aan zo'n plek en meteen vestigt zich daar het Kwaad. En wie door het Leger wordt geronseld, bekeert zich tot de duivel, zo eenvoudig is het.'

'Dat klinkt logisch.'

'Kijk', zei hij terwijl hij naar zijn scherm wees. 'Dat is de kaart van het bos van Alance.'

'Hier,' zei Adamsberg, en hij volgde met zijn vinger een lijn, 'dit moet de weg zijn.'

'En daar heb je de kapel van Sint-Antonius van Alance. Hier, daartegenover in het zuiden, een kruisbeeld. Dat zijn plekken die je kunt gaan bekijken. Neem een kruis mee om jezelf te beschermen.'

'Ik heb een riviersteentje in mijn zak.'

'Dat is ruimschoots voldoende.'

7

Het was in Normandië een graad of zes koeler en zodra Adamsberg op het bijna verlaten busstation was uitgestapt, bewoog hij zijn hoofd heen en weer in de frisse wind, die hij langs zijn nek en achter zijn oren langs liet strijken als was hij een dier, zo ongeveer als een paard dat deed om de bremzen te verjagen. Hij begon in noordelijke richting om Ordebec heen te lopen en zette een half uur later zijn eerste stap op de weg van Bonneval, die met een oud en met de hand geschilderd houten bordje werd aangegeven. Het was een smal pad, in tegenstelling tot wat hij zich had voorgesteld, waarschijnlijk omdat de gedachte dat er honderden gewapende mannen waren langsgetrokken het beeld had opgeroepen van een breed, indrukwekkend ruiterpad onder een gesloten bladerdak van grote beuken. In werkelijkheid was het weggetje veel bescheidener, het bestond uit twee sporen, van elkaar gescheiden door een met gras begroeide richel, met aan weerszijden greppels, overwoekerd door braamstruiken, uitlopers van iepen en hazelaars. Er waren al veel rijpe bramen – een stuk vroeger door de abnormale warmte – en Adamsberg plukte er onderweg van. Hij liep langzaam terwijl zijn blik de bermen afspeurde en hij zonder gretigheid de vruchten opat die hij in zijn hand hield. Hij werd omringd door vliegen, die op hem afkwamen om het zweet van zijn gezicht te zuigen.

Hij stopte om de drie minuten om zijn voorraad bramen weer aan te vullen, waarbij hij zijn oude, zwarte overhemd aan de doornen ophaalde. Halverwege zijn verkenning bleef hij ineens staan omdat hij zich realiseerde dat hij Zerk geen berichtje had gestuurd. Hij was zo gewend om alleen te wonen, dat het niet vanzelfsprekend was een ander over zijn afwezigheid te informeren. Hij toetste zijn nummer in.

'Hellebaud staat weer op zijn pootjes', vertelde de jonge man hem. 'Hij heeft zijn graankorrels zelfstandig verorberd. Alleen heeft hij vervolgens de hele tafel ondergescheten.'

'Zo gaat dat nou eenmaal als het leven terugkeert. Leg voorlopig een stuk plastic over de tafel. Dat ligt op zolder. Ik kom pas vanavond terug, Zerk, ik bevind me op de weg van Bonneval.'

'En, zie je ze?'

'Nee, het is nog te licht. Ik kijk of ik het lichaam van de jager zie. Er is hier niemand geweest de afgelopen drie weken, het hangt vol met bramen, ze zijn wel wat vroeg. Als Violette belt, vertel haar dan niet waar ik ben, want dat zal ze niet op prijs stellen.'

'Uiteraard', antwoordde Zerk – en Adamsberg bedacht dat zijn zoon intelligenter was dan hij eruitzag. Stukje bij beetje vergaarde hij wat informatie over hem.

'Ik heb de gloeilamp in de keuken vervangen', voegde Zerk eraan toe. 'De lamp in de gang doet het ook niet. Zal ik die ook vervangen?'

'Ja, maar doe er geen sterke lamp in. Ik hou er niet van om alles te zien.'

'Als je het Leger tegenkomt, bel me dan.'

'Ik denk niet dat dat zal lukken, Zerk. Zijn doortocht legt vast het telefoonnet plat. In een botsing tussen twee verschillende tijdperken.'

'Absoluut', beaamde de jonge man voordat hij ophing.

Adamsberg liep nog zo'n achthonderd meter verder terwijl hij de bermen inspecteerde. Want Herbier was dood, daarvan was hij overtuigd, en dat was het enige waarover hij het eens was met mevrouw Vendermot, die weg zou vliegen als je naar haar blies. En op dat moment realiseerde Adamsberg zich dat hij de naam al kwijt was van die kleine paardebloempluisjes.

Er tekende zich een gestalte af op de weg, Adamsberg kneep zijn ogen tot spleetjes en liep langzaam door. Een rijzige gestalte, gezeten op een boomstronk, zo oud en verschrompeld dat hij bang was haar schrik aan te jagen.

'Hello', zei de oude vrouw toen ze hem zag naderen.

'Hello', antwoordde Adamsberg verrast.

'Hello' was een van de weinige Engelse woorden die hij kende, evenals 'yes' en 'no'.
'U hebt er lang over gedaan vanaf het station', zei ze.
'Ik heb bramen geplukt', legde Adamsberg uit, terwijl hij zich afvroeg hoe zo'n smal lijf zo'n zelfverzekerde stem kon voortbrengen. Smal maar sterk. 'Weet u wie ik ben?'
'Niet precies. Lionel heeft gezien dat u uit de trein uit Parijs stapte en de bus nam. Dat heeft Bernard me verteld, en uiteindelijk staat u hier. Gegeven de situatie en met wat er gaande is, kan het haast niet anders of u bent een politieman uit de stad. Het ziet er slecht uit. Maar let wel, Michel Herbier is geen groot verlies.'
De oude vrouw snoof luidruchtig en veegde met de rug van haar hand een druppel van haar grote neus.
'Zat u op mij te wachten?'
'Welnee, jongeman, ik wacht op mijn hond. Hij is gek op het teefje van de boerderij van Longes, hierachter. Als ik hem van tijd tot tijd niet meeneem om haar te dekken, wordt-ie hoorndol. Renoux, de boer van Longes, is woest, hij zegt dat hij geen zin heeft in een erf vol bastaards. Maar wat kun je eraan doen? Niets. En met dat zomergriepje van me heb ik hem tien dagen lang niet uit kunnen laten.'
'Bent u niet bang, alleen hier op deze weg?'
'Waarvoor?'
'Voor het Woeste Leger', probeerde Adamsberg.
'Stel je voor', antwoordde de vrouw hoofdschuddend. 'In de eerste plaats is het niet donker en al was het donker, dan zie ik het nog niet. Dat is niet iedereen gegeven.'
Adamsberg ontdekte een reusachtige braam boven het hoofd van de lange vrouw, maar hij durfde haar daarvoor niet lastig te vallen. Vreemd, dacht hij, hoe de verzameldrift onbewust bij de mens de kop opsteekt zodra hij maar twintig stappen in het bos heeft gezet. Dit zou zijn vriend Mathias, de prehistoricus, leuk vinden. Want als je het goed beschouwt is het verzámelen onweerstaanbaar. Een braam op zich is geen interessante vrucht.

'Ik heet Léone', zei de vrouw terwijl ze weer een druppel onder haar grote neus wegveegde. 'Maar ze noemen me Léo.'

'Jean-Baptiste Adamsberg, commissaris van de Misdaadbrigade in Parijs. Prettig met u kennisgemaakt te hebben', voegde hij er beleefd aan toe. 'Ik ga weer verder.'

'Als u Herbier zoekt, dan gaat u de verkeerde kant op. Hij is kassiewijle en ligt in zijn opgedroogde bloed op twee passen van de Sint-Antoniuskapel.'

'Dood?'

'Al sinds lang, ja. Niet dat we hem zullen betreuren, maar mooi is het niet. Degene die dat heeft gedaan, is niet zachtzinnig te werk gegaan, zijn hoofd is niet meer te herkennen.'

'Hebben de gendarmes hem gevonden?'

'Nee, jongeman, ik. Ik breng vaak een bloemetje naar de kapel, ik laat Sint-Antonius niet graag aan zijn lot over. Sint-Antonius is de beschermheer van de dieren. Hebt u een dier?'

'Ik heb een zieke duif.'

'Nou, dat komt dan goed uit. Wanneer u in de kapel komt, denk dan even aan hem. Hij helpt je ook bij het terugvinden van verloren voorwerpen. Nu ik oud word, raak ik dingen kwijt.'

'Bent u niet geschrokken? Van dat lijk daar?'

'Het is anders als je erop bedacht bent. Ik wist dat hij was vermoord.'

'Vanwege het Leger?'

'Vanwege mijn leeftijd, jongeman. Er legt hier geen kip een ei zonder dat ik het weet of ruik. Zo kunt u er bijvoorbeeld zeker van zijn dat een vos afgelopen nacht op de boerderij van Deveneux een kip heeft verslonden. Hij heeft nog maar drie poten en zijn staart is niet meer dan een stompje.'

'De boer?'

'De vos, ik heb zijn keutels gezien. Maar geloof me, hij weet van wanten. Vorig jaar was er een koolmees gek op hem. Dat was voor het eerst dat ik zoiets heb gezien. Ze leefde op zijn rug en hij heeft haar niet opgegeten. Let wel, haar niet, maar wel een andere. De wereld barst van de details, is u dat opgevallen? En omdat ieder detail zich nooit opnieuw in dezelfde vorm manifesteert en weer andere details in werking zet, komt van het een het ander. Als Herbier nog had geleefd, dan had hij de vos uiteindelijk gedood, en de koolmees in een moeite door. En dat zou weer tot een hele strijd hebben geleid bij de gemeenteraadsverkiezingen. Maar ik weet niet of de koolmees dit jaar is teruggekeerd. Helaas.'

'Zijn de gendarmes al ter plekke? Hebt u ze gewaarschuwd?'

'Hoe dan? Ik moet hier op mijn hond wachten. Als u haast hebt, belt u toch gewoon zelf.'

'Dat lijkt me niet zo'n goed idee', zei Adamsberg na een moment. 'De gendarmes houden er niet van als kerels uit Parijs zich met hun zaken bemoeien.'

'Waarom bent u dan hier?'

'Omdat een vrouw van hier bij me langs is geweest. Vandaar dat ik even kom kijken.'

'Moeder Vendermot? Zij is ongetwijfeld bezorgd om haar kinderen. Zoals ze ongetwijfeld beter haar mond had kunnen houden. Maar deze geschiedenis maakt haar zo bang dat ze wel hulp moest gaan zoeken.'

Ineens dook er een grote beige hond met lange, zachte oren blaffend uit de struiken op en hij legde zijn kop, met gesloten ogen, op de magere, lange benen van zijn bazin, alsof hij haar bedankte.

'Hello Flem', zei ze en terwijl ze haar neus afveegde, veegde de hond zijn snuit af aan haar grijze rok. 'Kijk eens hoe tevreden hij is.'

Léo haalde een suikerklontje uit haar zak en stopte het in de bek van de hond. Waarna Flem om Adamsberg heen begon te draaien, dol van nieuwsgierigheid.

'Het is goed, Flem', zei Adamsberg en hij klopte hem op zijn hals.

'Hij heet eigenlijk Flemmard. Hij was als pup al een luiwammes. Er zijn nog altijd mensen die zeggen dat-ie niks anders kan dan de ene na de andere bespringen. En dan zeg ik, beter zo een dan een die iedereen bijt.'

De oude vrouw kwam steunend op haar twee stokken overeind, waarbij haar voorovergebogen lijf zich ontvouwde.

'Als u naar huis gaat om ze te bellen,' vroeg Adamsberg, 'mag ik dan met u meelopen?'

'Vanzelfsprekend, ik hou van gezelschap. Maar ik loop niet snel, we zijn er in een half uur als we het bos doorsteken. Vroeger, toen Ernest nog leefde, had ik van de boerderij een herberg gemaakt. Alleen slapen en ontbijt. Dus toen waren er altijd mensen en later jongelui. Het was een vrolijke bende, een komen en gaan. Twaalf jaar geleden moest ik ermee stoppen en nu is het er een stuk treuriger. Dus als ik gezelschap vind, zal ik dat niet afslaan. Met iemand praten kost niks.'

'Ze zeggen dat Normandiërs niet zo van praten houden', verstoutte Adamsberg zich, en hij begon achter de vrouw aan te lopen, die vaag naar houtvuur rook.

'Het is niet zo dat ze niet van praten houden, ze houden niet van antwoord geven. Dat is niet hetzelfde.'

'Hoe stel je dan een vraag?'

'Och, dat lukt wel. Volgt u me tot aan de herberg? De hond heeft nu honger.'

'Ik loop met u mee. Hoe laat gaat de avondtrein?'

'De avondtrein, jongeman, die is al een kwartier geleden vertrokken. Dan heb je die uit Lisieux nog, maar de laatste bus vertrekt over tien minuten, en die haalt u beslist niet.'

Adamsberg had er niet op gerekend om de nacht in Normandië door te brengen, hij had niets bij zich, afgezien van wat geld, zijn identiteitskaart en zijn sleutels. Door het Woeste Leger kon hij nu geen kant op. De oude vrouw, die zich geen zorgen maakte, vond gemakkelijk haar weg tussen de bomen door, steunend op haar stokken. Ze leek wel een sprinkhaan die zich sprongsgewijs over de wortels voortbewoog.

'Is er een hotel in Ordebec?'

'Geen hotel, een konijnenhok', sprak de oude vrouw met haar luide stem. 'Maar het wordt verbouwd. U hebt vast kennissen bij wie u kunt slapen, neem ik aan.'

Adamsberg herinnerde zich weer hoe terughoudend Normandiërs zijn in het stellen van directe vragen, wat hem al heel wat hoofdbrekens had gekost in het dorp Haroncourt.* Net als Léone omzeilden de mannen uit Haroncourt het probleem door iets, van welke aard dan ook, nadrukkelijk te bevestigen en zo een antwoord uit te lokken.

'U rekent erop ergens te kunnen slapen, neem ik aan', verklaarde Léo nogmaals. 'Lopen, Flem. Hij moet altijd tegen iedere boom piesen.'

'Ik heb zo'n buurman', zei Adamsberg, denkend aan Lucio. 'Nee, ik ken hier niemand.'

'U kunt natuurlijk in het hooi slapen. Zeker nu met deze idiote hitte, maar 's morgens is het wel vochtig. U komt uit een andere regio, neem ik aan.'

'Uit de Béarn.'

'Dat ligt meer in het oosten.'

'In het zuidwesten, vlak bij Spanje.'

'En u bent hier al eens geweest, denk ik.'

'Ik heb vrienden in het café van Haroncourt.'

'Haroncourt, in de Eure? In het café vlak bij de markthal?'

'Ja. Daar heb ik vrienden. Robert, met name.'

Léo stopte abrupt en Flem nam meteen de gelegenheid te baat om een nieuwe boom uit te kiezen. Even later vervolgde ze haar weg, en zo'n vijftig meter lang bleef ze mompelen.

'Dat is een neef van me, Robert', vertelde ze uiteindelijk, nog overrompeld door de verrassing. 'Een aardige neef.'

'Hij heeft me twee geweistangen gegeven. En die liggen nog altijd in mijn kantoor.'

'Nou, als hij dat heeft gedaan, dan zal hij u wel waarderen. Je geeft geen gewei aan de eerste de beste vreemdeling.'

'Dat hoop ik.'

'We hebben het toch over Robert Binet?'

'Jazeker.'

Adamsberg liep nog een meter of honderd in het kielzog van

de oude vrouw. Waarna er zich tussen de boomstammen door een weg aftekende.

'Een vriend van Robert, dat is andere koek. Dan kunt u de nacht Chez Léo doorbrengen, als u al niet iets heel anders van plan was. Chez Léo, dat is bij mij. Zo heette mijn herberg.'

Adamsberg begreep dat de oude vrouw die zich verveelde een beroep op hem deed, maar hij wist niet wat hij zou besluiten. Hoewel beslissingen, zoals hij tegen Veyrenc had gezegd, al genomen zijn ruim voordat je ze uit. Hij kon nergens heen en de krasse oude vrouw stond hem wel aan. Ook al had hij een beetje het gevoel dat hij in de val was gelopen, alsof Léo alles van tevoren had gepland.

Vijf minuten later kwam Chez Léo in zicht, een oud, langgerekt huis zonder bovenverdieping, dat op een of andere manier al minstens tweehonderd jaar overeind was gebleven. Binnen zag het eruit alsof er in geen tientallen jaren iets was veranderd.

'Ga zitten op de bank,' zei Léo, 'we gaan Émeri bellen. Het is geen kwaaie, integendeel. Hij waant zich soms een hele piet omdat hij een voorvader heeft die maarschalk was onder Napoleon. Maar al met al mogen we hem wel. Het is slechts een kwestie van beroepsdeformatie. Als je iedereen voortdurend moet wantrouwen of straffen, dan word je er niet beter op. Dat zal u ook parten spelen, neem ik aan.'

'Vast wel.'

Léo trok een kruk bij het grote telefoontoestel.

'Afijn,' verzuchtte ze terwijl ze het nummer draaide, 'het is een noodzakelijk kwaad, de politie. Tijdens de oorlog was het ronduit een kwaad. Toen zijn er beslist een aantal met het Woeste Leger vertrokken. We gaan een vuurtje maken, het wordt kil. Dat kunt u vast wel, neem ik aan. De houtstapel vindt u als u buiten komt links. Hello, Louis, met Léo.'

Toen Adamsberg terugkwam met een armvol hout, was Léo druk in gesprek. Het was duidelijk dat Émeri het onderspit delfde. Léo reikte de commissaris met een beslist gebaar het oude meeluisterapparaat aan.

'Omdat ik altijd bloemen breng naar Sint-Antonius, dat weet je toch. Luister, Louis, je gaat me toch niet dwarszitten alleen maar omdat ik zijn lijk heb gevonden? Als jij in beweging was gekomen, had je het zelf gevonden en dan was deze narigheid me bespaard gebleven.'

'Wind je niet zo op, Léo, ik geloof je wel.'

'Zijn brommer staat daar ook, verborgen in een bosje hazelaars. Volgens mij heeft hij daar afgesproken en heeft-ie dat ding daar verstopt zodat het niet gestolen werd.'

'Ik ga erheen, Léo, en daarna kom ik bij je langs. Je bent om acht uur toch nog niet naar bed?'

'Om acht uur zit ik nog te eten. Ik hou er niet van om tijdens het eten te worden gestoord.'

'Om half negen dan.'

'Dat komt me niet goed uit, mijn neef uit Haroncourt is op bezoek. En een afspraak met gendarmes op de avond van zijn komst, dat is niet beleefd. Bovendien ben ik moe. Dat gesjouw door het bos, daar heb ik de leeftijd niet meer voor.'

'Daarom vraag ik me ook af waarom je helemaal naar de kapel bent gelopen.'

'Dat heb ik je gezegd. Om een bloemetje te brengen.'

'Je vertelt altijd maar een kwart van wat je weet.'

'De rest interesseert je niet. Ik zou maar opschieten als ik jou was en erheen gaan voordat de beesten hem opvreten. En als je me wilt spreken, kan dat morgen.'

Adamsberg legde het meeluisterapparaat weg en begon een vuurtje te maken.

'Louis Nicolas heeft geen verweer tegen mij,' legde Léone uit, 'ik heb hem als kleuter het leven gered. Dat stomme joch was voorovergetuimeld in het ven van Jeanlin, ik heb hem er bij zijn onderbroek uit gevist. Bij mij hoeft hij niet aan te komen met zijn gepoch over de rijksmaarschalk.'

'Komt hij hiervandaan?'

'Hij is hier geboren.'

'Hoe kan het dan dat hij hier een aanstelling heeft gekregen?

Smerissen worden niet in hun geboortestreek benoemd.'

'Dat weet ik, jongeman. Maar hij was elf toen hij Ordebec verliet en zijn ouders hadden hier geen echte connecties. Hij heeft lang in de buurt van Toulon gezeten en toen bij Lyon, daarna heeft hij vrijstelling gekregen. Hij kent de mensen hier niet echt. En hij geniet de bescherming van de graaf, dan weet je het wel.'

'De graaf van hier.'

'Rémy, de graaf van Ordebec. U lust wel soep, neem ik aan.'

'Graag', zei Adamsberg terwijl hij zijn bord bijhield.

'Wortelsoep. En hierna gebraden vlees in roomsaus.'

'Émeri zegt dat Lina knettergek is.'

'Dat is niet zo', zei Léone en ze stak een grote lepel in haar kleine mond. 'Het is een slimme en bovenste beste meid. En verder had ze geen ongelijk. Hij is wel degelijk dood, Herbier. Dus Louis Nicolas zal het haar niet gemakkelijk maken, daar kun je donder op zeggen.'

Adamsberg veegde zijn soepbord schoon met een stukje brood, net als Léo, en haalde het vlees. Kalfsschotel met boontjes, geurend naar houtvuur.

'En aangezien zij niet bepaald wordt gewaardeerd, zij evenmin als haar broers,' vervolgde Léone, die ondertussen enigszins onbehouwen het vlees serveerde, 'zal het een nare toestand worden. U moet niet denken dat ze hier niet aardig zijn, maar mensen zijn altijd bang voor wat ze niet begrijpen. Dus zij met haar gave, en haar wat onaangepaste broers, dat levert geen beste reputatie op.'

'Vanwege het Woeste Leger?'

'Onder andere. De mensen zeggen dat de duivel bij hen inwoont. Je hebt hier, zoals overal, veel leeghoofden die zich snel iets in hun kop halen, het liefst het ergste. Dat heeft ieders voorkeur, het ergste. Want ze vervelen zich dood.'

Léone bekrachtigde haar eigen verklaring door haar kin vooruit te steken, waarna ze een flinke hap vlees nam.

'U hebt zo uw eigen gedachten over het Woeste Leger, neem

ik aan', zei Adamsberg, die Léones manier gebruikte om vragen te stellen.

'Dat hangt ervan af hoe je het bekijkt. Er zijn mensen in Ordebec die denken dat Seigneur Hellequin in dienst is van de duivel. Ik geloof dat niet zozeer, maar als mensen kunnen voortleven omdat ze heiligen zijn, zoals Sint-Antonius, waarom zouden anderen dan niet voortleven omdat ze slecht zijn? De Troep bestaat namelijk alleen uit slechteriken. Weet u dat?'

'Ja.'

'Daarom zijn ze geronseld. Anderen denken dat Lina wanen heeft, dat ze ziek is in haar hoofd. Ze is bij allerlei doktoren langs geweest, maar ze hebben niets gevonden. Weer anderen zeggen dat haar broer satansboleten in de omelet stopt, waardoor ze hallucinaties krijgt. Die kent u wel, de satansboleet, neem ik aan. Met het rode voetje.'

'Ja.'

'Goed', sprak Léone ietwat teleurgesteld.

'Daar krijg je alleen maar flinke buikpijn van.'

Léone bracht de borden naar het donkere keukentje en begon zwijgend af te wassen, geconcentreerd op haar taak. Adamsberg droogde intussen af.

'Mij maakt het niets uit', vervolgde Léone terwijl ze haar grote handen afdroogde. 'Waar het om gaat is dat Lina het Leger heeft gezien, dat is een ding dat zeker is. Of dat Leger nu echt is of niet, het is niet aan mij om daarover te oordelen. Maar nu Herbier dood is, zullen de anderen haar gaan belagen. En daarom bent u hier.'

De oude vrouw pakte haar stokken en ging weer aan tafel zitten. Ze trok een doos grote sigaren uit de la tevoorschijn. Haalde er een onder haar neus langs, likte aan het uiteinde, stak hem behoedzaam aan en schoof de geopende doos door naar Adamsberg.

'Die stuurt een vriend me toe, hij haalt ze uit Cuba. Ik heb twee jaar in Cuba gewoond, vier jaar in Schotland, drie jaar in Argentinië en vijf jaar op Madagaskar. Ernest en ik hebben zo'n beetje overal restaurants geopend, we hebben heel wat landen gezien. We serveerden de Normandische keuken. Zou u zo vriendelijk willen zijn om de calvados voor ons te pakken, onder uit de kast, en twee glaasjes voor ons in te schenken. U wilt vast wel iets met me drinken, neem ik aan.'

Adamsberg deed als gevraagd, hij begon zich erg op zijn gemak te voelen in deze kleine, slecht verlichte kamer, met die sigaar, het glas, het vuur, de lange, oude Léo, verkreukeld als een lap stugge stof, en de snurkende hond op de grond.

'En waarom ben ik dan hier, Léo? Mag ik u Léo noemen?'

'Om Lina en haar broers te beschermen. Ik heb geen kinderen en zij is een beetje als een dochter voor me. Als er andere doden vallen, ik bedoel, als diegenen die zij in het Leger heeft gezien ook doodgaan, dan wordt het hommeles. Zoiets is eerder in Ordebec gebeurd, vlak voor de Revolutie. Die knaap heette François-Benjamin, en hij had vier slechte mannen gezien die door de Troep waren meegenomen. Maar hij wist maar drie van de vier namen te noemen. Net als Lina. Twee van die mannen waren elf dagen later dood. De mensen waren toen zo bang geworden – vanwege de vierde persoon zonder naam – dat ze dachten het doden een halt toe te kunnen roepen door een eind te maken aan het leven van degene die de Troep had gezien. François-Benjamin is met een hooivork om het leven gebracht en vervolgens op het dorpsplein verbrand.'

'En de derde is niet overleden?'

'Jawel. En de vierde daarna, in de volgorde zoals hij had aangegeven. Het is dus volkomen zinloos geweest dat François-Benjamin aan de hooivork is geregen.'

Léo nam een slok calvados, liet hem door haar mond spoelen, slikte luidruchtig en tevreden en nam een flinke trek van haar sigaar.

'Ik wil niet dat Lina hetzelfde overkomt. De tijden zijn veranderd, zogenaamd. Dat wil alleen maar zeggen dat er discreter wordt gehandeld. Dat wil zeggen dat er geen hooivorken en brandstapel aan te pas komen, maar dat het op een andere wijze gebeurt. Iedereen hier die iets kwalijks op zijn geweten heeft, is al als de dood, daar kunt u zeker van zijn. Als de dood om te worden geronseld, als de dood dat iemand er weet van heeft.'

'Weet van iets heel kwalijks? Een moord?'

'Niet per se. Een beroving, laster of een gemene afrekening. Ze zouden er heel wat geruster op worden als Lina met haar praatjes definitief tot zwijgen zou zijn gebracht. Want dat zou de link met het Leger verbreken, begrijpt u. Dat zeggen ze tenminste. Net als voorheen. De tijden zijn niet veranderd, commissaris.'

'Is Lina sinds die François-Benjamin de eerste die het Woeste Leger heeft gezien?'

'Natuurlijk niet, commissaris', sprak ze met haar schorre stem, gehuld in een rookwolk, alsof ze een teleurstellende leerling een standje gaf. 'We zijn in Ordebec. We kennen hier op zijn minst één doorgever per generatie. De doorgever is degene die het ziet, degene die de link vormt tussen de levenden en het Leger. Voor Lina's geboorte was dat Gilbert. Hij schijnt boven het wijwatervat zijn hand op het hoofd van het meisje te hebben gelegd, en zo zou hij het lot aan haar hebben doorgegeven. En als het lot je deel wordt, dan is het zinloos ervoor te vluchten, want het Leger voert je altijd terug naar de *grinvelde*. Of de grimweld, zoals ze dat in het oosten noemen.'

'Maar niemand heeft die Gilbert vermoord, toch?'

'Nee', zei Léo terwijl ze een grote ronde rookwolk uitblies. 'Maar het verschil is dat Lina ditmaal hetzelfde heeft gedaan als François-Benjamin: ze heeft er vier gezien, maar ze wist er maar drie te noemen: Herbier, Glayeux en Mortembot. De vierde heeft ze niet genoemd. Dus als Glayeux en Mortembot ook doodgaan, dan kun je er donder op zeggen dat de angst in de stad om zich heen zal grijpen. Als ze niet weten wie de volgende is, zal niemand zich veilig voelen. Het bekendmaken van de namen van Glayeux en Mortembot heeft al voor een fikse opschudding gezorgd.'

'Waarom?'

'Vanwege de geruchten die al lange tijd over hen de ronde doen. Die mannen deugen niet.'

'Wat doen ze?'

'Glayeux maakt glas-in-loodramen voor alle kerken in de regio, hij is heel handig met zijn handen, maar aardig is hij niet. Hij voelt zich verheven boven de boerenpummels en dat laat hij ongegeneerd blijken. Terwijl zijn vader siersmid was in Charmeuil-Othon. En zonder die boerenpummels die naar de kerk gaan, had hij geen opdrachten voor glas-in-loodramen. Mortembot heeft een boomkwekerij aan de weg naar Livarot, het is een zwijgzaam type. Het is niet moeilijk te begrijpen dat ze in een lastig parket zitten sinds de geruchten de ronde doen. De boomkwekerij heeft minder klanten. Ze worden gemeden. Zodra ze horen dat Herbier dood is, zal het alleen maar erger worden. Daarom zeg ik dat Lina beter had kunnen zwijgen. Maar dat is altijd het probleem met die doorgevers. Ze voelen zich verplicht om te spreken, om de geronselden een kans te geven. U snapt wat de "geronselden" zijn, neem ik aan.'

'Ja.'

'De doorgevers praten, dat geeft de geronselden soms de kans zich te rehabiliteren. Vooralsnog loopt Lina gevaar, en u zou haar kunnen beschermen.'

'Ik kan niets doen, Léo, het is Émeri's onderzoek.'

'Maar Émeri maakt zich niet druk om Lina. Dat hele verhaal van het Woeste Leger maakt hem alleen maar kwaad en stuit hem tegen de borst. Hij gelooft dat we ons ontwikkelen, hij gelooft dat mensen redelijke wezens zijn.'

'Eerst moet de moordenaar van Herbier worden gevonden. De twee anderen leven nog. Dus Lina wordt voorlopig nog niet bedreigd.'

'Misschien', zei Léo en ze blies in het vuur van het resterende stompje van haar sigaar.

Ze moesten het huis uit om bij zijn slaapkamer te komen, want vanuit ieder vertrek stond je direct buiten via een hevig piepende deur, die hem deed denken aan die van Julien Tuilot, de deur die had kunnen voorkomen dat hij beschuldigd werd als hij er gebruik van had durven maken. Léo wees hem zijn kamer met de punt van haar stok.

'Als je hem optilt, maakt hij niet zo'n herrie. Welterusten.'

'Ik weet uw naam niet, Léo.'

'De politie wil ook altijd alles weten. En de uwe dan?' voegde Léo eraan toe terwijl ze wat tabakskruimels uitspuugde die aan haar tong plakten.

'Jean-Baptiste Adamsberg.'

'U moet er geen aanstoot aan nemen maar er ligt in uw kamer een hele collectie oude pornografieboeken uit de negentiende eeuw. Die heeft een vriend me nagelaten, zijn familie kon er niet tegen. U kunt ze inkijken natuurlijk, maar wees voorzichtig met het omslaan van de pagina's, ze zijn oud en het papier is broos.'

8

De volgende morgen trok Adamsberg zijn broek aan en liep zachtjes naar buiten op zijn blote voeten in het natte gras. Het was half zeven en de dauw was nog niet verdampt. Hij had uitstekend geslapen op een oud, wollen matras met een kuil in het midden, waarin hij was weggekropen als een vogel in zijn nest. Hij beende minutenlang over het grasveld heen en weer voordat hij gevonden had wat hij zocht: een soepel takje, waarvan hij het uiteinde tot een borsteltje kon afplatten, zodat hij zijn tanden ermee kon poetsen. Hij was het takje net aan het schoonmaken toen Léo haar hoofd uit het raam stak.

'Hello, kapitein Émeri heeft gebeld om u op het matje te roepen, en hij klonk niet tevreden. Kom, de koffie is klaar. Je wordt ziek van buiten lopen op je blote voeten.'

'Hoe wist hij dat ik hier ben?' vroeg hij terwijl hij bij haar kwam zitten.

'Hij is schijnbaar niet in het verhaal van de neef getrapt. Hij zal wel een link hebben gelegd met de Parijzenaar die gisteren uit de bus is gestapt. Hij zei dat hij het niet kon waarderen een smeris op zijn nek te hebben en evenmin dat ik hem verberg. Je zou haast denken aan een complot, alsof het oorlog is. Hij kan u in de problemen brengen, weet u.'

'Ik zal hem de waarheid vertellen. Ik ben hier om te zien hoe een grimweld eruitziet', zei Adamsberg terwijl hij een dikke boterham afsneed.

'Precies. En er was geen hotel.'

'Juist.'

'Nu u op het bureau bent ontboden, haalt u de trein van tien voor negen uit Lisieux niet. De volgende gaat om vijf over half drie uit Cérenay. Let op, reken dan wel op een half uur met de bus. Als u hier naar buiten loopt, moet u rechtsaf en dan weer rechtsaf, daarna loopt u achthonderd meter rechtdoor tot aan het centrum. De gendarmerie ligt net achter het plein. Laat uw kopje maar staan, ik ruim wel op.'

Adamsberg liep een kleine kilometer over het platteland en meldde zich bij de balie van de gendarmerie, die merkwaardig genoeg felgeel was geschilderd alsof het een vakantiehuis betrof.

'Commissaris Jean-Baptiste Adamsberg', kondigde hij zichzelf aan bij een dikke brigadier. 'De kapitein verwacht me.'

'Uitstekend', antwoordde de man en hij wierp hem een wat bevreesde blik toe, de blik van iemand die niet graag met hem had willen ruilen. 'Deze gang volgen, zijn kantoor vindt u aan het eind. De deur staat open.'

Adamsberg bleef op de drempel even staan kijken naar kapitein Émeri, die liep te ijsberen in zijn kantoor, nerveus, gespannen, maar bijzonder elegant in zijn nauwsluitende uniform. Een knappe vent, de veertig voorbij, een regelmatig gezicht, een kop vol nog blonde haren, in een militair overhemd met epauletten zonder een spoor van een buikje.

'Wat heeft dit te betekenen?' vroeg Émeri terwijl hij zich naar Adamsberg omdraaide. 'Wie heeft u gevraagd om binnen te komen?'

'U, kapitein. U hebt mij vanmorgen vroeg al ontboden.'

'Adamsberg?' sprak Émeri terwijl hij snel het uiterlijk monsterde van de commissaris, die, afgezien van zijn vormeloze kleding, ook geen gelegenheid had gehad om zich te scheren of zijn haar te kammen.

'Sorry voor mijn baard,' zei Adamsberg en hij gaf hem een hand, 'ik was niet van plan om in Ordebec te overnachten.'

'Gaat u zitten, commissaris', zei Émeri terwijl hij zijn blik weer op Adamsberg vestigde.

Hij kon niet geloven dat die, in goede of slechte zin, vermaarde naam hoorde bij zo'n klein, eenvoudig mannetje, dat hem van zijn bruine gezicht tot en met zijn zwarte kleren als vreemdsoortig, niet te klasseren of op zijn minst als 'anders' voorkwam. Hij zocht zijn blik zonder die echt te vinden en bleef hangen bij zijn even vriendelijke als afwezige glimlach. Het offensieve betoog waarop hij zich had voorbereid was deels verloren gegaan in zijn stomme verbijstering, alsof het niet op een obstakel in de vorm van een muur was stukgelopen, maar op de totale afwezigheid van een obstakel. En hij wist niet hoe hij de afwezigheid van een obstakel kon aanvallen of er zelfs maar vat op kon krijgen. Adamsberg was degene die begon.

'Léone heeft me over uw onvrede geïnformeerd, kapitein', sprak hij, zijn woorden kiezend. 'Maar er is een misverstand gerezen. Het was 36 °C gisteren in Parijs, en ik had net een oude man ingerekend die zijn vrouw met broodkruim om het leven had gebracht.'

'Met broodkruim?'

'Door haar twee flinke handen vol samengeperst kruim door haar strot te douwen. Vandaar dat een frisse wandeling over een grimweld me een aantrekkelijk idee leek. Dat zult u wel begrijpen, neem ik aan.'

'Misschien.'

'Ik heb veel bramen geplukt en gegeten', en Adamsberg zag dat de zwarte sporen van de vruchten nog niet van zijn handpalmen waren verdwenen. 'Ik was er niet op verdacht Léone tegen te komen, ze zat langs de weg op haar hond te wachten. Zij was er evenmin op verdacht het lichaam van Herbier bij de kapel aan te treffen. Uit respect voor uw privileges ben ik niet op de plaats delict gaan kijken. En aangezien er geen trein meer ging, heeft ze mij onderdak verleend. Ik had niet verwacht een onvervalste havanna te roken en een uitstekende calvados te drinken bij het haardvuur, maar dat hebben we gedaan. Een bovenste beste vrouw, zoals ze zelf zou zeggen, maar ook nog veel meer.'

'Weet u waarom deze bovenste beste vrouw onvervalste sigaren uit Cuba rookt?' vroeg Émeri met voor het eerst een glimlach. 'Weet u wie zij is?'

'Ze heeft haar naam niet genoemd.'

'Dat verbaast me niets. Léo is Léone Marie de Valleray, gravin van Ordebec. Koffie, commissaris?'

'Graag.'

Léo, gravin van Ordebec. Die in een stokoude, vervallen boerderij woont, voorheen als uitbaatster van een herberg. Léo, die haar soep met grote lepels naar binnen werkt en tabakskruimels uitspuugt. Kapitein Émeri kwam terug met twee kopjes, ditmaal met een oprechte glimlach, blijk gevend van het 'goede karakter' dat Léo had beschreven, open en gastvrij.

'Verbaasd?'

'Nogal. Ze is arm. Léo vertelde me dat de graaf van Ordebec gefortuneerd was.'

'Zij is de eerste vrouw van de graaf, maar dat was zestig jaar geleden. Een onbesuisde liefde van jongelui. Het veroorzaakte een ontzettend schandaal in de familie van de graaf en de druk was zodanig dat twee jaar later de scheiding werd uitgesproken. Het gerucht gaat dat ze elkaar nadien nog lange tijd zagen. Maar later, eenmaal tot rede gekomen, zijn ze ieder hun eigen weg gegaan. Genoeg over Léo', zei Émeri, nu zonder glimlach. 'Toen u gisteren op die weg verscheen, wist u van niets? Ik bedoel: toen u me 's ochtends uit Parijs belde, wist u niet dat Herbier dood was en bij de kapel lag?'

'Nee.'

'Oké dan. Doet u dat vaak, de Brigade verlaten om met het eerste het beste excuus ergens door een bos te gaan wandelen?'

'Ja hoor.'

Émeri nam een slok koffie en keek op.

'Werkelijk?'

'Ja. En ik had 's ochtends al dat gedoe met dat broodkruim gehad.'

'En wat zeggen uw mannen daarvan?'

'Onder mijn mannen, kapitein, bevindt zich een vent die aan slaapzucht lijdt en zomaar ergens neerploft, een in vissen, met name riviervissen gespecialiseerde zoöloog, een vrouw met boulimie die er soms tussenuit knijpt om voorraden in te slaan, een oude reiger die alles weet van sprookjes en legendes, een lopende encyclopedie die onafscheidelijk is van zijn witte wijn, en ga zo maar door. Zij kunnen het zich niet veroorloven om het zo nauw te nemen.'

'En wordt er ook gewerkt?'

'Jazeker.'

'Wat zei Léo tegen u toen u haar tegenkwam?'

'Ze begroette me, ze wist al dat ik een politieman was en dat ik uit Parijs kwam.'

'Dat verbaast me niks, ze heeft een veel fijnere neus dan haar hond. Het zou haar trouwens choqueren dat ik dit een fijne neus noem. Zij heeft een theorie over de aaneenschakeling van kleinigheden en de daarmee gepaard gaande gevolgen. Het vraagstuk van de vlinder die in New York een vleugel beweegt en de explosie die vervolgens in Bangkok plaatsvindt. Ik weet niet meer waar dat verhaal vandaan komt.'

Adamsberg schudde zijn hoofd, hij wist het ook niet.

'Léo hamert op de vleugel van de vlinder', vervolgde Émeri. 'Zij zegt dat het er in de eerste plaats om gaat die vleugel te zien op het moment waarop hij beweegt. En niet wanneer alles vervolgens explodeert. En zij is daar een kei in, dat moet ik toegeven. Lina ziet het Woeste Leger voorbijtrekken. Dat is de vleugel van de vlinder. Haar baas vertelt het rond, Léo hoort ervan, de moeder wordt bang, de kapelaan geeft haar uw naam – nietwaar? – ze neemt de trein, u vindt haar verhaal boeiend, het is in Parijs 36 °C, de vrouw is gestikt in broodkruim, de koelte van de grimweld trekt u, Léo houdt het pad in de gaten, en nu zit u hier.'

'Dat is niet bepaald een explosie.'

'Maar de dood van Herbier wel. Het is Lina's droom die in de werkelijkheid tot uitbarsting komt. Alsof er door de droom een wolf het bos uit is gekomen.'

'Seigneur Hellequin heeft slachtoffers aangewezen en iemand acht zich gerechtigd ze te doden. Is dat wat u denkt? Dat het visioen van Lina een moordenaar heeft opgeroepen?'

'Het is niet zomaar een visioen, het is een legende waarvan Ordebec al eeuwenlang doordrongen is. Ik durf te wedden dat meer dan driekwart van haar inwoners heimelijk bang is dat de dode ridders hier voorbijtrekken. Ze zouden allemaal beven als hun naam door Hellequin werd genoemd. Maar zonder ervoor uit te komen. Ik kan u verzekeren dat iedereen 's nachts de grimweld mijdt, behalve een paar jongelui, die erheen gaan om te laten zien wat ze waard zijn. Een nacht doorbrengen op de weg van Bonneval is hier zoiets als een initiatierite om te laten zien dat je een man bent geworden. Een middeleeuwse ontgroening, zeg maar. Maar om nou te denken dat iemand er zo in gelooft dat hij de beul van Hellequin wordt, nee. Al moet ik één ding toegeven. De angst voor het Woeste Leger ligt ten grondslag aan de dood van Herbier. Ik zei "dood", ik zei niet "moord".'

'Léo had het over een geweerschot.'

Émeri schudde zijn hoofd. Nu zijn strijdvaardige voornemens bijna waren vervlogen, hadden zijn houding en gezicht hun vormelijkheid prijsgegeven. De verandering was opvallend en Adamsberg moest weer aan de paardebloem denken. 's Avonds gesloten, een onaanzienlijk, onaantrekkelijk, geel halmpje; en overdag open, weelderig en bekoorlijk. Maar, anders dan moeder Vendermot, had de stevig gebouwde kapitein niets weg van een broze bloem. Adamsberg was nog steeds op zoek naar de naam van het parachuteachtige zaadje, waardoor hij de eerste woorden van het antwoord van Émeri miste.

'... inderdaad zijn geweer, een Darne met afgezaagde loop. Die bruut hield van snelvuur, om de moeder en haar jongen in één keer te kunnen raken. Volgens de inslag, van zeer nabij, is het heel goed mogelijk dat hij het geweer zo voor zich heeft gehouden, de loop op zijn voorhoofd gericht, en toen geschoten.'

'Waarom?'

'Om de redenen die al genoemd zijn. Vanwege het verschijnen van het Woeste Leger. En hoe het een tot het ander leidt, laat zich raden. Herbier hoort van de voorspelling. Hij heeft een slechte inborst en dat weet hij. Hij wordt bang en slaat door. Hij haalt zelf zijn vrieskisten leeg, als het ware om al zijn daden als jager te verloochenen, en hij pleegt zelfmoord. Want ze zeggen dat wie de hand aan zichzelf slaat, de dans ontspringt van de hel van het Leger van Hellequin.'

'Waarom zegt u dat hij de loop van dichtbij op zichzelf richtte? Raakte de loop zijn voorhoofd dan niet?'

'Nee. Er is op zijn minst vanaf een centimeter of tien gevuurd.'

'Het zou logischer zijn als hij de loop tegen zijn voorhoofd gedrukt had.'

'Niet per se. Dat hangt ervan af wat hij wilde zien. Of hij de loop van het geweer op zich gericht wilde zien. Voorlopig hebben we alleen zijn vingerafdrukken op de kolf.'

'Je kunt dus ook veronderstellen dat iemand van de voorspelling van Lina gebruik heeft gemaakt om Herbier uit de weg te ruimen terwijl het lijkt alsof het zelfmoord is.'

'Maar je kunt je niet voorstellen dat die persoon dan ook nog eens zijn vrieskisten leeghaalt. We hebben hier meer jagers dan dierenvrienden. Vooral omdat de zwijnen verdomd veel schade aanrichten. Nee, Adamsberg, dat gebaar is een verloochening van zijn misdaden, een boetedoening.'

'En zijn brommer? Waarom zou hij die tussen de hazelaars hebben verstopt?'

'Die heeft hij niet verstopt. Die staat daar gewoon veilig. Een reflex, neem ik aan.'

'En waarom zou hij zich bij de kapel van het leven hebben beroofd?'

'Juist daar. In de legende kom je vaak geronselden tegen vlak bij verlaten religieuze plaatsen. U weet toch wat een "geronselde" is?'

'Ja', zei Adamsberg nogmaals.

'Dus je treft ze aan op duivelse plaatsen, dus op plaatsen die van Hellequin zijn. Daar slaat Herbier de hand aan zichzelf, hij loopt op zijn lot vooruit en dankzij zijn berouw ontsnapt hij aan zijn straf.'

Adamsberg zat al te lang op die stoel en zijn benen begonnen te kriebelen van ongeduld.

'Mag ik hier in uw kantoor rondlopen? Ik kan niet zo lang zitten.'

Een uitdrukking van oprechte sympathie ontspande het gezicht van de kapitein nu definitief.

'Ik ook niet', zei hij, met de intense tevredenheid van iemand die zijn eigen kwelling bij een ander herkent. 'Ik krijg op den duur knopen in mijn buik, nerveuze spanning die tot propjes wordt gebald. Een heleboel propjes die op mijn maag drukken. Ze zeggen dat mijn voorvader, rijksmaarschalk Davout, een nerveus type was. Ik moet één à twee uur per dag lopen om die batterij te ontladen. Wat zou u ervan vinden als we ons gesprek wandelend op straat voortzetten? Mooie straatjes, dat zult u zien.'

De kapitein voerde zijn collega mee door de smalle steegjes, tussen oude aarden wallen en lage huizen met verweerde balken, verlaten schuren en voorovergebogen appelbomen.

'Dit is niet Léo's mening', zei Adamsberg. 'Zij twijfelt er niet aan dat Herbier is vermoord.'

'En zegt ze waarom?'

Adamsberg haalde zijn schouders op.

'Nee. Ze lijkt het te weten omdat ze het weet, punt uit.'

'Dat is het probleem met haar. Ze is zo slim dat ze met het klimmen der jaren denkt dat ze altijd gelijk heeft. Als zij zou worden onthoofd, zou Ordebec heel wat hersens minder hebben, werkelijk. Maar hoe ouder ze wordt, des te minder uitleg ze geeft. Haar reputatie bevalt haar wel en die houdt ze in ere. Heeft ze echt niet één detail genoemd?'

'Nee. Ze zei dat het overlijden van Herbier geen groot verlies was. Dat ze niet geschrokken was toen ze hem vond omdat ze wist dat hij dood was. Ze heeft me meer verteld over de vos en zijn mees dan over wat ze bij de kapel heeft gezien.'

'De koolmees die de vos met de drie poten had uitverkoren?'

'Ja. En ze heeft het over haar hond gehad, over het teefje op de boerderij naast haar, over Sint-Antonius, haar herberg, Lina en haar familie, en over u toen ze u uit het ven heeft gevist.'

'Dat is waar', zei Émeri glimlachend. 'Ik heb mijn leven aan haar te danken, en dat is mijn eerste herinnering. Ze wordt mijn "watermoeder" genoemd, omdat ze me, als een Venus, bij het ven van Jeanlin opnieuw het leven heeft geschonken. Sinds die dag adoreerden mijn ouders Léo en ik moest zorgen dat haar geen haar werd gekrenkt. Het was hartje winter, en Léo was verkleumd tot op het bot met mij uit dat ven gekomen. Het verhaal gaat dat het drie dagen duurde voordat ze weer op temperatuur was. En toen kreeg ze een pleuritis en dachten ze dat ze eraan onderdoor zou gaan.'

'Ze heeft me niet verteld over de kou. Ook niet dat ze met de graaf was getrouwd.'

'Ze schept nooit op, ze schept er eerder genoegen in om anderen zonder veel ophef haar overtuigingen op te dringen, en dat is al niet mis. Geen vent uit de buurt die het waagt om haar vos met drie poten neer te schieten. Behalve Herbier. Die vos is zijn poot en staart kwijtgeraakt in een van zijn verrekte valstrikken. Maar hij kreeg de tijd niet om hem af te maken.'

'Omdat Léo hem heeft vermoord voordat hij de vos kon vermoorden.'

'Daar zou ze toe in staat zijn', reageerde Émeri haast vrolijk.

'Bent u van plan de volgende "geronselde" te bewaken? De glazenmaker?'

'Hij is geen glazenmaker, hij is een glas-in-loodzetter.'

'Ja, Léo zei dat hij daar erg goed in is.'

'Glayeux is een rotzak die voor niemand bang is. Geen type dat zich druk maakt over het Woeste Leger. Mocht hij ongelukkigerwijs toch bang worden, dan is daar niets aan te doen. Een vent die per se zelfmoord wil plegen, hou je niet tegen.'

'Als u zich nou eens vergiste, kapitein? Als Herbier nou wel is vermoord? Dan zou Glayeux ook vermoord kunnen worden. Daar heb ik het over.'

'U bent een koppige, Adamsberg.'

'U ook, kapitein. Want u hebt geen andere oplossing. Zelfmoord zou minder kwalijk zijn.'

Émeri vertraagde zijn pas, stopte uiteindelijk en haalde zijn sigaretten tevoorschijn.

'Verklaar u nader, commissaris.'

'De verdwijning van Herbier is ruim een week geleden gesignaleerd. Afgezien van enkel een onderzoek van zijn woning, hebt u niets gedaan.'

'Dat is de wet, Adamsberg. Als Herbier ervandoor wilde gaan zonder iemand te waarschuwen, dan had ik niet het recht hem te achtervolgen.'

'Zelfs niet na de doortocht van het Woeste Leger?'

'Voor dat soort kolder is er geen plaats in een politieonderzoek.'

'Jawel. U geeft zelf toe dat het Leger hieraan ten grondslag ligt. Of hij nu is gedood of zichzelf heeft gedood. U wist dat hij door Lina was aangewezen en u hebt niets gedaan. En wanneer het lichaam wordt gevonden, is het te laat om te hopen nog sporen aan te treffen.'

'U denkt dat ze over me heen zullen vallen, hè?'

'Ja.'

Émeri nam een trekje, blies de rook uit als in een diepe zucht, waarna hij tegen de oude muur leunde die langs de straat liep.

'Oké', gaf hij toe. 'Ze zullen over me heen vallen. Of misschien ook niet. Maar ze kunnen je niet verantwoordelijk houden voor een zelfmoord.'

'En daarom houdt u daar zo aan vast. Een dergelijke fout is lang zo erg niet. Maar als het een moord is, zit u tot uw nek in de problemen.'

'Er is geen enkel bewijs.'

'Waarom hebt u geen enkele poging ondernomen om Herbier te zoeken?'

'Vanwege de familie Vendermot. Vanwege Lina en haar geschifte broers. We kunnen niet goed met elkaar opschieten, ik wilde hun spelletje niet meespelen. Ik sta voor orde en zij voor waanzin. Dat gaat niet samen. Ik heb Martin meermaals moeten inrekenen voor nachtelijke stroperij. De oudste ook, Hippolyte. Hij heeft ooit een groep jagers onder schot gehouden en ze gedwongen hun kleren uit te trekken, waarna hij al hun buksen heeft verzameld en het hele zooitje in de rivier heeft gegooid. Omdat hij de boete niet kon betalen, heeft-ie twintig dagen gezeten. Ze zouden me graag de zak zien krijgen. Daarom ben ik niet in beweging gekomen. Ik trap niet in hun val.'

'Welke val?'

'Heel simpel. Lina Vendermot doet net alsof ze een visioen heeft en vervolgens verdwijnt Herbier. Ze spelen onder één hoedje. Ik zet een speurtocht naar Herbier in gang en zij dienen direct een klacht in wegens onrechtmatige uitoefening van gezag en vrijheidsberoving. Lina heeft rechten gestudeerd, zij kent de wet. Stel dat ik koppig volhou en Herbier blijf zoeken. Dan komt de klacht terecht bij de korpsleiding. Op zekere dag keert Herbier gezond en wel terug, hij voegt zijn stem toe aan die van de anderen en dient een klacht in tegen mij. Dan heb ik een berisping of een overplaatsing aan mijn broek.'

'Waarom zou Lina in dat geval de naam van twee andere gijzelaars van het Leger hebben genoemd?'

'Voor de geloofwaardigheid. Ze is zo gehaaid als wat, al doet ze zich voor als een onschuldig, dik vrouwtje. Het Leger neemt vaak meerdere levenden tegelijk mee, dat weet ze best. Door meerdere geronselden aan te wijzen, stichtte ze verwarring. Daar heb ik allemaal aan gedacht. Ik was ervan overtuigd.'

'Maar zo was het niet.'

'Nee.'

Émeri drukte zijn sigaret uit tegen de muur en duwde de peuk tussen twee stenen.

'Het is welletjes', zei hij. 'Het was zelfmoord.'

'Dat geloof ik niet.'

'Godsamme,' sprak Émeri op hoge toon, 'wat heb je tegen me? Je weet niets van deze hele geschiedenis, je weet niets van de mensen hier, je komt uit die hoofdstad van je zonder iemand te verwittigen en begint hier je orders uit te delen.'

'Het is mijn hoofdstad niet. Ik kom uit de Béarn.'

'Wat kan mij dat nou schelen?'

'En ik deel geen orders uit.'

'Ik zal je eens zeggen wat er gaat gebeuren, Adamsberg. Jij stapt op de trein, ik sluit dit zelfmoorddossier af en over drie dagen is alles vergeten. Behalve natuurlijk als je van plan bent me de nek te breken met je verdenking van moord. Die nergens op berust. Je hebt wind in het hoofd.'

Wind door zijn hoofd, als een voortdurende luchtstroom tussen zijn oren, zoals zijn moeder altijd zei. En in de wind kan geen gedachte wortelschieten, niet eens even ergens rusten. In de wind of onder water, dat komt op hetzelfde neer. Alles golft en buigt. Adamsberg wist het en hij wantrouwde zichzelf.

'Het is niet mijn bedoeling om je te breken, Émeri. Ik zeg alleen maar dat ik in jouw plaats de volgende man onder bewaking zou stellen. De glazenmaker.'

'De glas-in-loodzetter.'

'Ja. Stel hem onder bewaking.'

'Als ik dat doe, Adamsberg, gooi ik mijn eigen glazen in. Snap je dat nou niet? Dat zou betekenen dat ik niet in de zelfmoord van Herbier geloof. En daar geloof ik in. Als je het mij vraagt, had Lina er alle reden toe om die vent tot zelfmoord te drijven, misschien heeft ze dat wel bewust gedaan. En ja, daar zou ik een onderzoek naar kunnen doen. Aanzet tot zelfmoord. De kinderen Vendermot hebben meer dan voldoende reden om Herbier naar de duivel te wensen. Hun vader en hij, dat was een stelletje schoften van wie de een de ander in beestachtigheid overtrof.'

Émeri begon weer te lopen, met zijn handen in zijn zakken, wat afbreuk deed aan de waardigheid van zijn uniform.

'Vrienden?'

'Als twee handen op één buik. Er wordt gezegd dat vader Vendermot een Algerijnse kogel in zijn kop had zitten, en daaraan werden al zijn geweldsuitbarstingen toegeschreven. Maar hij en die sadist van een Herbier hebben elkaar aangemoedigd, dat staat als een paal boven water. Dus Herbier angst aanjagen, hem tot zelfmoord drijven, zou voor Lina een prima vergelding zijn. Ik zei het al, die meid is slim. Haar broers ook trouwens, maar allemaal gestoord.'

Ze waren op het hoogste punt van Ordebec aangekomen, met uitzicht over het stadje en de velden. De kapitein stak zijn arm uit naar een punt in het oosten.

'Het huis van de familie Vendermot', lichtte hij toe. 'De luiken zijn open, ze zijn op. De getuigenverklaring van Léo kan wel even wachten, ik ga eerst bij hen langs. Als Lina er niet is, praten de broers wat makkelijker. Met name die ene van klei.'

'Van klei?'

'Je hebt me goed verstaan. Van brosse klei. Geloof me, stap in die trein en vergeet ze. Als er iets waar is over de weg van Bonneval, dan is het dat-ie mensen gek maakt.'

9

Op de heuvel van Ordebec zocht Adamsberg een muurtje in de zon uit en installeerde zich daar in kleermakerszit. Hij trok zijn schoenen en sokken uit en keek naar de lichtgroene heuvels van verschillende hoogte, en naar de koeien die als een soort bakens roerloos in de weiden stonden. Best mogelijk dat Émeri gelijk had, best mogelijk dat Herbier, radeloos door de komst van de zwarte ruiters, zich een kogel door zijn hoofd had geschoten. Maar een geweer vanaf een afstand van een paar centimeter op jezelf richten was niet bepaald voor de hand liggend. Het was effectiever en logischer om de loop in je mond te steken. Tenzij Herbier, om de redenering van Émeri te volgen, die daad van boetedoening bewust had gewild en zichzelf had gedood zoals hij dat met de dieren deed, door recht op hun kop te richten. Kon die vent tot een plotseling inzicht zijn gekomen en gewetenswroeging hebben gekregen? En bovenal, kon hij zo bang zijn geweest voor de straf van het Woeste Leger? Ja. Die duistere groep stinkende en verminkte ruiters rausjte al tien eeuwen over het land van Ordebec. Daardoor waren kloven ontstaan waar ieder mens, hoe verstandig ook, plotseling in kon tuimelen en blijven steken.

Zerk stuurde een sms'je met de mededeling dat Hellebaud zonder hulp had gedronken. Het duurde een paar seconden voor Adamsberg zich herinnerde dat dit de naam van de duif was. Er volgden nog verscheidene sms'jes van de Brigade: uit onderzoek bleek inderdaad dat er broodkruim zat in de keel van het slachtoffer, Lucette Tuilot, maar niet in haar maag. Onweerlegbaar moord. Het meisje met de woestijnmuis knapte op in het ziekenhuis van Versailles, de onechte oudoom was hersteld en in voorlopige hechtenis genomen. Retancourt stuurde een alarmerender sms, in hoofdletters. Momo-de-schroeier werd verhoord, bezwarende feiten voldoende voor aanklacht, verbrande oude man geïdentificeerd, stront aan de knikker, met spoed terugbellen.

Adamsberg voelde een onaangename prikkeling in zijn nek, misschien zo'n spanningspropje waarover Émeri het had gehad. Hij wreef eroverheen terwijl hij het nummer van Danglard intoetste. Het was elf uur en de inspecteur zou wel op zijn post zijn. Nog te vroeg om operationeel te zijn, maar wel al aanwezig.

'Waarom bent u daar nog?' vroeg Danglard, flink chagrijnig zoals altijd 's ochtends.

'Ze hebben gisteren het lichaam van de jager gevonden.'

'Heb ik gezien. En het is onze zaak niet. Kom van die verdomde grimweld terug voordat hij u te pakken krijgt. Er is nieuws hier. Émeri kan zich wel zonder ons redden.'

'En dat wil hij ook graag. Een beste vent, behulpzaam, maar hij stuurt me met de eerstvolgende trein naar huis. Hij opteert voor zelfmoord.'

'Goed nieuws voor hem. Dat zal hem wel goed uitkomen.'

'Natuurlijk. Maar de oude Léo, bij wie ik heb gelogeerd, wist zeker dat het moord was. Ze is in het stadje Ordebec als een spons in het water. Ze absorbeert alles, en dat al achtentachtig jaar.'

'En als je erop drukt, dan praat ze?'

'Waarop drukt?'

'Op die Léo. Als op een spons.'

'Nee, ze blijft voorzichtig. Het is geen kletstante, Danglard. Ze houdt zich aan de wet van de vlinder die zich in New York verroert en in Bangkok een explosie teweegbrengt.'

'Zegt zij dat?'

'Nee, dat zegt Émeri.'

'Nou, hij vergist zich. Die vlinder klapt met zijn vleugel in Brazilië en de tornado vindt plaats in Texas.'

'Verandert dat iets aan de zaak, Danglard?'

'Ja. Wanneer men steeds slordiger gaat formuleren, ontaarden zelfs de meest heldere theorieën in kletspraatjes. En dan weten we niets meer. Van benadering komt men tot onjuistheid en intussen blijft er van de waarheid niets over en is de weg vrij voor obscurantisme.'

Het humeur van Danglard verbeterde enigszins, zoals elke keer als hij de gelegenheid kreeg om een verhandeling te houden en dankzij zijn kennis zelfs iemand tegen te spreken. De inspecteur was geen man die de hele dag aan het woord was, maar stilzwijgen vond hij maar niets, want daarmee kreeg zijn melancholie te veel de ruimte. Soms volstond een beetje weerwoord om Danglard uit zijn schemertoestand te wekken. Adamsberg stelde het moment uit waarop het onderwerp Momo-de-schroeier zou worden aangesneden, en Danglard eveneens, wat geen goed teken was.

'Er bestaan vast verschillende versies van dat vlinderverhaal.'

'Nee', antwoordde Danglard vastberaden. 'Het is geen verhaal met een moraal, het is een wetenschappelijke theorie over voorspelbaarheid. Die is in 1972 opgesteld door Edward Lorenz in de vorm die ik zojuist noemde. De vlinder is in Brazilië en de tornado in Texas, daar valt niets aan te veranderen.'

'Heel goed, Danglard, laten we het daarbij houden. Wat heeft Momo in die verhoorkamer te zoeken?'

'Ze hebben hem vanochtend ingerekend. De gebruikte benzine kan kloppen met zijn benzine.'

'Precies?'

'Nee, er zit niet genoeg olie in. Maar het is wel bromfietsbenzine. Momo heeft geen alibi voor de nacht van de brand, niemand heeft hem gezien. Een kerel zou zogenaamd met hem hebben afgesproken in een park om over zijn broer te praten. Momo zou twee uur voor niets hebben gewacht en toen naar huis zijn gegaan.'

'Dat is niet voldoende om hem te arresteren, Danglard. Wie heeft daartoe besloten?'

'Retancourt.'

'Zonder uw instemming?'

'Met. Rond de auto zijn er sporen van zolen van gympen die doordrenkt zijn met benzine. Die gympen hebben ze vanochtend bij Momo thuis gevonden, in een plastic zak gewikkeld. Daarover geen twijfel, commissaris. Momo zegt stomweg steeds maar dat ze niet van hem zijn. Zijn verweer stelt helemaal niets voor.'

'Zitten zijn vingerafdrukken op die zak en die schoenen?'

'De uitslag is nog niet bekend. Momo zegt van wel, want hij heeft ze in zijn handen gehad. Zogenaamd omdat hij die zak in zijn kast vond en heeft gekeken wat erin zat.'

'Is het zijn maat?'

'Ja. 43.'

'Dat zegt niets. Dat is de gemiddelde mannenmaat.'

Adamsberg streek weer met zijn hand over zijn nek om het spanningspropje te pakken te krijgen dat hij daar voelde.

'En het ergste komt nog', vervolgde Danglard. 'Die oude man is niet al slapend in de auto onderuitgezakt. Hij zat rechtop in zijn stoel toen de brand uitbrak. Dus de brandstichter moet hem wel gezien hebben. We denken niet meer aan dood door schuld.'

'Nieuw?' vroeg Adamsberg.

'Nieuw wat?'

'De gympen.'

'Inderdaad, hoezo?'

'Zeg eens, inspecteur, waarom zou Momo een auto in de brand gaan steken en daarbij nieuwe schoenen naar de verdommenis helpen, en als hij dat al heeft gedaan, waarom heeft hij ze dan daarna niet weggegooid? En zijn handen? Hebt u onderzocht of daar restjes benzine op zitten?'

'De technisch rechercheur kan ieder moment arriveren. We hebben de opdracht gekregen met spoed het onderzoek te starten. Eén naam is voldoende om te begrijpen waar we in verzeild zijn geraakt. Die oude man die bij de brand is omgekomen, is Antoine Clermont-Brasseur.'

'Toe maar', zei Adamsberg na een stilte.

'Ja', zei Danglard ernstig.

'En Momo zou hem bij toeval tegen het lijf zijn gelopen?'

'Hoezo toeval? Door Clermont-Brasseur te vermoorden raakt hij het kapitalisme in het hart. Misschien was dat Momo's streven.'

Adamsberg liet Danglard even praten en deed ondertussen zijn best om met één hand zijn sokken en schoenen weer aan te krijgen.

'Is de rechter nog niet op de hoogte?'

'We wachten het onderzoek van de handen af.'

'Danglard, wat er ook uit dat onderzoek komt, dien nog geen aanklacht in. Wacht tot ik terug ben.'

'Hoe kan dat nou? Als de rechter erachter komt dat we de zaak getraineerd hebben, hebben we met een naam als Clermont-Brasseur binnen een uur de minister op ons dak. De assistent van de prefect heeft al gebeld voor de eerste bevindingen. Hij wil dat de moordenaar vandaag nog wordt opgesloten.'

'Wie heeft tegenwoordig bij het Clermont-concern de teugels in handen?'

'De vader had nog tweederde van de aandelen. Hij heeft twee zonen die de rest delen. Om het simpel te houden. In feite had de vader tweederde van de sector bouw en metaalindustrie in handen. Een van de zonen heeft een meerderheidsbelang in de informaticabranche en de andere in het onroerend goed. Maar over het geheel genomen was die ouwe de baas en hij was niet van plan zijn zonen het roer te laten overnemen. Sinds een jaar gingen er geruchten dat die ouwe aardig wat flaters begon te slaan en dat Christian, de oudste zoon, overwoog hem onder curatele te laten stellen om het concern te behoeden. Uit woede had de oude man besloten volgende maand met zijn huishoudster te trouwen, een Ivoriaanse die veertig jaar jonger is dan hij, die hem helemaal vertroetelt en met wie hij al tien jaar het bed deelt. Ze heeft een zoon en een dochter, die de oude Antoine van plan was meteen daarna te adopteren. Misschien een provocatie, maar de vastberadenheid van een oude man kan honderd keer onverbiddelijker zijn dan de onstuimigheid van de jeugd.'

'Hebt u de alibi's van de twee zonen gecontroleerd?'

'Een absoluut veto', mompelde Danglard. 'Ze zijn te zeer geschokt om de politie te woord te staan, er wordt ons verzocht te wachten.'

'Danglard, wie is de technisch rechercheur die het lab ons stuurt?'

'Enzo Lalonde. Een hele goeie. Niet doen, commissaris. Het wordt ons al te heet onder de voeten.'

'Wat niet doen?'

'Niets.'

Adamsberg stopte zijn telefoon weg, wreef over zijn nek en maakte een armbeweging in de richting van de heuvels om zijn spanningspropje ver van zich af te werpen. En dat leek te helpen. Hij liep in een flink tempo, met losse veters, door de straatjes van Ordebec naar beneden, rechtstreeks naar een telefooncel die hij onderweg tussen de herberg van Léo en het stadscentrum had gezien. Een cel waar niemand je zag, aan alle kanten omgeven door de hoge schermbloemen van de wilde peen. Hij belde het laboratorium en vroeg naar Enzo Lalonde.

'Maakt u zich geen zorgen, commissaris', verontschuldigde Lalonde zich meteen. 'Ik ben in het slechtste geval over drie kwartier bij u op het bureau. Ik zal voortmaken.'

'Nee, maak juist maar niet voort. U wordt even op het lab opgehouden, daarna hebt u de grootste problemen om de auto aan de praat te krijgen, en ten slotte komt u vast te zitten in een file, zo mogelijk raakt u betrokken bij een ongeluk. Als u een koplamp zou kunnen verbrijzelen door tegen een paaltje te rijden, zou dat helemaal perfect zijn. Of een bumper in de kreukels rijden. Ik laat u improviseren, u schijnt goed te zijn.'

'Wat is er aan de hand, commissaris?'

'Ik heb tijd nodig. Neem uw monsters zo laat mogelijk, en kom dan met het bericht dat door een fout in het systeem het onderzoek is verknald. Het moet morgen worden overgedaan.'

'Commissaris,' zei Lalonde na een stilte, 'beseft u wat u van me vraagt?'

'Een paar uur, meer niet. In opdracht van een superieur en in dienst van het onderzoek. De verdachte draait de bak in, wat er ook gebeurt. U kunt hem toch wel een dag extra gunnen?'

'Ik weet het niet, commissaris.'

'Even goede vrienden, Lalonde. Verbind me maar door met dokter Romain en vergeet deze opdracht. Romain zorgt wel dat het voor elkaar komt zonder in paniek te raken.'

'Oké, commissaris, ik doe het', zei Lalonde na een tweede stilte. 'Voor wat hoort wat, ik ben toevallig degene die dat verhaal van dat touwtje in die duivenpootjes op zijn bord heeft gekregen. Geeft u mij ook de tijd, ik kom om in het werk.'

'Zo veel als u wilt. Maar zorg dat u iets vindt.'

'Er zijn stukjes huid aan het draadje blijven hangen. Die figuur heeft zijn vingers eraan geschaafd. Misschien zelfs ontveld. U hoeft alleen maar te zoeken naar een knaap met een onopvallende snijwond in de plooi van zijn wijsvinger. Hoewel het touwtje misschien nog meer kan vertellen. Het is geen gewoon touwtje.'

'Heel goed', feliciteerde Adamsberg hem, want hij voelde wel dat de jonge Enzo Lalonde graag wilde dat hij hem zijn terughoudendheid vergaf. 'Neem vooral geen contact met me op bij de Brigade of op mijn mobieltje.'

'Begrepen, commissaris. Nog één ding: ik kan pas morgen mijn bevindingen doorgeven. Maar ik zal nooit de resultaten van een onderzoek vervalsen. Dat moet u me niet vragen. Als die vent de pineut is, kan ik daar niks aan doen.'

'Het gaat niet om een vervalsing. U zult in ieder geval benzinesporen op zijn vingers aantreffen. En het zal dezelfde benzine zijn als op de schoenen, want die heeft hij in zijn handen gehad, en dezelfde als op de plaats van de brand. Hij gaat de bak in, daar kunt u zeker van zijn.'

En dan is iedereen tevreden, concludeerde Adamsberg terwijl hij ophing en vervolgens met een slip van zijn overhemd zijn vingerafdrukken van de telefoonhoorn verwijderde. En het leven van Momo-de-schroeier zal zijn lotsbestemming, al uitgeschreven en bezegeld, tegemoet gaan.

De boerderij van Léone werd in de verte zichtbaar en Adamsberg bleef plotseling staan luisteren. In de heldere lucht hoorde hij een onafgebroken gekerm, het doordringende gejank van een wanhopige hond. Adamsberg zette het op een rennen.

10

De deur van de eetkamer stond wijd open, Adamsberg kwam bezweet het donkere kamertje binnen en bleef plotseling staan. Het lange, magere lichaam van Léone lag languit op de tegels, haar hoofd midden in een plas bloed. Naast haar lag Flem op zijn zij te jammeren, waarbij hij zijn grote poot op het middel van de oude vrouw had gelegd. Adamsberg had het gevoel alsof een deel van een muur van zijn nek tot zijn buik instortte en vervolgens als brokstukken in zijn benen neerkwam.

Geknield bij Léone legde hij zijn hand tegen haar hals en polsen zonder ook maar de geringste hartslag te voelen. Léone was niet gevallen, iemand had haar vermoord, haar hardhandig met haar hoofd tegen de tegelvloer geslagen. Hij merkte dat hij samen met de hond zat te kreunen terwijl hij met zijn vuist op de vloer sloeg. Het lichaam was warm, de overval had nog maar een paar minuten geleden plaatsgevonden. Misschien had hij de moordenaar zelfs gestoord door aan te komen rennen, want dat maakte veel lawaai op het grind. Hij deed de achterdeur open, onderzocht snel de verlaten omgeving en rende toen naar de buren om te vragen naar het nummer van de gendarmerie.

Adamsberg wachtte in kleermakerszit bij Léo de komst van de agenten af. Net als de hond had hij zijn hand op haar gelegd.

'Waar is Émeri?' vroeg hij aan de brigadier die de kamer binnenkwam in gezelschap van een vrouw die waarschijnlijk de arts was.

'Bij die mafkezen. Hij komt zo.'

'Een ambulance', gelastte de arts snel. 'Ze leeft nog. Nog even misschien. Een coma.'

Adamsberg keek op.

'Ik kon geen polsslag voelen', zei hij.

'Die is heel zwak', bevestigde de arts, een aantrekkelijke, gedecideerde vrouw van een jaar of veertig.

'Wanneer is dit gebeurd?' vroeg de brigadier terwijl hij wachtte tot zijn baas zou arriveren.

'Een paar minuten geleden', zei de arts. 'Hooguit vijf. Ze is in haar val tegen de grond gesmakt.'

'Nee,' zei Adamsberg, 'iemand heeft haar met haar hoofd tegen de grond geslagen.'

'Hebt u haar aangeraakt?' vroeg de vrouw. 'Wie bent u?'

'Ik heb haar niet aangeraakt en ik ben van de politie. Kijkt u maar naar de hond, dokter, hij kan niet opstaan. Hij verdedigde Léo, en de moordenaar heeft hem ervanlangs gegeven.'

'Ik heb de hond onderzocht en hij heeft niets. Ik ken Flem. Wanneer hij niet overeind wil komen, valt er niets mee te beginnen. Hij zal zich niet verroeren voordat ze zijn bazin hebben meegenomen. En dan nog.'

'Ze is waarschijnlijk niet goed geworden,' suggereerde de dikke brigadier onnodig, 'of ze is gestruikeld over die stoel. En daarbij gevallen.'

Adamsberg schudde zijn hoofd zonder erop in te gaan. Léone had een klap gekregen vanwege de vlinder in Brazilië waarvan ze de vleugelslag had gezien. Welke vlinder? Waar? Het stadje Ordebec alleen al leverde duizenden details per dag op, duizenden vleugelslagen van vlinders. En evenveel daaruit voortvloeiende gebeurtenissen. Waaronder de moord op Michel Herbier. En te midden van die enorme hoeveelheid vlindervleugels had er één getrild voor de ogen van Léo, die de kunst had verstaan deze vleugel te zien of te horen. Maar welke was het? Een vlindervleugel traceren in een plaats van tweeduizend inwoners was onbegonnen werk vergeleken met de bekende naald in een hooiberg. Wat Adamsberg nooit een onoverkomelijk probleem had geleken. Je hoefde de hooiberg maar plat te branden en je vond de naald.

De ambulance stond inmiddels voor de deur geparkeerd, de portieren sloegen dicht, Adamsberg stond op en liep naar buiten. Hij wachtte tot de ziekenbroeders langzaam de brancard in de wagen schoven en streek met de rug van zijn hand over het haar van de oude vrouw.

'Ik kom terug, Léo', zei hij tegen haar. 'Ik laat je niet in de steek. Brigadier, vraag kapitein Émeri haar dag en nacht te laten bewaken.'

'Goed, commissaris.'

'Niemand mag haar kamer binnenkomen.'

'Goed, commissaris.'

'Heeft geen zin', zei de arts onaangedaan terwijl ze plaatsnam in de ambulance. 'Ze haalt de avond niet.'

Nog langzamer dan gewoonlijk ging Adamsberg weer het huis binnen, dat werd bewaakt door de dikke brigadier. Hij hield zijn handen onder de kraan, waste het bloed van Léone eraf, droogde ze af aan de doek die hij de vorige avond voor de vaat had gebruikt, en hing hem netjes over de rugleuning van een stoel. Een blauw met witte theedoek met een bijenmotief.

Ondanks het vertrek van zijn bazin had de hond zich niet verroerd. Hij kermde nu zwakker en uitte bij elke ademhaling zijn jammerklacht.

'Neem hem mee', zei Adamsberg tegen de brigadier. 'Geef hem een klontje suiker. Laat dat dier hier niet achter.'

In de trein droogden de modder en de bladeren onder zijn schoenzolen op en lieten, onder de geërgerde blik van een vrouw die tegenover Adamsberg zat, talrijke zwartige hoopjes vuil op de vloer achter. Adamsberg pakte een stukje op, dat de vorm van het reliëf van zijn zool had aangenomen, en stopte het in het zakje van zijn overhemd. De vrouw kon niet weten, dacht hij, dat zich dicht in haar buurt heilige resten bevonden, overblijfselen van de weg van Bonneval, waarover de hoeven van het Woeste Leger hadden gestampt. Seigneur Hellequin zou terugkomen om Ordebec opnieuw een slag toe te brengen, hij moest nog drie levenden ronselen.

11

Twee jaar had Adamsberg Momo-de-schroeier niet meer gezien. Hij moest inmiddels drieëntwintig zijn, te oud om nog met lucifers te spelen en te jong om de strijd op te geven. Op zijn wangen tekende zich nu een baard af, maar die nieuwe mannelijke toets maakte hem niet indrukwekkender.

De jonge man was in de verhoorkamer neergezet, zonder daglicht en zonder ventilator. Adamsberg observeerde hem door de ruit, zoals hij daar met een kromme rug en zijn blik naar de grond gericht op een stoel zat. De brigadiers Noël en Morel waren hem aan het ondervragen. Noël draaide om hem heen terwijl hij achteloos met de jojo speelde die hij de jonge man had afgenomen. Momo had er heel wat wedstrijden mee gewonnen.

'Wie heeft hem Noël op zijn dak geschoven?' vroeg Adamsberg.

'Hij heeft het zojuist overgenomen', verklaarde Danglard, niet op zijn gemak.

Het verhoor duurde al sinds de ochtend, en inspecteur Danglard had nog niets gedaan om het te onderbreken. Momo hield al uren aan dezelfde versie vast: hij had in zijn eentje in het park in de wijk Fresnay zitten wachten, hij had die nieuwe gympen in zijn kast gevonden en had ze uit de zak gehaald. Dat hij benzine aan zijn handen had, kwam door die schoenen. Hij wist niet wie Antoine Clermont-Brasseur was, nooit van gehoord.

'Heeft hij te eten gekregen?' vroeg Adamsberg.

'Ja.'

'Te drinken?'

'Twee cola. Verdomme, commissaris, wat denkt u nou? We zijn hem niet aan het martelen. De prefect heeft persoonlijk gebeld', vervolgde Danglard. 'Momo moet vanavond alles bekend hebben. Bevel van de minister van Binnenlandse Zaken.'

'Waar zijn de bewuste gympen?'
'Hier', zei Danglard terwijl hij naar een tafel wees. 'Ze stinken nog naar benzine.'
Adamsberg bekeek ze zonder ze aan te raken en schudde zijn hoofd.
'Doordrenkt tot de veters aan toe', zei hij.
Agent Estalère kwam met snelle stappen op hen af, gevolgd door Mercadet, met een telefoon in zijn hand. Zonder de onverklaarde protectie van Adamsberg had de jonge Estalère allang de Brigade verruild voor een klein politiebureau buiten de hoofdstad. Al zijn collega's waren min of meer van mening dat Estalère niet goed kon meekomen, of zelfs dat hij een volslagen idioot was. Hij keek met zijn wijd opengesperde, grote groene ogen om zich heen alsof hij zijn best deed niets te missen, maar hij zat er bij de meest vanzelfsprekende zaken voortdurend naast. De commissaris behandelde hem als een jonge loot in wording en hield vol dat zijn potentieel op zekere dag tot ontwikkeling zou komen. Elke dag deed de jonge man angstvallig zijn best om te leren en te begrijpen. Maar al twee jaar had niemand de bewuste jonge loot krachtiger zien worden. Estalère volgde Adamsberg op de voet, als een reiziger die blindvaart op zijn kompas, zonder enige kritische zin, en tegelijkertijd verafgoodde hij brigadier Retancourt. De tegenstelling tussen het gedrag van de een en de ander bracht hem in een staat van hevige verbijstering, want Adamsberg volgde kronkelige paden terwijl Retancourt recht op haar doel af ging volgens het realistische automatisme van een buffel op weg naar zijn drenkplaats. Zodat de jonge agent vaak op een tweesprong bleef staan, niet in staat een besluit te nemen over de te volgen route. Op zulke momenten van heftige zinsverbijstering ging hij altijd voor de hele Brigade koffie maken. Dat deed hij perfect, want hij onthield van ieder tot in de kleinste details hoe hij zijn koffie het liefst dronk.

'Commissaris,' hijgde Estalère, 'er is een ramp gebeurd in het lab.'

De jonge man stopte om op zijn briefje te kijken.

'De monsters die bij Momo zijn afgenomen, zijn onbruikbaar. Er is door verontreiniging op de plaats van opslag een systematische fout opgetreden.'

'Anders gezegd,' kwam Mercadet – op dit moment klaarwakker – tussenbeide, 'een van de technisch rechercheurs heeft zijn koffie over de monsterglaasjes gemorst.'

'Zijn thee', corrigeerde Estalère. 'Enzo Lalonde moet terugkomen voor nieuwe analyses, maar dan hebben we de uitslag niet voor morgen.'

'Een tegenvaller', mompelde Adamsberg.

'Maar omdat de laatste sporen benzine kunnen verdwijnen, geeft de hoofdcommissaris het bevel Momo's handen vast te binden zodat hij geen enkel oppervlak meer kan aanraken.'

'Is de hoofdcommissaris al op de hoogte van de verontreinigingsfout?'

'Hij belt ieder uur naar het lab', zei Mercadet. 'Die vent van die kop koffie is flink de oren gewassen.'

'Thee, die vent van die kop thee.'

'Dat komt op hetzelfde neer, Estalère', zei Adamsberg. 'Danglard, bel de hoofdcommissaris terug en zeg dat het geen zin heeft wraak te nemen op die technisch rechercheur, dat we voor tien uur vanavond een bekentenis van Mo hebben.'

Adamsberg ging de verhoorkamer binnen terwijl hij heel voorzichtig de gympen vasthield, en hij beduidde Noël om de kamer te verlaten. Momo glimlachte opgelucht toen hij hem herkende, maar de commissaris schudde zijn hoofd.

'Nee, Mo. Dit is het einde van je heldendaden als bendeleider. Begrijp je wie je deze keer in brand hebt gestoken? Weet je wie het is?'

'Ik heb het gehoord. Die vent die huizen bouwt en metaal produceert. Clermont.'

'En verkoopt, Mo. Over de hele wereld.'

'Ja, verkoopt.'

'Met andere woorden, je hebt een van de pijlers van de econo-

mie van dit land in de as gelegd. Niets minder dan dat. Snap je?'
'Ik heb het niet gedaan, commissaris.'
'Dat vraag ik je niet. Ik vraag of je het snapt.'
'Ja.'
'Wat snap je?'
'Dat het een pijler van de economie van dit land is', zei Mo met iets van een snik in zijn stem.
'Anders gezegd, je hebt kortweg het land in de fik gestoken. Op ditzelfde moment verkeert de firma Clermont-Brasseur in verwarring en maken de Europese beurzen zich ongerust. Is je dat duidelijk? Nee, je hoeft niet aan te komen met die verhalen over mysterieuze afspraken, een park en onbekende schoenen. Wat ik wil weten, is of je hem bij toeval hebt vermoord of dat je het juist op Clermont-Brasseur gemunt had. Dood door schuld of moord met voorbedachten rade, dat maakt een groot verschil.'
'Alstublieft, commissaris.'
'Hou je handen stil. Had je het op hem gemunt? Wilde je geschiedenis maken? Zo ja, dan is dat gelukt. Trek die handschoenen en die schoenen aan. Eén schoen, dat is voor mij voldoende.'
'Ze zijn niet van mij.'
'Trek er een aan', zei Adamsberg met stemverheffing.
Noël, die achter de ruit was blijven staan luisteren, haalde misnoegd zijn schouders op.
'Hij brengt die jongen binnen de kortste keren zowat aan het huilen. En dan zeggen ze vervolgens dat ik de bruut ben van deze Brigade.'
'Het is goed, Noël', zei Mercadet. 'We hebben orders gekregen. Het vuur van Momo heeft zich verspreid tot aan het paleis van justitie, we moeten een bekentenis hebben.'
'Sinds wanneer geeft de commissaris zo vlot gehoor aan orders?'
'Sinds hij in de gaten wordt gehouden. Vind jij het niet normaal om het vege lijf te willen redden?'

'Natuurlijk vind ik dat normaal. Maar niet bij hem', zei Noël terwijl hij wegliep. 'En het valt me zelfs tegen.'

Adamsberg kwam de kamer uit en reikte Estalère de schoenen aan. Hij zag dat zijn medewerkers met ambivalente blikken naar hem keken, met name inspecteur Danglard.

'Neemt u het over, Mercadet, ik moet wat regelen met Normandië. Nu Mo zijn vertrouwen in mij heeft verloren, zal hij snel genoeg de helling aftuimelen. Zet een ventilator neer, dan worden zijn handen minder zweterig. En zodra de technisch rechercheur klaar is met zijn tweede monsterneming, stuurt u hem naar me toe.'

'Ik dacht dat u tegen de beschuldiging was gekant', zei Danglard op enigszins geaffecteerde toon.

'Maar inmiddels heb ik zijn ogen gezien. Hij heeft het gedaan, Danglard. Het is treurig, maar hij heeft het gedaan. Opzettelijk of niet, dat weten we nog niet.'

Als er één ding was dat Danglard bij Adamsberg bovenal afkeurde, was het die neiging om zijn indrukken als bewezen feiten te beschouwen. Adamsberg bracht daartegen in dat indrukken feiten waren, materiële aanwijzingen die net zo veel waarde hadden als laboratoriumonderzoek. Dat het brein het meest gigantische lab was dat je je kon voorstellen, uitstekend in staat om verkregen gegevens, bijvoorbeeld een blik, te classificeren en te analyseren, en daar nagenoeg ontwijfelbare conclusies uit te trekken. Deze onjuiste logica was voor Danglard onverdraaglijk.

'Het is geen kwestie van zien of niet zien, commissaris, maar een kwestie van weten.'

'We weten het, Danglard. Mo heeft die ouwe geofferd op het altaar van zijn overtuigingen. Vandaag heeft in Ordebec een kerel een oude dame tegen de vlakte geslagen als een glas dat op de grond is stukgesmeten. Ik ben niet in de stemming om moordenaars te ontzien.'

'Vanochtend dacht u nog dat Momo in de val was gelopen. Vanochtend zei u nog dat hij zijn schoenen uiteraard zou hebben weggegooid in plaats van ze in zijn kast te bewaren, voor het grijpen voor zijn aanklagers.'

'Mo dacht dat het een koud kunstje was. Dat hij rustig nieuwe gympen kon kopen en ons wijsmaken dat hij valselijk beschuldigd zou worden. Maar hij is echt schuldig, Danglard.'

'Vanwege zijn blik?'

'Bijvoorbeeld.'

'En welke bewijzen hebt u aan zijn blik ontleend?'

'Trots, wreedheid en nu hevige angst.'

'Hebt u dit allemaal afgewogen? Geanalyseerd?'

'Ik heb u al gezegd, Danglard,' antwoordde Adamsberg op lichtelijk onheilspellend rustige toon, 'dat ik niet in de stemming ben om te discussiëren.'

'Stuitend', mompelde Danglard kortaf.

Adamsberg toetste op zijn mobieltje het nummer in van het ziekenhuis in Ordebec. Hij maakte een handbeweging in de richting van Danglard, een soort onverschillig wegwuifgebaar.

'Ga naar huis, inspecteur, dat kunt u beter doen.'

Om hen heen had zich een groepje van zeven van zijn medewerkers gevormd, die de woordenwisseling wilden volgen. Estalère bood een ontredderde aanblik.

'En jullie allemaal ook, als jullie bang zijn dat het vervolg jullie niet aanstaat. Ik heb hier bij Mo maar twee man nodig. Mercadet en Estalère.'

Nu ze naar huis waren gestuurd, ging de groep zwijgend uiteen, stomverbaasd of misprijzend. Danglard was trillend van woede met grote stappen weggebeend, zo snel als hij kon met zijn eigenaardige manier van lopen, met die twee lange benen die even weinig betrouwbaar leken als twee halfgesmolten kaarsen. Hij daalde de wenteltrap naar de kelder af, haalde de fles witte wijn tevoorschijn die hij altijd opborg achter de grote verwarmingsketel en nam zonder onderbreken een paar flinke slokken. Jammer, dacht hij, juist nu hij het een keer tot zeven uur 's avonds had volgehouden zonder te drinken. Hij ging zitten op de kist die hij in dit souterrain als stoel gebruikte, waarbij hij zijn best deed rustig te ademen om zijn woede te temperen en vooral de pijn van zijn teleurstelling te stillen. Een toestand van bijna-paniek voor hem die Adamsberg zo graag had gemogen, en zozeer had gerekend op de aantrekkelijke wegen waarlangs diens geest zich bewoog, op zijn ongedwongenheid en, ja, op zijn enigszins argeloze en bijna onveranderlijke zachtmoedigheid. Maar dat was vroeger, en de herhaalde successen hadden het oorspronkelijke karakter van Adamsberg bedorven. Overtuiging en zelfverzekerdheid drongen zijn bewustzijn binnen en voerden nieuwe bouwstenen met zich mee, ambitie, laatdunkendheid en onbuigzaamheid. De beroemde nonchalance van Adamsberg maakte een draai en begon zijn duistere kant te tonen.

Danglard zette diepbedroefd de fles in zijn schuilplaats terug. Hij hoorde de deur van de Brigade dichtslaan, de agenten volgden de instructies op en verlieten gaandeweg het gebouw, in de hoop dat de volgende dag beter zou verlopen. De gedweeë Estalère bleef bij Momo, in gezelschap van brigadier Mercadet, die waarschijnlijk naast hem in slaap viel. De waak- en slaapcyclus van Mercadet nam ongeveer drieënhalf uur in beslag. Omdat hij zich voor die handicap schaamde, kon de brigadier de commissaris niet trotseren.

Danglard stond lusteloos op, terwijl hij, om de nagalm van zijn woordenstrijd te verdrijven, zijn gedachten liet gaan naar het avondeten met zijn vijf kinderen. Zijn vijf kinderen, dacht hij in een opwelling, terwijl hij de leuning vastgreep om de trap op te gaan. Daar lag zijn leven en niet bij Adamsberg. Zijn ontslag aanbieden, en waarom niet naar Londen vertrekken, waar zijn minnares woonde, die hij zo weinig zag. Dit bijna-besluit verschafte hem een gevoel van trots en bracht weer wat dynamiek in zijn gekwetste geest.

Adamsberg, achtergebleven in zijn werkkamer, luisterde hoe de deur van de Brigade telkens dichtsloeg als zijn uit het veld geslagen medewerkers het pand verlieten, waar de sfeer was verpest door een gevoel van onbehagen en wrevel. Hij had gedaan wat hem te doen stond en hij had zichzelf niets te verwijten. Een beetje grofheid in zijn manier van handelen, maar doordat er haast was geboden, had hij geen keus gehad. De woedeuitbarsting van Danglard verbaasde hem. Merkwaardig dat zijn oude vriend hem niet, zoals bijna altijd, had gesteund en met hem mee was gegaan. Vooral omdat Danglard niet twijfelde aan Mo's schuld. Zijn zo scherpe verstand had verstek laten gaan. De heftige opwellingen van angst van de inspecteur benamen hem wel vaker het zicht op de simpele waarheid en vervormden alles wat op hun pad kwam, zodat hij geen toegang meer had tot wat vanzelfsprekend was. Maar nooit voor lange tijd.

Tegen acht uur hoorde hij de slepende voetstappen van Mercadet, die Mo bij hem bracht. Binnen een uur zou er over het lot van de jonge brandstichter zijn beslist en morgen zou hij de reacties van zijn collega's onder ogen moeten zien. De enige reactie waar hij echt bang voor was, was die van Retancourt. Maar hij mocht niet aarzelen. Wat Retancourt of Danglard er ook van dacht, hij had wel degelijk Mo's blik doorzien, en dat betekende dat er een onvermijdelijke weg gevolgd diende te worden. Hij stond op om de deur te openen, terwijl hij zijn telefoon in zijn zak stopte. Léo was nog steeds in leven, daar in Ordebec.

'Ga zitten', zei hij tegen Mo, die binnenkwam met gebogen hoofd om zijn ogen te verbergen. Adamsberg had hem horen huilen, zijn verweer werd zwakker.

'Hij heeft niets gezegd', rapporteerde Mercadet op neutrale toon.

'Dat duurt niet lang meer', zei Adamsberg terwijl hij op de schouder van de jonge man drukte zodat die zou gaan zitten. 'Mercadet, doe hem de handboeien om en ga boven uitrusten.'

Met andere woorden, in het kamertje waar de drankenautomaat en het etensbakje van de kat stonden, en waar de brigadier kussens op de grond had gelegd waarop hij om de zoveel tijd zijn dutjes deed. Mercadet maakte van de gelegenheid gebruik om de kat mee te nemen naar zijn etensbord en samen met hem te gaan slapen. Sinds de brigadier en de kat zodoende een bondgenootschap hadden gesloten, sliep Mercadet volgens Retancourt beter en duurden zijn dutjes minder lang.

12

De telefoon ging bij kapitein Émeri midden onder het eten. Geërgerd nam hij op. Het moment van zijn avondmaaltijd was voor hem een kostbare en heilzame onderbreking, waaraan hij in zijn betrekkelijk bescheiden leven op een bijna obsessieve manier vasthield. In zijn ambtswoning van drie kamers was het grootste vertrek bestemd als eetkamer, waar het gebruik van een wit tafellaken verplicht was. Op dat tafellaken stonden twee schitterende stukken zilverwerk die gered waren uit de erfenis van maarschalk Davout, een bonbonnière en een fruitschaal, allebei voorzien van de keizerarend en de initialen van zijn voorvader. Émeri's huishoudster legde, om was te besparen, onopvallend het tafellaken met de vuile kant naar beneden, want ze had voor de oude prins van Eckmühl geen enkel respect.

Émeri was niet achterlijk. Hij wist dat de hommages aan zijn voorvader een compensatie waren voor een leven dat hij als middelmatig beschouwde en een karakter dat niet de beroemde onverschrokkenheid van de maarschalk vertoonde. Vreesachtig als hij was, had hij de militaire loopbaan van zijn vader vermeden en inzake het leger geopteerd voor het korps landelijke diensten van de gendarmerie, terwijl hij zich inzake zijn veroveringen tot de dames beperkte. Hij had een genadeloos oordeel over zichzelf, behalve op het gelukzalige moment van het avondeten, want dan gunde hij zich welwillend een pauze. Aan tafel kende hij zichzelf allure en gezag toe, en deze dagelijkse dosis narcisme werkte verkwikkend. Men wist dat hij, behalve in noodgevallen, tijdens de maaltijd niet gestoord mocht worden. De stem van brigadier Blériot klonk dus weinig zelfverzekerd.

'Het spijt me heel erg, kapitein, maar ik dacht dat ik u moest inlichten.'
'Léo?'
'Nee, haar hond, kapitein. Ik pas voorlopig op hem. Dokter

Chazy beweerde dat hij niets had, maar uiteindelijk had commissaris Adamsberg gelijk.'

'Ter zake, brigadier', zei Émeri ongeduldig. 'Mijn eten wordt koud.'

'Flem was nog steeds niet in staat om op te staan en vanavond heeft hij bloed gebraakt. Ik heb hem naar de dierenarts gebracht, en die heeft inwendige verwondingen ontdekt. Volgens hem is Flem in zijn buik geraakt, getrapt waarschijnlijk. En in dat geval had Adamsberg gelijk en zou Léo wel degelijk zijn aangevallen.'

'Zeur me niet aan m'n kop over die Adamsberg, we kunnen zelf onze conclusies wel trekken.'

'Neem me niet kwalijk, kapitein, maar hij heeft dat meteen gezegd.'

'Is de dierenarts zeker van zijn diagnose?'

'Absoluut. Hij is bereid een verklaring te ondertekenen.'

'Laat hem morgenochtend bij me komen. Hebt u nog iets over Léo gehoord?'

'Ze ligt nog in coma. Dokter Merlan rekent erop dat de inwendige bloeding vanzelf verdwijnt.'

'Rekent hij daar echt op?'

'Nee, kapitein. Niet echt.'

'Hebt u al gegeten, Blériot?'

'Ja, kapitein.'

'Kom dan over een half uur bij me langs.'

Émeri gooide zijn telefoon op het witte tafellaken en ging somber weer achter zijn bord zitten. Zijn relatie met brigadier Blériot, die ouder was dan hij, was ambivalent. Hij minachtte hem en hechtte geen enkel belang aan zijn mening. Blériot was gewoon een dikke brigadier, gedwee en onontwikkeld. Terwijl hij tegelijkertijd met zijn makkelijke – volgens Émeri sullige – karakter, zijn geduld, dat je voor domheid kon aanzien, en zijn bescheidenheid een bruikbare en ongevaarlijke vertrouweling was. Beurtelings commandeerde Émeri hem als een hond en behandelde hij hem als een vriend, een vriend die met name de taak had naar hem te luisteren, hem te steunen en aan te moedigen. Hij werkte al zes jaar met hem.

'Dat ziet er niet best uit, Blériot', zei hij tegen de brigadier terwijl hij hem binnenliet.

'Voor Léone?' vroeg Blériot en hij ging zoals gewoonlijk op de empirestoel zitten.

'Voor ons. Voor mij. Ik heb het onderzoek in het begin helemaal verkloot.'

Aangezien maarschalk Davout beroemd was om zijn grove taal, zogenaamd overgehouden uit de jaren van de Revolutie, was Émeri niet omzichtig in zijn woordgebruik.

'Als Léo is aangevallen, Blériot, betekent dat dat Herbier werkelijk is vermoord.'

'Waarom legt u een verband, kapitein?'

'Dat doet iedereen. Denk eens na.'

'Wat zegt iedereen?'

'Dat ze heel wat af wist van de dood van Herbier, in aanmerking genomen dat Léo altijd van alles en iedereen heel wat af weet.'

'Léone is geen kletstante.'

'Maar ze is intelligent, ze heeft een goed geheugen. Jammer genoeg heeft ze mij niets verteld. Dat had misschien haar leven gered.'

Émeri opende de bonbonnière, die gevuld was met dropjes, en schoof hem in de richting van Blériot.

'We krijgen het nog voor onze kiezen, brigadier. Een vent die een oude dame tegen de grond slaat, daar moet je niet te licht over denken. Een barbaar, met andere woorden, een duivel die ik al dagenlang vrij laat rondlopen. Wat wordt er in de stad nog meer verteld?'

'Dat heb ik u gezegd, kapitein. Ik weet het niet.'

'Dat is niet waar, Blériot. Wat wordt er over me gezegd? Dat ik mijn werk niet goed heb gedaan, klopt dat?'

'Dat gaat wel weer over. De mensen praten en daarna vergeten ze het weer.'

'Nee, Blériot, ze hebben namelijk gelijk. Het is al elf dagen geleden dat Herbier is verdwenen, negen dagen sinds ik op de hoogte ben gebracht. Ik had besloten er geen aandacht aan te schenken omdat ik dacht dat de familie Vendermot me in de val wilde laten lopen. Dat weet je. Ik heb mezelf beschermd. En toen ze zijn lichaam vonden, besloot ik dat hij zelfmoord had gepleegd omdat dat me goed uitkwam. Ik heb daar koppig als een stier aan vastgehouden en ik heb geen vinger uitgestoken. Als ze zeggen dat ik verantwoordelijk ben voor Léo's dood, hebben ze gelijk. Toen de moord op Herbier nog maar pas gepleegd was, hadden we nog kans de dader op het spoor te komen.'

'Dit konden we niet voorzien.'

'Jij niet. Ik wel. En er is geen enkele aanwijzing meer te vinden. Het is altijd hetzelfde liedje. Door jezelf te beschermen maak je jezelf kwetsbaar. Onthoud dat.'

Émeri reikte de brigadier een sigaret aan en even zaten beiden zwijgend te roken.

'Hoezo is dit zo erg, kapitein? Wat kan er gebeuren?'

'Gewoon, een onderzoek van de Inspectie.'

'Naar uw handelen?'

'Natuurlijk. Jij loopt geen gevaar, jij bent niet verantwoordelijk.'

'Laat u helpen, kapitein. Twee weten meer dan een.'

'Door wie?'

'Door de graaf. Machtig als hij is, heeft hij invloed in de hoofdstad. En bij de Inspectie.'

'Haal de kaarten tevoorschijn, Blériot, we gaan een paar potjes spelen, dat zal ons goeddoen.'

Blériot deelde de kaarten uit, traag zoals bij al zijn bewegingen, en Émeri voelde zich enigszins gesterkt.

'De graaf is erg aan Léo gehecht', wierp Émeri tegen terwijl hij zijn kaarten uitspreidde.

'Ze zeggen dat zij zijn enige liefde was.'

'Hij heeft het recht om te denken dat ik verantwoordelijk ben voor wat haar is overkomen. Dus om me naar de duivel te wensen.'

'Die naam moet u niet uitspreken, kapitein.'

'Waarom niet?' vroeg Émeri met een kort lachje. 'Geloof jij dat de duivel in Ordebec rondwaart?'

'Nou ja. Seigneur Hellequin is voorbijgetrokken.'

'Daar geloof jij in, mijn beste Blériot.'

'Je weet maar nooit, kapitein.'

Émeri glimlachte en legde een kaart neer. Blériot legde er een acht bovenop.

'Je hebt je hoofd niet bij het spel.'

'Dat klopt, kapitein.'

13

'Commissaris', smeekte Mo nogmaals.

'Stil toch eens', onderbrak Adamsberg hem. 'Je hebt de strop al om je hals en je hebt niet veel tijd.'

'Ik maak niemand dood, ik maak niks dood. Alleen thuis de kakkerlakken.'

'Stil, verdomme', zei Adamsberg weer terwijl hij een gebiedend gebaar maakte.

Mo zweeg verbaasd. De commissaris deed anders dan anders.

'Zo is het beter', zei Adamsberg. 'Zoals je hebt gehoord, ben ik niet in de stemming om moordenaars te laten rondbanjeren.'

Het beeld van Léo verscheen voor zijn ogen en ontketende een prikkelend gevoel in zijn nek. Hij streek er met zijn hand overheen en sloeg het propje van zich af richting grond. Mo keek toe en kreeg de indruk dat hij een onzichtbare kever te pakken had. Onwillekeurig deed hij hetzelfde en hij greep naar zijn nek.

'Heb jij ook een propje?' vroeg Adamsberg.

'Wat voor propje?'

'Een spanningspropje. Je hebt er alle reden toe.'

Mo schudde niet-begrijpend zijn hoofd.

'In jouw geval, Mo, is er sprake van een cynische, berekenende, zeer machtige moordenaar. Precies het tegendeel van de impulsieve, meedogenloze halvegare die het op Ordebec heeft gemunt.'

'Nooit van gehoord', mompelde Mo.

'Maakt niet uit. Iemand heeft Antoine Clermont-Brasseur netjes uit de weg geruimd. Ik ga je niet uitleggen waarom de oude geldmagnaat lastig werd, daar hebben we de tijd niet voor en dat is niet jouw probleem. Wat je wel moet weten is dat jij de rekening gaat betalen. Dat is vanaf het begin van de operatie gepland. Je zult over tweeëntwintig jaar vanwege goed gedrag worden vrijgelaten, als je je cel niet in de fik steekt.'

'Tweeëntwintig jaar?'
'Er is een Clermont-Brasseur overleden en niet een kroegbaas. Justitie is niet blind.'
'Maar als u weet dat ik het niet heb gedaan, kunt u ze dat toch zeggen en dan ga ik niet de bak in.'
'Droom maar lekker door, Mo. De Clermont-Brasseurclan zal nooit toelaten dat iemand van de familie verdacht wordt. We kunnen ze niet eens benaderen voor een eenvoudig verhoor. En wat er ook is gebeurd, onze bewindslieden zullen de clan in bescherming nemen. We kunnen rustig stellen dat jij voor hen geen partij bent en ik ook niet. Jij bent niks en zij zijn alles. Zo kunnen we het formuleren. En jou hebben ze uitgekozen.'
'Er is geen bewijs', fluisterde Mo. 'Ik kan niet veroordeeld worden zonder bewijs.'
'Natuurlijk wel, Mo. Laten we niet langer onze tijd verspillen. Ik kan je twee jaar gevangenisstraf aanbieden in plaats van tweeëntwintig. Oké?'
'Hoe dan?'
'Je gaat ervandoor en je houdt je schuil. Maar je begrijpt dat als ze je morgen hier niet aantreffen, ik wat uit te leggen heb.'
'Ja.'
'Je hebt het wapen en het mobieltje van Mercadet gepakt – die brigadier met een scheiding opzij en heel kleine handen – toen hij in slaap was gevallen in de verhoorkamer. Hij valt altijd in slaap.'
'Maar hij is niet in slaap gevallen, commissaris.'
'Spreek me niet tegen. Hij is in slaap gevallen, je hebt hem zijn wapen en zijn telefoon afgepakt, die heb je in je broek verstopt, aan de kant van je kont. Mercadet heeft niks gemerkt.'
'En als hij dan zweert dat hij zijn wapen steeds bij zich heeft gehad?'
'Dan heeft hij het mis want ik ga het hem afpakken, evenals zijn telefoon. Met die telefoon heb jij dan een van je handlangers gevraagd buiten op je te wachten. Het wapen heb je mij in mijn nek gedrukt, je hebt me gedwongen om je handboeien te

verwijderen en ze om mijn eigen polsen te doen. En daarna om de achterdeur van het bureau voor je open te maken. Luister goed naar me: er staan op straat twee mannen op wacht, aan weerskanten van de deur. Je gaat naar buiten terwijl je me genadeloos onder schot houdt. Zo genadeloos dat ze niet proberen tussenbeide te komen. Kun je dat?'

'Misschien.'

'Goed. Ik zal tegen de jongens zeggen dat ze zich niet moeten verroeren. Je moet er vastbesloten uitzien, tot alles bereid. Zijn we het eens?'

'En als ik er niet vastberaden genoeg uitzie?'

'Dan zet je je leven op het spel. Je bekijkt het maar. Op de hoek van de straat staat een verkeersbord: verboden te parkeren. Op die plek sla je rechts af, je geeft mij een klap tegen mijn kin en ik val op de grond. Daarna ren je rechtdoor. Dan zie je voor een slagerij, dertig meter verderop, een geparkeerde auto die zijn lichten aandoet. Gooi je blaffer weg en spring erin.'

'En het mobieltje?'

'Dat laat je hier. Ik zal zorgen dat het vernietigd wordt.'

Verbijsterd sloeg Mo zijn zware oogleden op en keek Adamsberg aan.

'Waarom doet u dat? Ze zullen zeggen dat u niet eens opgewassen bent tegen een miserabele straatslijper.'

'Wat ze over mij zullen zeggen, is mijn zaak.'

'Ze zullen u verdenken.'

'Niet als jij je rol goed speelt.'

'Is het geen valstrik?'

'Twee jaar gevangenisstraf, acht maanden als je je goed gedraagt. Als ik de werkelijke moordenaar te pakken weet te krijgen, zul je je sowieso moeten verantwoorden voor een gewapende overval op een politiecommissaris en een ontsnapping. Twee jaar. Beter kan ik je niet bieden. Oké?'

'Ja', fluisterde Mo.

'Let op. Het is mogelijk dat ze zo'n hoge verdedigingswal opwerpen dat ik de moordenaar nooit in handen krijg. In dat geval moet je verder weg, de oceaan oversteken.'

Adamsberg keek op zijn horloge. Als Mercadet zich aan zijn cyclus had gehouden, moest hij nu in slaap zijn gevallen. Adamsberg opende de deur en riep Estalère.

'Hou die gast in de gaten, ik kom zo terug.'

'Heeft hij iets gezegd?'

'Bijna. Ik reken op jou, verlies hem niet uit het oog.'

Estalère glimlachte. Hij vond het fijn als Adamsberg zijn oog ter sprake bracht. Ooit had de commissaris hem verzekerd dat hij uitstekende ogen had, dat hij alles zag.

Adamsberg sloop voorzichtig de trap op, waarbij hij niet vergat de negende tree, waar iedereen over struikelde, over te slaan. Lamarre en Morel hadden baliedienst, die moest hij niet alarmeren. In de kamer waar de automaat stond, was Mercadet op zijn post, slapend op de kussens, en boven op zijn kuiten had de kat zich uitgestrekt. De brigadier had gedienstig zijn holster losgegespt en het wapen lag voor het grijpen. Adamsberg aaide over de kop van de kat en tilde geluidloos de magnum op. Hij ging omzichtiger te werk bij de telefoon, die hij uit de voorzak van de broek moest halen. Twee minuten later stuurde hij Estalère weg en trok zich weer in de kamer terug met Mo.

'Waar zal ik me schuilhouden?' vroeg Mo.

'Op een plek waar de politie je nooit zal zoeken. Dat wil zeggen bij een smeris thuis.'

'Waar?'

'Bij mij thuis.'

'Shit', zei Mo.

'Zo is het nu eenmaal, we moeten roeien met de riemen die we hebben. Ik heb geen tijd gehad om te plannen.'

Adamsberg stuurde snel een sms'je naar Zerk, die hem antwoordde dat Hellebaud zijn vleugels had uitgeslagen en dat hij klaarstond om te gaan vliegen.

'Het is tijd', zei Adamsberg terwijl hij opstond.

Met de handboeien om zijn polsen, stevig vastgehouden door Mo, die het wapen tegen zijn nek drukte, opende Adamsberg de twee hekken die uitkwamen op de grote binnenplaats waar de auto's van de Brigade stonden geparkeerd. Terwijl hij naar de uitgang liep, legde Mo een hand op Adamsbergs schouder.

'Commissaris,' zei hij, 'ik weet niet wat ik moet zeggen.'
'Bewaar dat maar voor later, concentreer je.'
'Ik zal mijn eerste zoon naar u noemen, dat zweer ik bij God.'
'Loop door, verdomme. Loop stevig door.'
'Commissaris, nog één ding.'
'Je jojo?'
'Nee, mijn moeder.'
'Zij wordt gewaarschuwd.'

14

Danglard was klaar met de afwas van het avondeten en had zich, met een glas wijn binnen handbereik, op zijn oude bruine bank uitgestrekt, terwijl de kinderen hun huiswerk afmaakten. Vijf opgroeiende kinderen, vijf kinderen die het huis uit zouden gaan, en daar kon hij vanavond maar beter niet aan denken. De jongste, die niet van hem was en die hem voortdurend confronteerde met het raadsel van zijn blauwe ogen, afkomstig van een andere vader, was de enige die nog kinderlijk was, en Danglard hield hem in die fase. Hij had zijn neerslachtigheid die avond niet kunnen verbergen en de oudste van de tweelingbroers had hem daar nadrukkelijk over ondervraagd. Danglard, hier nauwelijks tegen bestand, had de situatie beschreven die tot een confrontatie met de commissaris had geleid, zijn bijtende toon, en hoe Adamsberg zich tot middelmatigheid had verlaagd. Op het gezicht van zijn zoon was een grijns van twijfel verschenen, vervolgens op dat van zijn broer, en deze dubbele grijns bleef hangen in de bedroefde geest van de inspecteur.

Hij hoorde een van de tweelingzussen haar les over Voltaire repeteren, de man die de spot drijft met iedereen die in de greep van de illusie en de leugen verkeert. Ineens richtte hij zich op, steunend op een arm. Een mise-en-scène, daar was hij getuige van geweest. Een leugen, een illusie. Hij merkte dat zijn gedachten naar een hogere versnelling schakelden, dat wil zeggen dat ze het juiste spoor terugvonden. Hij stond op en schoof zijn glas opzij. Als hij zich niet vergiste, had Adamsberg hem nu nodig.

Twintig minuten later betrad hij hijgend de Brigade. Niets aan de hand, de nachtdienst zat te dommelen onder de nog draaiende ventilatoren. Hij liep snel door naar het kantoor van Adamsberg, zag dat het traliehek openstond en rende, voor zover hij dat kon, naar de achteruitgang. In de donkere straat kwamen twee surveillanten aangelopen met de commissaris tussen hen in. Het leek alsof Adamsberg was aangevallen, want hij leunde bij het lopen op de schouders van de agenten. Danglard nam hem meteen van hen over.

'Grijp die rotzak', beval Adamsberg de agenten. 'Ik geloof dat hij er met een auto vandoor is. Ik stuur versterking.'

Danglard ondersteunde Adamsberg zonder een woord te zeggen tot in zijn kantoor en sloot het traliehek achter hen. De commissaris weigerde te gaan zitten en liet zich op de grond zakken, tussen zijn geweistangen in, met zijn hoofd tegen de muur.

'Dokter?' vroeg Danglard kortaf.

Adamsberg schudde nee.

'Een slokje water dan. Dat hebben gewonden nodig.'

Danglard riep versterking in, gaf het bevel tot een maximale landelijke controle op wegen, stations en vliegvelden, en hij kwam terug met een glas water, een leeg glas en zijn fles witte wijn.

'Hoe heeft hij u overmeesterd?' vroeg hij terwijl hij hem het glas aanreikte en de fles ontkurkte.

'Hij had het pistool van Mercadet te pakken gekregen. Kon er niets tegen doen', zei Adamsberg en hij dronk zijn glas leeg, waarna hij het weer ophield, maar dit keer naar de fles van Danglard.

'Wijn is niet raadzaam in uw geval.'

'Noch in het uwe, Danglard.'

'Eigenlijk hebt u zich als een groentje laten overmeesteren?'

'Eigenlijk wel.'

Een van de bewakers klopte op de deur en kwam binnen zonder te wachten. Met zijn pink door de trekkerbeugel gestoken hield hij een magnum omhoog naar Adamsberg.

'Deze lag in de goot', zei hij.

'Geen telefoon?'

'Nee, commissaris. Volgens de slager, die zijn kas aan het opmaken was, reed er een auto in hoge snelheid weg nadat die vijf minuten eerder voor zijn winkel was geparkeerd. Er zou een man in zijn gestapt.'

'Mo', verzuchtte Danglard.

'Ja', bevestigde de surveillant. 'Dat klopt met de beschrijving.'

'Geen nummerbord gezien?' vroeg Adamsberg, zonder ook maar een greintje spanning te vertonen.

'Nee. Hij is zijn winkel niet uit gelopen. Wat doen we?'

'Een rapport. We maken een rapport op. Dat is altijd het juiste antwoord.'

De deur ging weer dicht en Danglard schonk de commissaris een half glas wijn in.

'Gezien uw shocktoestand', benadrukte hij theatraal, 'kan ik u niet meer inschenken.'

Adamsberg betastte zijn overhemdzakje en haalde er een verfrommelde, van Zerk gestolen sigaret uit. Hij stak hem traag aan, terwijl hij de blik van Danglard probeerde te ontwijken, die diep in zijn schedel leek te willen doordringen, als een heel dunne, lange schroef. Wat deed Danglard hier op dit uur? Mo had hem echt flink geraakt, en hij wreef over zijn zere en wellicht rode kin. Heel goed. Hij voelde een schaafwond en wat bloed onder zijn vingers. Uitstekend, alles verliep volgens plan. Behalve Danglard en zijn lange schroef, waarvoor hij al bang was geweest. Het duurde nooit lang voordat de inspecteur iets doorhad.

'Vertel op', zei Danglard.

'Er valt niets te vertellen. Hij werd razend en drukte een wapen in mijn hals, ik kon niets doen. Hij verdween door een zijstraat.'

'Hoe heeft hij een handlanger kunnen waarschuwen?'

'Met de telefoon van Mercadet. Hij heeft onder mijn neus een sms'je zitten versturen. Hoe pakken we dat aan in het rapport? Zonder te vermelden dat Mercadet sliep?'

'Inderdaad, hoe doen we dat met het rapport?' herhaalde Danglard terwijl hij ieder woord benadrukte.

'We passen de tijdstippen aan. We schrijven dat Mo 's avonds om negen uur nog in de verhoorkamer was. Dat een agent tijdens overuren in slaap sukkelt, is niet erg. Ik denk dat zijn collega's wel solidair zullen zijn.'

'Met wie?' vroeg Danglard. 'Met Mercadet of met u?'

'Wat had ik dan moeten doen, Danglard? Me door kogels laten doorzeven?'

'Kom kom, was het zo erg?'

'Zo erg, ja. Mo was ziedend.'

'Natuurlijk', zei Danglard en hij nam een slok.

En Adamsberg zag aan de al te scherpe blik van zijn adjunct dat hij had verloren.

'Oké', zei hij.

'Oké', bevestigde Danglard.

'Maar te laat. U bent te laat, het spel is al gespeeld. Ik was bang dat u het eerder zou doorzien. Het heeft lang geduurd', voegde hij er teleurgesteld aan toe.

'Dat is waar. U hebt me drie uur lang om de tuin geleid.'

'Precies wat ik nodig had.'

'U bent niet goed wijs, Adamsberg.'

Adamsberg nam een slok van zijn halfgevulde glas en stuwde de wijn van wang naar wang.

'Dat kan me niet schelen', zei hij nadat hij de wijn had doorgeslikt.

'En u neemt mij in uw val mee.'

'Nee. U had dit niet hoeven te begrijpen. U hebt zelfs nog de gelegenheid u van den domme te houden. Aan u de keus, inspecteur. Vertrek of blijf.'

'Ik blijf als u me één aanwijzing in zijn voordeel kunt noemen. Iets anders dan zijn blik.'

'Geen denken aan. Als u blijft, is dat onvoorwaardelijk.'

'En anders?'

'Anders stelt het leven niet veel voor.'

Danglard onderdrukte een neiging tot verzet en sloot zijn vingers om zijn glas. Zijn woede was veel minder pijnlijk, herinnerde hij zich, dan toen hij dacht dat Adamsberg van zijn wolken was getuimeld. Hij nam de tijd om in stilte na te denken. Voor de vorm, en dat wist hij.

'Vooruit', zei hij.

Het kortste woord dat hij had gevonden om zijn capitulatie kenbaar te maken.

'Herinnert u zich de gympen?' vroeg Adamsberg. 'Hun veters?'

'Die hebben Mo's maat. En?'

'Ik bedoel de veters, Danglard. De uiteinden waren, op zijn minst een aantal centimeters, met benzine doordrenkt.'

'En dus?'

'Het zijn gympen voor jongelui, met van die extra lange veters.'

'Ik ken ze, mijn kinderen hebben ze ook.'

'En hoe maken uw kinderen ze vast? Denk goed na, Danglard.'

'Ze winden de veters om hun enkel heen en strikken ze aan de voorkant.'

'Precies. We hebben de mode van de losse veters gehad, en nu hebben we die van de hele lange veters, die je achterlangs haalt voordat je ze van voren strikt. Zodat de uiteinden van de veters niet over de grond slepen. Behalve als een uitgerangeerde ouwe vent die gympen heeft aangetrokken zonder te weten hoe je ze strikt.'

'Verdomme.'

'Ja. De uitgerangeerde ouwe vent, zeg van tussen de vijftig en zestig jaar, zeg een van de zonen van Clermont-Brasseur, heeft van die jongerengympen gekocht. En hij heeft de veters alleen van voren gestrikt, zoals in zijn tijd. En de uiteinden hingen in de benzine. Ik heb Mo gevraagd om ze aan te trekken. Weet u nog?'

'Ja.'

'En hij heeft ze op zijn manier gestrikt, achterlangs en dan van voren. Als Mo de boel in brand had gestoken, zou er benzine onder zijn zolen hebben gezeten, ja. Maar niet aan de uiteinden van zijn veters.'

Danglard vulde zijn nog maar net leeggedronken glas.

'Is dat uw aanwijzing?'

'Ja, en die is goud waard.'

'Juist. Maar u bent al eerder begonnen met komedie spelen. U wist het al eerder.'

'Mo is geen moordenaar. Ik ben geen moment van zins geweest hem in het grote net te laten strikken.'

'Welke van de twee zonen van Clermont verdenkt u?'

'Christian. Dat is al een kouwe klootzak sinds zijn twintigste.'

'Zover zullen ze het niet laten komen. Ze zullen Mo te pakken krijgen, waar die ook zit. Dat is hun enige kans. Wie is hem met de auto komen ophalen?'

Adamsberg dronk zijn glas leeg zonder te antwoorden.

'Zo vader, zo zoon', concludeerde Danglard terwijl hij moeizaam opstond.

'We hébben al een vogel met problemen, dan kan er nog wel eentje bij.'

'U kunt hem niet lang bij u in huis houden.'

'Dat is ook niet de bedoeling.'

'Heel goed. Wat doen we?'

'Als gewoonlijk', zei Adamsberg, die met moeite tussen de geweistangen overeind kwam. 'Een rapport, we maken een rapport op. Daar bent u het beste in, Danglard.'

Op dat moment ging zijn mobieltje over, met een onbekend nummer op het scherm. Adamsberg keek op zijn horloges, vijf over tien, en hij fronste zijn wenkbrauwen. Danglard was al aan het valse rapport begonnen, waarbij hij zich ongerust maakte over zijn nooit aflatende steun aan de commissaris, die tot in het extreme reikte waarin ze nu terecht waren gekomen.

'Adamsberg', sprak de commissaris bedachtzaam.

'Louis Nicolas Émeri', sprak de kapitein met een basstem. 'Maak ik je wakker?'

'Nee, een van mijn verdachten is net op de vlucht geslagen.'

'Uitstekend', zei Émeri zonder hem te begrijpen.

'Is Léo overleden?'

'Nee, die houdt nog stand. Maar ik niet. Ik ben van de zaak af gehaald, Adamsberg.'

'Officieel?'

'Nog niet. Een collega bij de Inspectie heeft me vast gewaarschuwd. Morgen is het zover. Stelletje hyena's, klootzakken.'
'Dat was te voorzien, Émeri. Geschorst of overgeplaatst?'
'Voorlopig geschorst in afwachting van het rapport.'
'Het rapport, ja.'
'Stelletje hyena's, klootzakken', herhaalde de kapitein.
'Waarom bel je me?'
'Ik sterf nog liever dan dat ik de kapitein van Lisieux het onderzoek zie overnemen. Zelfs de heilige Theresia zou hem zonder aarzelen voor het Woeste Leger werpen.'
'Momentje, Émeri.'
Adamsberg hield zijn hand voor de telefoon.
'Danglard, de kapitein van Lisieux?'
'Dominique Barrefond, een echte smeerlap.'
'Wat wil je doen, Émeri?' vroeg Adamsberg, die het gesprek weer oppakte.
'Ik wil dat jij de zaak op je neemt. Eigenlijk is het jouw zaak.'
'Mijn zaak?'
'Van het begin af aan, zelfs nog voordat-ie bestond. Toen je naar de weg van Bonneval kwam, terwijl je er helemaal niets van afwist.'
'Ik kwam een luchtje scheppen. En heb bramen gegeten.'
'Maak dat de kat wijs. Het is jouw zaak', beweerde Émeri. 'En als jij de leiding hebt, kan ik je onderhands helpen, en jij loopt niet over me heen. Terwijl die klootzak uit Lisieux gehakt van me zal maken.'
'Daarom?'
'Daarom en omdat het jouw zaak is en van niemand anders. Het is jouw lot het op te nemen tegen het Woeste Leger.'
'Geen sterke verhalen, Émeri.'
'Zo is het nu eenmaal. Hij komt op jou af.'
'Wie?'
'Seigneur Hellequin.'
'Dat geloof je geen seconde, je wilt je hachje redden.'
'Ja.'

'Het spijt me, Émeri, je weet dat ik de leiding niet kan krijgen. Daar is geen enkele aanleiding toe.'

'Ik heb het niet over aanleiding, ik heb het over aanbeveling. Ik heb een aanbeveling van de graaf van Ordebec. Zorg dat jij er ook een krijgt.'

'Waarom zou ik dat doen? Om gedonder te krijgen met de politie van Lisieux? Ik heb hier al gedonder genoeg, Émeri.'

'Maar je bent niet op non-actief gesteld.'

'Wat weet jij daarvan? Ik vertel je net dat een van mijn verdachten ervandoor is gegaan. Vanuit mijn eigen kantoor, met het pistool van een van mijn medewerkers.'

'Reden te meer om elders succes te boeken.'

Niet onwaar, dacht Adamsberg. Maar wie is er nou in staat de aanvoerder van het Woeste Leger te trotseren?

'Die gevluchte verdachte van je, is dat de verdachte in de zaak-Clermont-Brasseur?' vervolgde Émeri.

'Precies. Dus je begrijpt dat het schip water begint te maken en dat ik het erg druk zal krijgen met hozen.'

'De erfgenamen Clermont, ben je daarin geïnteresseerd?'

'Zeer. Maar ze zijn onbenaderbaar.'

'Niet voor de graaf van Ordebec. Hij heeft zijn VLT-staalfabrieken aan vader Antoine verkocht. Ze hebben er samen in de jaren vijftig in Afrika flink op los geleefd. De graaf is een vriend. Toen Léo me bij kop en kont uit het ven viste, was ze nog met hem getrouwd.'

'Laat de Clermonts maar zitten. We kennen de brandstichter.'

'Des te beter. Alleen, soms ben je geneigd om wat meer ramen te lappen voor een beter zicht. Gewoon een reflex van beroepshygiëne zonder verdere consequenties.'

Adamsberg haalde de telefoon van zijn oor en sloeg zijn armen over elkaar. Zijn vingers stuitten op het brokje aarde dat hij in de zak van zijn overhemd had gestopt. Vanmiddag nog.

'Laat me erover nadenken', zei hij.

'Snel dan.'

'Ik denk nooit snel, Émeri.'

Zelfs helemaal niet, vulde Danglard aan zonder het hardop te zeggen. Dat Mo was ontvlucht was pure waanzin.

'Ordebec, hè?' zei Danglard. 'Morgenvroeg is de hele overheid tegen u gekeerd, en dan komt daar ook nog het Woeste Leger bij?'

'De achterachterkleinzoon van maarschalk Davout heeft net de wapens neergelegd. Zijn plek is vrij. En die heeft wel enige allure, toch?'

'Sinds wanneer maakt u zich druk om allure?'

Adamsberg ruimde zwijgend zijn spullen op.

'Sinds ik Léo heb beloofd dat ik terug zou komen.'

'Ze ligt in coma, wat maakt haar dat uit, ze weet niet eens meer wie u bent.'

'Maar ik wel.'

En, bedacht Adamsberg terwijl hij naar huis liep, eigenlijk kon Émeri weleens gelijk hebben. Dat het zijn zaak was. Hij maakte een omweg zodat hij bij de oever van de Seine uitkwam en gooide Mercadets mobieltje in het water.

15

's Nachts om twee uur had Danglard zijn rapport af. Om half zeven kreeg Adamsberg een telefoontje van de algemeen secretaris van het hoofd van de prefectuur, vervolgens van het hoofd van de prefectuur zelf, daarna van de secretaris van de minister en ten slotte om kwart over negen van de minister van Binnenlandse Zaken in hoogsteigen persoon. Op hetzelfde moment kwam de jonge Mo, in een van Zerk geleend en te groot T-shirt, de keuken binnen, verlegen op zoek naar iets te eten. Zerk, met de duif op zijn arm, stond op om de koffie op te warmen. De luiken aan de tuinkant waren nog gesloten en Zerk had met punaises een nogal onooglijk lapje stof met een bloemetjesmotief voor het deurraampje bevestigd – vanwege de warmte, had hij aan Lucio uitgelegd. Mo had de instructie gekregen zich niet in de buurt van de ramen boven te vertonen. Met twee gebaren legde Adamsberg de twee jongens onmiddellijk het zwijgen op en verzocht hun het vertrek te verlaten.

'Nee, excellentie, hij kan onmogelijk ontkomen. Ja, alle gendarmeries zijn gewaarschuwd, sinds gisteravond tien over half tien. Ja, ook alle grensposten. Ik geloof niet dat dit zinvol is, excellentie, brigadier Mercadet kan hier niets aan doen.'

'Er zullen onvermijdelijk koppen gaan rollen, commissaris Adamsberg, dat weet u, nietwaar? De familie Clermont-Brasseur is geschokt door de onachtzaamheid van uw dienst. En ik evenzeer, commissaris. Ik heb me laten vertellen dat er een zieke op uw Brigade werkt? Een brigade die geacht wordt uitstekend te functioneren?'

'Een zieke, excellentie?'

'Iemand die aan narcolepsie lijdt. De incompetente vent die zich zijn wapen heeft laten afpakken. In slaap vallen terwijl je een verdachte in de gaten moet houden, vindt u dat normaal? Ik zeg u dat er een fout is gemaakt, commissaris, een reusachtige fout.'

'Ze hebben u verkeerd ingelicht, excellentie. Brigadier Mercadet is een van de sterkste mannen uit mijn team. Hij had de nacht daarvoor maar twee uur geslapen en hij werkte over op dat moment. Het was bijna 34 °C in de verhoorkamer.'
'Wie hield er samen met hem toezicht op de verdachte?'
'Agent Estalère.'
'Een goede kracht?'
'Een uitstekende kracht.'
'Waarom was hij dan afwezig? Daar geeft het rapport geen uitsluitsel over.'
'Om verfrissingen te halen.'
'Fout, een enorme fout, er zullen koppen rollen. De verdachte, Mohamed Issam Benatmane, van een verfrissing voorzien is bepaald niet de manier om hem aan het spreken te krijgen.'
'De verfrissingen waren voor de agenten, excellentie.'
'Daar hadden ze een collega voor moeten roepen. Fout, een zeer ernstige fout. Je blijft niet alleen met een verdachte. En dat geldt ook voor u, commissaris, u hebt hem in uw kantoor binnengelaten zonder assistentie. Bovendien bleek u niet in staat te zijn om een rotjoch van twintig te ontwapenen. Een ontzaglijke fout.'
'Dat klopt, excellentie.'
Afwezig trok Adamsberg met koffiedruppels kronkelige figuren op het plastic kleed dat over de tafel lag en vormde zodoende paadjes tussen de uitwerpselen van Hellebaud door. Hij bedacht even hoe moeilijk het was om vogelpoep ergens af te wassen. Daarin school een scheikundig raadsel waarop Danglard geen antwoord zou hebben, hij was niet goed in natuurwetenschappen.
'Christian Clermont-Brasseur heeft verzocht u onmiddellijk te ontslaan, evenals die twee andere onbekwame lieden, en ik ben geneigd hier gehoor aan te geven. Desalniettemin zijn we hier van mening dat we u nog nodig hebben. Een week, Adamsberg, en geen dag langer.'

Adamsberg riep zijn hele team bijeen in de grote vergaderruimte, die de kapittelzaal werd genoemd, in navolging van Danglards erudiete benaming. Voordat hij zijn huis verliet, had hij de wond op zijn kin verergerd door er met een pannensponsje overheen te wrijven, zodat zijn huid rode striemen vertoonde. 'Heel goed', luidde Zerks waardering, die ervoor had gezorgd dat de bloeduitstorting met behulp van jodium goed tot zijn recht kwam.

Hij vond het vervelend zijn agenten in te zetten voor een vergeefse achtervolging van Mo, terwijl hij wist dat die aan zijn eigen tafel zat, maar de situatie liet hem geen keus. Hij verdeelde de taken en iedereen bestudeerde zwijgend zijn opdracht. Zijn blik gleed langs de gezichten van zijn negentien aanwezige medewerkers, die door de nieuwe toestand uit het veld waren geslagen. Alleen Retancourt leek heimelijk geamuseerd, wat hem enigszins verontrustte. Door de ontstelde uitdrukking op het gezicht van Mercadet begon het opnieuw in zijn nek te tintelen. Hij had dat spanningspropje opgelopen bij kapitein Émeri, en hij moest zorgen dat hij het vroeg of laat weer aan hem teruggaf.

'Een week?' herhaalde agent Lamarre. 'Waar slaat dat op? Als-ie ergens midden in een bos zit, kan het weken duren voordat we hem lokaliseren.'

'Een week voor mij', preciseerde Adamsberg, zonder het eveneens hachelijke lot van Mercadet en Estalère te vermelden. 'Als het me niet lukt, wordt inspecteur Danglard waarschijnlijk tot hoofd van de Brigade benoemd en gaat het werk gewoon door.'

'Ik kan me niet herinneren dat ik in de verhoorkamer in slaap ben gevallen', zei Mercadet met een door schuldgevoel verstikte stem. 'Het is allemaal mijn fout. Maar ik kan het me niet herinneren. Als ik in slaap begin te vallen zonder dat ik het in de gaten heb, ben ik niet meer geschikt voor dit werk.'

'Het gaat om meerdere fouten, Mercadet. U bent in slaap gevallen, Estalère is de kamer uit gelopen, Mo is niet gefouilleerd en ik heb hem alleen in mijn kantoor binnengelaten.'

'Zelfs al vinden we hem binnen een week, dan nog zullen ze u de laan uit sturen om een voorbeeld te stellen', zei Noël.
'Dat is mogelijk, Noël. Maar we hebben nog een uitweg. En anders heb ik altijd mijn berg nog. Dus, geen man overboord. Maar allereerst: wees bedacht op een verrassingsinspectie van onze lokalen vandaag. Dus zorg dat alles er piekfijn uitziet. Mercadet, neem nu even wat rust, u moet klaarwakker zijn wanneer ze hier binnenvallen. En haal de kussens weg. Voisenet, ruim uw vistijdschriften op, Froissy, geen spoor van eten meer in de kasten, en berg ook uw aquarellen op, Danglard, haal uw schuilplaatsen leeg, Retancourt, zet de kat met zijn etensbakjes in een auto. Wat nog meer? We mogen geen detail over het hoofd zien.'
'Het touwtje?' vroeg Morel.
'Welk touwtje?'
'Dat om de pootjes van de duif zat. Het is terug van het lab, het ligt op de monstertafel met de resultaten van het onderzoek. Als ze vragen gaan stellen, is dit niet het moment om het over die vogel te hebben.'
'Ik neem dat touwtje wel mee', zei Adamsberg, terwijl hij aan het gezicht van Froissy zag dat ze bang werd bij de gedachte dat ze zich van haar voedselvoorraden moest ontdoen. 'Anderzijds is er in al deze ellende ook goed nieuws. Voor een keer staat korpschef Brézillon achter ons. Van die kant valt er niets te vrezen.'
'En de reden?' vroeg Mordent.
'De Clermont-Brasseurclan heeft de onderneming van zijn vader geruïneerd, een importbedrijf van Boliviaanse erts. Een laag-bij-de-grondse overname die hij hun niet vergeeft. Hij wil maar één ding, en dat is "dat die honden op het strafbankje komen te zitten", dat zijn zijn woorden.'
'Er wacht hun geen strafbankje', zei Retancourt. 'De familie Clermont gaat hierin vrijuit.'
'Ik wilde jullie alleen maar een idee geven hoe de korpschef hierover denkt.'

Opnieuw de ietwat ironische blik van Retancourt, tenzij hij zich vergiste.

'Aan het werk', zei Adamsberg terwijl hij opstond en tegelijkertijd het spanningspropje van zich afschudde. 'Zuivering van de lokalen. Mercadet, blijf even, loop met me mee.'

Zijn kleine handen wringend zat Mercadet tegenover Adamsberg. Een eerlijke, gewetensvolle en ook kwetsbare man, die door Adamsberg linea recta tot de rand van een depressie en tot zelfhaat werd gebracht.

'Ik heb nu liever ontslag', begon Mercadet zonder zijn zelfrespect te verliezen, terwijl hij over de kringen onder zijn ogen streek. 'Die vent had u neer kunnen schieten. Als ik zonder het te weten in slaap val, wil ik weg. Ik was hiervoor al niet betrouwbaar, maar nu ben ik gevaarlijk, onberekenbaar geworden.'

'Brigadier,' zei Adamsberg en hij boog zich over de tafel heen, 'ik heb gezegd dat u in slaap was gevallen. Maar u bent niet in slaap gevallen. Mo heeft u niet uw wapen afgepakt.'

'Het is sympathiek dat u me nog wilt helpen, commissaris. Maar toen ik daarboven wakker werd, had ik geen wapen en geen gsm meer. Die had Mo.'

'Die had hij omdat ik ze aan hem heb gegeven. Ik heb ze aan hem gegeven omdat ik ze van u heb afgepakt. Boven, in de kamer van de koffieautomaat. Begrijpt u hoe het zit?'

'Nee', zei Mercadet en hij keek hem onthutst aan.

'Ik, Mercadet. Ik moest Mo laten vluchten voordat hij naar het gevang werd gestuurd. Mo heeft nooit iemand gedood. Ik had het niet voor het kiezen, ik heb u erbij gelapt.'

'Heeft Mo u niet bedreigd?'

'Nee.'

'Hebt u het traliehek geopend?'

'Ja.'

'Kolere.'

Adamsberg leunde achterover en wachtte totdat Mercadet de

informatie had verwerkt, wat hem gewoonlijk vrij makkelijk afging.

'Oké', zei Mercadet, die zijn hoofd weer ophief. 'Ik heb dit veel liever dan dat ik in de verhoorkamer zou zijn ingedut. En als Mo die ouwe niet heeft vermoord, was dit het enige wat u kon doen.'

'En erover zwijgen, Mercadet. Alleen Danglard heeft het begrepen. Maar u, Estalère en ik worden waarschijnlijk over een week de laan uit gestuurd. Ik heb u niet naar uw mening gevraagd.'

'Dit was het enige wat u kon doen', herhaalde Mercadet. 'Dan heeft mijn slaap tenminste ergens toe gediend.'

'Beslist. Zonder u hier had ik niet geweten wat ik had kunnen bedenken.'

De vleugelslag van de vlinder. Mercadet knippert met zijn ogen in Brazilië en Mo slaat in Texas op de vlucht.

'Hebt u me daarom gisteren laten overwerken?'

'Ja.'

'Heel goed. Ik begreep er al geen snars van.'

'Maar we vliegen de laan uit, brigadier.'

'Behalve als u een van de zonen van Clermont in handen krijgt.'

'Is dat hoe u de zaak ziet?' vroeg Adamsberg.

'Misschien. Een jongen als Mo zou zijn veters achterlangs hebben gehaald en van voren gestrikt. Ik heb niet begrepen waarom de uiteinden met benzine waren doordrenkt.'

'Bravo.'

'Had u dat gezien?'

'Ja. En waarom denkt u in de eerste plaats aan een van de zonen?'

'Stel je maar voor wat ze verliezen als vader Clermont zijn huishoudster trouwt en haar kinderen adopteert. Ze zeggen dat de zonen niet bedeeld zijn met de duivelse genialiteit van de oude Antoine en dat ze zich op onverstandige ondernemingen hebben gestort. Vooral Christian. Die is gestoord, een zware gokker, hij joeg er graag in één keer de hele dagopbrengst van een olieput door.'

Mercadet schudde zuchtend zijn hoofd.

'En we weten niet eens of hij de auto bestuurde', zei hij tot slot terwijl hij opstond.

'Brigadier', riep Adamsberg hem terug. 'Een absoluut en eeuwig stilzwijgen is hier vereist.'

'Ik woon alleen, commissaris.'

Na het vertrek van Mercadet liep Adamsberg even in zijn kantoor rond en herschikte de geweistangen langs de muur. Brézillon en zijn haat jegens de Clermont-Brasseurhonden. Misschien kon de korpschef worden verleid door het idee om hen via de graaf van Ordebec te benaderen. In dat geval had hij een kans dat de zaak in Normandië aan hem werd toevertrouwd. In dat geval zou hij het tegen het Woeste Leger moeten opnemen. Een vooruitzicht dat een onbeschrijflijke aantrekkingskracht op hem uitoefende, die leek voort te komen uit de meest archaïsche diepten. Hij herinnerde zich dat hij op een avond een heel jonge knul had gezien die over de reling van een brug gebogen naar het water stond te staren dat daarbeneden in grote snelheid voortstroomde. Hij hield zijn muts in zijn hand en zijn probleem, had hij Adamsberg uitgelegd, was de onweerstaanbare aanvechting om zijn muts in het water te gooien, terwijl hij eraan gehecht was. En de jongen probeerde te begrijpen waarom hij zo graag wilde doen wat hij niet wilde. Uiteindelijk was hij hard weggerend zonder zijn muts te laten vallen, alsof hij zich had moeten losrukken van een magnetische plek. Adamsberg begreep het dwaze verhaal van de muts op de brug nu beter. De groep zwarte paarden draafde door zijn gedachten en fluisterde hem zulke duistere, nadrukkelijke uitnodigingen in, dat hij zich gehinderd voelde door de wrange realiteit van de financiële beleidsperikelen van het Clermont-Brasseurconcern. Alleen het gezicht van Mo, een dun sprietje onder hun reuzenvoeten, gaf hem de energie om aan de zaak te werken.

De geheimen van de Clermonts waren niet verrassend, maar irritant pragmatisch, wat de wrede dood van de oude industrieel nog treuriger maakte. Terwijl het geheim van Ordebec hem als onbegrijpelijke, dissonante muziek in de oren klonk, een compositie van hersenschimmen en illusies, die hem aantrok als het water dat onder de brug door schiet.

Hij kon het zich niet permitteren op deze woelige dag al te lang afwezig te zijn op de Brigade, dus hij nam een auto om Brézillon te bezoeken. Bij het tweede stoplicht kwam hij erachter dat hij de auto had gepakt waarin Retancourt de kat en zijn etensbakjes had weggeborgen. Hij minderde vaart zodat de waterkom niet omviel. De brigadier zou het hem nooit vergeven als het dier door zijn schuld was uitgedroogd.

Brézillon ontving hem met een ongeduldige glimlach en gaf hem een samenzweerderig schouderklopje. Een ongewone stemming, die hem niet belette om te beginnen met zijn gebruikelijke woorden aan het adres van de commissaris.

'U weet dat uw methodes niet mijn goedkeuring wegdragen, Adamsberg. Informeel, niet transparant, zowel voor uw meerderen als uw medewerkers, en zonder de noodzakelijke feitelijke aanwijzingen die uw route bewegwijzeren. Maar ze zouden in de zaak die ons nu verenigt van nut kunnen zijn, aangezien we ditmaal een duistere ingang moeten zien te vinden.'

Adamsberg liet de inleiding aan zich voorbijgaan en begon zijn uiteenzetting met de uitstekende feitelijke aanwijzing, namelijk de door de brandstichter verkeerd gestrikte veters van de gympen. Het viel niet mee om de korpschef in zijn lange monologen te onderbreken.

'Goed werk', luidde Brézillons commentaar terwijl hij zijn peuk met één duim uitdrukte, een autoritair gebaar dat voor hem gebruikelijk was. 'U kunt beter uw gsm uitschakelen voordat we verdergaan. U wordt afgeluisterd sinds de verdachte ontvlucht is en sinds u zich weinig voortvarend betoont in het opsporen van deze Mohamed. Oftewel, het uitverkoren offerdier', preciseerde hij nadat Adamsberg zijn gsm had gedemonteerd.

'Daar zijn we het over eens, niet? Ik heb geen moment gedacht dat deze onbeduidende jongeman per ongeluk een van de magnaten van onze economie in brand kon hebben gestoken. Ze hebben u een week gegeven, ik weet het, en ik zie u in zo korte tijd niet slagen. Enerzijds omdat u traag bent, anderzijds omdat de weg is versperd. Niettemin ben ik bereid u op iedere wenselijke en legale wijze een handje te helpen om de strijd met de broers aan te gaan. Het spreekt voor zich, Adamsberg, dat ik, zoals iedereen, domweg geloof in de schuld van de Arabier en dat ik, wat de Clermontclan ook overkomt, dit schandaal niet op prijs stel. Zorg dat u eruit komt.'

16

Om vijf uur keerde Adamsberg terug op de Brigade met de kat, die als een grote dweil dubbelgevouwen over zijn arm hing en die hij, als op een warm bedje, op het kopieerapparaat neerlegde. Er was niets alarmerends aangetroffen door het inspectieteam, dat zich inderdaad twee uur geleden had gemeld en alle ruimtes zonder pardon of commentaar had uitgekamd. Ondertussen waren er rapporten binnengekomen van gendarmeries en politieposten, en Mo was nog steeds spoorloos. Veel agenten waren nog op pad om de huizen te doorzoeken van zijn bij hen bekende connecties. Een operatie van grotere omvang stond gepland voor die avond, waarbij er huiszoeking zou worden verricht in alle panden in de Cité des Buttes, waar Mo woonde en waar vanzelfsprekend het jaarlijkse aantal uitgebrande auto's hoger lag dan gemiddeld. Ze konden rekenen op een versterking van drie Parijse commissariaten, noodzakelijk om de Buttes volledig te omsingelen.

Adamsberg gebaarde naar Veyrenc, Morel en Noël en ging schuin op het bureau van Retancourt zitten.

'Dit is het adres van de twee zonen Clermont, Christian en Christophe. De "twee Christussen", zoals ze worden genoemd.'

'Die de reputatie van de Verlosser niet evenaren', zei Retancourt.

'De vader heeft ze overschat.'

'Al kijkend naar zijn kroost denkt hij met grote spijt/ Aan deugden die hij met de voet trad indertijd', vulde Veyrenc aan. 'Verwacht u dat de Clermonts de deur voor ons opendoen?'

'Nee. Dat jullie ze dag en nacht gaan achtervolgen. Ze bewonen samen een enorm herenhuis met twee appartementen. Verander voortdurend van auto en uiterlijk, en u, Veyrenc, verf uw haar.'

'Noël is van ons niet de geschiktste om anderen te schaduwen', merkte Morel op. 'Je ziet hem al van verre aankomen.'

'Maar we hebben hem nodig. Noël is vals en agressief, hij bijt zich vast in welk spoor dan ook. Ook dat kunnen we gebruiken.'

'Bedankt', sprak Noël zonder ironie, want hij miskende zijn negatieve eigenschappen niet.

'Dit zijn foto's van ze', zei Adamsberg en hij liet wat afdrukken onder de groep rondgaan. 'Ze lijken nogal op elkaar, de een dik, de ander mager. Zestig en achtenvijftig jaar. De magere is de oudste, Christian, die we Verlosser 1 zullen noemen. Mooi zilvergrijs haar dat altijd wat lang is. Elegant, briljant, een duur geklede, onderhoudende man. De kleine dikkerd is gereserveerd, wat eenvoudiger en bijna kaal. Dat is Christophe, oftewel Verlosser 2. De uitgebrande Mercedes was van hem. Een mondain type enerzijds, een harde werker anderzijds. Wat niet betekent dat de een beter is dan de ander. We weten nog steeds niet wat ze deden op de avond van de brand, noch wie de auto bestuurde.'

'Wat is er aan de hand?' vroeg Retancourt. 'Laten we Mo lopen?'

Adamsberg wierp Retancourt een blik toe en stuitte op dezelfde geamuseerde, ondoorgrondelijke argwaan.

'We zoeken Mo, brigadier, op dit moment en vanavond met versterking. Maar we hebben een probleem met de uiteinden van de veters.'

'Wanneer hebt u daaraan gedacht?' vroeg Noël, nadat Adamsberg de kwestie van de verkeerd gestrikte veters uiteen had gezet.

'Afgelopen nacht', loog Adamsberg zonder blikken of blozen.

'Waarom hebt u hem dan gisteren gevraagd om een schoen aan te trekken?'

'Om de maat te controleren.'

'Oké', zei Retancourt, die al haar scepsis in dit ene woord had gestopt.

'Dit pleit Mo niet vrij', vervolgde Adamsberg. 'Maar het geeft wel te denken.'

'Absoluut', viel Noël hem bij. 'Als een van de twee Christussen zijn vader in de fik heeft gestoken en Mo daarvoor op laat draaien, dan is de boot aan.'

'De boot is al lek', was het commentaar van Veyrenc. *'Ze waren nog maar net aan boord gegaan van 't schip/ of er ontstond een lek veroorzaakt door een klip.'*

Sinds zijn recente reïntegratie had brigadier Veyrenc al enige tientallen slechte verzen gedeclameerd. Maar niemand schonk er nog aandacht aan, alsof het een alledaags geruis betrof, zoals het gesnurk van Mercadet of het mauwen van de kat, dat onvermijdelijk deel uitmaakte van het achtergrondgeluid op de Brigade.

'Als een van de twee Christussen het heeft gedaan – maar we hebben niet gezegd dat dit het geval was en we geloven het niet – dan zou je op zijn pak sporen van benzinedamp moeten kunnen vinden', lichtte Adamsberg toe.

'Die zwaarder zijn dan lucht', stemde Veyrenc met hem in.

'Hetzelfde geldt voor het koffertje of de tas die hij zou hebben gebruikt om van schoenen te wisselen', zei Morel.

'Of waarom niet de voordeurklink toen hij weer thuiskwam', voegde Noël eraan toe.

'Of zijn sleutel.'

'Niet als hij alles heeft schoongemaakt', wierp Veyrenc tegen.

'We moeten nagaan of een van de twee een pak heeft weggedaan. Of naar de stomerij heeft gebracht.'

'In grote lijnen komt het erop neer, commissaris,' begon Retancourt, 'dat u ons vraagt de twee Christussen te bespioneren alsof het om moordenaars gaat terwijl u ons verzoekt hen niet als zodanig te beschouwen.'

'Inderdaad', erkende Adamsberg glimlachend. 'Mo is schuldig en hij wordt gezocht. Maar jullie bijten je als teken vast in de Christussen.'

'Gewoon omwille van de schoonheid van het gebaar', zei Retancourt.

'Er is vaak behoefte aan wat schoonheid van het gebaar. Een beetje esthetiek ter compensatie van de huiszoeking vanavond in de Cité des Buttes, die niet bepaald smaakvol zal zijn. Retancourt en Noël focussen op de oudste zoon, Christian Verlosser 1. Morel en Veyrenc op Christophe Verlosser 2. Hou je aan deze code, ik word afgeluisterd.'

'We hebben nog twee nachtteams nodig.'

'Met Froissy, die zorgdraagt voor de microfoons, Lamarre, Mordent en Justin. De auto's moeten op een flinke afstand worden geparkeerd. Het herenhuis wordt bewaakt.'

'En als we worden gesnapt?'

Adamsberg dacht even na en schudde toen zijn hoofd, het antwoord schuldig.

'We laten ons niet snappen', besloot Veyrenc.

17

Zijn buurman Lucio hield Adamsberg staande toen hij door het tuintje naar zijn huis liep.

'*Hola*, hombre', groette de oude man hem.

'Hola, Lucio.'

'Een biertje zal je goeddoen. Met deze warmte.'

'Nu niet, Lucio.'

'En ook met al die problemen van je.'

'Heb ik problemen dan?'

'Jazeker, hombre.'

Adamsberg negeerde Lucio's uitspraken nooit en hij wachtte in de tuin totdat de oude Spanjaard terugkwam met twee koele biertjes. Adamsberg had de indruk dat doordat Lucio regelmatig tegen de beuk pieste, het gras aan de voet van de stam verpieterde. Of misschien lag het aan de warmte.

De oude man wipte de twee flesjes open – hij had nooit blikjes – en reikte hem er een aan.

'Twee rondspeurende kerels', zei Lucio tussen twee slokken in.

'Hier?'

'Ja. Onopvallend. Gewoon twee voorbijlopende kerels. Maar hoe onopvallender iemand zich gedraagt, des te opvallender hij wordt. Van die pottenkijkers, weet je. Pottenkijkers lopen nooit met hun kop omhoog of omlaag zoals ieder ander. Hun ogen schieten alle kanten op, alsof ze door een bezienswaardige straat lopen. Maar onze straat is niet bezienswaardig, toch, hombre?'

'Nee.'

'Pottenkijkers die het op jouw huis hebben voorzien.'

'Verkenning van het terrein.'

'En die erop letten wanneer je zoon weggaat en terugkomt, misschien om erachter te komen wanneer er niemand thuis is.'

'Pottenkijkers', mompelde Adamsberg. 'Van die gasten die op een dag zullen stikken in broodkruim.'

'Waarom wil je ze laten stikken in broodkruim?'
Adamsberg spreidde zijn armen.

'Daarom zeg ik je,' hervatte Lucio, 'als er pottenkijkers bij jou naar binnen willen, dan heb je je in de nesten gewerkt.'

Adamsberg blies in de hals van het bierflesje om er een toon aan te ontlokken – wat met een blikje onmogelijk is, verklaarde Lucio terecht – en hij nam plaats op de oude houten kist die zijn buurman onder de beuk had gezet.

'Heb je iets stoms gedaan, hombre?'

'Nee.'

'Waar is de aanval op gericht?'

'Op verboden terrein.'

'Erg onverstandig, amigo. Mocht het nodig zijn, als je iets of iemand te verbergen hebt, dan weet je waar mijn reservesleutel ligt.'

'Ja. Onder de emmer met grind achter de schuur.'

'Je kunt hem beter in je zak stoppen. Je ziet maar, hombre', voegde Lucio eraan toe terwijl hij wegliep.

De tafel was gedekt op het door Hellebaud vervuilde plastic kleed, Zerk en Momo zaten op Adamsberg te wachten voor het avondeten. Zerk had pasta met tonijnsnippers in tomatensaus bereid, een variant op de rijst met tonijn en tomaten die hij een paar dagen eerder had opgediend. Adamsberg dacht erover hem te vragen wat verandering in het menu te brengen, maar zag er meteen van af, het gaf geen pas een onbekende zoon te bekritiseren om zoiets als tonijn. Al helemaal niet in het bijzijn van een onbekende Momo. Zerk legde steeds stukjes tonijn naast zijn bord en Hellebaud stond er driftig in te pikken.

'Het gaat veel beter met hem', zei Adamsberg.

'Ja', bevestigde Zerk.

Adamsberg voelde zich nooit ongemakkelijk als er stiltes vielen in gezelschap, en de dwangmatige impuls om zulke leegtes koste wat kost op te vullen kende hij niet. Dominees, zei men, konden komen en gaan, zonder dat het hem wat uitmaakte. Zijn zoon leek uit hetzelfde hout gesneden en Mo was te verlegen om een gespreksonderwerp te durven aansnijden. Maar hij was wel zo iemand die door dominees van zijn stuk werd gebracht.

'Bent u diabolist?' vroeg hij met een iel stemmetje aan de commissaris.

Adamsberg keek de jongeman niet-begrijpend aan, terwijl hij moeizaam een hap zat weg te kauwen. Er is niets steviger en droger dan gestoomde tonijn, en daar zat hij net aan te denken toen Mo hem deze vraag stelde.

'Ik begrijp niet wat je bedoelt, Mo.'

'Houdt u van diaboloën?'

Adamsberg schonk nog wat tomatensaus over zijn bord en dacht dat diabolist zijn of diaboloën onder jongeren in Mo's wijk zeker zoiets betekende als 'een diabolisch spel spelen'.

'Soms moet je wel', antwoordde hij.

'Maar u bent geen geoefende speler?'

Adamsberg stopte met kauwen en nam een slok water.

'Ik geloof niet dat we het over hetzelfde hebben. Wat versta jij onder "diaboloën"?'

'Dat spel', legde Mo blozend uit. 'De dubbele kegel van rubber die je met twee stokjes over een draadje laat rollen', voegde hij eraan toe terwijl hij de beweging van de speler nadeed.

'Oké, diaboloën', bevestigde Adamsberg. 'Nee, ik diabolo niet. Ik jojo ook niet.'

Mo dook met zijn neus weer in zijn bord, teleurgesteld om zijn mislukte poging, op zoek naar een andere tak waaraan hij zich kon vastklampen.

'Is hij echt belangrijk voor u? De duif, bedoel ik?'

'Ze hebben jouw poten ook vastgeknoopt, Mo.'

'Wie "ze"?' vroeg Mo.

'De groten der aarde die het op jou gemunt hebben.'

Adamsberg stond op, trok een stukje van het gordijntje opzij dat met punaises op de deur was vastgepind en keek naar de tuin, waar het begon te schemeren, en naar Lucio, die zich met de krant op zijn kist had geïnstalleerd.

'We moeten eens even nadenken', zei hij en hij begon om de tafel heen te lopen. 'Er hebben hier vandaag twee pottenkijkers in de buurt rondgehangen. Maak je niet druk, Mo, we hebben nog even tijd, die kerels zijn niet voor jou gekomen.'

'Smerissen?'

'Eerder door het ministerie vooruitgeschoven schildknapen. Ze willen erachter komen wat ik precies van plan ben met betrekking tot de familie Clermont-Brasseur. Een veterkwestie zit ze niet lekker. Dat leg ik je later wel uit, Mo. Dat is hun enige zwakke plek. Je verdwijning maakt ze radeloos.'

'Wat zoeken ze hier?' vroeg Zerk.

'Ze willen controleren of ik hier geen paperassen heb liggen waaruit blijkt dat er een onofficieel onderzoek gaande is naar de familie Clermont-Brasseur. Dat wil zeggen dat ze naar binnen willen als wij er niet zijn. Mo kan hier niet blijven.'

'Moeten we hem vanavond wegbrengen?'

'Er zijn wegversperringen op alle wegen, Zerk. We moeten eens even nadenken', zei hij nogmaals.

Zerk nam met gefronste wenkbrauwen een trekje van zijn sigaret.

'Als ze op straat lopen te loeren, kunnen we Mo niet in een auto laten stappen.'

Adamsberg bleef om de tafel heen lopen, maar registreerde intussen dat zijn zoon in staat was tot snelle actie en zelfs dat hij pragmatisch was ingesteld.

'We gaan via Lucio en van daar naar de straat hierachter.'

Adamsberg bleef plotseling stilstaan en luisterde naar een geluid van buiten, van gras dat werd vertrapt. Meteen daarna werd er op de deur geklopt. Mo was al opgestaan met zijn bord in de hand en achteruitgedeinsd in de richting van de trap.

'Retancourt', maakte de luide stem van de brigadier zich bekend. 'Kan ik binnenkomen, commissaris?'

Met zijn duim wees Adamsberg Mo de richting van de kelder en hij opende de deur. Het was een oud huis en de brigadier boog voorover om zich bij haar binnenkomst niet aan de bovendrempel van de deur te stoten. De keuken leek veel kleiner als Retancourt er was.

'Het is belangrijk', zei Retancourt.

'Hebt u al gegeten, Violette?' vroeg Zerk, wiens blik bij het zien van de brigadier leek op te klaren.

'Dat is niet van belang.'

'Ik warm even iets op', zei Zerk, die meteen naar het fornuis liep.

De duif huppelde over de tafel tot op een afstand van tien centimeter van de arm van Retancourt.

'Hij herkent me een beetje, hè? Hij lijkt wel opgeknapt.'

'Ja, maar hij vliegt niet.'

'We weten niet of dat fysiek of psychisch is', legde Zerk serieus uit. 'Ik heb in de tuin een poging gewaagd, maar hij bleef daar maar rondscharrelen alsof hij was vergeten dat hij weg kon vliegen.'

'Wel', begon Retancourt en ze ging op de stevigste stoel zitten. 'Ik heb een wijziging aangebracht in uw plan om de broers Clermont te schaduwen.'

'Bevalt het u niet?'

'Nee. Veel te klassiek, te langdurig, risicovol en met weinig hoop op resultaat.'

'Mogelijk', gaf Adamsberg toe, die wist dat hij, sinds de vorige dag, al zijn besluiten gehaast en misschien wel ondoordacht had moeten nemen. Hij trok zich de kritiek van Retancourt nooit persoonlijk aan.

'Hebt u een ander plan?' voegde hij eraan toe.

'Ter plekke infiltreren. Dat is het enige wat ik kan bedenken.'

'Ook klassiek,' antwoordde Adamsberg, 'maar onuitvoerbaar. De woning is onneembaar.'

Zerk zette een bord opgewarmde pasta met tonijn voor Retancourt neer. Adamsberg vermoedde dat Violette de vis zonder problemen en zelfs gedachteloos zou verorberen.

'Heb je er een glaasje wijn bij?' vroeg ze. 'Laat maar, ik weet waar die staat, ik loop wel even naar de kelder.'

'Nee, ik ga wel', reageerde Zerk snel.
'Bijna onneembaar, dat klopt, dus ik heb gegokt op alles of niets.'
Adamsberg huiverde even.
'U had met me moeten overleggen, brigadier', zei hij.
'U zei dat u werd afgeluisterd', zei Retancourt en ze stak ongegeneerd een heel grote hap vis in haar mond. 'Trouwens, ik heb een nieuw, maagdelijk mobieltje voor u meegenomen met een wisselchip. Dat was van die heler uit La Garenne, "Spitskop" noemden ze hem, maar dat maakt niet uit, hij is dood. Ik heb ook een persoonlijke boodschap die vanavond voor u op de Brigade is afgeleverd. Van de korpschef.'
'Wat hebt u gedaan, Retancourt?'
'Niets bijzonders. Ik heb me bij het huis van de Clermonts gemeld en ik heb de portier verteld dat ik gehoord had dat er een vacature was. Ik weet niet waarom, ik zal wel indruk hebben gemaakt op de portier, want hij heeft me niet onmiddellijk weggestuurd.'
'Dat zal best', gaf Adamsberg toe. 'Maar hij heeft u vast gevraagd waar u die informatie vandaan had.'
'Vanzelfsprekend. Ik heb hem de naam van Clara de Verdier genoemd en gezegd dat zij een vriendin was van de dochter van Christophe Clermont.'
'Die informatie zullen ze natrekken, Retancourt.'
'Misschien', zei de brigadier terwijl ze zichzelf inschonk uit de fles die Zerk had ontkurkt. 'Lekker maaltje, Zerk. Ze mogen natrekken wat ze willen, want de informatie klopt. En het klopt dat er een vacature is. In zulke grote huizen is er zo veel personeel dat er altijd wel een ondergeschikt baantje te krijgen is, vooral omdat Christian Verlosser 1 de reputatie heeft erg streng te zijn voor zijn werknemers. Het is daar een voortdurende stoelendans. Die Clara was een vriendin van mijn broer Bruno en ik heb haar een keer uit de brand geholpen in een zaak van een gewapende overval. Ik heb haar gebeld, ze zal het voor mij bevestigen als dat nodig is.'

'Ongetwijfeld', sprak Adamsberg ietwat onthutst.

Hij was een van de eersten om vol lof te zijn over Retancourts ongewone actie- en beslissingsvermogen, dat ze kon afstemmen op welke taak, welk doel of terrein dan ook, maar hij voelde altijd een lichte verbijstering als hij ermee werd geconfronteerd.

'Dus,' zei Retancourt, die met brood de saus van haar bord veegde, 'als u er geen bezwaar tegen hebt, begin ik morgen.'

'Verklaar u nader, brigadier. De portier liet u binnen?'

'Uiteraard. Ik werd ontvangen door de eerste secretaris van Christian Verlosser 1, een bijzonder onaangenaam baasje, dat me het baantje in eerste instantie niet wilde geven.'

'Wat is het voor werk?'

'De boekhouding van het huishouden op de computer bijhouden. Om kort te zijn, ik heb mijn kwaliteiten een beetje aangedikt en die vent heeft me uiteindelijk aangenomen.'

'Hij had waarschijnlijk geen keus', zei Adamsberg voorzichtig.

'Ik neem aan van niet.'

Retancourt dronk haar glas leeg en zette het met een klap op tafel neer.

'Dit kleed is niet erg schoon', merkte ze op.

'Dat komt door de duif. Zerk boent wat hij kan maar die poep tast het plastic aan. Ik vraag me af wat er in vogelpoep zit.'

'Zuur of zoiets. Wat doen we? Neem ik het baantje aan of niet?'

Midden in de nacht werd Adamsberg wakker en hij liep de trap af naar de keuken. Hij was de boodschap van de korpschef vergeten, die Retancourt had meegebracht en die nog op tafel lag. Hij las het bericht, glimlachte en verbrandde het in de open haard. Brézillon had hem met de zaak-Ordebec belast.

Oog in oog met het Woeste Leger.

Om half zeven wekte hij Zerk en Mo.

'Seigneur Hellequin komt ons te hulp', zei hij, en Zerk vond dat deze zin haast klonk als een verkondiging van de kansel.

'Violette ook', zei Zerk.

'Ook, maar dat doet ze altijd. Ik ben belast met de zaak-Ordebec. Zorg dat jullie in de loop van de dag klaarstaan voor vertrek. Maar geef eerst het hele huis een grondige schoonmaakbeurt, gebruik bleekwater voor de badkamer, was de lakens van Mo en haal overal een doek overheen waar hij met zijn vingers aan heeft kunnen zitten. We nemen hem mee in mijn politiewagen en verbergen hem daarginds. Zerk, haal mijn eigen auto op uit de garage en koop een kooi voor Hellebaud. Er ligt geld op het dressoir.'

'Blijven er vingerafdrukken achter op duivenveren? Hellebaud zal het niet prettig vinden als ik hem met een doek te lijf ga.'

'Nee, hem hoef je niet schoon te maken.'

'Gaat hij ook mee?'

'Hij gaat mee als jij meegaat. Als jij dat wilt. Ik zal je daar nodig hebben om Mo in zijn schuilplaats van voedsel te voorzien.'

Zerk knikte instemmend.

'Ik weet nog niet of je met mij meerijdt of dat je mijn auto moet nemen.'

'Daar moet je nog even over nadenken?'

'Ja, en ik moet snel nadenken.'

'Dat is niet eenvoudig', zei Zerk, die het probleem in zijn volle omvang onderkende.

18

In de conciliezaal, onder de ventilatoren die op volle toeren draaiden, kwamen de leden van de Brigade opnieuw bijeen. Het was zondag, maar omdat het ministerie het politieapparaat tot spoed had gemaand, was iedere vrije dag en elke vakantie geannuleerd tot het geval-Mohamed zou zijn opgelost. Voor één keer was Danglard 's ochtends al aanwezig, waardoor hij eruitzag als iemand die, zonder enige poging tot verzet, door het leven was verslagen. Iedereen wist dat zijn gezicht pas tegen de middag uit de plooi zou komen. Adamsberg had de tijd gehad om te doen alsof hij de rapporten had gelezen over het uitkammen van de Cité des Buttes, dat zonder succes tot tien voor half drie 's nachts had geduurd.

'Waar is Violette?' vroeg Estalère terwijl hij zijn eerste rondje koffie serveerde.

'Die zit bij de familie Clermont-Brasseur, ze heeft zich als personeel laten inhuren.'

Vol bewondering floot Noël langdurig.

'Niemand van ons mag erover praten of contact met haar opnemen. Ze loopt officieel stage in Toulon, voor een veertiendaagse spoedcursus informatica.'

'Hoe is het haar gelukt daar binnen te komen?' vroeg Noël.

'Het was haar plan en ze heeft het verwezenlijkt.'

'Een stimulerend voorbeeld', merkte Voisenet met slepende stem op. 'Konden we allemaal onze plannen maar verwezenlijken.'

'Vergeet dat maar, Voisenet', zei Adamsberg. 'Retancourt kan voor niemand tot voorbeeld dienen, ze maakt gebruik van vermogens die niet reproduceerbaar zijn.'

'Ongetwijfeld', bevestigde Mordent serieus.

'We annuleren dus de hele surveillance-inzet. We gaan over tot de orde van de dag.'

'Maar we blijven achter Mo aan zitten, toch?' vroeg Morel.

'Natuurlijk, dat is nog steeds onze primaire taak. Maar een paar mensen moeten zich beschikbaar houden. We gaan naar Normandië. We hebben de zaak-Ordebec toegewezen gekregen.'

Danglard sloeg snel zijn ogen op en zijn gezicht vertoonde rimpels van misnoegen.

'Hebt u dat gedaan, commissaris?' vroeg hij.

'Ik niet. Ze hebben kapitein Émeri op de knieën gekregen. Hij heeft twee moorden aan een zelfmoord en een ongeluk toegeschreven, ze hebben hem de zaak uit handen genomen.'

'Maar waarom krijgen wij die op ons dak?' vroeg Justin.

'Omdat ik ter plaatse was toen ze het eerste lichaam vonden en toen het tweede slachtoffer werd overvallen. Omdat kapitein Émeri hier een aanzet toe heeft gegeven. Omdat we misschien een mogelijkheid hebben van daaruit het fort van de familie Clermont-Brasseur binnen te dringen.'

Adamsberg loog. Hij geloofde niet in de macht van de graaf van Ordebec. Émeri had hem die bijkomstigheid als een gunstige omstandigheid voorgespiegeld. Adamsberg ging erop af omdat het uitdagen van het Woeste Leger een bijna onweerstaanbare aantrekkingskracht op hem uitoefende. En omdat het een uitstekende schuilplaats voor Mo zou zijn.

'Ik zie het verband met de Clermonts niet', zei Mordent.

'Er woont daar een oude graaf die deuren voor ons zou kunnen openen. Hij heeft zakengedaan met Antoine Clermont.'

'Dat zal best', zei Morel. 'Maar hoe ziet de zaak eruit? Waar gaat het om?'

'Er is een moord gepleegd – op een man – en een poging tot moord op een oude vrouw. Ze denken niet dat ze het zal overleven. Er worden nog drie doden voorspeld.'

'Voorspeld?'

'Ja. Want deze misdaden houden rechtstreeks verband met een soort smerige bende, een heel oud verhaal.'

'Wat voor bende?'

'Van gewapende doden. Die bende zwerft daar al eeuwenlang

in de buurt rond en voert levenden met zich mee die iets op hun geweten hebben.'

'Uitstekend,' zei Noël, 'ze doen in zekere zin hetzelfde werk als wij.'

'Nog wat meer, want ze vermoorden ze. Danglard, legt u eens snel uit wat het Woeste Leger is.'

'Ik ben het er niet mee eens dat wij ons daarmee bemoeien', mopperde de inspecteur. 'U bent op de een of andere manier waarschijnlijk betrokken bij dat onderzoek. En ik ben er niet vóór, helemaal niet.'

Danglard hief zijn handen als teken van afwijzing, terwijl hij zich afvroeg waarom de zaak-Ordebec zo'n weerzin bij hem opriep. Hij had twee keer over het Leger van Hellequin gedroomd sinds hij het Zerk en Adamsberg met veel plezier had beschreven. Maar hij had geen plezier gehad in zijn dromen, waarin hij zich met hand en tand had verzet tegen het duistere idee dat hij zijn ondergang tegemoet ging.

'Vertel het toch maar', zei Adamsberg terwijl hij aandachtig naar zijn medewerker keek omdat hij ontdekte dat angst bij zijn weigerende houding een rol speelde. Bij Danglard, een echte atheïst die ongevoelig was voor mystiek, kon bijgeloof zich ondanks alles vrij gemakkelijk een weg banen via de altijd toegankelijke wegen waarlangs zijn angstige gedachten zich verspreidden.

De inspecteur haalde schijnbaar zelfverzekerd zijn schouders op en stond zoals gebruikelijk op om de agenten van de Brigade een beeld te geven van de situatie in de Middeleeuwen.

'Een beetje snel, Danglard', verzocht Adamsberg hem. 'U hoeft geen teksten te citeren.'

Een zinloze raadgeving, en Danglards voordracht duurde veertig minuten, voor de agenten een welkome afleiding van de moeilijk te verdragen realiteit van de affaire-Clermont. Alleen Froissy kneep er even tussenuit om biscuits en paté te gaan eten. Er werd hier en daar begrijpend geknikt. Men wist dat ze onlangs een verzameling delicatessen aan haar geheime voorraad had toegevoegd, zoals hazenpaté met oesterzwammen, waar menigeen wel trek in had. Toen Froissy weer aanschoof, had Danglard met zijn welbespraaktheid alle aandacht van de leden van de Brigade, waarbij het vooral ging om het ontzagwekkende tafereel dat hij schilderde van het Leger van Hellequin – ontzagwekkend in de strikte zin des woords, verduidelijkte de inspecteur, dat wil zeggen in staat om angst aan te jagen.

'Heeft Lina de jager vermoord?' vroeg Lamarre. 'Gaat ze iedereen elimineren die ze in haar visioen heeft herkend?'

'Gehoorzaamt ze in zekere zin?' voegde Justin eraan toe.

'Misschien', mengde Adamsberg zich erin. 'In Ordebec zeggen ze dat de hele familie Vendermot geschift is. Maar alle inwoners daar ondergaan de invloed van het Leger. Het zwerft daar al heel lang in die buurt rond en dit zijn niet de eerste slachtoffers. Niemand voelt zich op zijn gemak met die legende, en veel mensen zijn echt bang. Als het volgende aangewezen slachtoffer sterft, raakt de stad in beroering. En dat wordt nog erger als het om het vierde slachtoffer gaat, want dat is niet bij naam genoemd.'

'Zodat velen zich kunnen voorstellen dat zij het vierde slachtoffer worden', zei Mordent terwijl hij aantekeningen maakte.

'Mensen die zich ergens schuldig over voelen?'

'Nee, mensen die echt schuldig zijn', benadrukte Adamsberg. 'Oplichters, smeerlappen, onvermoede en ongestrafte moordenaars, die veel banger zijn voor Hellequin die voorbijtrekt dan voor een politieonderzoek. Want ze zijn er daar van overtuigd dat Hellequin alles weet, dat Hellequin alles ziet.'

'Precies het omgekeerde van wat ze van de politie denken', zei Noël.

'Stel', zei Justin, die altijd duidelijkheid wilde, 'dat iemand bang is dat hij het vierde slachtoffer is dat die Hellequin heeft aangewezen. De vierde "geronselde", zoals u zei. Ik zie niet in wat die persoon ermee opschiet de andere "geronselden" te vermoorden.'

'Jawel,' verduidelijkte Danglard, 'want volgens een bijkomstige traditie, waarover niet iedereen het eens is, kan degene die de plannen van Hellequin ten uitvoer brengt, aan zijn eigen lot ontkomen.'

'In ruil voor zijn goede diensten', was het commentaar van Mordent, die als verzamelaar van sagen en legendes nog steeds aantekeningen zat te maken over dit verhaal, dat hij niet kende.

'In zekere zin een collaborateur die beloond wordt', zei Noël.

'Dat is de gedachte, ja', bevestigde Danglard. 'Maar die bestaat nog niet zo lang, pas sinds het begin van de negentiende eeuw. De andere gevaarlijke hypothese is dat iemand, zonder het idee te hebben dat hij een "geronselde" is, geloof hecht aan de beschuldigingen van Hellequin en zijn wil gaat uitvoeren. Om werkelijk recht te doen wedervaren.'

'Wat kon die Léo weten?'

'Daar komen we niet achter. Ze was alleen toen ze het lichaam van Herbier aantrof.'

'Wat is de planning?' vroeg Justin. 'Hoe verdelen we ons?'

'Er is geen planning. Ik heb al een hele poos geen tijd gehad om voor wat dan ook een planning te maken.'

Nooit gehad ook, dacht Danglard, die door zijn weerzin tegen de operatie-Ordebec steeds agressiever werd.

'Ik vertrek met Danglard, als hij het goedvindt, en zo nodig zal ik op sommigen van jullie een beroep doen.'

'We blijven ons dus op Mo richten.'

'Juist. Probeer die kerel te vinden. Blijf voortdurend in contact met alle politiebureaus in het land.'

Adamsberg troonde Danglard mee nadat hij de vergadering had ontbonden.

'U moet eens zien hoe Léo erbij ligt', zei hij. 'Dan hebt u ruimschoots genoeg redenen om het Woeste Leger te willen dwarsbomen. En de krankzinnige die de wensen van Seigneur Hellequin ten uitvoer brengt.'

'Is niet verstandig', zei Danglard hoofdschuddend. 'Iemand moet hier de Brigade draaiende houden.'

'Waar bent u bang voor, Danglard?'
'Ik ben niet bang.'
'Jawel.'
'Oké', gaf Danglard toe. 'Ik denk dat ik het leven laat in Ordebec. Dat is het. Dat het mijn laatste zaak wordt.'
'Goeie genade, Danglard, hoezo?'
'Ik heb er twee keer over gedroomd. Met name over een paard met maar drie benen.'
Danglard huiverde, bijna misselijk.
'Kom, ga zitten', zei Adamsberg en hij trok hem zachtjes aan zijn mouw.
'Het wordt bereden door een zwarte man,' vervolgde Danglard, 'hij geeft me een klap, ik val, ik ben dood en dat is het. Ik weet het, commissaris, dromen zijn bedrog.'
'Dus?'
'Dus ben ik degene die alles in gang heeft gezet door u het verhaal over het Woeste Leger te vertellen. Anders was het voor u nog steeds het Noeste Leger en was het daarbij gebleven. Maar ik heb voor de lol, omdat ik er veel van afwist, de doos van Pandora geopend. En dat was een provocatie. Dat zal Hellequin me daarginds betaald zetten. Hij houdt niet van grappenmakerij.'
'Ik neem aan van niet. Ik neem aan dat het geen grappenmaker is.'
'Spot er maar niet mee, commissaris.'
'Dat meent u niet, Danglard. Is het zo erg?'
Danglard trok zijn slappe schouders op.
'Natuurlijk niet. Maar ik sta met die gedachte op en ga ermee naar bed.'
'Het is voor het eerst dat u bang bent voor iets anders dan uzelf. Dus nu hebt u twee vijanden. Dat is te veel, Danglard.'
'Wat is uw voorstel?'
'Dat we er vanmiddag heen reizen. Zullen we gaan eten in een restaurant? Met een lekkere wijn?'
'En als ik daar de pijp uit ga?'
'Dat is dan jammer.'

Danglard glimlachte even en keek met een andere blik naar de commissaris. *Dat is dan jammer.* Dat antwoord beviel hem en daarmee kwam abrupt een einde aan zijn jeremiade, alsof Adamsberg op een stopknop had gedrukt waardoor zijn angsten uitgeschakeld werden.

'Hoe laat?' vroeg hij.

Adamsberg keek op zijn horloges.

'Kom over twee uur naar mijn huis. Vraag aan Froissy of ze u twee nieuwe mobieltjes kan verschaffen en kijk of u de naam van een goed restaurant kunt vinden.'

Toen de commissaris thuiskwam, was het huis blinkend schoon, de kooi van Hellebaud stond klaar, de tassen waren bijna gepakt voor het vertrek. Zerk was bezig in die van Mo sigaretten, boeken, potloden en kruiswoordpuzzels te stoppen. Mo keek werkloos toe, alsof hij zich door de rubber handschoenen die hij droeg niet kon verroeren. Adamsberg wist dat mensen door hun status van gezochte, van opgejaagd beest, al vanaf de eerste dagen in hun natuurlijke lichaamsbewegingen worden verlamd. Na een maand durven ze bij het lopen geen geluid meer te maken en na drie maanden zijn ze al bang om adem te halen.

'Ik heb ook een nieuwe jojo voor hem gekocht', legde Zerk uit. 'Hij is niet zo goed als de zijne, maar ik kon niet te lang wegblijven. Lucio heeft me afgelost door met zijn radio in de keuken te gaan zitten. Weet je waarom hij altijd die krakende radio meesleept? Je hoort niet wat er gezegd wordt.'

'Hij hoort graag mensen praten, maar niet wat ze zeggen.'

'Waar ga ik heen?' vroeg Mo timide.

'Naar een half betonnen, half houten barak, ver buiten het stadje, waarvan de huurder kortgeleden is vermoord. Die barak is dus verzegeld door de politie, een betere schuilplaats kun je niet vinden.'

'Wat doen we dan met die verzegeling?' vroeg Zerk.

'Die halen we eraf en brengen we weer opnieuw aan. Ik zal

het je laten zien. De politie heeft sowieso geen enkele reden meer om daar te komen opdagen.'

'Waarom is die vent vermoord?' vroeg Mo.

'Een of andere plaatselijke, weerzinwekkende reus heeft hem aangevallen, een zekere Hellequin. Maak je geen zorgen, hij heeft niets tegen jou. Waarom heb je kleurpotloden gekocht, Zerk?'

'Voor als hij wil tekenen.'

'Goed. Wil je graag tekenen, Mo?'

'Nee, ik denk het niet.'

'Goed', zei Adamsberg nogmaals. 'Mo rijdt met mij mee in de dienstauto, in de achterbak. De reis duurt ongeveer twee uur en het is daarbinnen heel warm. Je krijgt water mee. Hou je dat vol?'

'Ja.'

'Je zult de stem horen van een andere man, van inspecteur Danglard. Maak je geen zorgen, hij is op de hoogte van je vlucht. Of liever gezegd, hij had het door en daar kon ik niks tegen doen. Maar hij weet nog niet dat ik je met me meeneem. Dat zal niet lang duren, Danglard is briljant, hij is bijna altijd sneller dan een ander en heeft alles door, zelfs de dodelijke plannen van Seigneur Hellequin. Ik zet je af bij het lege huis voordat ik Ordebec in ga. Zerk, jij komt met de andere auto en de rest van de bagage. Je weet hoe je met een camera omgaat, dus daar zeggen we dat je een informele stage fotografie doet, terwijl je tegelijkertijd werkt aan een freelance-opdracht waarvoor je de omgeving moet afstruinen. Voor een, laten we zeggen, Zweeds tijdschrift. We moeten een verklaring vinden voor het feit dat je zo nu en dan weg bent. Tenzij je iets beters weet?'

'Nee', zei Zerk kortweg.

'Wat zou je eigenlijk kunnen fotograferen?'

'Landschappen? Kerken?'

'Te gewoon. Bedenk iets anders. Een onderwerp dat verklaart waarom je door de velden en de bossen loopt, als ze je daar vinden. Daar moet je langs om Mo te bereiken.'

'Bloemen?' zei Mo.
'Rottende bladeren?' stelde Zerk voor.
Adamsberg zette de reistassen bij de deur neer.
'Waarom wil je rottende bladeren fotograferen?'
'Jij vraagt me toch om iets te fotograferen.'
'Maar waarom zeg je "rottende bladeren"?'
'Omdat dat goed is. Weet je wat er allemaal rondkrioelt in rottende bladeren? Alleen al in tien vierkante centimeter rottende bladeren? Wat voor insecten, wormen, larven, gassen, sporen van paddestoelen, vogelpoep, wortels, micro-organismen en zaden? Ik maak een reportage over het leven in rottende bladeren, voor *Svenska Dagbladet.*'
'Svenska?'
'Een Zweedse krant. Vroeg je dat niet?'
'Jawel', antwoordde Adamsberg terwijl hij op zijn horloges keek. 'Loop met Mo en de bagage naar het huis van Lucio. Ik sta achter zijn huis geparkeerd en zodra Danglard is gearriveerd, geef ik je een seintje dat we vertrekken.'
'Ik ben blij dat we gaan', zei Zerk op die argeloze toon waarop hij wel vaker sprak.
'Nou, dat moet je tegen Danglard zeggen. Hij is absoluut niet blij.'

Twintig minuten later reed Adamsberg via de westelijke snelweg Parijs uit, terwijl de inspecteur, rechts naast hem gezeten, zich met een kaart van Frankrijk koelte toewuifde, en Mo opgevouwen in de achterbak lag met een kussen onder zijn hoofd.
Na drie kwartier rijden belde de commissaris Émeri.
'Ik vertrek nu pas', zei hij tegen hem. 'Verwacht niet dat ik er voor twee uur ben.'
'Blij je te kunnen verwelkomen. Die klootzak in Lisieux is razend.'
'Ik denk dat ik mijn intrek neem in Léo's herberg. Heb je daar bezwaar tegen?'
'Geen enkel.'

'Oké, ik zal haar waarschuwen.'
'Ze zal je niet horen.'
'Ik waarschuw haar toch.'
Adamsberg stopte het toestel weer in zijn zak en drukte het gaspedaal in.
'Moeten we zo hard rijden?' vroeg Danglard. 'Een half uur later maakt ook niet uit.'
'We rijden hard omdat het warm is.'
'Waarom hebt u tegen Émeri gelogen over onze aankomsttijd?'
'Niet te veel vragen stellen, inspecteur.'

19

Op vijf kilometer van Ordebec minderde Adamsberg vaart toen hij door het dorpje Charny-la-Vieille reed.

'Danglard, ik moet nu even een boodschapje doen voordat we Ordebec echt binnenrijden. Ik stel voor dat u hier op me wacht, ik kom u over een half uur ophalen.'

Danglard knikte.

'Zodat ik van niets weet, zodat ik er niet bij betrokken raak.'

'Zoiets.'

'Het is aardig dat u me wilt beschermen. Maar sinds u me dat neprapport hebt laten schrijven, zit ik tot aan mijn nek in wat u allemaal hebt bekokstoofd.'

'Niemand vroeg u om uw neus daarin te steken.'

'Het is mijn werk om u binnen de perken te houden.'

'U hebt me geen antwoord gegeven, Danglard. Zet ik u hier af?'

'Nee. Ik ga met u mee.'

'Misschien vindt u het vervolg niet zo fijn.'

'Ik vind Ordebec toch al niet fijn.'

'U hebt het mis, het is schitterend. Wanneer je in het stadje aankomt, zie je de grote kerk boven op de heuvel, met de kleine binnenstad beneden, de houten en lemen huizen, dat zult u mooi vinden. De velden eromheen zijn in alle tinten groen geverfd en op dat groen hebben ze een heleboel onbeweeglijke koeien neergezet. Ik heb er geen koe zien bewegen, ik vraag me af hoe dat komt.'

'Dat komt doordat je er lang naar moet kijken.'

'Ongetwijfeld.'

Adamsberg had de plekken gelokaliseerd die mevrouw Vendermot had beschreven, het huis waar de buren, de familie Hébrard, woonden, het bos van Bigard en de vroegere vuilstortplaats. Hij passeerde zonder te stoppen de brievenbus van Herbier, reed nog zo'n honderd meter door en sloeg links af een hobbelige landweg in.

'We gaan achterlangs naar binnen, door dat stukje bos.'
'Waar naar binnen?'
'In het huis waar de eerste dode woonde, de jager. We doen het snel en geruisloos.'

Adamsberg reed verder over een pad dat nauwelijks begaanbaar was en parkeerde in de beschutting van de bomen. Hij liep snel om de auto heen en opende de achterbak.

'Het komt goed, Mo, je bent zo in de frisse lucht. De barak staat dertig meter hiervandaan door het bos.'

Danglard schudde zwijgend zijn hoofd toen hij zag hoe de jonge man zich uit de kofferbak wurmde. Hij dacht dat hij naar de Pyreneeën was geëvacueerd, of dat hij, gezien het gedrag van Adamsberg, al met valse papieren in het buitenland zat. Maar het was nog erger. Momo meezeulen leek hem nog onzinniger.

Adamsberg verbrak de verzegeling, zette Mo's bagage neer en keek snel rond in het huis. Een lichte kamer, een bijna schoon slaapkamertje, en een keuken van waaruit je het groen kon zien met zes of zeven daarop neergezette koeien.

'Mooi hier', zei Mo, die maar één keer in zijn leven heel vluchtig het platteland had gezien, en de zee nog nooit. 'Ik zie bomen, de lucht en de velden. Shit,' zei hij plotseling, 'zijn dat koeien? Daar?' voegde hij eraan toe terwijl hij zich tegen het raam aan drukte.

'Achteruit, Mo, ga bij dat raam weg. Ja, dat zijn koeien.'
'Shit.'
'Had je die nog nooit gezien?'
'Nooit in het echt.'

'Je zult alle tijd krijgen om ze te bekijken, en zelfs om ze te zien bewegen. Maar blijf op een meter afstand van de ramen. 's Avonds doe je natuurlijk nergens licht aan. En als je rookt, ga dan op de grond zitten, een gloeiende peuk zie je van heel ver. Je kunt warm eten, het fornuis is door het raam niet te zien. En je kunt je wassen, het water is niet afgesloten. Zerk komt zo met boodschappen.'

Mo liep door zijn nieuwe domein heen en weer zonder al te

veel angst te tonen bij de gedachte daar gevangen te zitten, en zijn blik keerde voortdurend naar het raam terug.

'Ik ben nog nooit iemand tegengekomen zoals Zerk,' zei hij, 'ik ben nog nooit iemand tegengekomen die kleurpotloden voor me kocht, behalve dan mijn moeder. Maar u hebt hem opgevoed, commissaris, dus is het normaal dat hij zo is.'

Adamsberg meende dat dit niet het moment was om aan Mo uit te leggen dat hij nog maar sinds een paar weken van het bestaan van zijn zoon af wist, en dat het onnodig was om zo snel zijn illusies de bodem in te slaan door te vertellen dat hij volkomen zorgeloos geen enkele aandacht aan zijn moeder had geschonken. Het meisje had hem geschreven, hij had de brief amper gelezen, hij had van niets geweten.

'Heel goed opgevoed', beaamde Danglard, die het vaderschap als een serieuze zaak beschouwde en in dat opzicht Adamsberg beneden alle maat vond.

'Ik zal zo het huis weer verzegelen. Gebruik het mobieltje alleen in geval van nood. Zelfs als je je rot verveelt, bel je niemand en geef je de moed niet op, al je kennissen worden afgeluisterd.'

'Het zal prima gaan, commissaris. Er valt veel te zien. En al die koeien. Ik tel er minstens twaalf. In de gevangenis zouden er voortdurend tien kerels op mijn nek zitten en daar is geen raam. In mijn eentje naar de koeien en de stieren kijken, is al een wonder.'

'Er lopen geen stieren, Mo, die worden nooit bij elkaar gezet, behalve bij het dekken. Het zijn koeien.'

'Oké.'

Adamsberg controleerde of het bos verlaten was voordat hij Mo gedag zei en geluidloos de deur opende. Hij haalde een verzegeltang uit zijn tas en bracht rustig een nieuwe verzegeling aan. Danglard hield ongerust de omgeving in de gaten.

'Ik hou daar helemaal niet van', mompelde hij.

'Later, Danglard.'

Zodra ze op de hoofdweg waren, belde Adamsberg kapitein Émeri om hem te waarschuwen dat hij in Ordebec aankwam.

'Ik ga eerst bij het ziekenhuis langs', zei hij.
'Ze zal je niet herkennen, Adamsberg. Kan ik jullie te eten uitnodigen?'
Adamsberg wierp een blik op Danglard, die zijn hoofd schudde. Als het slecht met hem ging, en dat was zonder twijfel nu het geval, en des te meer omdat er geen reden toe was, stak de inspecteur zichzelf een hart onder de riem door zich van dag tot dag bescheiden geneugten in het vooruitzicht te stellen, zoals het kiezen van een nieuw kostuum, de aanschaf van een oud boek of een verfijnde maaltijd in een restaurant, zodat iedere depressieve fase gevaarlijke gaten in zijn budget sloeg. Danglard zijn diner bij Le sanglier courant afnemen, een restaurant dat hij met zorg had uitgezocht, zou betekenen dat de schamele kaars die hij voor die dag voor zichzelf had aangestoken, werd uitgeblazen.

'Ik heb mijn zoon een diner bij Le sanglier courant beloofd. Ga met ons mee, Émeri.'

'Een heel goed etablissement maar erg jammer', antwoordde Émeri koel. 'Ik hoopte u als gast te kunnen ontvangen.'

'Een andere keer, Émeri.'

'Ik geloof dat we een gevoelige zenuw hebben geraakt', constateerde Adamsberg enigszins verbaasd nadat hij had opgehangen, want hij wist nog niet van de neurose waardoor de kapitein met een veeleisende navelstreng aan zijn empirekamer vastzat.

Adamsberg trof Zerk, zoals gepland, voor het ziekenhuis aan. De jonge man had de boodschappen al gedaan en Adamsberg omarmde hem terwijl hij de verzegeltang met toebehoren en een schets van de woning van Herbier in zijn tas stopte.

'Hoe is het huis?' vroeg hij.

'Netjes. De politie heeft al het wild opgeruimd.'

'Wat doe ik met die vogel?'

'Hij is geïnstalleerd, hij wacht tot je komt.'

'Ik heb het niet over Mo maar over Hellebaud. Hij zit al uren in de auto en dat vindt hij niet leuk.'

'Neem hem maar mee', zei Adamsberg even later. 'Laat Mo voor hem zorgen, dan heeft hij wat gezelschap, iemand tegen wie hij kan praten. Hij gaat naar de koeien kijken, maar die bewegen hier niet.'
'Was de inspecteur bij je toen je die vogel afzette?'
'Ja.'
'Hoe nam hij dat op?'
'Niet al te best. Hij heeft nog steeds het idee dat het een delict is en gekkenwerk.'
'O ja? Het is juist heel verstandig', zei Zerk terwijl hij zijn tassen met boodschappen oppakte.

20

'Ze lijkt heel klein, hè?' zei Adamsberg zachtjes tegen Danglard toen hij aangeslagen het voor hem onbekende gezicht van Léone op het kussen ontwaarde. 'Terwijl ze in werkelijkheid heel groot is. Vast groter dan ik, als ze niet krom zou lopen.'

Hij ging op de rand van het bed zitten en legde zijn beide handen op haar wangen.

'Léo, hier ben ik weer. Ik ben de commissaris uit Parijs. We hebben samen gegeten. We hadden soep en kalfsvlees, en daarna hebben we bij het houtvuur een calvados gedronken en een havanna erbij gerookt.'

'Ze beweegt niet meer', zei de arts die zojuist de kamer was binnengekomen.

'Wie komt er bij haar op bezoek?' vroeg Adamsberg.

'De dochter van de familie Vendermot en de kapitein. Ze verroert geen vin. Klinisch gezien zou ze levenstekenen moeten vertonen. Maar nee. Ze ligt niet meer in coma, de inwendige bloeding is zo goed als verdwenen, haar hart functioneert voldoende, hoewel het te lijden heeft gehad van die sigaren. Ze is technisch gezien in staat om haar ogen te openen en met ons te praten. Maar er gebeurt niets en, wat nog erger is, haar temperatuur is te laag. Het lijkt wel of haar systeem in een winterslaap verkeert. En ik kan het defect niet vinden.'

'Kan ze lang zo blijven liggen?'

'Nee. Op haar leeftijd zal ze het zonder bewegen en zonder voedsel niet lang volhouden. Een kwestie van een paar dagen.'

De arts keek met een kritische blik naar Adamsbergs handen op het gezicht van de oude Léo.

'U moet haar hoofd niet heen en weer schudden', zei hij.

'Léo,' herhaalde Adamsberg, 'ik ben het. Ik ben hier en ik blijf hier. Ik ga met een paar medewerkers in uw herberg logeren. Vindt u dat goed? We zullen nergens aan zitten.'

Adamsberg pakte een kam van het nachtkastje en begon haar

haren te kammen terwijl hij met één hand haar gezicht bleef vasthouden. Danglard ging zitten op de enige stoel in de kamer, want hij voorzag dat het bezoek lang zou gaan duren. Adamsberg zou de oude dame niet gauw opgeven. De dokter verliet de kamer met een schouderophalen, maar kwam anderhalf uur later weer langs, geïntrigeerd door de gedrevenheid waarmee die politieman probeerde Léone weer bij te brengen. Ook Danglard keek aandachtig naar Adamsberg, die onvermoeibaar bleef praten en op wiens gezicht de gloed was verschenen die hij wel kende van die enkele keer dat de commissaris heel geconcentreerd was, alsof hij een lamp had ingeslikt die onder zijn donkere huid zijn licht verspreidde.

Zonder zich om te draaien stak Adamsberg een arm uit in de richting van de dokter om iedere bemoeienis te voorkomen. Léones wang voelde nog steeds koud aan, maar haar lippen hadden bewogen. Hij gebaarde naar Danglard dat hij dichterbij moest komen. Weer een beweging van haar lippen en daarna een geluid.

'Danglard, hebt u ook "hello" gehoord? Ze zei toch "hello"?'
'Dat leek er wel op.'
'Dat is haar manier van groeten. Hello, Léo. Ik ben het.'
'Hello', herhaalde de vrouw, nu duidelijker.
Adamsberg sloot zijn vingers om haar hand en schudde die een beetje.
'Hello. Ik hoor u, Léo.'
'Flem.'
'Met Flem gaat het goed, hij is bij brigadier Blériot.'
'Flem.'
'Het gaat goed met hem. Hij wacht op u.'
'Suiker.'
'Ja, de brigadier geeft hem elke dag suiker', verzekerde Adamsberg haar zonder er iets van af te weten. 'Hij wordt heel goed behandeld, er wordt goed voor hem gezorgd.'
'Hello', begon de vrouw opnieuw.
En dat was het. Haar lippen sloten zich weer en Adamsberg

begreep dat ze aan het eind van haar krachten was.

'Mijn complimenten', zei de arts.

'Tot uw dienst', antwoordde Adamsberg zonder nadenken. 'Zou u me kunnen bellen als ze ook maar de geringste wil tot communiceren vertoont?'

'Als u mij uw visitekaartje geeft, maar verwacht niet te veel. Misschien is dit haar laatste opleving.'

'U bent steeds maar bezig haar vroegtijdig te begraven, dokter', zei Adamsberg terwijl hij naar de deur liep. 'U hebt toch geen haast, of wel?'

'Ik ben geriater, ik ken mijn vak', antwoordde de arts en hij kneep zijn lippen stijf dicht.

Adamsberg noteerde zijn naam, die op zijn badge stond – Jacques Merlan – en verliet de kamer. Zwijgend liep hij naar de auto en liet Danglard achter het stuur plaatsnemen.

'Waar gaan we heen?' vroeg Danglard terwijl hij contact maakte.

'Ik mag die dokter niet.'

'Hij heeft een excuus. Het is niet leuk om Merlan[2] te heten.'

'Dat past goed bij hem. Niet meer emotie dan een school vissen.'

'U hebt me nog niet verteld waar we heen gaan', zei Danglard, die op goed geluk door de straatjes van het stadje reed.

'U hebt haar gezien, Danglard. Het is net een ei dat tegen de grond is gekwakt en waar niets meer van heel is.'

'Ja, dat had u al gezegd.'

'We gaan naar haar huis, naar de oude herberg. Ga maar rechtsaf.'

'Merkwaardig dat ze groet met "hello".'

'Dat is Engels.'

'Weet ik', zei Danglard zonder er verder op in te gaan.

De politie van Ordebec was snel te werk gegaan en in de wo-

---

2 Wijting (noot v.d. vert.)

ning van Léo was na de huiszoeking de orde hersteld. De vloer van de kamer was schoongemaakt en als er nog bloed lag, was dat in de oude roodachtige plavuizen getrokken. Adamsberg nam weer zijn intrek in de slaapkamer waar hij had gelogeerd, terwijl Danglard zich een kamer aan het andere eind van het gebouw toe-eigende. De inspecteur borg zijn spulletjes op en keek intussen door het raam naar Adamsberg. Die zat in kleermakerszit midden op het erf onder een scheve appelboom, met zijn ellebogen op zijn dijen en zijn hoofd gebogen, en hij leek niet van plan zich te verroeren. Af en toe greep hij naar iets in zijn nek dat hem leek te irriteren.

Even voor achten, toen de zon al onderging, liep Danglard op de commissaris af, totdat zijn schaduw tot vlak voor diens voeten reikte.

'Het is tijd', zei hij.

'Voor Le sanglier bleu', zei Adamsberg terwijl hij opkeek.

'Hij is niet "bleu". Het heet Le sanglier courant, de rennende ever.'

'Rent een ever?' vroeg Adamsberg terwijl hij zijn hand naar de inspecteur uitstak om overeind geholpen te worden.

'Tot wel vijfendertig kilometer per uur, geloof ik. Ik weet niet veel van everzwijnen. Behalve dat ze niet transpireren.'

'Hoe krijgen ze dat voor elkaar?' vroeg Adamsberg, over zijn broek wrijvend zonder zich voor het antwoord te interesseren.

'Om af te koelen maken ze zich vuil in de modder.'

'Zo kun je de moordenaar ook zien. Als een vuil beest van zo'n tweehonderd kilo, dat niet transpireert. Hij zal zijn klus klaren zonder een spier te vertrekken.'

21

Danglard had een ronde tafel gereserveerd en tevreden nam hij plaats. Die eerste maaltijd in Ordebec, in een oud restaurant met lage balken, gaf hem een adempauze in zijn angstige voorgevoelens. Zerk voegde zich op de afgesproken tijd bij hen en gaf hun een knipoogje ten teken dat in het huis in het bos alles goed ging. Adamsberg had er opnieuw op aangedrongen dat Émeri ook zou komen en uiteindelijk had de kapitein erin toegestemd.

'De Vogel was heel blij met de vogel,' zei Zerk zachtjes en onnadrukkelijk tegen Adamsberg, 'ze waren druk in gesprek toen ik wegging. Hellebaud vindt het prachtig wanneer de Vogel jojoot. Als de schijf de grond raakt, pikt hij er uit alle macht naar.'

'Ik heb de indruk dat Hellebaud steeds verder van zijn natuurlijke pad afwijkt. We wachten op kapitein Émeri. Dat is een grote, blonde, krijgshaftige kerel met een smetteloos uniform. Jij moet hem met "kapitein" aanspreken.'

'Prima.'

'Hij is de afstammeling van maarschalk Davout, een vent onder Napoleon die nooit verslagen is, en dat is erg belangrijk voor hem. Maak daar geen verkeerde opmerkingen over.'

'Daar hoef je niet bang voor te zijn.'

'Daar komen ze. Die donkere, dikke kerel die bij hem is, is brigadier Blériot.'

'Die noem ik brigadier.'

'Precies.'

Zodra de voorgerechten waren geserveerd, begon Zerk als eerste te eten, zoals Adamsberg altijd als vanzelfsprekend had gedaan voordat Danglard hem de eerste beginselen van wellevendheid had bijgebracht. Zerk maakte ook te veel geluid onder het kauwen, daar moest hij hem op wijzen. In Parijs was hem dat niet opgevallen. Maar in de enigszins opgeschroefde sfeer van deze vooravond had hij de indruk dat je alleen zijn zoon hoorde.

'Hoe gaat het met Flem?' vroeg Adamsberg aan brigadier Blériot. 'Het is Léo vandaag gelukt met me te praten. Ze maakt zich zorgen om haar hond.'

'Te praten?' vroeg Émeri verbaasd.

'Ja. Ik ben bijna twee uur bij haar gebleven en ze heeft gepraat. De dokter, die man die Flétan[3] heet, of zoiets, leek niet eens tevreden. Mijn methode stond hem waarschijnlijk niet aan.'

'Merlan', fluisterde Danglard.

'En dat vertelt u me nu pas?' zei Émeri. 'Wat heeft ze gezegd, potverdomme?'

'Heel weinig. Ze heeft een paar keer gedag gezegd. En daarna "Flem" en "suiker". Meer niet. Ik heb haar verzekerd dat de brigadier de hond elke dag een suikerklontje geeft.'

'En dat doe ik ook,' bevestigde Bériot, 'hoewel ik ertegen ben. Maar Flem meldt zich elke avond om zes uur bij de suikerpot. Hij bezit de inwendige klok van een verslaafde.'

'Des te beter. Ik zou niet graag tegen Léo hebben gelogen. Zodra ze praat', zei Adamsberg terwijl hij zich tot Émeri wendde, 'denk ik dat het verstandig is om bewaking bij haar kamer neer te zetten.'

'Potverdomme, Adamsberg, hebt u gezien hoeveel mensen ik hier heb? Hij en nog een halve man, die zijn tijd verdeelt tussen Ordebec en Saint-Venon. Een halve kracht in ieder opzicht. Half slim, half imbeciel, half meegaand, half opvliegend, half vuil en half schoon. Wat kan ik daarmee uitrichten?'

'We zouden een bewakingscamera in haar kamer kunnen installeren', opperde de brigadier.

'Twee camera's', zei Danglard. 'Een die iedereen registreert die binnenkomt, en de andere bij Léo's bed.'

---

3 Heilbot (noot v.d. vert.)

'Prima', vond Émeri. 'Maar de technici moeten uit Lisieux komen, verwacht niet dat dat morgen voor drie uur klaar is voor gebruik.'

'Wat de bescherming van de andere twee geronselden betreft,' voegde Adamsberg eraan toe, 'de glazenmaker en de boomkweker, kunnen we twee man uit Parijs laten komen. De glazenmaker in de eerste plaats.'

'Ik heb het er met Glayeux over gehad,' zei Émeri hoofdschuddend, 'hij wil absoluut geen bewaking. Ik ken het soort, hij zou zich erg gekrenkt voelen als mensen denken dat hij onder de indruk is van de waanzin van die meid van Vendermot. Het is geen type om het hoofd te buigen.'

'Dapper?' vroeg Danglard.

'Gewelddadig eerder, strijdlustig, keurig opgevoed, bezield en gewetenloos. Heel talentvol wat zijn ramen betreft, daar valt niets op aan te merken. Het is geen sympathieke man, dat heb ik u al gezegd en dat mag u zelf beoordelen. Dat zeg ik niet omdat hij homo is, maar hij is homo.'

'Weet men dat in Ordebec?'

'Hij maakt er geen geheim van, zijn vriend woont hier, die werkt bij de krant. In alles het tegendeel van Glayeux, heel voorkomend, erg gewaardeerd.'

'Wonen ze samen?' vroeg Danglard vervolgens.

'Nee, nee. Glayeux woont samen met Mortembot, de boomkweker.'

'Wonen de twee volgende slachtoffers van het Leger onder één dak?'

'Al jaren. Het zijn neven, vanaf hun jeugd onafscheidelijk. Maar Mortembot is geen homo.'

'Was Herbier ook homo?' vroeg Danglard.

'Denkt u aan een homofobe moordpartij?'

'Dat zou overwogen kunnen worden.'

'Herbier was geen homo, beslist niet. Eerder een beestachtige heteroseksueel met verkrachtersneigingen. En vergeet niet dat Lina degene is die de "geronselde" slachtoffers heeft aangewezen. Ik heb geen enkele reden om te denken dat ze iets tegen homo's heeft. Lina heeft, hoe zal ik het zeggen, wat seks aangaat nogal vrije opvattingen.'

'Een prachtige boezem', zei de brigadier. 'Om op te vreten.'

'Zo kan-ie wel weer, Blériot,' zei Émeri, 'met dat soort commentaar schieten we niets op.'

'Alles telt', zei Adamsberg, die net als zijn zoon nu vergat op zijn tafelmanieren te letten en zijn brood in de saus doopte. 'Émeri, de door het Leger aangewezen slachtoffers worden dus geacht slechte mensen te zijn, klopt dat bij de glazenmaker en zijn neef?'

'Niet alleen klopt het perfect, maar bovendien is het algemeen bekend.'

'Wat wordt hun verweten?'

'Twee gebeurtenissen waarover nog steeds geen opheldering is verschaft. Geen enkel onderzoek van mij leidde tot resultaat, ik was razend. Zullen we ergens anders gaan zitten om onze koffie te drinken? Ze hebben hier een kleine salon waar ik het voorrecht heb te mogen roken.'

Terwijl hij opstond keek de kapitein opnieuw naar Zerk, die er slordig uitzag in een oud en te lang T-shirt, en hij leek zich af te vragen wat Adamsbergs zoon daar in godsnaam te zoeken had.

'Werkt je jongen bij jou?' vroeg hij op weg naar de kleine salon. 'Wil hij bij de politie of zo?'

'Nee, hij moet een reportage maken over rottende blaadjes, dit was dé gelegenheid. Voor een Zweedse krant.'

'Rottende blaadjes? De pers, bedoel je? De kranten?'

'Nee, die andere, in het bos.'

'Het gaat om het micromilieu van de ontbinding van planten', kwam Danglard tussenbeide om de commissaris te hulp te schieten.

'Ah', zei Émeri en hij koos een kaarsrechte stoel uit terwijl de andere vier mannen op de banken plaatsnamen.

Zerk ging rond met sigaretten en Danglard bestelde nog een

fles. Slechts twee flessen met zijn vijven te moeten delen had hem tijdens het eten op zijn zenuwen gewerkt.

'In de directe omgeving van Glayeux en Mortembot is er twee keer sprake geweest van een gewelddadige dood', verklaarde Émeri terwijl hij de glazen volschonk. 'Zeven jaar geleden is de collega van Glayeux in de kerk van Louverain van de steiger gevallen. Ze zaten allebei op een hoogte van zo'n twintig meter, ze waren de ramen in het kerkschip aan het restaureren. En vier jaar geleden is de moeder van Mortembot in het magazijn van de winkel overleden. Ze gleed van het trapje en bleef haken aan het metalen wandrek, dat boven op haar is gevallen, compleet met bloempotten en bakken met kilo's aarde. Twee ongelukken waar niets op aan te merken valt. En iets wat in beide zaken eender is: ze zijn gevallen. Ik heb naar allebei een onderzoek ingesteld.'

'Op grond van welke aanwijzingen?' vroeg Danglard terwijl hij opgelucht zijn wijn opdronk.

'In feite omdat Glayeux en Mortembot twee klootzakken zijn, ieder in zijn soort. Twee rioolratten, en dat zie je al van verre.'

'Er bestaan ook sympathieke rioolratten,' zei Adamsberg, 'Toni en Marie bijvoorbeeld.'

'Wie zijn dat?'

'Twee verliefde ratten, maar laat maar zitten', antwoordde Adamsberg hoofdschuddend.

'Maar zij zijn niet sympathiek, Adamsberg. Voor de centen en voor succes zouden ze hun ziel verkopen en ik ben ervan overtuigd dat ze dat ook gedaan hebben.'

'Verkocht aan Seigneur Hellequin', zei Danglard.

'Waarom niet, inspecteur. Ik ben hier niet de enige die dat denkt. Toen de boerderij van Le Buisson afbrandde, gaven ze nog geen cent bij de collecte om de familie te helpen. Zo zijn ze. Ze beschouwen alle inwoners van Ordebec als boerenkinkels die hun aandacht niet waard zijn.'

'Op grond van welk motief hebt u het eerste onderzoek ingesteld?'

'Op grond van het essentieel belang dat Glayeux erbij had om zich te ontdoen van zijn collega. De kleine Tétard – zo heette hij – was veel jonger dan hij, maar hij werd goed in zijn vak, uitstekend zelfs. Gemeentes hier in de regio begonnen hem opdrachten te verstrekken, want ze hadden hem liever dan Glayeux. Het was duidelijk dat die knaap Glayeux in korte tijd eruit zou werken. Een maand voor zijn val had de stad Coutances – kent u de kathedraal?'

'Jazeker', zei Danglard.

'Had Coutances net Tétard gekozen om een van de ramen van het dwarsschip te restaureren. Dat was niet niks. Als die knaap dat karwei tot een goed einde bracht, had dat zijn doorbraak betekend. En was Glayeux nagenoeg verloren, en vernederd. Maar Tétard is gevallen. En de stad Coutances heeft zijn toevlucht genomen tot Glayeux.'

'Natuurlijk', mompelde Adamsberg. 'Wat heeft het onderzoek van de steiger opgeleverd?'

'Die was niet volgens de regels, de planken waren niet goed aan de metalen buizen bevestigd, er zat speling in de verbindingen. Glayeux en Tétard werkten aan verschillende ramen, dus op verschillende planken. Glayeux hoefde 's nachts maar een paar touwen los te halen of een plank te verplaatsen – hij had tijdens de werkzaamheden de sleutel van de kerk – en die in een wankel evenwicht op de rand van de buis neer te leggen. En het was bekeken.'

'Dat kun je nooit bewijzen.'

'Nee', zei Émeri verbitterd. 'We konden Glayeux niet eens een professionele fout ten laste leggen, want Tétard had de verantwoordelijkheid op zich genomen om samen met een neef de steiger op te zetten. Bij Mortembot evenmin een bewijs. Hij was niet in het magazijn toen zijn moeder viel, hij was in de winkel de bestellingen aan het opbergen. Maar het is een koud kunstje om op afstand een trapje te laten omvallen. Je hoeft maar een touw aan een poot vast te maken en vanuit de verte te trekken. Toen hij het lawaai hoorde, is Mortembot erop afgerend, samen met een winkelbediende. Maar er was geen touw.'

Émeri keek nogal nadrukkelijk naar Adamsberg, alsof hij hem wilde uitdagen om de oplossing te vinden.

'Hij heeft er geen knoop in gelegd,' zei Adamsberg, 'hij heeft het touw gewoon om de poot van het trapje heen gelegd. Daarna hoefde hij vanaf de plek waar hij stond alleen maar aan een van de uiteinden te trekken om het touw in zijn geheel naar zich toe te halen. Dat duurt hooguit een paar seconden, als het een glad touw is.'

'Precies. En dat laat geen sporen achter.'

'Niet iedereen kan ergens broodkruim achterlaten.'

Émeri schonk zich nog een kop koffie in en begreep dat je een groot aantal zinnen van Adamsberg beter onbeantwoord kon laten. Hij had in de reputatie van deze politieman geloofd, maar zonder een voorbarig oordeel te vellen leek het duidelijk dat Adamsberg niet bepaald de normale weg volgde. Of dat hij niet normaal was. Een rustig type in ieder geval, dat hem, zoals hij had gehoopt, bij dit onderzoek niet op een zijspoor zou zetten.

'Kon Mortembot niet met zijn moeder overweg?'

'Voor zover ik weet wel. Hij was zelfs nogal gedwee tegenover haar. Afgezien van het feit dat zijn moeder verontwaardigd was dat haar zoon met zijn neef samenwoonde, omdat Glayeux homo was en ze zich daarvoor schaamde. Ze viel hem daar voortdurend mee lastig, ze eiste dat hij weer thuis kwam wonen of anders zou ze hem een deel van de erfenis onthouden. Mortembot accepteerde dat om met rust gelaten te worden, maar hij veranderde niets aan zijn leven. En dan begonnen de scènes weer opnieuw. De poen, de winkel en de vrijheid, dat wilde hij. Hij vond waarschijnlijk dat haar tijd erop zat, ik stel me zo voor dat Glayeux hem heeft aangemoedigd. Het was het soort vrouw dat honderdtien wordt en dan nog met de winkel bezig is. Ze was maniakaal maar ze had geen ongelijk. Sinds haar dood schijnen de planten er in kwaliteit op achteruit te zijn gegaan. Hij verkoopt fuchsia's die doodgaan zodra het winter

wordt. Terwijl je van goeden huize moet komen om een fuchsia aan zijn eind te helpen. Hij knoeit met het stekken, zeggen ze.'
'Ja ja', zei Adamsberg, die nog nooit had gestekt.
'Ik heb ze allebei zo ver in het nauw gedreven als ik kon, met voorlopige hechtenis zonder slaap en de hele santenkraam. Glayeux bleef minachtend grijnzen, hij wachtte gewoon tot het over was. Mortembot had nog niet eens het fatsoen om te doen alsof hij zijn moeders dood betreurde. Hij werd de enige eigenaar van de boomkwekerij en haar filialen, een heel grote zaak. Hij is van het flegmatieke soort, een grote lobbes, hij reageerde op geen enkele provocatie of dreigement. Ik kon niets beginnen, maar volgens mij zijn het allebei moordenaars, van het meest berekenende en cynische soort. En als Seigneur Hellequin bestond, ja, dan zou hij zulke mannen uitkiezen om met zich mee te voeren.'
'Hoe nemen ze de bedreiging van het Woeste Leger op?'
'Zoals ze het onderzoek hebben opgenomen. Het kan ze geen moer schelen en ze beschouwen Lina als een hysterische malloot. Of zelfs een moordenares.'
'Wat misschien ook niet onwaar is', zei Danglard, die zijn ogen half dichthield.
'Jullie zullen kennismaken met de familie. Kijk niet raar op, de broers zijn alle drie even achterlijk. Ik heb het je gezegd, Adamsberg, ze hebben redenen genoeg. Hun vader heeft hen echt afgetuigd. Maar als je wilt dat alles goed gaat, stap dan nooit plotseling op Antonin af.'
'Is hij gevaarlijk?'
'Integendeel. Hij wordt bang zodra je in zijn buurt komt, en de hele familie staat als één man om hem heen. Hij is ervan overtuigd dat zijn lichaam gedeeltelijk van klei is.'
'Dat heb je me verteld.'
'Van brokkelige klei. Antonin denkt dat hij zal breken als hij een te harde klap krijgt. Volkomen geschift. Verder lijkt hij normaal.'
'Werkt hij?'

'Hij zit wat op zijn computer te rommelen zonder de deur uit te gaan. En je moet ook niet verbaasd zijn als je niet alles begrijpt wat de oudste zoon zegt, Hippolyte, die door iedereen Hippo wordt genoemd, zodat je hem op den duur met een nijlpaard associeert. Wat niet zo slecht bij hem past, zowel wat zijn postuur als zijn gewicht betreft. Als hij ervoor in de stemming is, zegt hij zijn zinnen achterstevoren.'
'De lettergrepen?'
'Nee, hij draait de woorden letter voor letter om.'
Émeri zweeg even om na te denken en haalde toen, schijnbaar met iets anders bezig, een blad papier en een potlood uit zijn schoudertas.
'Stel dat hij wil zeggen: "Hoe gaat het, commissaris?" Nou, dat wordt dan' – en Émeri deed zijn best om het letter voor letter op papier te krijgen – '"Eoh taag teh, sirassimmoc?"'
Daarna gaf hij het blaadje aan Adamsberg, die het stomverbaasd bekeek. Danglard had zijn ogen weer geopend, alert omdat zich onverwacht een nieuw intellectueel experiment aandiende.
'Maar je moet een genie zijn om dat te kunnen', zei Adamsberg met gefronste wenkbrauwen.
'Het is ook een genie. Dat zijn ze in hun soort allemaal in die familie. Daarom hebben ze hier respect voor ze en komen ze niet te dicht in hun buurt. Een beetje zoals met bovennatuurlijke wezens. Sommigen vinden dat je ze uit de weg moet ruimen, anderen zeggen dat het heel gevaarlijk is om ermee in contact te komen. Hippolyte heeft, met al zijn talenten, nog nooit een baan gezocht. Hij zorgt voor het huis, de moestuin, de boomgaard en het pluimvee. Ze zijn daar nogal selfsupporting.'
'En de derde broer?'
'Martin is minder indrukwekkend, maar schijn bedriegt. Het is een lange sladood met grote klauwen. Hij verzamelt allerlei beestjes in de wei en in het bos om op te eten, sprinkhanen, rupsen, vlinders, mieren, weet ik het. Het is weerzinwekkend.'
'Eet hij ze rauw?'

'Nee, hij kookt ze. Als hoofdgerecht of als specerij. Walgelijk. Maar hij heeft hier in de buurt een kleine klantenkring voor zijn mierenjam vanwege de geneeskrachtige werking.'

'Eet de hele familie daarvan mee?'

'Vooral Antonin. Aanvankelijk is Martin vanwege hem insecten gaan verzamelen, om zijn klei te verstevigen. Die in het taaltje van Hippolyte "ielk" heet.'

'En de dochter? Afgezien van het feit dat ze het Woeste Leger ziet?'

'Valt verder niets over te melden, behalve dat ze probleemloos de omgekeerde zinnen van haar broer Hippolyte begrijpt. Dat is niet zo moeilijk als zinnen máken, maar het vergt toch een deksels goed brein.'

'Laten ze bezoekers binnen?'

'Ze zijn heel gastvrij voor wie bereid is bij hen thuis te komen. Open en best vrolijk, zelfs Antonin. Degenen die bang voor hen zijn, zeggen dat die hartelijkheid geveinsd is om mensen naar hun huis te lokken en dat je, eenmaal binnen, verloren bent. Ze mogen mij niet om de redenen die ik genoemd heb, en omdat ik ze als idioten beschouw, maar als je mij erbuiten laat, gaat het goed.'

'Wie was er intelligent? De vader, de moeder?'

'Geen van beiden. Je hebt in Parijs de moeder al gezien, als ik me niet vergis. Ze is heel gewoontjes. Ze gaat stilletjes haar gang en helpt het huishouden te bestieren. Als je haar een plezier wilt doen, moet je bloemen voor haar meebrengen. Dat vindt ze heerlijk, want van het beestmens – haar man – kreeg ze die nooit. Vervolgens hangt ze ze ondersteboven te drogen.'

'Waarom zeg je "beestmens"?'

Émeri stond grijnzend op.

'Ga daar eerst maar eens kijken. Maar voor die tijd', voegde hij er met een lachje aan toe, 'moet je eens over de weg van Bonneval lopen en een beetje aarde oppakken en in je zak stoppen. Ze zeggen hier dat dat beschermt tegen de krachten van Lina. Vergeet niet dat die meid de klapdeur is in de muur die de levenden van de doden scheidt. Met een kluitje aarde zit je goed. Maar aangezien het allemaal niet zo eenvoudig is, moet je minstens een meter bij haar vandaan blijven want ze zeggen dat ze ruikt, met haar neus bedoel ik, of je aarde van de weg bij je hebt. En daar houdt ze niet van.'

Terwijl Adamsberg naast Danglard naar de auto liep, legde hij zijn hand op zijn broekzak en vroeg zich af welke geest hem al veel eerder het idee had ingefluisterd om een brokje aarde van Bonneval op te rapen. En waarom hij dat stukje bij zich had.

22

Adamsberg stond te wachten voor het advocatenkantoor – Deschamps en Poulain – in een hooggelegen straatje van Ordebec. Het leek alsof je, vanaf willekeurig welk punt hoog in het stadje, tot standbeeld verstilde koeien in de schaduw van de appelbomen zag staan. Lina kon elk moment naar buiten komen voor hun afspraak, hij zou geen tijd hebben om er een te zien bewegen. Misschien leverde het vanuit dat oogpunt meer op om er maar eentje te observeren in plaats van het hele veld af te tasten.

Hij had niet overhaast te werk willen gaan door Lina Vendermot op de gendarmerie te ontbieden, en daarom had hij haar uitgenodigd in Le sanglier bleu, waar ze onder de lage balken ongestoord met elkaar konden praten. Aan de telefoon had haar stem hartelijk geklonken, zonder vrees of gêne. Door zich op een koe te concentreren probeerde Adamsberg zijn verlangen te verjagen Lina's boezem te zien, sinds brigadier Blériot zich daar spontaan zo lovend over had uitgelaten. En ook de gedachte te verjagen, als zij zo vrij was in de seksuele omgang als Émeri had beweerd, zomaar met haar naar bed te kunnen gaan. Dit team van Ordebec dat uitsluitend uit mannen bestond, had iets treurigs, vond hij. Maar niemand zou het waarderen als hij met een vrouw naar bed ging die bovenaan stond op de zwarte lijst van verdachten. Zijn mobieltje nummer twee gaf aan dat hij een sms'je had ontvangen en hij keerde zich naar de schaduw om het te lezen. Retancourt, eindelijk. De gedachte dat Retancourt in haar eentje in de onderzeese afgrond van de familie Clermont-Brasseur was gedoken, had hem de vorige avond behoorlijk gekweld voordat hij in slaap was gevallen in de kuil van het wollen matras. Er zwommen zo veel roofvissen diep in de zee rond. Retancourt had in het verleden aan diepzeeduiken gedaan en ze had ijskoud de ruwe huid van een paar ervan aangeraakt. Maar menselijke rovers waren veel erger dan roofvissen, waarvan de gewone naam – haaien – hem op dat moment was ontschoten.

Avond misdrijf: Verlosser 1 + Vl 2 + vader aanwezig op gala van FSI, Federatie Staal Ind. Veel gedronken, natrekken. Vl 2 bestuurde Mercedes en heeft pol. gebeld. Vl 1 alleen eerder in eigen auto naar huis. Later geïnformeerd. Pakken Vl 1 en Vl 2 niet naar stomerij. Onderzoek: smetteloos, geen benzinelucht. Een pak Vl 1 gestoomd, maar niet dat van feest. Bijgaand foto's pakken gedragen op feest + foto's beide broers. Onsympathiek tegen personeel.

Adamsberg liet op het schermpje de foto's verschijnen van een blauw pak met een dun krijtstreepje, gedragen door Christian Verlosser 1, en van het jasje gedragen door Christophe Verlosser 2, in de schippersstijl van een jachteigenaar. Wat hij wellicht in tweede instantie was. Het is niet ongebruikelijk voor menselijke haaien om jachten te bezitten waarop ze uitrusten na hun lange omzwervingen in zee, en na een paar inktvissen te hebben verslonden. Er volgde een foto van Christian voor driekwart in beeld, erg elegant, ditmaal met kort haar, en een van zijn broer, zwaarlijvig en zonder enige charme.

Meester Deschamps verliet zijn kantoor eerder dan zijn ambtgenote en hij keek aandachtig naar rechts en naar links voordat hij het kleine straatje overstak en recht op Adamsberg afliep, met haastige, gekunstelde tred, passend bij de stem die hij vanochtend aan de telefoon had gehoord.

'Commissaris Adamsberg,' zei Deschamps, hem de hand schuddend, 'dus u komt ons helpen. Dat stelt me gerust, ja, beslist. Ik maak me zorgen over Caroline, beslist.'

'Caroline?'

'Lina, zo u wilt. Op kantoor noemen we haar Caroline.'

'En Lina,' vroeg Adamsberg, 'maakt zij zich zorgen?'

'Zo ja, dan wil ze dat niet laten merken. Natuurlijk stelt deze hele geschiedenis haar niet op haar gemak, maar ik geloof niet dat ze beseft wat voor gevolgen dit voor haar en haar familie kan hebben. Uitgestoten worden door de stad, wraak, of God mag weten wat. Het is erg zorgwekkend, beslist. U schijnt er gisteren wonder boven wonder in geslaagd te zijn Léone aan het praten te krijgen.'

'Ja.'

'Zou u het bezwaarlijk vinden me toe te vertrouwen wat ze heeft gezegd?'

'Nee hoor, meester. "Hello", "Flem" en "Suiker".'

'Hebt u daar iets aan?'

'Niets.'

Adamsberg had de indruk dat de kleine Deschamps opgelucht was, misschien omdat Léo Lina's naam niet had genoemd.

'Denkt u dat ze weer zal spreken?'

'De arts heeft haar opgegeven. Is dat Lina?' vroeg Adamsberg toen hij zag dat de deur van het kantoor openging.

'Ja. Maak haar niet van streek, alstublieft. Het is een zwaar leven, weet u, anderhalf salaris om vijf monden te voeden, plus het kleine pensioentje van haar moeder. Dat is beslist een duivels karwei. Pardon,' vervolgde hij direct, 'dit is niet wat ik bedoelde. Zoek er vooral niets achter', voegde de advocaat eraan toe voordat hij snel wegliep, bijna alsof hij op de vlucht sloeg.

Adamsberg schudde Lina de hand.

'Dank u dat u bereid was te komen', zei hij zakelijk.

Lina was geen perfecte verschijning, integendeel. Ze had een te grote boezem voor haar te dunne benen, een klein buikje, een wat ronde rug en iets vooruitstaande tanden. Maar ja, de brigadier had gelijk, ze had een boezem om op te vreten, en de rest erbij, haar strakke huid, haar mollige armen, haar frisse, ietwat brede gezicht met rode, hoge jukbeenderen, heel Normandisch, en overal sproeten, die haar als gouden stipjes sierden.

'Ik ken Le sanglier bleu niet', zei Lina.

'Die zit tegenover de bloemenmarkt, op twee passen hiervandaan. Het is niet erg duur en het eten is er heerlijk.'

'Tegenover de markt zit Le sanglier courant.'

'O ja, courant.'

'Maar niet bleu.'

'Nee, niet bleu.'

Terwijl hij met haar door de straatjes liep, werd Adamsberg zich ervan bewust dat hij haar nog liever wilde opeten dan dat hij met haar naar bed ging. Deze vrouw wekte een mateloze trek bij hem op, waardoor hij ineens dacht aan het reusachtige stuk sponzige, warme tulband met honing dat hij als kind had verzwolgen bij een tante in de Elzas. Hij koos een tafel uit bij een raam terwijl hij zich afvroeg hoe hij op correcte wijze een verhoor kon afnemen bij een stuk tulband met honing, want dat was precies de kleur van Lina's haar, dat in grote krullen tot op haar schouders hing. Schouders die de commissaris niet goed kon zien, want Lina droeg een lange, blauwe zijden sjaal, nogal bizar voor hartje zomer. Adamsberg had geen openingszin voorbereid, hij wilde haar liever eerst zien en dan improviseren. Maar nu Lina hier met haar blonde donshaar stralend tegenover hem zat, kon hij haar niet meer in verband brengen met het duistere spookbeeld van het Woeste Leger, met de vrouw die angstaanjagende dingen ziet en doorgeeft. Maar die vrouw was ze. Ze gaven hun bestelling op, waarna ze allebei een moment in afwachting zwegen, terwijl ze af en toe een stukje brood namen. Adamsberg bekeek haar even. Ze had nog steeds een fris en oplettend gezicht, maar ze deed geen moeite hem te helpen. Hij was politieman, zij had een storm in Ordebec doen losbarsten, hij verdacht haar, zij wist dat iedereen dacht dat ze gek was; zo waren de kaarten geschud. Hij schoof wat opzij en richtte zijn blik op de houten bar.

'Het zou weleens kunnen gaan regenen', zei hij uiteindelijk.

'Ja, het betrekt in het westen. Misschien vannacht.'

'Of vanavond. Alles is bij u begonnen, mevrouw Vendermot.'

'Zeg maar Lina.'

'Alles is bij u begonnen, Lina. En dan heb ik het niet over de regen, maar over de storm die in Ordebec rondwaart. En niemand weet nog waar deze storm zal eindigen, hoeveel slachtoffers hij zal maken, en of hij niet van richting zal veranderen en op u af zal razen.'

'Het is helemaal niet bij mij begonnen', zei Lina en ze trok aan haar sjaal. 'Het komt allemaal door de Troep van Hellequin. Die is voorbijgetrokken en die heb ik gezien. Wat kan ik eraan doen? Er waren vier geronselden bij, er zullen vier doden vallen.'

'Maar u bent degene die erover heeft gesproken.'

'Degene die het Leger ziet is verplicht om dat te melden, dat is hij verplicht. Dat kunt u niet begrijpen. Waar komt u vandaan?'

'Uit de Béarn.'

'Nee, dan begrijpt u het echt niet. Het is een Leger dat door de noordelijke landen waart. Wie is gezien, kan proberen zich te beschermen.'

'De geronselden?'

'Ja. Daarom moeten we erover praten. Het komt zelden voor dat een geronselde zich weet te bevrijden, maar het is weleens gebeurd. Glayeux en Mortembot verdienen het niet om te leven, maar ze hebben nog een kans om zich te redden. Ze hebben recht op die kans.'

'Hebt u een persoonlijke reden om ze te verafschuwen?'

Lina wachtte totdat hun gerechten waren geserveerd voordat ze antwoord gaf. Ze had duidelijk honger of zin in eten, en keek naar het voedsel met een blik vol verlangen. Het leek Adamsberg niet meer dan logisch dat zo'n appetijtelijke vrouw met zo'n oprechte eetlust was begiftigd.

'Niet persoonlijk', zei ze, waarna ze zich meteen op haar bord richtte. 'Het is bekend dat het allebei moordenaars zijn. We proberen de omgang met hen te mijden en ik was niet verbaasd toen ik zag dat ze in handen van de Troep gevallen waren.'

'Net als Herbier?'

'Herbier was een weerzinwekkende figuur. Hij moest altijd ergens op schieten. Maar hij was gestoord. Glayeux en Mortembot zijn niet gestoord, zij doden als het hun uitkomt. Beslist nog erger dan Herbier.'

Adamsberg dwong zichzelf om sneller te eten dan hij gewend

was om het tempo van de jonge vrouw bij te houden. Hij wilde niet graag tegenover haar komen te zitten met zijn bord nog halfvol.

'Maar om het Woeste Leger te zien, moet je ook gestoord zijn, zeggen ze. Of liegen.'

'Dat kunt u denken. Maar ik zie het en daar kan ik niets aan doen. Ik zie het op de weg, ik ben op die weg, terwijl mijn slaapkamer drie kilometer verderop is.'

Lina was nu bezig met de punt van haar vork stukjes aardappel door een roomsaus te halen, waarbij ze een verbazingwekkende energie en gedrevenheid aan de dag legde. Een haast genante gulzigheid.

'Je kunt ook zeggen dat het om een visioen gaat', ging Adamsberg verder. 'Een visioen waarin u personages opvoert die u haat. Herbier, Glayeux, Mortembot.'

'Ik heb allerlei artsen bezocht, weet u', zei Lina, die met intens genot haar mond leegt. 'Ze hebben me in het ziekenhuis van Lisieux twee jaar lang aan een hele serie lichamelijke en psychiatrische onderzoeken onderworpen. Ze waren geïnteresseerd in het fenomeen vanwege de heilige Theresia, natuurlijk. U zoekt een geruststellende verklaring, die heb ik ook gezocht. Maar die is er niet. Er is geen gebrek aan lithium of andere stoffen geconstateerd, waardoor je ergens de Maagd Maria ziet of stemmen hoort. Ze vonden me evenwichtig, stabiel en zelfs heel redelijk. En ze hebben me zonder een diagnose aan mijn lot overgelaten.'

'Wat zou de diagnose dan moeten zijn, Lina? Dat het Woeste Leger bestaat, dat het echt voorbijtrekt over de weg van Bonneval en dat u het werkelijk ziet?'

'Ik kan niet met zekerheid zeggen dat het bestaat, commissaris. Maar ik weet zeker dat ik het zie. Voor zover we weten is er in Ordebec altijd iemand geweest die het Leger voorbij ziet komen. Misschien is daar een oude wolk, rook, onvrede of een herinnering blijven hangen. Misschien loop ik daardoorheen zoals je door nevel heen loopt.'

'En hoe ziet die Seigneur Hellequin eruit?'

'Erg knap', antwoordde Lina snel. 'Hij heeft een prachtig, ernstig gezicht en smerig, blond haar dat tot aan zijn schouders over zijn harnas valt. Maar afschrikwekkend. Nou ja,' voegde ze er veel zachter en aarzelend aan toe, 'dat komt doordat zijn huid niet normaal is.'

Lina hield plotseling haar mond en at haastig haar bord leeg met een grote voorsprong op Adamsberg. Toen leunde ze achterover op haar stoel, en door haar gevulde maag leek ze nog stralender en meer ontspannen.

'Smaakte het?' vroeg Adamsberg.

'Fantastisch', reageerde ze eerlijk. 'Ik was hier nog nooit geweest. Dat kunnen we ons niet veroorloven.'

'We nemen nog kaas en een dessert', stelde Adamsberg voor, in de hoop dat de jonge vrouw zich dan volledig zou ontspannen.

'Eet eerst uw bord maar leeg', zei ze vriendelijk. 'U eet niet snel. Ze zeggen dat bij de politie alles haastig moet.'

'Ik kan niets haastig. Zelfs als ik ren, ga ik nog langzaam.'

'Het bewijs is', onderbrak Lina hem, 'dat toen ik het Leger voor het eerst voorbij zag trekken, niemand me er ooit over had verteld.'

'Maar ze zeggen dat iedereen in Ordebec het kent, zelfs zonder erover te zijn ingelicht. Je schijnt het bij je geboorte mee te krijgen, bij de eerste ademhaling, bij het eerste slokje melk.'

'Niet bij mijn ouders. Ze hebben altijd nogal geïsoleerd geleefd. U hebt vast al gehoord dat mijn vader niet iemand was met wie je omging.'

'Ja.'

'En dat klopt. Toen ik mijn moeder vertelde wat ik had gezien – en ik huilde veel in die tijd, ik gilde – dacht ze dat ik ziek was, dat ik aan een of andere "zenuwaandoening" leed, zoals dat toen nog werd genoemd. Zij had nooit gehoord van de Troep van Hellequin, en mijn vader evenmin. Trouwens, hij kwam vaak laat thuis van de jacht en dan nam hij de weg van Bonneval. Terwijl iedereen die het verhaal kent die weg 's avonds nooit zal nemen. Zelfs degenen die er niet in geloven mijden hem.'

'Wanneer was die eerste keer?'

'Toen ik elf was. Het gebeurde precies twee dagen nadat de schedel van mijn vader met een bijl in tweeën was gekliefd. Voor mij een *île flottante*,' zei ze tegen de serveerster, 'met veel geschaafde amandelen.'

'Een bijl?' vroeg Adamsberg ietwat wezenloos. 'Is uw vader zo aan zijn einde gekomen?'

'Als een varken gekliefd, precies', zei Lina, die de handeling heel kalm imiteerde door met de zijkant van haar hand op de tafel te slaan. 'Een klap op zijn schedel en een klap op zijn borstbeen.'

Adamsberg registreerde deze afwezigheid van emoties en besefte dat zijn honingtulband weleens niet zo zacht kon zijn.

'Daarna heb ik lang nachtmerries gehad, van de dokter kreeg ik kalmeringsmiddelen. Niet vanwege mijn in tweeën gehakte vader, maar omdat de gedachte dat ik de ruiters weer zou zien me doodsangst aanjoeg. Snapt u, ze zijn half in ontbinding, net als het gezicht van Seigneur Hellequin. Aangetast', voegde ze er met een lichte huivering aan toe. 'Die mensen en beesten beschikken niet meer over al hun ledematen, ze gaan gruwelijk tekeer, maar het geschreeuw van de levenden die ze met zich meesleuren is nog erger. Gelukkig is er toen acht jaar lang niets gebeurd en ik dacht dat ik ervan was bevrijd en alleen in mijn kindertijd aan die "zenuwaandoening" had geleden. Maar op mijn negentiende heb ik het opnieuw gezien. U hoort wel, commissaris, dit is geen leuk verhaal, dit is geen verhaal dat ik bedenk om op te scheppen. Het is een afschuwelijk noodlot, ik heb twee keer zelfmoord willen plegen. Toen heeft een psychiater uit Caen me zover gekregen dat ik ondanks alles met het Leger kan leven. Het hindert me, ik heb er last van, maar het belet me niet langer in mijn reilen en zeilen. Denkt u dat ik nog wat extra amandelen kan vragen?'

'Natuurlijk', zei Adamsberg terwijl hij zijn hand opstak naar de serveerster.
'Wordt het dan niet te duur?'
'De politie betaalt.'
Lina lachte, waarbij ze met haar lepel zwaaide.
'Dat is voor het eerst dat de politie het gelag betaalt', zei ze.
Adamsberg keek haar niet-begrijpend aan.
'Het gelag betaalt', legde Lina uit. 'De politie betaalt. Een woordspeling. Een grapje.'
'Ach, natuurlijk', zei Adamsberg glimlachend. 'Sorry, ik ben niet zo scherp. Vindt u het vervelend om nog even door te praten over uw vader? Zijn ze erachter gekomen wie hem heeft gedood?'
'Nooit.'
'Werd er iemand verdacht?'
'Natuurlijk.'
'Wie?'
'Ik', zei Lina, die weer glimlachte. 'Toen ik gebrul hoorde, rende ik naar boven en zag hem badend in het bloed in zijn kamer liggen. Mijn broer Hippo, die toen nog maar acht was, zag mij met de bijl, en dat heeft hij de gendarmes verteld. Hij was zich van geen kwaad bewust, hij beantwoordde hun vragen.'
'Hoezo, met de bijl?'
'Die had ik opgepakt. De gendarmes dachten dat ik de steel had schoongemaakt, want ze vonden geen vingerafdrukken behalve de mijne. Uiteindelijk hebben ze me, dankzij de tussenkomst van Léo en de graaf, met rust gelaten. Het raam van de slaapkamer stond open, de moordenaar kon makkelijk daarlangs vluchten. Niemand mocht mijn vader, net zomin als ze Herbier mochten. Elke keer als hij gewelddadig werd, zeiden de mensen dat dat kwam doordat de kogel in zijn kop omdraaide. Als kind begreep ik dat niet.'
'Ik ook niet. Wat draaide er om?'
'De kogel. Mijn moeder verzekert ons dat hij vóór de Algerijnse oorlog, toen ze met hem trouwde, min of meer een goede

vent was. Later heeft hij die kogel opgelopen, die ze niet uit zijn hoofd konden halen. Hij werd toen ongeschikt verklaard voor het veldwerk en werd ingedeeld bij de inlichtingendivisie. Als folteraar, hè. Ik laat u even alleen, ik ga buiten een sigaretje roken.'

Adamsberg liep met haar mee en haalde een halfgeplette sigaret uit zijn zak. Hij zag haar honingtulbandkleurige haren nu van heel dichtbij, heel vol haar voor een vrouw uit Normandië. En de sproeten op haar schouders, als haar sjaal weggleed, die ze meteen weer omhoogtrok.

'Sloeg hij u?'
'En die van u, sloeg die?'
'Nee. Die was schoenmaker.'
'Dat heeft er niets mee te maken.'
'Nee.'
'Hij heeft mij nooit aangeraakt. Maar mijn broers heeft hij tot moes geslagen. Toen Antonin een baby was, heeft hij hem bij zijn voetje vastgepakt en hem de trap af gegooid. Zomaar. Veertien botbreuken. Hij heeft een jaar in het gips gezeten. Martin at niet. Hij moffelde zijn eten stiekem weg in het gat van de metalen tafelpoot. Toen mijn vader dat op een dag merkte, heeft hij hem de tafelpoot met een vishaak leeg laten halen en hem alles laten opvreten. Het was bedorven, natuurlijk. Zulk soort dingen.'

'En de oudste? Hippo?'
'Nog erger.'

Lina trapte haar sigaret op de grond uit en schoof de peuk netjes in de goot. Adamsberg haalde zijn mobieltje tevoorschijn – het tweede, het clandestiene – dat in zijn zak trilde. *Kom vanavond naar je toe, geef me je adres. LVB*

Veyrenc. Veyrenc, die zijn tulband onder zijn neus vandaan zou komen snoepen, die er met het stuk vandoor zou gaan, met zijn lieve gezicht en zijn meisjeslippen.

Niet nodig, alles gaat goed, sms'te Adamsberg terug.

Alles gaat niet goed. Geef je adres.

Is een belletje niet genoeg?
Geef je adres, verdomme.

Adamsberg ging weer aan tafel zitten en toetste met tegenzin het adres in van Léo's huis, terwijl zijn gezicht op onweer stond. Wolken die zich in het westen samenpakten, het zou vanavond gaan regenen.

'Problemen?'

'Er komt een collega aan', antwoordde Adamsberg terwijl hij het toestel in zijn zak stak.

'Dus wij gingen steeds naar Léo', vervolgde Lina zonder logica. 'Zij heeft ons opgevoed, zij en de graaf. Ze zeggen dat Léo het niet haalt, dat haar systeem het begeeft. Het schijnt dat u haar hebt gevonden. En dat ze even met u heeft gepraat.'

'Moment', zei Adamsberg en hij strekte zijn arm uit.

Hij haalde een pen uit zijn zak en schreef 'systeem' op zijn papieren servetje. Een woord dat de arts met de vissennaam al had gebruikt. Een woord dat zojuist een nevel voor zijn ogen had doen verschijnen en misschien een gedachte in die nevel, maar hij wist niet welke gedachte. Hij stopte het servetje weg en richtte zijn ogen weer op Lina, de wazige ogen van iemand die net uit bed is gestapt.

'Had u uw vader gezien in het Leger? Toen u elf was?'

'Er was een "geronselde", ja, een man. Maar er was vuur en veel rook, hij hield zijn handen krampachtig voor zijn gezicht en brulde. Ik weet niet zeker of hij het was. Maar ik vermoed van wel. Ik herkende in ieder geval zijn schoenen.'

'En de tweede keer, was er toen een "geronselde" bij?'

'Een oude vrouw. We kenden haar goed, ze gooide 's nachts steentjes naar de luiken van de huizen. Ze liep altijd verwensingen te mompelen, het was zo'n vrouw voor wie alle kinderen uit de buurt bang waren.'

'Was ze verdacht van moord?'

'Dat weet ik niet, ik geloof van niet. Op haar man misschien, hij is vrij vroeg gestorven.'

'Is zij dood?'

'Ze is negen dagen na de verschijning van het Leger rustig in haar slaap overleden. Daarna is de Troep niet meer langsgekomen totdat ik hem een maand geleden weer zag.'

'En de vierde "geronselde"? Hebt u die niet herkend? Een man, een vrouw?'

'Een man, maar ik weet het niet zeker. Want er was een paard over hem heen gevallen en zijn haren stonden in de brand, snapt u. Ik kon het niet goed zien.'

Ze legde haar hand op haar bolle buik, alsof ze met haar vingers wilde aangeven hoezeer de maaltijd die ze zo snel had verorberd haar had gesmaakt.

Het was half vijf toen Adamsberg lopend bij Léo's herberg aankwam, met een lichaam dat als verdoofd voelde doordat het tegen zijn verlangens had moeten vechten. Af en toe haalde hij het papieren servetje tevoorschijn, keek naar het woord 'systeem', en stak het weer bij zich. Het zei hem helemaal niets. Als er een gedachte achter zat, dan lag die waarschijnlijk heel diep verzonken, vastgeklemd onder een onderzeese rots, verhuld door bossen zeewier. Op een dag zou de gedachte zich losmaken en trillend naar de oppervlakte stijgen. Adamsberg kende geen andere manier van nadenken. Wachten, zijn net over het water uitgooien en dan kijken wat erin zat.

In de herberg stond Danglard met opgerolde hemdsmouwen te koken en ergens over uit te weiden, terwijl Zerk aandachtig toekeek.

'Het komt maar zelden voor', zei Danglard, 'dat de kleine teen er goed uitziet. Hij is meestal misvormd, krom en verschrompeld, en dan heb ik het nog niet eens over de nagel, die sterk verkleind is. Nu ze aan de ene kant goudbruin zijn, kun je de stukken omdraaien.'

Adamsberg leunde tegen de deurpost en zag hoe zijn zoon de instructies van de inspecteur opvolgde.

'Komt dat door onze schoenen?' vroeg Zerk.

'Door de evolutie. De mens loopt minder, de kleine teen atrofieert, hij is bezig te verdwijnen. Ooit, over enkele honderdduizenden jaren, is er alleen nog maar een stukje nagel over aan de zijkant van onze voet. Net als bij een paard. Schoenen maken het er niet beter op, uiteraard.'

'Hetzelfde geldt voor onze verstandskiezen. Daar is ook geen plaats meer voor.'

'Precies. De kleine teen is een beetje de verstandskies van de voet, zeg maar.'

'Of de verstandskies is de kleine teen van de mond.'

'Ja, maar als je het zo zegt, begrijp je het niet goed.'

Adamsberg kwam binnen en schonk zichzelf een kop koffie in.

'Hoe was het?' vroeg Danglard.

'Ik ben voor haar stralen bezweken.'

'Schadelijke stralen?'

'Nee, gouden. Ze is iets te dik, haar tanden staan naar voren, maar ik ben voor haar stralen bezweken.'

'Gevaarlijk', luidde Danglards commentaar op afkeurende toon.

'Ik geloof niet dat ik u ooit heb verteld over die honingtulband die ik als kind bij een tante heb gegeten. Zoiets dus, maar dan een meter vijfenzestig groot.'

'Bedenk wel dat die Vendermot een morbide gekkin is.'

'Mogelijk. Maar zo ziet ze er niet uit. Ze is tegelijk zelfverzekerd en kinderlijk, spraakzaam en bedachtzaam.'

'En haar kleine tenen zijn mogelijk lelijk.'

'En heel klein', vulde Zerk aan.

'Maakt me niet uit.'

'Als het er zo voor staat,' bromde Danglard, 'bent u niet langer geschikt voor dit onderzoek. Ik laat het eten aan u over en ik los u af.'

'Nee, ik ga om zeven uur haar broers een bezoekje brengen. Veyrenc komt vanavond, inspecteur.'

Danglard nam de tijd om een half glas water over de stukken kip te gieten, het deksel op de pan te doen en het gas lager te zetten.

'Je laat het zo een uur sudderen', zei hij tegen Zerk voordat hij zich weer tot Adamsberg wendde. 'We hebben Veyrenc niet nodig, waarom hebt u hem gevraagd om te komen?'

'Hij heeft zichzelf uitgenodigd en zonder reden. Danglard, waarom zou een vrouw, naar uw mening, met dit weer een sjaal over haar schouders dragen?'

'Voor het geval dat het gaat regenen', zei Zerk. 'In het westen is het bewolkt.'

'Om een gebrek te verbergen', overtroefde Danglard hem. 'Een puist of een teken van de duivel.'

'Maakt me niet uit', herhaalde Adamsberg.

'Mensen die het Woeste Leger zien, commissaris, zijn geen prettige, zonnige wezens. Het zijn duistere, schadelijke zielen. Voor hun stralen bezweken of niet, vergeet dat niet.'

Adamsberg gaf geen antwoord en haalde opnieuw het papieren servetje tevoorschijn.

'Wat is dat?' vroeg Danglard.

'Dit is een woord dat me niets zegt. "Systeem".'

'Wie heeft dat opgeschreven?'

'Ik natuurlijk, Danglard.'

Zerk knikte, alsof hij het volkomen begreep.

23

Lina liet hem binnen in de huiskamer, waar drie mannen hem terughoudend, zij aan zij aan een grote tafel, stonden op te wachten. Adamsberg had Danglard gevraagd met hem mee te gaan zodat hij zelf kon constateren hoezeer ze straalde. Moeiteloos herkende hij de jongere broer, Martin, degene die lang, mager en donker was als een dorre tak, degene die het bedorven, in de tafelpoot opgehoopte voedsel had moeten opeten. Hippolyte, de oudste broer, een jaar of veertig, had een groot blond hoofd dat nogal op dat van zijn zus leek, maar dan zonder het sprankelende. Hij was lang en stevig gebouwd, en hij stak hem een grote, enigszins misvormde hand toe. Aan het uiteinde van de tafel stond Antonin angstig te kijken hoe ze dichterbij kwamen. Hij was even donker en tenger als zijn broer Martin, maar beter geproportioneerd, en hij hield zijn over elkaar geslagen armen beschermend voor zijn ingevallen buik. Hij was de jongste, degene die van klei was. Een jaar of vijfendertig, maar misschien leek dat zo door zijn smalle gezicht, waarin zijn angstige ogen te groot leken. Vanuit haar stoel in een hoek van de kamer knikte de moeder hun slechts toe. Ze had haar bloemetjesblouse verruild voor een oude grijze overhemdblouse.

'Émeri hadden we nooit binnengelaten', verklaarde Martin met de snelle, schokkerige motoriek van een lange sprinkhaan. 'Maar met u is het wat anders. We hebben op u gewacht met het aperitief.'

'Dat is aardig', zei Danglard.

'We zijn aardig', bevestigde Hippolyte op rustiger toon, terwijl hij de glazen op tafel zette. 'Wie van u tweeën is Adamsberg?'

'Ik', zei Adamsberg en hij ging zitten op een oude stoel waarvan de poten met touw waren verstevigd. 'En dit is mijn adjunct, inspecteur Danglard.'

Vervolgens zag hij dat alle stoelen met touw waren verstevigd, waarschijnlijk om te voorkomen dat ze braken en dat Antonin zou vallen. Ongetwijfeld om dezelfde reden waren er rubberen kussentjes op de deurposten gespijkerd. Het huis was groot, karig ingericht en armoedig, met het gehavende pleisterwerk, de multiplexmeubels, de tochtkieren onder de deuren en de bijna kale muren. Er klonk zo'n gesjirp in de kamer dat Adamsberg instinctief een vinger tegen zijn oor drukte, alsof het oorsuizen van maanden geleden weer was teruggekomen. Martin liep snel naar een gesloten, gevlochten mand.

'Ik breng dit even naar buiten', zei hij. 'Ze maken een geluid dat irritant is als je er niet aan gewend bent.'

'Dat zijn krekels', zei Lina zachtjes ter verklaring. 'Er zitten er een stuk of dertig in die mand.'

'Gaat Martin die vanavond echt opeten?'

'De Chinezen doen het ook,' verklaarde Hippolyte, 'en de Chinezen waren altijd al veel slimmer dan wij, al eeuwenlang. Martin maakt er een gevulde pastei van, met ei en peterselie. Ik eet ze liever in een quiche.'

'Krekelvlees maakt klei steviger', voegde Antonin eraan toe. 'De zon ook, maar dan moet je oppassen voor uitdroging.'

'Émeri heeft me erover verteld. Kampt u al lang met dit kleiprobleem?'

'Sinds mijn zesde.'

'Betreft het alleen de spieren of ook de gewrichtsbanden en de zenuwen?'

'Nee, het betreft de botten, gedeelten van de botten. Maar spieren zitten aan botten vast en ze functioneren minder goed op kleiachtige delen. Daarom ben ik niet zo sterk.'

'Nee, dat begrijp ik.'

Hippolyte opende een onaangebroken fles en schonk port in de glazen – oude mosterdglaasjes, dof geworden of niet goed schoon. Hij bracht een glas naar zijn moeder, die stilletjes in haar hoek was blijven zitten.

'Tioo laz teh nezeneg', zei hij met een brede glimlach.

'Ooit zal het genezen', vertaalde Lina.

'Hoe doet u dat?' mengde Danglard zich in het gesprek. 'De letters omkeren?'

'Je hoeft het woord in je hoofd maar achterstevoren te lezen. Wat is uw naam, uw volledige naam?'

'Adrien Danglard.'

'Neirda Dralgnad. Dat klinkt leuk, zeg, Dralgnad. U ziet dat het niet moeilijk is.'

En voor één keer voelde Danglard zich verslagen door een intelligentie die de zijne werkelijk overtrof, of waarvan op zijn minst een deel een enorme omvang had aangenomen. Verslagen en eigenlijk diepbedroefd. Het talent van Hippolyte leek de vloer aan te vegen met zijn afgezaagde, fantasieloze, klassieke vorming. Hij sloeg zijn port in één teug achterover. Een straf drankje, dat vast erg goedkoop was geweest.

'Wat verwacht u van ons, commissaris?' vroeg Hippolyte met zijn brede glimlach, die wel iets aantrekkelijks, iets vrolijks zelfs uitstraalde, maar niettemin vaag onheilspellend bleef. Misschien kwam dat gewoon doordat hij nog een aantal melktanden had, zodat zijn gebit een erg onregelmatige indruk maakte. 'Dat we u vertellen wat we op de avond van de dood van Herbier deden? Wanneer was dat eigenlijk?'

'27 juli.'

'Hoe laat?'

'Dat weten we niet precies, het lichaam is pas veel later gevonden. De buren hebben hem 's avonds tegen zessen zien vertrekken. Van zijn huis naar de kapel zal het een kwartier zijn, de laatste dertig meter heeft hij zijn brommer waarschijnlijk geduwd. De moordenaar stond hem daar op te wachten, zo rond kwart over zes dus. En het klopt, ik moet weten waar jullie waren.'

De drie broers en de zus keken elkaar aan alsof hun een idiote vraag was gesteld.

'Wat bewijst dat dan?' vroeg Martin. 'Als we tegen u liegen, wat doet u daar dan mee?'

'Als jullie tegen me liegen, leidt dat absoluut tot verdenking.'
'Maar hoe weet u dat dan?'
'Ik ben politieman, ik hoor duizenden leugens. Zo gaandeweg leer je noodgedwongen ze te herkennen.'
'Waaraan?'
'Aan iemands blik, het knipperen van de ogen, verkrampte gebaren, trillingen van de stem, de snelheid waarmee iemand spreekt. Alsof de persoon begint te hinken in plaats van gewoon te lopen.'
'Als ik u niet recht in de ogen kijk, bijvoorbeeld,' stelde Hippolyte voor, 'dan lieg ik?'
'Of juist niet', antwoordde Adamsberg glimlachend. 'De 27ste was een dinsdag. Ik zou graag willen dat Antonin als eerste zijn verhaal doet.'
'Oké', zei de jonge man terwijl hij opnieuw zijn armen op zijn buik over elkaar sloeg. 'Ik kom haast nooit buiten. Het is gevaarlijk voor me buiten, dat bedoel ik. Ik werk thuis, aan websites voor curiosa- en antiekbedrijfjes. Het is niet veel werk, maar toch werk. Op dinsdag kom ik nooit buiten. Dan is er markt en is het tot laat in de middag druk op straat.'
'Hij is niet buiten geweest', brak Hippolyte hem af, en hij vulde het enige glas van het gezelschap dat al leeg was, dat van Danglard. 'Ik ook niet. Ew neraw dlefijwtegno laamella siuht.'
'Hij zegt dat we ongetwijfeld allemaal thuis waren', zei Lina. 'Maar dat is niet zo, Hippo. Ik was nog laat op kantoor om een dossier af te ronden. We hadden een belangrijk pleidooi de 30ste die maand. Daarna ben ik naar huis gegaan om te koken. Martin is 's middags langs geweest op kantoor om honing te brengen. Hij had zijn manden bij zich.'
'Dat is waar', zei Martin, die aan zijn lange vingers trok om de gewrichtjes te laten knakken. 'Ik ben in het bos gaan rondscharrelen, tot een uur of zeven waarschijnlijk. Daarna is het te laat, dan keren de beestjes terug in hun holen.'
'Tad si raaw', gaf Hippo toe.
'Als er niets op tv is, spelen we na het eten vaak domino of

we dobbelen', zei Antonin. 'Dat is leuk', verklaarde hij in alle oprechtheid. 'Maar die avond kon Lina niet meespelen, zij las haar dossier nog eens door.'

'Teh si tein oz kuel sla ijz tein tleepseem.'

'Hou op, Hippo,' verzocht Lina hem snel, 'de commissaris is niet gekomen om zijn tijd met jou te verdoen.'

Adamsberg nam ze alle vijf op, de in haar stoel verschanste moeder, de scherpzinnige zus die voor hun natje en droogje zorgde en de drie idiote genieën van broers.

'De commissaris weet', begon Hippolyte, 'dat Herbier is afgemaakt omdat het een smeerlap was, en dat hij de beste vriend van onze vader was. Hij is dood omdat de Troep had besloten hem te ronselen. Wij hadden hem, als we dat hadden gewild, al veel eerder kunnen vermoorden. Wat ik niet begrijp is waarom Seigneur Hellequin onze vader eenendertig jaar geleden heeft geronseld en Herbier pas zo veel jaren later. Maar we worden niet geacht een mening te hebben over de plannen van Hellequin.'

'Lina zegt dat er nooit iemand is verdacht van de moord op jullie vader. Zelfs niet door u, Hippo? U die Lina met de bijl in haar hand hebt aangetroffen?'

'De moordenaar', antwoordde Hippo, terwijl hij met zijn misvormde hand een cirkel in de lucht trok, 'komt God mag weten waar vandaan, uit duistere rook. We zullen het nooit weten, en evenmin van Herbier en de andere drie geronselden.'

'Gaan die dood?'

'Vast en zeker', zei Martin en hij stond op. 'Sorry, maar het is tijd voor Antonins massage. Wanneer de klok half acht slaat. Als we ons niet aan de tijd houden, is dat niet goed. Maar ga rustig verder, we luisteren evengoed wel.'

Martin haalde een kom met een gelig mengsel uit de koelkast, terwijl Antonin voorzichtig zijn overhemd uittrok.

'Dit is voornamelijk sap van de stinkende gouwe met mierenzuur', lichtte Martin toe. 'Het prikt een beetje. Maar het werkt uitstekend als kleioplosser.'

Martin begon de zalf zachtjes op de knokige romp van zijn broer uit te smeren en Adamsberg begreep uit de paar blikken die werden gewisseld dat niemand van hen werkelijk geloofde dat Antonin voor de helft uit klei bestond. Maar ze leidden hun broer om de tuin, gaven hem een gevoel van zekerheid en verzorgden hem. De broer die in duizend stukjes was gebroken toen hun vader hem als baby van de trap af had gesmeten.

'Wij zijn aardig', zei Hippolyte nogmaals terwijl hij met een hand door zijn lange, blonde, enigszins vettige krullen streek. 'Maar we huilen niet om onze vader en ook niet om de smeerlappen die Lina in de Troep heeft gezien. Is u niets opgevallen aan mijn handen, commissaris?'

'Jawel.'

'Ik ben geboren met zes vingers aan iedere hand. Met een extra pink.'

'Hippo is een te gekke kerel', zei Antonin glimlachend.

'Het gebeurt niet vaak, maar het komt voor', zei Martin, die nu aan de linkerarm van zijn broer begon, waarbij hij de zalf op heel specifieke plekken aanbracht.

'Zes vingers aan je handen, dat is een teken van de duivel', vulde Hippo aan met een nog bredere glimlach. 'Dat hebben ze hier altijd beweerd. Alsof je in zulke onzin kunt geloven.'

'U gelooft in het Leger', zei Danglard terwijl hij met zijn blik om toestemming vroeg zichzelf nog een vinger port in te schenken, die zonder meer je reinste bocht was.

'We weten dat Lina het Leger ziet, dat is iets anders. En als zij het ziet, dan ziet zij het. Maar in tekens van de duivel en andere flauwekul geloven we niet.'

'Maar wel in doden die op een paard over de weg van Bonneval rijden.'

'Inspecteur Dralgnad,' zei Hippolyte, 'doden kunnen terugkeren zonder dat ze door God of de duivel zijn gezonden. Trouwens, Hellequin is hun Heer. En niet de duivel.'

'Dat is waar', zei Adamsberg, die niet wilde dat Danglard een twistgesprek over Lina's Leger begon.

Sinds enkele minuten volgde hij het gesprek minder aandachtig, want het lukte hem maar niet te bedenken hoe zijn naam omgekeerd zou klinken.

'Mijn vader schaamde zich vreselijk voor mijn handen met zes vingers. Ik moest wanten dragen, hij eiste dat ik met het bord op schoot at, zodat ik mijn handen niet op tafel zou leggen. Hij kon het niet aanzien en hij vond het vernederend dat hij zo'n zoon had voortgebracht.'

En opnieuw verscheen er een stralende glimlach op de gezichten van de broers en hun zus, alsof deze verdrietige geschiedenis van de zesde vinger hen hevig amuseerde.

'Vertel', vroeg Antonin, blij bij het vooruitzicht dit machtige verhaal nog eens te horen.

'Op een avond, ik was toen acht, heb ik mijn beide handen zonder wanten op tafel gelegd, waarop vader in een razernij ontstak die nog angstaanjagender was dan de woede van Hellequin. Hij greep zijn bijl. Dezelfde bijl waarmee hij later in tweeën is gehakt.'

'Dat kwam door de kogel die in zijn kop omdraaide', mengde de moeder zich ineens in het gesprek met een ietwat klaaglijke stem.

'Ja, ma, het kwam vast door die kogel', reageerde Hippolyte ongeduldig. 'Hij pakte mijn rechterhand en hakte de vinger eraf. Lina zegt dat ik flauwviel, dat ma stond te brullen, dat het bloed over de tafel droop, dat ma boven op hem sprong. Hij greep mijn linkerhand en de andere vinger ging er ook aan.'

'De kogel was gedraaid.'

'Helemaal omgedraaid, ma', zei Martin.

'Ma pakte me op en rende met me naar het ziekenhuis. Ik zou onderweg zijn doodgebloed als de graaf haar niet op straat had zien lopen. Hij kwam net terug van een heel chic feest, toch?'

'Heel chic', bevestigde Antonin terwijl hij zijn overhemd aantrok. 'En hij ging er plankgas met ma en Hippo vandoor, zijn mooie auto zat helemaal onder het bloed. Ik bedoel, de graaf is goed, de Troep zal hem nooit ronselen. Hij reed ma iedere dag naar het ziekenhuis zodat ze Hippo kon bezoeken.'

'De arts heeft het niet goed gehecht', merkte Martin wrevelig op. 'Als ze tegenwoordig een zesde vinger weghalen, is dat bijna onzichtbaar. Maar die Merlan – hij was er toen al – is een rund. Hij heeft zijn handen verknald.'

'Het doet er niet toe, Martin', zei Hippolyte.

'Wij gaan altijd naar het ziekenhuis in Lisieux, nooit naar Merlan.'

'Er zijn mensen', vervolgde Martin, 'die hun zesde vinger laten weghalen, maar die er daarna hun leven lang spijt van hebben. Ze beweren dat ze door afstand te doen van hun vinger, hun identiteit kwijt zijn. Hippo zegt dat hij daar geen last van heeft. Een meisje in Marseille is haar vingers in de afvalbak van het ziekenhuis gaan zoeken en heeft ze altijd in een potje bewaard. Kunt u zich dat voorstellen? We verdenken ma daar ook van, maar ze wil het niet zeggen.'

'Idioot', was de enige reactie van de moeder.

Martin veegde zijn handen aan een doek af en draaide zich met dezelfde innemende glimlach om naar Hippolyte.

'Vertel verder', zei hij.

'Alsjeblieft,' drong Antonin aan, 'vertel.'

'Dat hoeft toch niet per se', opperde Lina voorzichtig.

'Tad laz Grebsmada neihcssim tein po sijrp nellets. Hij is tenslotte een smeris.'

'Hij zegt dat u het misschien niet op prijs zult stellen', zei Lina.

'Grebsmada, is dat mijn naam?'

'Ja.'

'Dat doet aan het Servisch denken. Volgens mij klonk dat ongeveer net zo.'

'Hippo had een hond', zei Antonin. 'Dat dier was van hem alleen, ze waren altijd samen, ik was jaloers. Hij heette Suif.'

'Een beest dat hij perfect had afgericht.'

'Vertel, Hippo.'

'Twee maanden nadat hij mijn vingers eraf had gehakt, liet

mijn vader me voor straf in de hoek op de grond zitten. Dat was de avond waarop hij Martin had gedwongen alles op te eten wat hij in de tafelpoot had gestopt, en ik had het voor hem opgenomen. Ik weet het, ma, de kogel was weer gedraaid.'

'Ja schat, die was gedraaid.'

'Een paar keer om zijn as gedraaid, ma.'

'Hippo zat daar in elkaar gedoken in een hoekje', ging Lina verder, 'met zijn hoofd tegen Suif aan gedrukt. Toen fluisterde hij de hond iets in zijn oor en Suif reageerde als een furie. Hij vloog onze vader naar de keel.'

'Ik wilde dat hij hem doodbeet', verklaarde Hippo rustig. 'Dat bevel heb ik hem gegeven. Maar Lina gebaarde naar me dat ik de aanval moest stoppen, en ik riep naar Suif dat hij hem moest loslaten. Toen heb ik hem gevraagd de rest uit de tafelpoot op te eten.'

'Suif is er niet ziek van geworden,' voegde Antonin eraan toe, 'terwijl Martin vier dagen buikkrampen heeft gehad.'

'Later,' zei Hippolyte wat verdrietiger, 'toen vader met zijn keel gehecht uit het ziekenhuis kwam, heeft hij zijn geweer gepakt en Suif afgemaakt terwijl wij op school zaten. Hij legde het kadaver voor de deur neer, zodat we het bij thuiskomst al vanuit de verte zagen liggen. Op dat moment is de graaf me komen halen. Hij vond dat ik hier niet meer veilig was en hij heeft me een paar weken op het kasteel gehouden. En hij kocht een jong hondje voor me. Maar zijn zoon en ik konden niet goed met elkaar overweg.'

'Zijn zoon is een rund', verzekerde Martin.

'Nee enemeg kaztoolk', bevestigde Hippolyte.

Adamsberg keek Lina vragend aan.

'Een gemene klootzak', vertaalde ze met enige aarzeling.

'Een kaztoolk, dat past volgens mij wel', meende Danglard pedant.

'Vanwege die kaztoolk ben ik weer thuisgekomen, waarna ma me onder Lina's bed verborg. Ik woonde hier in het geheim en ma wist zich geen raad meer. Maar Hellequin bracht uitkomst, hij hakte vader in tweeën. En vlak daarna heeft Lina het voor het eerst gezien.'

'Het Woeste Leger?' vroeg Danglard.

'Ja.'

'Hoe klinkt dat omgekeerd?'

Hippolyte schudde beslist zijn hoofd.

'Nee, je mag de naam van het Leger niet omgekeerd uitspreken.'

'Ik begrijp het', zei Adamsberg. 'Hoelang na uw terugkeer van het kasteel is uw vader overleden?'

'Dertien dagen.'

'Door een slag met een bijl op zijn hoofd.'

'En zijn borstbeen', vulde Hippolyte opgewekt aan.

'Het beest was dood', bevestigde Martin.

'Het kwam door die kogel', mompelde de moeder.

'Uiteindelijk', vatte Hippolyte het samen, 'had Lina me nooit Suif moeten laten tegenhouden. Dan was die avond alles al voor elkaar geweest.'

'Dat kun je haar niet kwalijk nemen', zei Antonin terwijl hij voorzichtig zijn schouders ophaalde. 'Lina is gewoon te aardig.'

'Wij zijn aardig', bevestigde Hippolyte met een knikje.

Toen Lina opstond om afscheid te nemen, gleed haar sjaal op de grond en ze slaakte een kreetje. Met een elegant gebaar raapte Danglard hem op en legde hem weer om haar schouders.

'Wat vindt u ervan, inspecteur?' vroeg Adamsberg terwijl hij langzaam terugliep over de weg die naar Léo's herberg leidde.

'Mogelijk een familie van moordenaars,' zei Danglard bedachtzaam, 'erg op zichzelf, afgeschermd van de buitenwereld. Allemaal krankzinnig, woest, toegetakeld, hoogbegaafd en buitengewoon sympathiek.'

'Ik heb het over de uitstraling. Hebt u die nou opgemerkt? Al houdt ze zich in het bijzijn van haar broers wat op de achtergrond.'

'Die heb ik opgemerkt', erkende Danglard schoorvoetend.

'De honing op haar boezem en de rest. Maar het is een gemene uitstraling. Infrarood of ultraviolet of duivels licht.'

'Dat zegt u vanwege Camille. Maar Camille wil me alleen nog maar op mijn wangen kussen. Met zo'n specifieke, gerichte kus die betekent dat we nooit meer samen zullen slapen. Dat is hardvochtig, Danglard.'

'Een bescheiden straf gezien de toegebrachte schade.'

'Wat wilt u dan, inspecteur? Dat ik jarenlang onder een appelboom op Camille ga zitten wachten?'

'De appelboom is niet verplicht.'

'Dat de fabelachtige boezem van deze vrouw me niet opvalt?'

'Dat is het juiste woord', gaf Danglard toe.

'Momentje', zei Adamsberg en hij bleef midden op de weg staan. 'Sms van Retancourt. Onze geharnaste duiker in het roofvisrijke diepe.'

'Diepten', verbeterde Danglard hem terwijl hij zich naar het mobielschermpje boog. 'En "roofvisrijke" bestaat niet. Trouwens, een geharnaste duikt niet.'

Vl 1 avond brand erg laat thuisgekomen, niet op de hoogte. Ongeveer normaal gedrag. Zou zijn niet-betrokkenheid bevestigen. Maar was nerveus.

Hoezo nerveuz? toetste Adamsberg in.

'Je schrijft "nerveus" met een "s".'

'Zit me niet te vervelen, Danglard.'

Heeft een kamermeisje ontslagen.

Waarom?

Te lang om uit te leggen, niet van belang.

Leg toch maar uit.

Vl 1 gaf labrador suiker bij thuiskomst.

'Wat hebben mensen toch, Danglard, dat ze hun honden almaar suikerklontjes geven?'

'Ze willen geliefd zijn. Ga door.'

Labrador weigert. Kamerm neemt dier mee om suik te geven. Wei-

gert weer. Kamerm levert commentaar op suik. Vl 1 ontslaat haar op staande voet. Nerveus, dus.
   Omdat het de vr niet lukte hem suiker te laten eten?
   Niet van belang. Zei ik al. Stop.

Zerk kwam in grote passen op hen af met de fotocamera's om zijn schouder.
   'De graaf is langs geweest, hij wil je na het eten spreken, vanavond om tien uur.'
   'Is het dringend?'
   'Heeft hij niet gezegd, het was eerder een bevel.'
   'Wat is het voor man?'
   'Je begrijpt meteen dat hij graaf is. Hij is bejaard, elegant, kaal, en draagt een oud werkjasje van blauw katoen. Inspecteur, de kip is klaar.'
   'Heb je de room en kruiden er nog bij gedaan?'
   'Ja, op het laatste moment. Ik heb er de Vogel wat van gebracht, hij vond het heerlijk. Hij heeft de hele dag koeien zitten tekenen.'
   'En, tekent hij goed?'
   'Niet echt. Maar een koe is heel moeilijk. Moeilijker dan een paard.'
   'We eten die kip op, Danglard, en dan gaan we.'

24

Bij het vallen van de avond bracht Adamsberg zijn auto tot stilstand voor het hek van het kasteel van de graaf, op de heuvel tegenover het stadje Ordebec. Danglard kwam met zijn grote lichaam ongewoon lenig het voertuig uit en hij posteerde zich snel voor het gebouw, met beide handen aan het hek. Adamsberg bespeurde op zijn gezicht een welhaast pure vervoering zonder zwaarmoedigheid, een gemoedstoestand die Danglard slechts zelden bereikte. Hij wierp een blik op het grote kasteel van licht gesteente, dat voor zijn adjunct waarschijnlijk zoiets als een honingtulband was.

'Ik had al gezegd dat het u hier wel zou bevallen. Is het een oud kasteel?'

'De eerste heren van Ordebec vinden we aan het begin van de elfde eeuw. Maar met name bij de slag om Orléans, in 1428, heeft graaf De Valleray zich onderscheiden door zich aan te sluiten bij de Franse troepen onder bevel van de graaf van Dunois, oftewel Jean, een bastaard van Louis, de hertog van Orléans.'

'Ja, Danglard, maar het kasteel?'

'Dat ben ik bezig u uit te leggen. De zoon De Valleray, Henri, heeft het laten bouwen aan het eind van de vijftiende eeuw, na de Honderdjarige Oorlog. De hele linker vleugel die u hier ziet, en de westelijke toren, dateren uit die tijd. In het hoofdgebouw daarentegen zijn in de zeventiende eeuw veranderingen aangebracht, en de grote deuren en ramen zijn vernieuwd in de achttiende eeuw.'

'Zullen we eens aanbellen, Danglard?'

'Er zijn minstens drie of vier jankende honden. We bellen en we wachten tot we een escorte krijgen. Ik weet niet wat mensen met honden hebben.'

'En met suiker', zei Adamsberg terwijl hij aan de ketting van de bel trok.

Rémy François de Valleray, graaf van Ordebec, stond hen zonder plichtplegingen in de bibliotheek op te wachten, nog gekleed in zijn blauwkatoenen jasje, waarin hij eruitzag als een landarbeider. Maar Danglard constateerde dat elk van de gegraveerde glazen die al op de tafel klaarstonden gemakkelijk een maand van zijn salaris kostte. En dat alleen al aan de kleur te zien, de drank die hun geserveerd zou worden de reis vanuit Parijs waard was. Een hemelsbreed verschil met de port die hij bij de familie Vendermot uit mosterdglazen had gedronken, en waar zijn maag van was gaan branden. De bibliotheek bevatte wel zo'n duizend boeken, en de muren waren van boven tot onder bedekt met een veertigtal schilderijen, die op inspecteur Danglard een verpletterende indruk maakten. Kortom, de inrichting die je kon verwachten in de woning van een graaf die nog niet platzak was, ware het niet dat een ongehoorde wanorde alle statigheid aan het vertrek ontnam. Laarzen, zakken met zaad, medicijnen, plastic zakjes, schroefbouten, gesmolten kaarsen, dozen met spijkers, paperassen, verspreid over de vloer, de tafels en de boekenplanken.

'Heren,' zei de graaf terwijl hij zijn wandelstok wegzette en hun zijn hand toestak, 'bedankt dat u gehoor hebt gegeven aan mijn verzoek.'

Een graaf was hij ontegenzeglijk. De klank van zijn stem, zijn nogal gebiedende manier van gebaren, zijn opgeheven hoofd, tot de vanzelfsprekendheid aan toe waarmee hij zich in een boerenjasje kon vertonen. Terwijl je tegelijkertijd moeiteloos de oude Normandische plattelander in hem herkende, met zijn rode gelaatskleur, enigszins vuile nagels en de verholen geamuseerde blik waarmee hij zichzelf bekeek. Hij schonk met één hand de glazen vol, terwijl hij met zijn andere hand op zijn stok leunde, en bood met een armbeweging een zitplaats aan.

'Ik hoop dat u deze calvados weet te waarderen, het is dezelfde die ik aan Léo geef. Kom binnen, Denis. Dit is mijn zoon. Denis, deze heren zijn van de Misdaadbrigade in Parijs.'

'Ik was niet van plan je te storen', zei de man, terwijl hij hun zonder te glimlachen een slap handje gaf.

Bleke handen en verzorgde nagels, stevig postuur maar zwaarlijvig, glad achterovergekamd grijs haar.

Dit was dus de bewuste stomme 'kaztoolk', zoals de familie Vendermot hem noemde, de man die het verblijf van de jonge Hippolyte in het kasteel als toevluchtsoord had bekort. En, constateerde Adamsberg, de man had inderdaad een nogal kaztoolkig hoofd, met hangwangen, dunne lippen en steelse, afstandelijke blikken, of op zijn minst blikken waarmee hij afstand tot uitdrukking wilde brengen. Hij schonk zich een glas in, meer uit beleefdheid dan omdat hij zo graag wilde blijven. Uit zijn hele houding bleek dat hij niet geïnteresseerd was in de gasten, en nauwelijks in zijn eigen vader.

'Ik kwam alleen even zeggen dat de auto van Maryse morgen gerepareerd wordt. Je moet Georges misschien vragen hem op te halen, ik ben de hele dag op de veiling.'

'Kon je Georges niet vinden?'

'Nee, die vlegel is waarschijnlijk stomdronken in de stal in slaap gevallen, ik ga hem niet tussen de paarden wakker schudden.'

'Prima, ik zal ervoor zorgen.'

'Bedankt', zei Denis en hij zette zijn glas neer.

'Ik jaag je niet weg.'

'Maar ik gá weg. Dan kun je je aan je gasten wijden.'

De graaf trok een pruilmondje toen hij de deur weer hoorde dichtgaan.

'Het spijt me, heren', zei hij. 'Mijn relatie met mijn stiefzoon is niet al te best, vooral niet omdat hij weet waarover ik met u wil praten en hem dat niet aanstaat. Het gaat over Léo.'

'Ik ben erg op Léo gesteld', zei Adamsberg zonder goed over zijn antwoord te hebben nagedacht.

'Dat geloof ik. En dan hebt u haar nog maar een paar uur gekend. U bent degene die haar gewond heeft aangetroffen. En ú hebt haar aan het praten gekregen. Want anders had dokter

Merlan haar waarschijnlijk hersendood verklaard.'

'Ik heb een woordenwisseling gehad met die dokter.'

'Dat verbaast me niets. Het is op zijn tijd een kaztoolk, maar niet altijd.'

'Vindt u die woorden van Hippolyte leuk, meneer de graaf?' vroeg Danglard.

'Noemt u mij maar De Valleray, dat is voor ons allemaal beter. Ik ken Hippo al vanaf de wieg. En ik vind dit woord heel goed passen.'

'Hoe oud was hij toen hij de letters begon om te keren?'

'Dertien jaar. Het is een uitzonderlijk mens en dat geldt ook voor zijn broers en zijn zus. Lina is ongewoon helder.'

'Dat is de commissaris niet ontgaan', zei Danglard, die na het kasteel aanschouwd te hebben door de verrukkelijke calvados nu helemaal gerust was gesteld.

'U wel dan?' vroeg De Valleray verbaasd.

'Nee', erkende Danglard.

'Mooi zo. En die calvados?'

'Uitstekend.'

De graaf doopte een klontje suiker in zijn glas en zoog er ongegeneerd aan. Even had Adamsberg het gevoel dat hij van alle kanten door suikerklontjes werd belaagd.

'Die calvados dronk ik altijd met Léo. U moet weten dat ik op die vrouw hartstochtelijk verliefd ben geweest. Ik ben met haar getrouwd en mijn familie, waarin een groot aantal kaztoolks voorkomt, neem dat maar van mij aan, heeft me het leven zuur gemaakt. Ik was nog jong en zwak, ik ben gezwicht en twee jaar later zijn we gescheiden.'

'U mag het vreemd vinden,' hernam hij, 'en dat kan me niets schelen, maar als Léo de slag overleeft die die weerzinwekkende moordenaar haar heeft toegebracht, trouw ik opnieuw met haar. Mijn besluit staat vast, als zij erin toestemt. En daar komt u om de hoek kijken, commissaris.'

'Om hem in te rekenen.'

'Nee, om Léo weer tot leven te brengen. Denk niet dat dit zomaar een waanidee van een oude man is. Ik denk er al meer dan een jaar over. Ik hoopte dat ik mijn stiefzoon zover zou krijgen dat hij het begrijpt, maar dat is hopeloos. Dus doe ik het zonder zijn goedkeuring.'

De graaf kwam moeizaam overeind, liep steunend op zijn stok naar de enorme stenen schoorsteen en gooide twee grote houtblokken op het vuur. De oude man was nog sterk, sterk genoeg althans om te besluiten tot dit ongewone huwelijk tussen twee bijna-negentigjarigen, meer dan zestig jaar na hun eerste verbintenis.

'Niet choquerend, dat huwelijk?' vroeg hij en hij ging weer bij hen zitten.

'Integendeel', antwoordde Adamsberg. 'Ik kom zelfs graag als u me uitnodigt.'

'Dat zal gebeuren, commissaris, als u haar erbovenop helpt. En dat gaat u doen. Léo belde me een uur voor de aanslag. Ze was opgetogen over haar avond met u, haar mening is voor mij voldoende. Het is een kwestie van lotsbestemming, als u me deze enigszins simpele opmerking vergeeft. We zijn allemaal een beetje fatalistisch, wij die hier vlak bij de weg van Bonneval wonen. U, en u alleen, hebt haar uit haar afasie gewekt, haar aan het praten weten te krijgen.'

'Drie woorden maar.'

'Ik weet welke. Hoelang zat u al aan haar bed?'

'Bijna twee uur, geloof ik.'

'Twee uur tegen haar gepraat, haar haren gekamd en uw hand tegen haar wang gehouden. Ik weet het. Wat ik u vraag is of u daar tien uur per dag kunt zitten, vijftien zo nodig. Tot ze er weer bovenop is. Dat lukt u wel, commissaris Adamsberg.'

De graaf zweeg en zijn blik ging langzaam over de muren van het vertrek.

'En zo ja, dan krijgt u dit', zei hij terwijl hij nonchalant met zijn wandelstok naar een schilderijtje wees dat bij de deur hing. 'Dat is geknipt voor u.'

Danglard sprong op en bekeek het doek. Een knappe edelman, met op de achtergrond een berglandschap.

'Loop er maar naartoe, inspecteur Danglard', zei De Valleray. 'Herkent u de plek, Adamsberg?'

'De top van de Gourgs Blancs, denk ik.'

'Precies. Niet ver bij uw geboortestreek vandaan, als ik me niet vergis?'

'U bent goed op de hoogte.'

'Uiteraard. Wanneer ik iets te weten moet komen, lukt me dat over het algemeen wel. Dat is nu eenmaal de macht van privileges. Zo weet ik ook dat u zich aan het Clermont-Brasseurconcern hebt gewaagd.'

'Nee, meneer de graaf. Niemand waagt zich aan de familie Clermont, ik net zomin als een ander.'

'Eind zestiende eeuw?' vroeg Danglard, over het schilderij gebogen. 'De school van François Clouet?' voegde hij er zachter en minder zelfverzekerd aan toe.

'Ja, of met een beetje fantasie een werk van de meester zelf, die voor één keer eens iets anders heeft geschilderd dan portretten. Maar we kunnen niet met zekerheid zeggen of hij door de Pyreneeën heeft gereisd. Niettemin heeft hij in 1570 Jeanne d'Albret geschilderd, de koningin van Navarra. Misschien wel in de stad Pau, waar zij woonde.'

Geïntimideerd ging Danglard weer zitten, met zijn lege glas in zijn hand. Het schilderij was een curiosum, het was een fortuin waard, en Adamsberg leek dat niet te beseffen.

'Neemt u nog wat, inspecteur. Opstaan is wat moeilijk voor me. En schenkt u mijn glas ook bij. Het gebeurt niet vaak dat zo'n hoopgevende persoon mijn huis betreedt.'

Adamsberg keek niet naar het schilderij, noch naar Danglard of de graaf. Hij dacht aan het woord 'systeem', dat plotseling voor zijn geestesoog verschenen was en tegen dokter Merlan op botste en vervolgens tegen de jonge man van klei en het beeld van Martins vingers die het mengsel op de huid van zijn broer aanbrachten.

'Dat kan ik niet', zei hij. 'Daar ben ik niet toe in staat.'

'Jawel', verzekerde de graaf hem terwijl hij met de punt van zijn stok op de glanzende parketvloer tikte, waarbij hij zag dat Adamsbergs blik, die hij al die tijd al wazig vond, inmiddels in nevelen gehuld leek.

'Dat kan ik niet', herhaalde Adamsberg met een stem die van ver kwam. 'Ik ben met het onderzoek belast.'

'Ik praat wel met uw superieuren. U kunt Léo niet laten vallen.'

'Nee.'

'Nou dan!'

'Ik kan het niet, maar er is iemand die het wel kan. Léo leeft, ze is bij bewustzijn, maar de hele boel is verstoord. Ik ken een man die dat soort stoornissen verhelpt, dat soort naamloze stoornissen.'

'Een charlatan?' vroeg de graaf en hij trok zijn grijze wenkbrauwen op.

'Een wetenschapper. Maar die de wetenschap bedrijft met een bovenmenselijk talent. Die de circulatie weer op gang brengt, die de hersenen weer van zuurstof voorziet, die katjes weer aan het drinken krijgt, die stugge longen weer soepel maakt. Een expert in de bewegingen van het menselijk systeem. Een meester. Dat zou onze enige kans zijn, meneer de graaf.'

'De Valleray.'

'Dat zou onze enige kans zijn, De Valleray. Hij zou haar erbovenop kunnen helpen. Zonder iets te beloven.'

'Hoe gaat hij te werk? Met medicijnen?'

'Met zijn handen.'

'Een soort magnetiseur?'

'Nee. Hij drukt op kleppen, hij zet organen weer recht, hij trekt aan hendels, hij reinigt filters en ten slotte brengt hij de motor weer op gang*.'

'Breng hem mee', zei de graaf.

Adamsberg liep hoofdschuddend door het vertrek heen en weer, zodat het oude parket kraakte.

'Dat kan niet', zei hij.
'Zit hij in het buitenland?'
'Hij zit in de gevangenis.'
'Grote genade.'
'We hebben een vergunning nodig voor een speciaal verlof.'
'Wie kan die geven?'
'De rechter. In het geval van onze dokter is dat de oude rechter De Varnier, een behoorlijk koppige bok, die er niets van zal willen weten. Een gevangene uit Fleury halen om hem zijn kunsten te laten vertonen aan het bed van een oude vrouw in Ordebec, daar zal hij het nut niet van inzien.'
'Raymond de Varnier?'
'Ja', zei Adamsberg terwijl hij door de bibliotheek bleef ijsberen en het schilderij van de school van Clouet geen blik waardig keurde.
'Geen enkel probleem, dat is een vriend van me.'
Adamsberg draaide zich om naar de graaf, die met opgetrokken wenkbrauwen zat te glimlachen.
'Raymond de Varnier kan mij niets weigeren. We zullen uw expert laten komen.'
'U zult een echte, grondige en verifieerbare reden moeten hebben.'
'Sinds wanneer hebben onze rechters die nodig? Al sinds Lodewijk de Heilige niet meer. Als u voor mij alleen de naam van die arts wilt opschrijven en waar hij in hechtenis wordt gehouden. Morgenvroeg bel ik De Varnier, dan mogen we verwachten dat we die man morgenavond hier hebben.'
Adamsberg keek Danglard aan, die goedkeurend knikte. Adamsberg nam het zichzelf kwalijk dat het pas zo laat tot hem was doorgedrongen. Zodra dokter Merlan oneerbiedig over Léo had gesproken alsof ze een kapot systeem was, had hij al aan de dokter in de gevangenis moeten denken, die zelf die term gebruikte. Wellicht had hij dat gedaan, maar hij was het zich niet bewust geweest. Zelfs niet toen Lina het woord 'systeem' opnieuw had gebruikt. Maar hij had het wel op zijn servet ge-

schreven. De graaf gaf hem een blocnote en hij schreef de informatie voor hem op.
'Er is nóg een probleem', zei hij terwijl hij de blocnote teruggaf. 'Als ik de zak krijg, mag onze protegé de gevangenis niet meer uit. Maar als hij haar erbovenop helpt, zal hij daar verscheidene sessies voor nodig hebben. En ik kan binnen vier dagen de zak krijgen.'
'Ik ben op de hoogte.'
'Van alles?'
'Van veel zaken die u betreffen. Ik maak me zorgen over Léo en de Vendermots. U arriveert hier en ik win inlichtingen in. Ik weet dat u de laan uit vliegt als u de moordenaar van Antoine Clermont-Brasseur niet te pakken krijgt, die vanuit uw bureau is ontsnapt en erger nog, vanuit uw kantoor, terwijl u zelf toezicht hield.'
'Precies.'
'U wordt trouwens verdacht, commissaris. Wist u dat?'
'Nee.'
'Nou, u kunt maar beter op uw hoede zijn. Een paar heren van het ministerie hebben erg veel zin om een onderzoek naar u in te stellen. Ze denken min of meer dat u de jonge man hebt laten ontsnappen.'
'Dat slaat nergens op.'
'Uiteraard', zei De Valleray glimlachend. 'Maar intussen is die vent onvindbaar. En u neust rond bij de familie Clermont.'
'De toegang is versperd, De Valleray. Ik neus niet rond.'
'U hebt toch beide zoons van Antoine willen verhoren. Christian en Christophe.'
'En dat is me geweigerd. Daar heb ik het bij gelaten.'
'En dat vindt u niet leuk.'
De graaf legde de rest van zijn suikerklontje op een schoteltje, likte zijn vingers af en haalde ze langs zijn blauwe jasje.
'Wat had u precies willen weten? Over de Clermonts?'
'Hoe de avond vóór de brand was verlopen, dat op zijn minst. In wat voor stemming beide zoons verkeerden.'

'Gewoon, en zelfs heel vrolijk, voor zover Christophe vrolijk kan zijn. De champagne had rijkelijk gevloeid en was van opperbeste kwaliteit.'

'Hoe weet u dat?'

'Ik was erbij.'

De graaf pakte een nieuw suikerklontje, dat hij zorgvuldig in zijn glas doopte.

'Er bestaat op deze wereld een kleine kern waar sinds jaar en dag de industriëlen en de aristocraten elkaar opzoeken. Want de onderlinge uitwisseling, eventueel door middel van een huwelijk, verhoogt de slagkracht van allen. Ik behoor tot beide kringen, adel en industrie.'

'Ik weet dat u uw staalfabrieken aan Antoine Clermont hebt verkocht.'

'Heeft onze vriend Émeri u dat verteld?'

'Ja.'

'Antoine was een echte roofvogel, die hoog spel speelde, maar voor wie je in één opzicht bewondering kon hebben. Dat kun je van zijn zoons niet zeggen. Maar als u zich in het hoofd haalt dat een van hen zijn vader in brand heeft gestoken, zit u ernaast.'

'Antoine wilde met zijn huishoudster trouwen.'

'Met Rose, ja', bevestigde de graaf terwijl hij aan zijn klontje lurkte. 'Ik geloof dat hij er eerder aardigheid in had zijn familie te provoceren en ik had hem gewaarschuwd. Maar het ergerde hem dat zijn zoons duidelijk met smart op zijn dood zaten te wachten. Hij was al enige tijd terneergeslagen, gekwetst en geneigd tot extremen.'

'Wie wilde hem onder curatele stellen?'

'Christian vooral. Maar dat kon hij nooit voor elkaar krijgen. Antoine was geestelijk gezond en dat was makkelijk te bewijzen.'

'En op het juiste moment steekt een jonge man de Mercedes in brand, net wanneer Antoine alleen in de auto zit te wachten.'

'Ik begrijp wat u dwarszit. Wilt u weten waarom Antoine alleen was?'

'Graag. En waarom hun chauffeur hen niet naar huis bracht.'

'Omdat de chauffeur in de keuken was uitgenodigd en Christophe dacht dat hij te dronken was om te rijden. Hij ging dus op het feestje weg met zijn vader, ze zijn naar de auto gelopen in de rue Henri-Barbusse. Toen hij eenmaal achter het stuur zat, merkte hij dat hij zijn mobieltje niet meer had. Hij vroeg zijn vader op hem te wachten en hij liep dezelfde weg terug. Hij vond het toestel op het trottoir in de rue du Val-de-Grâce. Toen hij de hoek om kwam, zag hij dat de auto in brand stond. Luister, Adamsberg, Christophe stond echt vijfhonderd meter van de Mercedes vandaan, en twee getuigen hebben dat gezien. Hij gaf een schreeuw en begon te rennen, en de getuigen zijn met hem meegerend. Christophe heeft zelf de politie gebeld.'

'Heeft hij u dat verteld?'

'Zijn vrouw. We staan op heel goede voet met elkaar – dankzij mij heeft ze haar man leren kennen. Christophe was diep geschokt en ontsteld. Hoe de verhoudingen ook lagen, het is geen pretje om je vader levend verbrand te zien worden.'

'Dat begrijp ik', zei Adamsberg. 'En Christian?'

'Christian was al eerder die avond weggegaan, hij was behoorlijk aangeschoten en wilde gaan slapen.'

'Maar hij schijnt laat thuis te zijn gekomen.'

De graaf krabde even aan zijn kale schedel.

'We kunnen gerust zeggen dat Christian een andere vrouw bezoekt, verscheidene zelfs, en dat hij van officiële feestjes gebruikmaakt om laat thuis te komen. En ik zeg u nogmaals dat de twee broers in een prima stemming waren. Christian heeft gedanst, hij gaf een uitstekende imitatie weg van de baron De Salvin, en Christophe, die niet makkelijk uit de plooi komt, heeft zich een tijdje werkelijk kostelijk vermaakt.'

'Een hartelijke sfeer, een normale avond.'

'Jazeker. Kijk, op de schoorsteenmantel vindt u een envelop met een tiental foto's van het feestje, die de vrouw van Christophe heeft gestuurd. Ze begrijpt niet dat je op mijn leeftijd niet graag portretfoto's van jezelf ziet. Kijkt u maar, dan krijgt u een indruk van de sfeer.'

Adamsberg bekeek het tiental foto's en, inderdaad, noch Christophe, noch Christian had de verkrampte blik van een kerel die aanstalten maakt om zijn vader in brand te steken.

'Ik zie het', zei Adamsberg en hij gaf hem de foto's terug.

'Houd u ze maar, als ze u kunnen overtuigen. En zorg dat u snel die jonge man terugvindt. Wat ik makkelijk kan doen, is bij de broers Clermont om uitstel voor u vragen.'

'Ik denk dat dat wel nodig is', zei Danglard plotseling, die voortdurend van het ene schilderij naar het andere was gelopen, als een wesp die van het ene druppeltje jam naar het andere vliegt. 'De jonge Mo is ongrijpbaar.'

'Hij zal ten slotte toch op een dag geld nodig hebben', zei Adamsberg terwijl hij zijn schouders ophaalde. 'Hij is zonder een cent op zak vertrokken. Hulp van zijn vrienden duurt maar even.'

'Hulp duurt altijd maar even,' mompelde Danglard, 'en lafheid duurt eeuwig. Volgens dat principe krijgen we voortvluchtigen uiteindelijk meestal wel te pakken. Mits het zwaard van het ministerie ons niet boven het hoofd hangt. Want dat belemmert ons in onze bewegingen.'

'Dat is me duidelijk geworden', zei de graaf en hij stond op. 'Dat zwaard gaan we dus uit de weg ruimen.'

Alsof het een kwestie was van even een stoel verschuiven voor wat meer beenruimte, dacht Danglard, arbeiderszoon uit het noorden. Hij twijfelde niet of het zou de graaf lukken.

25

Veyrenc wachtte hen met Zerk voor de deur van Léo's huis op. Het was een zachte avond, de wolken waren uiteindelijk weggetrokken om elders hun regen uit te storten. De twee mannen hadden stoelen buiten gezet en zaten in het donker te roken. Veyrenc leek rustig, maar Adamsberg wist wel beter. Het typisch Romeinse gezicht van de brigadier, rond, compact en plezierig, met zachte lijnen zonder geprononceerde details, was een en al stilzwijgende actie en halsstarrigheid. Danglard gaf hem snel een hand en verdween naar binnen. Het was al over enen 's nachts.

'Zullen we even een stukje gaan lopen?' stelde Veyrenc voor. 'Laat je telefoons maar hier.'

'Wil je bewegende koeien zien?' zei Adamsberg en hij pikte een sigaret van hem. 'Je weet dat de koeien hier, anders dan bij ons, heel weinig bewegen.'

Veyrenc beduidde Zerk met hen mee te gaan, en pas toen hij ver genoeg weg was, bleef hij bij het hek van een weiland staan.

'Er is weer gebeld door het ministerie. Niet prettig.'

'Wat vond je niet prettig?'

'De toon. De agressiviteit omdat Mo nog steeds onvindbaar is. Hij heeft geen geld, zijn foto is overal verspreid, waar kon hij naartoe? Dat zeggen ze.'

'Agressief zijn ze al vanaf het begin. Wat hoorde je nog meer in die toon?'

'Hoongelach, ironie. Die vent die belde was geen goochemerd. Hij klonk als iemand die zo trots is dat hij iets weet, dat hij het niet voor zich kan houden.'

'Wat bijvoorbeeld?'

'Bijvoorbeeld iets tegen jou. Ik kan dat hoongelach, zijn ingehouden vreugde niet zo goed interpreteren, maar ik heb sterk de indruk dat ze dingen denken.'

Adamsberg stak zijn hand uit voor een vuurtje.

'Dingen die jij ook denkt?'

'Dat doet er niet toe. Ik weet alleen dat je zoon met je mee is gekomen, met een andere auto. Dat weten zij ook, dat vermoedde je al.'

'Zerk maakt een reportage over rottende bladeren voor een Zweeds tijdschrift.'

'Ja, merkwaardig is dat.'

'Zo is hij, hij maakt meteen van de gelegenheid gebruik.'

'Nee, Jean-Baptiste, zo is Armel niet. Ik heb die duif niet bij jullie thuis gezien. Wat hebben jullie daarmee gedaan?'

'Hij is weggevlogen.'

'O, oké. Maar waarom heeft Zerk een andere auto genomen? Was er in de achterbak niet genoeg plaats voor de bagage van jullie drieën?'

'Waar ben je op uit, Louis?'

'Ik probeer je ervan te overtuigen dat ze iets denken.'

'Wat jij meent dat ze denken.'

'Bijvoorbeeld dat Mo op enigszins magische wijze is verdwenen. Dat er te veel vogels zijn gevlogen. Ik geloof dat Danglard ervan afweet. De inspecteur is niet zo goed in doen alsof. Sinds Mo ervandoor is, ziet hij eruit als een verwarde kip die een struisvogelei zit uit te broeden.'

'Je hebt te veel fantasie. Denk je dat ik in staat ben zoiets stoms te doen?'

'Absoluut. Ik heb trouwens niet gezegd dat het stom was.'

'Ga door, Louis.'

'Ik denk dat het niet lang meer zal duren of ze doen hier een inval. Ik weet niet waar je Mo hebt gelaten, maar ik denk dat hij zich vanavond nog uit de voeten moet maken. Snel, en ver weg.'

'Hoe dan? Als jij, ik of Danglard hier weggaat, is dat het sein. Dan worden we binnen een uur gesnapt.'

'Je zoon', stelde Veyrenc voor terwijl hij naar de jonge man keek.

'Je denkt toch niet dat ik hem hierbij betrek, Louis?'

'Dat is al gebeurd.'

'Nee. Er is geen tastbaar bewijs. Maar als ze hem pakken als hij achter het stuur zit met Mo ernaast, gaat hij regelrecht de bak in. Als jij gelijk hebt, zijn we gedwongen Mo op te geven. We zetten hem zo'n honderd kilometer verderop af en dan laat hij zich arresteren.'
'Je hebt het zelf gezegd: eenmaal in handen van de rechters komt hij niet meer weg. Dat is een uitgemaakte zaak.'
'Jouw oplossing?'
'Zerk moet vanavond gaan rijden. 's Nachts zijn er veel minder wegversperringen. En een flink deel van die versperringen werkt nog amper. Die jongens hebben er genoeg van.'
'Ik vind het goed', zei Zerk. 'Laat maar,' zei hij terwijl hij Adamsberg tegenhield, 'ik neem hem mee. Waar ga ik heen, Louis?'
'Je kent de Pyreneeën net zo goed als wij, je kent de wegen waarlangs je in Spanje komt. Vandaar rij je in één ruk door naar Granada.'
'En dan?'
'Daar verschuil je je tot nader order. Ik heb verschillende adressen van hotels voor je meegebracht. Twee nummerplaten voor de auto, een kentekenbewijs, geld, twee identiteitskaarten en een creditcard. Wanneer jullie ver genoeg hiervandaan zijn, ga dan ergens in de berm staan en laat Mo zijn haar knippen tot een keurig kapsel.'
'Dat is het bewijs dat hij die Mercedes niet in de brand heeft gestoken', zei Zerk. 'Hij heeft op dit moment lang haar.'
'Nou en?' vroeg Adamsberg.
'Je weet toch dat ze hem Momo-de-schroeier noemen?'
'Omdat hij korte, gevaarlijke aansteeklontjes gebruikt om auto's in de brand te steken. Dat maakt het opwindender.'
'Nee, omdat hij zijn haar bij de brand steeds schroeit. Daarom scheert hij daarna zijn kop zodat het niet opvalt.'
'Oké Armel,' zei Veyrenc, 'maar we hebben haast. Waar heb je hem verstopt, Jean-Baptiste? Ver weg?'
'Drie kilometer hiervandaan', zei Adamsberg enigszins ver-

dwaasd. 'Twee als je door het bos gaat.'
'We gaan er nu heen. Terwijl de jongens zich klaarmaken, zetten we die nummerborden erop en verwijderen we de vingerafdrukken.'
'Net nu hij begon te tekenen', zei Zerk.
'En net nu het erop lijkt dat de gebroeders Clermont zich eruit gered hebben', zei Adamsberg terwijl hij met zijn hak zijn sigaret uitdrukte.
'En die vogel, wat doen we met die vogel?' vroeg Zerk opeens gealarmeerd.
'Die neem je mee naar Granada. Dat hebben we net gezegd.'
'Nee, die andere vogel. Wat doen we met Hellebaud?'
'Die laat je hier. Daarmee vestig je de aandacht op je.'
'Hij moet nog om de drie dagen een desinfecterend middel op zijn pootjes. Beloof me dat je dat doet, beloof me dat je eraan denkt.'

Tegen vier uur 's nachts zagen Adamsberg en Veyrenc de achterlichten van de auto in de verte verdwijnen, terwijl de duif in zijn kooi aan hun voeten zat te koeren. Adamsberg had voor zijn zoon een thermosfles met koffie gevuld.
'Ik hoop dat je hem niet voor niets hebt laten vertrekken', zei Adamsberg zachtjes. 'Ik hoop dat je hem niet in de problemen brengt. Ze zullen een hele nacht en een dag moeten rijden. Ze zullen bekaf zijn.'
'Maak je je ongerust om Armel?'
'Ja.'
'Het lukt hem wel. *Manhaftig aangegaan, dit riskant avontuur/ Een onverschrokken mens zal 't lukken op den duur.*'
'Hoezo vonden ze het verdacht van Mo?'
'Je hebt te snel gehandeld. Heel goed gespeeld, maar te snel.'
'Ik had geen tijd, geen keus.'
'Weet ik. Maar je hebt het ook te veel in je eentje gedaan. *Denk niet, eenzame ziel, dat je je doel bereikt/ Je redding immers was de vriend die je ontwijkt.* Had me maar gebeld.'

26

Zoals te verwachten was op grond van zijn liefde voor de oude Léone, ging de graaf die avond en de volgende morgen vroeg bijzonder efficiënt te werk, want de dokter arriveerde in alle stilte om half twaalf 's ochtends bij het ziekenhuis van Ordebec. De Valleray had de oude rechter om zes uur wakker gebeld en zijn bevel uitgevaardigd, en de hekken van Fleury waren om negen uur al opengegaan om het konvooi door te laten dat de gevangene naar Normandië bracht.

De twee burgerauto's parkeerden op het terrein dat gereserveerd was voor het medisch personeel, buiten het gezichtsveld van voorbijgangers. Begeleid door vier mannen stapte de dokter, met handboeien om, uit de auto, waarbij hij er zo welgedaan en zelfs vrolijk uitzag, dat Adamsberg zich direct wat ontspande. Hij had nog niets gehoord van Zerk en ook nog geen bericht gekregen van Retancourt. Voor één keer dacht hij dat zijn torpedo Retancourt onschadelijk was gemaakt, buiten werking was gesteld. Wat misschien overeenkwam met de hypothese van de graaf. Dat Retancourt niets vond, kwam doordat er niets te vinden was. Behalve dat Christian laat was thuisgekomen – een punt waarop hij bleef hameren – was er niets wat een van beide broers verdacht maakte.

De dokter stapte, netjes en goed gekleed, met zijn waggelende gang op hem af. Hij was in de gevangenis geen grammetje afgevallen en misschien zelfs steviger geworden.

'Bedankt voor dit uitstapje, Adamsberg,' zei hij terwijl hij hem een hand gaf, 'het is heel verkwikkend om weer eens even buiten te komen. Noemt u me vooral niet bij mijn naam waar anderen bij zijn, ik wil mijn naam graag onbezoedeld houden.'

'Wat zullen we zeggen? Dokter Hellebaud? Is dat wat?'

'Uitstekend. Hoe gaat het met uw oorsuizen? Hebt u daar nog last van gehad? En dan te bedenken dat ik u maar twee keer heb kunnen behandelen.'

'Het is weg, dokter. Alleen soms nog een lichte fluittoon in mijn linkeroor.'

'Heel fijn. Ik kijk er wel even naar voordat ik met deze heren weer vertrek. En het katje?'

'Dat kon al gauw bij de moeder weg. En hoe is het in de gevangenis, dokter? Ik heb geen tijd gehad u op te zoeken sinds u in hechtenis bent genomen. Het spijt me.'

'Wat zal ik zeggen, beste vriend? Ik heb het razend druk. Ik behandel de directeur – een heel vervelende, langdurige rugpijn – de gevangenen – depressiegerelateerde somatische klachten en wonderschone jeugdtrauma's, heel boeiende gevallen, dat geef ik toe – en ik behandel de bewakers, veel gevallen van verslaving, veel ingehouden agressie. Ik neem niet meer dan vijf patiënten per dag, daar ben ik heel resoluut in geweest. Ik laat me niet betalen, natuurlijk, dat mag ik niet. Maar u begrijpt hoe dat gaat, er staat heel wat tegenover. Een speciale cel, een voorkeursbehandeling, aparte maaltijden, boeken zo veel als ik wil, ik mag niet klagen. Met al die ziektegevallen die ik daar tegenkom, ben ik een ontzettend leuk boek aan het schrijven over gevangenistrauma's. Vertelt u eens over uw zieke. Wat is er gebeurd? Wat is de diagnose?'

Adamsberg sprak een kwartier met de dokter in het souterrain, en ging vervolgens naar boven, waar kapitein Émeri, dokter Merlan, graaf De Valleray en Lina Vendermot voor Léo's kamer op hen stonden te wachten. Adamsberg stelde dokter Paul Hellebaud aan hen voor, en een van de bewakers deed hem respectvol de handboeien af.

'Die bewaker', fluisterde de dokter in Adamsbergs oor, 'heb ik weer helemaal opgekalefaterd. Hij was impotent geworden. Die arme jongen was helemaal wanhopig. Hij brengt me elke ochtend koffie op bed. Wie is die uiterst aantrekkelijke, gevulde vrouw?'

'Lina Vendermot. De vrouw die de lont in het kruitvat heeft gestoken, de vrouw door wie de eerste moord heeft plaatsgevonden.'

'Is het een moordenares?' vroeg hij, terwijl hij haar een verbaasde en afkeurende blik toewierp, waarbij hij scheen te vergeten dat hij zelf een moordenaar was.

'We weten het niet. Ze heeft een luguber visioen gehad, daar heeft ze over verteld, en zo is het allemaal begonnen.'

'Wat voor een visioen?'

'Het is een oude plaatselijke legende, een Woest Leger dat hier, halfdood, al eeuwen voorbijtrekt en levenden die iets op hun geweten hebben met zich meevoert.'

'De Troep van Hellequin?' vroeg de arts meteen.

'Juist. Kent u die?'

'Wie heeft er niet over gehoord, beste vriend? Dus de Seigneur rijdt hier in de buurt rond?'

'Drie kilometer hiervandaan.'

'Interessante omstandigheden', zei de arts waarderend terwijl hij in zijn handen wreef, en dat gebaar deed Adamsberg denken aan de avond waarop hij een voortreffelijke wijn voor hem had uitgekozen.

'Was de oude dame een van de geronselden?'

'Nee, we vermoeden dat zij iets wist.'

Toen de dokter naar het bed liep en naar Léone keek, die nog steeds te bleek en te koud was, verdween plotseling zijn glimlach, en Adamsberg verjoeg het spanningspropje dat hij weer in zijn nek voelde.

'Nekpijn?' vroeg de arts hem zachtjes zonder Léone uit het oog te verliezen, alsof hij een werkplan bekeek.

'Het is niets. Gewoon een spanningspropje dat daar af en toe zit.'

'Dat bestaat niet', zei de dokter laatdunkend. 'Daar kijken we straks naar, het geval van die oude dame van u is veel ongewisser.'

De vier bewakers werd verzocht om langs de wand van de kamer te gaan staan en te zwijgen. Merlan deed er als kaztoolk nog een schepje bovenop door een argwanend en welbewust geamuseerd gezicht te trekken. Émeri stond bijna in de houding als bij een speciale monstering door de keizer, en de graaf, die een stoel kreeg aangeboden, hield zijn handen vast zodat ze niet beefden. Lina stond achter hem. Adamsberg kneep in zijn trillende telefoon, de clandestiene telefoon nummer twee, en wierp een blik op het sms'je. *Ze zijn er. Doorzoeken huis Léo. LVB.* Onopvallend liet hij het bericht aan Danglard zien.

Laat ze maar zoeken, dacht hij, terwijl hij vol dankbaarheid aan brigadier Veyrenc dacht.

De dokter had zijn enorme handen op het hoofd van Léone gelegd, dat hij langdurig leek te beluisteren, en verplaatste ze vervolgens naar haar hals en borst. Hij liep zwijgend om het bed heen en nam haar magere voeten in zijn handen, en betastte en bepotelde ze minutenlang, met onderbrekingen. Daarna kwam hij weer bij Adamsberg staan.

'Alles staat stil, ligt plat, Adamsberg. Stoppen doorgeslagen, circuits onderbroken, fasciae van mediastinum en hersenen geblokkeerd, zuurstofgebrek in het brein, respiratoire decompressie, geen prikkeling van het spijsverteringsstelsel. Hoe oud is ze?'

Adamsberg hoorde dat de graaf sneller ging ademen.

'Achtentachtig.'

'Goed. Ik moet haar eerst een behandeling geven van ongeveer drie kwartier. Daarna, omstreeks vijf uur vanmiddag, een tweede, kortere behandeling. Is dat mogelijk, René?' vroeg hij terwijl hij zich tot de hoofdbewaker wendde.

De van impotentie genezen hoofdbewaker knikte meteen, met een blik vol ontzag.

'Als ze op de behandeling reageert, moet ik over twee weken terugkomen om haar toestand te stabiliseren.'

'Geen enkel probleem', verzekerde de graaf hem op gespannen toon.

'Als u zo vriendelijk wilt zijn, zou ik nu graag met de patiënte alleen gelaten willen worden. Dokter Merlan kan blijven als hij dat wenst, op voorwaarde dat hij zijn spotlust, zelfs in onuitgesproken vorm, bedwingt. Of ik zal gedwongen zijn ook hem te verzoeken de kamer te verlaten.'

De vier bewakers pleegden overleg, zagen de autoritaire blik van de graaf en de onzeker kijkende Émeri, en ten slotte gaf hoofdbewaker René zijn toestemming.

'We staan achter de deur, dokter.'

'Dat spreekt vanzelf, René. Als ik me niet vergis, zijn er sowieso twee camera's in de kamer.'

'Dat klopt', zei Émeri. 'Een veiligheidsmaatregel.'

'Ik zal er dus niet vandoor gaan. Dat ben ik trouwens niet van plan, het is een fascinerend geval. Alles functioneert en niets werkt. Een onweerlegbaar gevolg van de angst die, uit een onbewuste overlevingsreflex, de functies heeft lamgelegd. Ze wil die overval niet opnieuw doormaken, ze wil niet terugkomen om die onder ogen te zien. Daar mag u uit afleiden, commissaris, dat ze haar aanvaller kent en dat die kennis voor haar ondraaglijk is. Ze is op de vlucht, heel ver weg, te ver weg.'

Twee van de bewakers posteerden zich voor de deur en twee andere gingen beneden onder het raam op wacht staan. De graaf, die met zijn wandelstok door de gang hinkte, trok Adamsberg naar zich toe.

'Gaat hij haar alleen behandelen met zijn handen?'

'Ja, De Valleray, dat heb ik u gezegd.'

'Mijn god.'

De graaf keek op zijn horloge.

'Hij is nog maar zeven minuten bezig, De Valleray.'

'Kunt u niet even naar binnen gaan om te kijken wat er gebeurt?'

'Wanneer dokter Hellebaud een ingewikkelde behandeling geeft, is hij zo intensief bezig dat hij meestal helemaal bezweet naar buiten komt. We kunnen hem niet storen.'

'Ik begrijp het. Vraagt u me niet of ik het zwaard heb weten te verplaatsen?'

'Het zwaard?'

'Van het ministerie, dat u boven het hoofd hing.'

'Vertel.'

'Het was niet gemakkelijk om de twee zonen van Antoine te overtuigen. Maar het is gebeurd. U hebt nog een week extra respijt om die Mohamed op te pakken.'

'Dank u, De Valleray.'

'Maar ik vond dat de kabinetschef van de minister vreemd deed. Toen hij zijn toestemming gaf, voegde hij eraan toe: "als we hem vandaag niet vinden". Hij had het over die Mohamed. Net alsof hij er plezier in had. Zijn ze hem op het spoor?'

Adamsberg voelde het spanningspropje nog harder in zijn nek prikken, zodat het bijna pijn deed. Geen propje, had de dokter beweerd, dat bestaat niet.

'Ik ben niet op de hoogte', zei hij.

'Stellen ze achter uw rug een geheim onderzoek in, of zo?'

'Geen idee, De Valleray.'

Op dit tijdstip had het speciale team van geheim agenten van het ministerie waarschijnlijk inmiddels alle plekken uitgekamd waar hij sinds zijn aankomst in Ordebec was geweest. De herberg van Léo, het huis van de familie Vendermot – en Adamsberg hoopte uit alle macht dat Hippolyte aan één stuk door achterstevoren tegen hen had gesproken – de gendarmerie – en Adamsberg hoopte uit alle macht dat Flem hen te grazen had genomen. Er was weinig kans dat ze ook het huis van Herbier hadden bezocht, maar een verlaten woning kan altijd interessant zijn voor snuffelende smerissen. Hij ging nog eens na wat Veyrenc en hij samen hadden gedaan. Vingerafdrukken uitgewist, met kokend water de afwas gedaan, de lakens weggehaald – met aan de jongens de opdracht ze weg te gooien als ze meer dan honderd kilometer van Ordebec vandaan waren – de verzegeling opnieuw aangebracht. Dan was er nog de poep van Hellebaud, die ze zo goed mogelijk hadden weggekrabd, maar er waren nog sporen van overgebleven. Hij had Veyrenc gevraagd of hij het geheim kende achter de opmerkelijke hardnekkigheid van vogelpoep, maar Veyrenc wist daar net zomin iets van als hij.

27

De twee jonge mannen hadden onderweg beurtelings gereden en geslapen, Mo met kort haar en bril en snor, een eenvoudige maar geruststellende verandering, want zo stond hij op de foto die Veyrenc op de identiteitskaart had bevestigd. Mo was gefascineerd door dat valse document en bekeek het vol bewondering van alle kanten, waarbij hij bij zichzelf dacht dat die smerissen veel meer talent hadden voor illegale handelingen van hoog niveau dan dat stelletje amateurs uit de Cité des Buttes, de wijk waar hij woonde. Zerk had alleen niet-tolwegen genomen, en ze kwamen hun eerste wegversperring tegen op de rondweg bij Saumur.

'Doe alsof je slaapt, Mo', mompelde hij. 'Wanneer ze me laten stoppen, maak ik je wakker, dan rommel je wat in je spullen en haal je je kaart tevoorschijn. Doe alsof je het niet begrijpt, alsof je nooit veel begrijpt. Denk aan iets simpels, denk aan Hellebaud, concentreer je daar goed op.'

'Of aan de koeien', zei Mo op ongeruste toon.

'Ja, en zeg niks. Knik alleen een beetje slaperig.'

Twee agenten kwamen langzaam op de auto af, als jongens die zich suf vervelen en opgelucht zijn dat ze eindelijk wat te doen krijgen. De ene liep met zijn lamp log om de auto heen, de andere bescheen vluchtig het gezicht van beide mannen en pakte hun papieren aan.

'De nummerplaten zijn nieuw', zei hij.

'Ja', zei Zerk. 'Die heb ik er twee weken terug op laten zetten.'

'De auto is zeven jaar oud en de nummerplaten zijn nieuw.'

'Dat heb je in Parijs', legde Zerk uit. 'Bumpers voor en achter in de kreukels. De nummerplaten waren gedeukt, ik heb ze laten vervangen.'

'Waarom? Kon je de cijfers niet meer lezen?'

'Jawel. Maar u weet toch, agent, als in die stad je nummerplaten kaduuk zijn, dan rijden ze bij het parkeren rustig je auto in de prak.'

'Komt u niet uit Parijs?'

'Uit de Pyreneeën.'

'Nou, altijd beter dan de hoofdstad', antwoordde de agent met een vaag glimlachje terwijl hij de papieren teruggaf.

Ze reden een paar minuten zwijgend door, terwijl hun hart intussen weer op normale snelheid ging kloppen.

'Je was een kanjer', zei Mo. 'Ik zou er niet aan gedacht hebben.'

'We moeten stoppen om de nummerplaten toe te takelen. Een paar keer ertegenaan schoppen.'

'En een beetje roet uit de uitlaat.'

'Dan eten we gelijk wat. Stop je identiteitskaart in je broekzak. Dan kreukelt hij een beetje. Alles ziet er zo nieuw uit.'

Om elf uur 's ochtends passeerden ze bij Angoulême een tweede versperring. Om vier uur 's middags bracht Zerk de auto op een bergweg vlak bij Laruns tot stilstand.

'We nemen nog een uur rust, Mo, maar meer niet. We moeten de grens over.'

'Zijn we al bij de grens?'

'Bijna. We rijden naar Spanje via de poort van Socques. En weet je wat we dan doen? Dan gaan we eten bij een restaurantje in Hoz de Jaca, daar zit je vorstelijk. En dan gaan we slapen in Berdún. Morgen naar Granada, twaalf uur rijden.'

'En we wassen ons een beetje. Ik heb het idee dat we stinken.'

'We stinken zeker. En twee stinkende kerels, dat loopt meteen in de gaten.'

'Je vader, die wordt straks afgemaakt. Door mijn schuld. Hoe denk je dat hij dat zal opnemen?'

'Ik weet het niet', zei Zerk, hij zette de fles water aan zijn mond en nam een paar slokken. 'Ik ken hem niet.'

'Wat?' zei Mo, terwijl hij de fles greep.

'Hij heeft me net twee maanden geleden gevonden.'

'Ben je een vondeling? Shit. Toch lijk je op hem.'

'Nee, ik bedoel dat hij me heeft gevonden toen ik al achtentwintig was. Daarvoor wist hij niet eens dat ik bestond.'

'Shit', zei Mo weer en hij wreef over zijn wangen. 'Míjn vader, dat is net andersom. Hij wist dat ik bestond, maar hij heeft nooit geprobeerd me te vinden.'

'Hij ook niet. Hij kreeg mij op zijn dak. Ik geloof dat het met vaders erg ingewikkeld is, Mo.'

'Ik geloof dat we beter een uur kunnen gaan slapen.'

Mo kreeg de indruk dat Zerks stem een beetje gebroken klonk. Of door zijn vader, of door vermoeidheid. De twee jonge mannen probeerden elk in een hoekje van de auto een houding te vinden waarin ze konden slapen.

'Zerk?'

'Ja?'

'Er is toch iets kleins wat ik terug kan doen voor je vader.'

'De moordenaar van Clermont vinden?'

'Nee, degene vinden die de poten van Hellebaud heeft vastgebonden.'

'Het rotjoch.'

'Ja.'

'Dat is niet iets kleins. Maar die vind je niet.'

'Op het dressoir bij jou thuis, die aardbeienmand met veren, hadden ze Hellebaud daarin vervoerd?'

'Ja, en?' zei Zerk terwijl hij overeind kwam.

'Het touwtje dat daarin lag, zaten daar zijn poten mee vastgebonden?'

'Ja, mijn vader had het bewaard voor het onderzoek. Ga verder.'

'Nou, dat is een diabolotouwtje.'

Zerk ging rechtop zitten, stak een sigaret aan, gaf er een aan Mo en opende het raampje.

'Hoe weet je dat, Mo?'

'Ze gebruiken speciaal touw zodat de diabolo goed glijdt. Anders slijt het, gaat het kronkelen en begint het ding te tollen.'

'Hetzelfde als voor een jojo?'

'O nee. Want bij een diabolo slijt het touwtje snel in het midden, en gaat het zelfs kapot, dus heb je verstevigd nylondraad nodig.'

'Oké, en dus?'

'Dat vind je niet overal. Dat koop je bij diabolowinkels. En daar zijn er in Parijs niet veel van.'

'Maar toch', zei Zerk na even te hebben nagedacht. 'Door winkels in de gaten te houden kom je nog niet te weten wie dat heeft gebruikt om de duif te martelen.'

'Er is een manier', hield Mo vol. 'Want dat touwtje is geen touwtje van een prof. Ik denk niet dat het een gevlochten kern heeft.'

'Een gevlochten kern?' vroeg Zerk verontrust.

'Het binnenste, het midden. Profs kiezen duurder touw, dat je per rol van tien of vijfentwintig meter koopt. Dat is dit niet. Dit touwtje is samen met de diabolo en de stokjes verkocht, in een setje.'

'En dus?'

'Het ziet er helemaal niet gebruikt uit. Maar misschien zouden de mensen die met je vader werken dat met een vergrootglas kunnen zien?'

'Of met een microscoop', opperde Zerk. 'Wat maakt het uit of het nieuw is?'

'Nou, waarom zou dat rotjoch het nieuwe touwtje van zijn diabolo mollen? Waarom neemt hij dat touwtje, en niet een touwtje uit de keuken?'

'Omdat deze bij hem thuis voor het grijpen liggen?'

'Precies. Zijn vader heeft een diabolowinkel. En die jongen, die heeft een stukje van een grote rol af gehaald, een nieuw stukje, en hij heeft het minst dure uitgekozen. Dus zijn vader, die is groothandelaar of tussenhandelaar, en hij verkoopt dat touw aan mensen die die setjes maken. En van groothandelaren is er misschien in Parijs maar een. Je mag aannemen dat hij niet ver van het politiebureau af woont, want Hellebaud heeft daarna geen kilometers kunnen lopen.'

Zerk zat met bijna gesloten ogen te roken, terwijl hij Mo observeerde.

'Heb je daar lang over nagedacht?' vroeg hij.

'Ja, ik had de tijd in dat lege huis. Denk jij dat het bullshit is?'

'Ik denk dat zodra we op internet kunnen, we het adres van de winkel en de achternaam van het rotjoch zullen vinden.'

'Maar we kunnen niet op internet.'

'Nee, misschien zijn we wel jarenlang op de vlucht. Behalve als jij het rotjoch vindt dat jouw pootjes heeft vastgebonden.'

'Dat is een ongelijke strijd. De Clermonts, dat is het hele land.'

'Meerdere landen zelfs.'

28

In de gang van het ziekenhuis had de ongerustheid korte metten gemaakt met de gewone beleefdheidsvormen en niemand richtte het woord tot een ander. Lina huiverde, haar sjaal gleed opnieuw op de grond. Danglard was sneller dan Adamsberg. In twee van die onhandige, grote stappen van hem stond hij achter haar en legde met een wat ouderwetse traagheid en voorkomendheid de sjaal weer om haar schouders.

Voor haar stralen bezweken, dacht Adamsberg, terwijl Émeri, die zijn blonde wenkbrauwen fronste, de scène leek af te keuren. Allemaal voor haar stralen bezweken, concludeerde Adamsberg. Allemaal om haar vinger gewonden, ze vertelt wat ze wil, ze bedot wie ze wil.

Vervolgens werden de blikken weer strak op de gesloten kamerdeur gericht, wachtend tot de klink in beweging kwam, zoals je uitziet naar het opgaan van het doek bij een bijzonder toneelstuk. Allemaal even onbeweeglijk als de koeien in de weiden.

'Het is weer op gang, het doet het weer', deelde de arts zonder omhaal mee toen hij naar buiten kwam.

Hij haalde een grote witte zakdoek uit zijn zak en veegde er systematisch zijn voorhoofd mee af terwijl hij de deur vasthield.

'U kunt naar binnen,' zei hij tegen de graaf, 'maar zeg geen woord. Probeer haar nu niet te laten praten. En de komende veertien dagen evenmin. Die tijd heeft ze minimaal nodig om het te kunnen accepteren, het is uit den boze de zaak te overhaasten, want dan raakt ze opnieuw in een schemertoestand. Als u allen belooft u daaraan te houden, laat ik u bij haar.'

Alle hoofden knikten.

'Maar wie kan me beloven erop toe te zien dat deze instructie wordt opgevolgd?' drong dokter Hellebaud aan.

'Ik', zei Merlan, die door niemand was opgemerkt en die met onder alle ontsteltenis enigszins gekromde rug achter Hellebaud aan kwam.

'Ik hou u aan uw woord, beste collega. Iedere bezoeker vergezelt u of laat u vergezellen. Of ik hou u persoonlijk verantwoordelijk voor een terugval.'

'U kunt me vertrouwen. Ik ben arts, ik laat niemand het werk verknallen.'

Hellebaud knikte en liet de graaf bij het bed, waarbij Danglard zijn bevende arm ondersteunde. Hij bleef een moment met open mond roerloos staan, oog in oog met een Léo met een lichte blos op haar wangen en een regelmatige ademhaling, die hem begroette met een glimlach en een heldere blik. De graaf legde zijn vingers op de handen van de oude vrouw, die weer warm waren. Hij draaide zich om naar de dokter, om hem te bedanken of zijn ontzag te uiten, maar begon ineens te wankelen aan Danglards arm.

'Pas op', zei Hellebaud en zijn gezicht vertrok. 'Een shock, een vagale collaps. Laat hem zitten, trek zijn overhemd uit. Zijn zijn voeten blauw?'

De Valleray was op de stoel in elkaar gezakt en het kostte Danglard moeite om hem uit te kleden. De graaf duwde hem in zijn verwarring zo hard als hij kon van zich af, alsof hij absoluut weigerde om naakt en vernederd in een ziekenhuiskamer te zitten.

'Daar heeft hij een bloedhekel aan', luidde dokter Merlans laconieke commentaar. 'Hij heeft zich thuis ook een keer zo aangesteld. Gelukkig was ik erbij.'

'Is hij vaker onwel?' vroeg Adamsberg.

'Nee, de laatste keer was een jaar geleden. Te veel stress, niets ernstigs uiteindelijk. Het lijkt erger dan het is. Waarom vraagt u me dat, commissaris?'

'Vanwege Léo.'

'Maakt u zich niet ongerust. Het is een sterke kerel, Léo heeft nog jaren plezier van hem.'

29

Kapitein Émeri kwam de kamer binnen en schudde met een uitdrukking van ontzetting op zijn gezicht Adamsberg bij zijn arm.

'Mortembot heeft zijn neef Glayeux net gevonden, dood, afgemaakt.'

'Wanneer?'

'Waarschijnlijk afgelopen nacht. De lijkschouwer is onderweg. Het ergste weet je nog niet, zijn schedel is gekliefd. Met een bijl. De moordenaar past zijn eerste methode weer toe.'

'Bedoel je vader Vendermot?'

'Natuurlijk, daar begint het allemaal mee. Wie bruutheid zaait, zal beestachtigheid oogsten.'

'Jij was niet hier toen die vent is vermoord.'

'Dat doet er niet toe. Je kunt je eerder afvragen waarom er destijds niemand is gearresteerd. Waarom ze misschien niemand wilden arresteren.'

'Wie zijn "ze"?'

'Adamsberg,' sprak Émeri moeizaam, terwijl Danglard De Valleray met ontbloot bovenlijf meenam, 'hier is de graafs wil wet, de enige echte wet. Graaf De Valleray van Ordebec bepaalt het recht op leven en dood op zijn landgoed en ver daarbuiten, je moest eens weten.'

Adamsberg weifelde terwijl hij terugdacht aan de bevelen die hij de vorige avond op het kasteel had ontvangen.

'Ga maar na', voegde Émeri eraan toe. 'Heeft hij jouw gevangene nodig om Léo te behandelen? Dan komt hij. Heb jij uitstel nodig voor je onderzoek? Dan krijgt hij het.'

'Hoe weet jij dat ik uitstel heb gekregen?'

'Dat heeft hij me zelf verteld. Hij laat graag blijken hoever zijn macht strekt.'

'Wie zou hij dan hebben beschermd?'

'Er is altijd gedacht dat een van de kinderen de vader heeft vermoord. Vergeet niet dat Lina is aangetroffen op het moment dat ze de bijl stond af te vegen.'

'Dat verzwijgt ze niet.'

'Dat kan ze niet omdat het tijdens het onderzoek is genoemd. Maar ze kan de bijl hebben schoongemaakt om Hippo te beschermen. Heb je gehoord wat zijn vader hem heeft aangedaan?'

'Ja, zijn vingers.'

'Met een bijl. Maar het zou net zo goed kunnen dat De Valleray om de kinderen te beschermen de taak op zich heeft genomen om die kwelgeest te vermoorden. Stel dat Herbier dat wist. Stel dat hij De Valleray is gaan chanteren.'

'Dertig jaar later?'

'Misschien chanteerde hij hem al jarenlang.'

'En Glayeux dan?'

'Louter enscenering.'

'Je veronderstelt dat Lina en De Valleray onder één hoedje spelen. Dat zij de doortocht van het Leger meldt, zodat De Valleray Herbier uit de weg kan ruimen. Dat de rest, Glayeux en Mortembot, niet meer dan decorstukken zijn om jou achter een idioot aan te sturen die in de Troep van Hellequin gelooft en die de wensen van zijn Seigneur uitvoert.'

'Dat snijdt hout, niet dan?'

'Misschien, Émeri. Maar ik geloof dat er wel degelijk een idioot bestaat die bang is voor het Leger. Ofwel een van de geronselden die het vege lijf probeert te redden, ofwel een toekomstige geronselde die de gunst van Hellequin probeert te winnen door hem te dienen.'

'Waarom geloof je dat?'

'Ik weet het niet.'

'Omdat je de mensen hier niet kent. Wat heeft De Valleray je beloofd als je Léo erbovenop krijgt? Een kunstwerk misschien? Reken er maar niet op. Dat doet hij altijd. En waarom wil hij per se dat Léo wordt behandeld? Heb je je dat afgevraagd?'

'Omdat hij aan haar gehecht is, Émeri, dat weet je.'

'Of om te weten te komen wat zij weet?'

'Verdomme, Émeri, hij ging zonet bijna onderuit. Hij wil met haar trouwen als ze het overleeft.'

'Komt dat even goed uit. De getuigenverklaring van een echtgenote is niets waard voor het gerecht.'

'Neem een besluit, Émeri. Of je verdenkt De Valleray, of de Vendermots.'

'De familie Vendermot, De Valleray of Léo, het is één pot nat. Vader Vendermot en Herbier, dat is de duivelse kant. De graaf en de kinderen de onschuldige kant. Meng het hele zootje en je krijgt een verdomd oncontroleerbaar, met klei vermengd gebroed.'

30

"'s Avonds overvallen, tegen middernacht', bevestigde lijkschouwer Chazy. 'Twee slagen met een bijl. De eerste had al ruimschoots volstaan.'

Glayeux lag met zijn kleren aan languit in zijn kantoor, zijn hoofd was tweemaal gekliefd en zijn bloed, rijkelijk uitgestroomd over de tafel en het tapijt, bedekte de werktekeningen die hij op de vloer had uitgespreid. Het gezicht van de Maagd Maria was tussen de vlekken door nog te onderscheiden.

'Ongehoord', zei Émeri terwijl hij naar de tekeningen wees. 'De Heilige Maagd onder het bloed', sprak hij met afkeer, alsof deze besmeuring hem meer walging inboezemde dan het slachttafereel dat hij voor zijn ogen zag.

'Seigneur Hellequin is niet met zachte hand te werk gegaan', bromde Adamsberg binnensmonds. 'En heeft geen enkel ontzag voor de Heilige Maagd.'

'Dat blijkt', zei Émeri chagrijnig. 'Glayeux had een opdracht voor de kerk van Saint-Aubin. En hij werkte altijd 's avonds door. De moordenaar, man of vrouw, is binnengekomen, ze kenden elkaar. Glayeux heeft die persoon hier ontvangen. Als-ie een bijl bij zich had, dan moest-ie wel een regenjas dragen. Nogal raar met deze warmte.'

'Het kon gaan regenen, weet je nog. Het was bewolkt in het westen.'

In het kantoor drong het gesnik door van Michel Mortembot, eerder kreten dan gehuil, zoals mannen uiten die moeite hebben hun tranen te laten stromen.

'Zo hard heeft hij niet gejammerd om de dood van zijn moeder', sprak Émeri vals.

'Weet je waar hij gisteren was?'

'In Caen sinds twee dagen, voor een grote bestelling van perenbomen. Tal van mensen zullen dat bevestigen. Hij is vandaag aan het eind van de morgen thuisgekomen.'

'En gisteren rond middernacht?'
'Toen was hij in een nachtclub, Sens dessus dessous. Hij heeft de hele nacht doorgehaald met hoeren en nichten en nu heeft-ie spijt. Als hij klaar is met z'n gesnotter neemt de brigadier hem mee voor een getuigenverklaring.'
'Rustig, Émeri, dit heeft geen zin. Wanneer komt de technische recherche?'
'Zo lang ze erover doen om vanuit Lisieux hierheen te komen, reken maar uit. Had die klootzak van een Glayeux mijn adviezen nou maar opgevolgd, had-ie mijn bewaking nou maar geaccepteerd.'
'Rustig, Émeri. Vind je het erg dat hij dood is?'
'Nee. Laat Hellequin hem maar meenemen. Maar ondertussen zijn er wel twee geronselden van de Troep vermoord. Weet je wat dat in Ordebec teweeg zal brengen?'
'Een spoor van angst.'
'Het kan geen mens iets schelen of Mortembot er ook aan gaat. Maar de naam van het vierde slachtoffer is onbekend. Mortembot kun je beschermen, maar niet de hele stad. Als ik zou willen weten wie er hier iets op zijn kerfstok heeft, wie er bang is door Hellequin te zijn aangewezen, dan is dit het juiste moment om goed uit je doppen te kijken. Gewoon door de mensen in de gaten te houden, te kijken wie er beeft en wie er rustig blijft. En ik maak zo een lijstje.'
'Wacht op mij', zei Adamsberg terwijl hij zijn mobiel dichtklapte. 'Inspecteur Danglard staat buiten, ik ga hem even halen.'
'Kan hij zelf niet binnenkomen?'
'Ik wil niet dat hij Glayeux ziet.'
'Waarom niet?'
'Hij kan niet tegen bloed.'
'En dat noemt zich smeris?'
'Rustig, Émeri.'
'Dat zou me een lijntrekker zijn geweest op het slagveld.'
'Zo erg is dat niet, hij is geen nazaat van een maarschalk. Al

zijn voorvaderen hebben in de mijnen gezwoegd. Dat is even hard, maar roemloos.'

Er had zich voor het huis van Glayeux al een kleine menigte gevormd. Ze wisten dat hij een van de geronselden was van Seigneur Hellequin, ze hadden de auto van de gendarmerie zien staan, dat verklaarde genoeg. Danglard stond onbeweeglijk wat achteraf.

'Ik heb Antonin bij me', legde hij Adamsberg uit. 'Hij wil u spreken, u en Émeri. Maar hij durft niet alleen door de menigte heen, we moeten een weg voor hem banen.'

'We nemen de achterdeur', zei Adamsberg terwijl hij voorzichtig Antonins hand pakte.

Hij had tijdens de massage door zijn broer begrepen dat zijn hand stevig was, maar dat zijn pols helemaal uit klei bestond. Hij moest dus behoedzaam te werk gaan.

'Hoe gaat het met de graaf?' vervolgde Adamsberg.

'Hij is weer op de been. Maar bovenal weer aangekleed, en woedend dat ze zijn overhemd hebben uitgetrokken. Dokter Merlan is volledig overstag. Hij heeft nederig een kamer ter beschikking gesteld aan collega Hellebaud, die oreert en luncht met zijn bewakers. Merlan wijkt geen centimeter van zijn zijde, hij ziet eruit als iemand wiens zekerheden door een wervelstorm omver zijn geblazen. En Glayeux, hoe ligt hij erbij?'

'Op zo'n manier dat u er beter aan doet hem niet te zien.'

Adamsberg liep om het huis heen, terwijl hij en Danglard Antonin aan weerszijden beschermden. Ze kwamen Mortembot tegen, die zijn hoofd gebogen hield als een uitgebluste stier en door brigadier Blériot vrij vriendelijk naar de auto werd geleid. Blériot hield de commissaris met een discreet gebaar staande.

'De kapitein neemt u de dood van Glayeux kwalijk', fluisterde hij. 'Hij zegt – met alle respect – dat u geen donder hebt gedaan. Ik zeg dit om u te waarschuwen, hij kan onaangenaam worden.'

'Dat heb ik gemerkt.'

'Til er niet te zwaar aan, het gaat over.'

Antonin ging voorzichtig op een van de keukenstoelen van

Glayeux zitten en stak zijn armen onder de tafel.

'Lina is op haar werk, Hippo is weg om hout te kopen en Martin is in het bos', verklaarde hij. 'Dus ben ik maar gekomen.'

'We luisteren', sprak Adamsberg kalm.

Émeri had zich wat afzijdig van het groepje opgesteld om duidelijk aan te geven dat dit niet zijn onderzoek was en dat Adamsberg, hoe befaamd ook, het niet beter deed dan hij.

'Ze zeggen dat Glayeux is vermoord.'

'Dat klopt.'

'Weet u dat Lina hem in de Troep om genade heeft zien smeken?'

'Ja. Met Mortembot en een onbekende vierde.'

'Ik bedoel, als de Troep iemand doodt, dan gebeurt dat op hun manier. Nooit met een modern wapen, dat bedoel ik. Niet met een revolver of een geweer. Omdat Hellequin zulke wapens niet kent, daarvoor is Hellequin te oud.'

'Dat geldt niet voor Herbier.'

'Oké, maar misschien heeft Hellequin dat wel niet gedaan.'

'Maar het geldt wel voor Glayeux', gaf Adamsberg toe. 'Hij is niet door een schot gedood.'

'Maar met een bijl?'

'Hoe weet u dat?'

'Omdat de onze is verdwenen. Dat bedoelde ik.'

'Nee maar,' zei Émeri met een kort lachje, 'je komt helemaal hierheen, zo breekbaar als je bent, om ons het moordwapen aan te reiken? Dat is aardig, Antonin.'

'Mijn moeder zei dat het kon helpen.'

'Ben je dan niet bang dat dit tegen jullie kan werken? Of denk je dat wij de bijl wel zullen vinden en wil je ons liever voor zijn?'

'Rustig, Émeri', brak Adamsberg hem af. 'Wanneer hebben jullie gemerkt dat de bijl weg was?'

'Vanmorgen, maar voordat ik het van Glayeux wist. Ik gebruik hem niet, dat kan ik me niet veroorloven. Maar ik zag dat hij niet meer stond waar hij gewoonlijk wordt neergezet,

buiten, rechtop tegen de houtstapel aan.'
'Voor iedereen voor het grijpen?'
'Ja, maar dat doet niemand.'
'Is er iets bijzonders aan die bijl? Iets waaraan je hem kunt herkennen?'
'Hippo heeft een V in het heft gekerfd.'
'Denkt u dat iemand hem heeft gebruikt om jullie de schuld in de schoenen te schuiven?'
'Dat is mogelijk, maar ik bedoel, dat zou niet erg slim zijn. Als wij Glayeux hadden willen vermoorden, dan hadden we onze eigen bijl niet gebruikt, toch?'
'Jawel, dat zou juist slim zijn', kwam Émeri tussenbeide. 'Dat zou zo ongelooflijk stom zijn dat jullie het onmogelijk gedaan konden hebben. Vooral jullie niet, de Vendermots, de pienterste lui van Ordebec.'
Antonin haalde zijn schouders op.
'Jij mag ons niet, Émeri, dus naar jouw mening luister ik niet. Ook al wist je voorvader misschien van wanten op het slagveld, zelfs al was hij numeriek minder sterk.'
'Bemoei je niet met mijn familie, Antonin.'
'Jij bemoeit je ook met de mijne, dat bedoel ik. Maar wat heb jij van hem? Jij rent over het veld achter de eerste de beste haas aan die je ziet. Maar zonder ooit om je heen te kijken, zonder je ooit af te vragen wat de anderen denken. Bovendien leid jij dit onderzoek niet meer. Ik praat met de commissaris uit Parijs.'
'En daar doe je goed aan', antwoordde Émeri met zijn oorlogsgrijns. 'Je ziet hoe effectief hij is opgetreden sinds zijn komst.'
'Logisch. Want het kost tijd om erachter te komen wat de mensen denken.'
Het team van de technische recherche uit Lisieux kwam het huis binnen, en Antonin, met zijn verfijnde gelaatstrekken, keek op, gealarmeerd door het lawaai.
'Danglard brengt u naar huis, Antonin', zei Adamsberg terwijl hij opstond. 'Bedankt dat u naar ons toe bent gekomen. Émeri, ik zie je vanavond, bij het eten als je daarin toestemt.

Ik hou niet van geschillen. Niet omdat ik zo deugdzaam ben, maar omdat ik er moe van word, of ze nou terecht zijn of niet.'

'Oké', zei Émeri na een moment. 'Bij mij aan tafel?'

'Bij jou aan tafel. Ik laat je achter met de technische recherche. Hou Mortembot zo lang mogelijk in de cel, onder voorwendsel van een voorlopige hechtenis. Op de gendarmerie is hij tenminste buiten bereik.'

'Wat ga jij doen? Lunchen? Iemand opzoeken?'

'Lopen. Ik moet lopen.'

'Wat bedoel je? Ga je iets nalopen?'

'Nee, ik ga alleen maar lopen. Weet je dat dokter Hellebaud me heeft verzekerd dat spanningspropjes niet bestaan?'

'Wat zijn het dan?'

'Daar hebben we het vanavond wel over.'

Er was op het gezicht van de kapitein geen spoor meer te bekennen van een slecht humeur. Brigadier Blériot had gelijk, het was snel over, al met al een nogal uitzonderlijk pluspunt.

31

De verontrusting in Ordebec zou nog een graadje stijgen, geschrokken zou er naar een antwoord worden gezocht, dat, meende Adamsberg, eerder het spookbeeld van het Woeste Leger betrof dan dat het zich tegen de onmacht van de commissaris uit Parijs zou keren. Want wie zou het hier nou voor mogelijk houden dat een man, gewoon een man, bij machte was om Seigneur Hellequin van zijn daden af te brengen? Desalniettemin koos Adamsberg voor een pad dat weinig werd gebruikt, wat hem ontmoetingen en ondervragingen zou besparen, ook al waren Normandiërs niet erg sterk in het stellen van directe vragen. Maar ze wisten dat te compenseren door langdurige blikken of onverholen insinuaties waarmee je in de rug werd aangevallen, om uiteindelijk frontaal met de vraag te worden geconfronteerd.

Hij liep om Ordebec heen langs het ven van de libellen, sneed af door het bos van de Petites Alindes en zette in de felle zon koers naar de weg van Bonneval. Er bestond geen enkel risico dat hij op dat deel van de dag op dat vervloekte pad ook maar iemand tegen zou komen. Hij had al veel eerder over deze weg heen en terug moeten lopen. Want daar, en daar alleen, kon Léo iets te weten zijn gekomen of begrepen hebben. Maar Mo was ertussen gekomen en de familie Clermont-Brasseur, Retancourts duikersmissie, Léo's apathie, de bevelen van de graaf, waardoor hij dit niet eerder had gedaan. Mogelijk speelde ook een zeker fatalisme hier een rol, waardoor hij eerder geneigd was gewoon Seigneur Hellequin de schuld te geven dan dat hij op zoek ging naar de echte, sterfelijke man die mensen met een bijl afmaakte. Geen bericht van Zerk. Hierin volgde zijn zoon zijn instructies, hij mocht niet proberen hem te bereiken. Want op dit tijdstip, en na de komst van de mannen van het ministerie, was zijn tweede mobieltje vast en zeker gelokaliseerd en onder een tap geplaatst. Hij moest Retancourt waarschuwen geen contact meer met hem op te nemen. God mocht weten welk lot een mol beschoren was die werd ontdekt in het indrukwekkende hol van de Clermont-Brasseurs.

Aan de kant van de zijweg lag een afgelegen boerderij, bewaakt door een hond die het blaffen moe was. Hier liep hij geen enkel risico dat de telefoon werd afgeluisterd. Adamsberg trok een aantal keren aan de oude bel en riep met luide stem. Toen er geen antwoord kwam, duwde hij de deur open en vond de telefoon op het tafeltje in de hal, te midden van een hoop brieven, paraplu's en bemodderde laarzen. Hij nam de hoorn van de haak om Retancourt te bellen.

En legde hem weer neer. Ineens gealarmeerd door het stugge pakje foto's in zijn achterzak, dat de graaf hem de vorige dag had gegeven. Hij liep weer naar buiten en ging wat verderop achter een hooischuur staan om ze rustig een voor een te bekijken, waarbij hij nog steeds niet begreep welke nadrukkelijke boodschap ze hem wilden overbrengen. Christian, die een of andere persoon staat te imiteren ten overstaan van een kring van lachende mensen, Christophe, onelegant en glimlachend, met een hoefijzervormige gouden dasspeld, glazen in alle handen, uitbundig met bloemen versierde schotels, laag uitgesneden jurken, juwelen, in het vlees van oude vingers verzonken zegelringen, obers in rokkostuum. Veel te zien voor een zoöloog gespecialiseerd in uiterlijk vertoon en houding van de dominante soort, niets voor een politieman op zoek naar een vadermoordenaar. Hij werd afgeleid door een overtrekkende vlucht eenden in een onberispelijke V-formatie, hij staarde naar het lichte blauw van de lucht – in het westen wat donkerder door de wolken – rangschikte het bundeltje foto's, aaide het voorhoofd van een merrie die een lok van haar manen uit haar ogen schudde, en keek op zijn horloges. Als Zerk iets was overkomen, dan zou hij daar al van op de hoogte zijn. Op dit tijdstip naderden ze waarschijnlijk Granada, buiten bereik van het actiefste opsporingsapparaat. Hij had niet verwacht dat hij zich zorgen zou maken om Zerk, hij wist niet in hoeverre schuldgevoel of een genegenheid waarvan hij zich nog niet bewust was, daar deel van uitmaakte. Hij stelde zich voor hoe ze enigszins verreisd bij de stad aankwamen, hij zag het smalle, vriendelijke gezichtje van Zerk voor zich, en Mo met zijn haren geknipt als die van een brave leerling. Mo, oftewel Momo-de-schroeier.

Ineens stak hij de foto's weer vlug in zijn zak en liep snel terug naar de verlaten boerderij, keek om zich heen en toetste het nummer in van Retancourt.

'Violette,' zei hij, 'de foto die je me hebt gestuurd van Verlosser 1.'

'Ja.'

'Daarop heeft hij kort haar. Maar op het feest was zijn haar langer. Wanneer heb je die genomen?'

'De dag na mijn komst.'

'Dus drie dagen nadat de vader bij de brand is omgekomen. Probeer erachter te komen wanneer hij zijn haar heeft laten knippen. Tot op het uur nauwkeurig. Voor of na zijn terugkeer van het feest. Dat moet lukken.'

'Ik heb de meest arrogante hoofdbutler daar in huis weten te paaien. Hij praat met niemand, maar maakt voor mij een uitzondering.'

'Dat verbaast me niks. Stuur me de informatie, gebruik daarna die mobieltjes nooit meer en maak dat je daar wegkomt.'

'Problemen?' vroeg Retancourt onverstoorbaar.

'Behoorlijke.'

'Goed.'

'Als hij zelf voor zijn thuiskomst zijn haar heeft geknipt, dan kunnen er nog wat haren op de hoofdsteun van zijn auto zitten. Heeft hij gereden sinds de moord?'

'Nee, zijn chauffeur.'

'We moeten dus op zoek naar piepkleine haartjes op de stoel van de bestuurder.'

'Maar zonder huiszoekingsbevel.'

'Precies, brigadier, dat krijgen we nooit.'

Hij liep nog twintig minuten voordat hij het begin van de

weg van Bonneval bereikte, terwijl het plotseling geknipte haar van Christian Clermont-Brasseur zijn gedachten in beslag nam en hem van de wijs bracht. Maar híj was niet degene geweest die zijn vader in de Mercedes naar huis had gebracht. Hij was, lichtelijk dronken, eerder vertrokken en bij een vrouw langs geweest wier naam ze nooit te weten zouden komen. En nadat het bericht hem had bereikt, had hij in de rouw om zijn vader misschien een wat soberder kapsel gewenst.

Misschien. Maar dan had je Mo, wiens haren soms verschroeiden in de hitte van de branden die hij stichtte. Als Christian de auto in brand had gestoken, als hij daarbij wat haarlokken had verbrand, had hij dat haastig moeten maskeren door alles zo kort mogelijk te knippen. Maar Christian was daar niet, daar kwam hij steeds maar weer bij uit, en Adamsberg kreeg nergens zo genoeg van als van in een kringetje ronddraaien, in tegenstelling tot Danglard, die daarin kon volharden tot hij er duizelig van werd, waarbij hij steeds dieper in zijn eigen voetsporen wegzonk.

Hij dwong zichzelf de bramen links te laten liggen om zijn aandacht te concentreren op de weg van Bonneval, waar de oude Léo had gelopen. Hij kwam voorbij de dikke boomstam waarop hij naast haar was gaan zitten, dacht even heel sterk aan haar en bleef een tijdje rondhangen bij de kapel van Sint-Antonius, die zorgt dat je alles wat je hebt verloren weer terugvindt. Zijn moeder riep deze heilige altijd aan op een irritant deuntje zodra ze een of ander snuisterijtje kwijt was. 'Sint-Antonius, beste vrind, zorg dat ik mijn vingerhoed vind.' Als kind was Adamsberg nogal geschokt dat zijn moeder zonder gêne een beroep deed op de heilige Antonius om een vingerhoed terug te vinden. Ondertussen was de heilige hem niet behulpzaam en hij vond niets op de weg. Hij liep hem nauwgezet af in de omgekeerde richting en ging halverwege op de omgehakte boom zitten, ditmaal met een voorraadje bramen, die hij op de schors neerlegde. Hij liet de foto's die Retancourt hem had gestuurd nogmaals op het schermpje van zijn telefoon voorbijkomen en vergeleek ze met de foto's die De Valleray hem had gegeven. Er klonk geraas achter zijn rug en Flem stoof het bos uit, met de gelukzalige smoel van een vent die net terugkeert van een succesvol bezoekje aan het meisje op de boerderij. Flem legde zijn kwijlende kop op zijn knie en keek hem aan met een smekende blik die geen mens hem zo vastberaden zou nadoen. Adamsberg klopte hem op zijn kop.

'En nu wil je een suikerklontje, hè? Maar dat heb ik niet, beste kerel. Ik ben Léo niet.'

Flem bleef aandringen, legde zijn modderpoten op zijn broekspijp om zijn smeekbede kracht bij te zetten.

'Geen suiker, Flem', herhaalde Adamsberg langzaam. 'Je krijgt om zes uur een klontje van de brigadier. Wil je een braam?'

Adamsberg bood hem een vrucht aan, die het dier negeerde. Toen hij leek te begrijpen hoe vergeefs zijn verzoek was of hoe dom deze man, begon hij aan de voeten van Adamsberg in de grond te graven, waarbij talloze dode bladeren in het rond vlogen.

'Flem, je vernietigt de vitale microkosmos van rottende bladeren.'

Ineens stopte de hond en keek hem nadrukkelijk aan, zijn kop ging van de grond naar Adamsbergs gezicht. Een van zijn poten rustte op een wit papiertje.

'Ik zie het, Flem, dat is het papiertje van een suikerklontje. Maar het is leeg. Het is oud.'

Adamsberg at een handvol bramen en Flem bleef aandringen, hij verplaatste voortdurend zijn poot om deze man die zo traag van begrip was de weg te wijzen. Binnen een minuut telde Adamsberg zes oude wikkels van suikerklontjes in de grond.

'Allemaal leeg, beste kerel. Ik weet wat je me vertelt: dit hier is een suikermijn. Ik weet dat Léo je hier een klontje gaf na je prestaties op de boerderij. Ik snap je teleurstelling. Maar ik heb geen suiker.'

Adamsberg stond op en liep een paar meter in de hoop Flem

van zijn vergeefse obsessie af te leiden. De hond volgde hem licht jankend totdat Adamsberg plotseling op zijn schreden terugkeerde en op exact dezelfde plek ging zitten waar hij met Léo had gezeten, waarbij hij de scène in zijn herinnering terugriep, de eerste woorden, de komst van de hond. Ook al was het geheugen van Adamsberg rampzalig wat het opslaan van woorden betreft, het was uiterst precies als het om beelden ging. Hij had het gebaar van Léo nu voor ogen, zo duidelijk als een pennenstreek. Léo had geen papier van het klontje af gehaald, omdat er geen papier omheen zat. Ze had het klontje rechtstreeks aan Flem gegeven. Léo was er de vrouw niet naar om verpakte suiker bij zich te dragen, het kon haar niet schelen dat haar zakken, haar vingers of de suiker vuil werden.

Hij verzamelde zorgvuldig de zes vuile, door Flem opgegraven wikkels. Iemand anders had hier suikerklontjes gegeten. Die papiertjes moesten daar zeker al twee weken liggen, vlak bij elkaar, alsof ze allemaal op hetzelfde moment waren weggegooid. Nou en? Wat dan nog? Afgezien van het feit dat het op de weg van Bonneval was? Precies. Het was mogelijk dat een jongere daar 's nachts op die boomstam was gaan zitten, wachtend tot het Leger voorbij zou trekken – dat was immers de uitdaging die sommigen aangingen – en dat hij deze suikerklontjes had gegeten om weer wat energie te krijgen. Of daar was geweest in de nacht van de moord? En de moordenaar had zien voorbijkomen?

'Flem,' vroeg hij aan de hond, 'heb je deze papiertjes aan Léo laten zien? In de hoop op een extraatje?'

Adamsberg dacht terug aan het ziekenhuisbed, en de enige drie woorden die de oude vrouw hem had toegefluisterd kwamen nu in een ander licht te staan: 'Hello', 'Flem', 'suiker'.

'Flem,' herhaalde hij, 'Léo heeft deze papiertjes gezien, klopt dat? Zij heeft ze gezien, hè? En ik kan je zelfs vertellen wanneer zij ze heeft gezien. De dag waarop ze het lijk van Herbier heeft ontdekt. Anders had ze er in het ziekenhuis niet over gesproken, met het beetje kracht dat ze nog had. Maar waarom heeft ze die avond niets gezegd? Denk je dat ze het pas later heeft begrepen? Zoals ik? Achteraf? De volgende dag? Dat ze wát heeft begrepen, Flem?'

Adamsberg stopte de wikkels voorzichtig in het mapje van de foto's.

'Wat, Flem?' vervolgde Adamsberg terwijl hij terugliep via dezelfde kortere weg die Léo had genomen. 'Wat heeft ze begrepen? Dat iemand getuige is geweest van de moord? Hoe wist zij dat de papiertjes die avond waren weggegooid? Omdat ze daar met jou was geweest op de avond voorafgaand aan de moord? En ze er toen niet lagen?'

De hond volgde enthousiast het pad en pieste, nu hij de herberg van Léo naderde, tegen dezelfde bomen als de eerste keer.

'Het kan niet anders, Flem. Een getuige die suiker at. Die het belang van wat hij had gezien pas heeft begrepen toen hij later hoorde van de moord en de datum van de moord. Maar een getuige die niets zegt omdat hij bang is. Léo wist misschien welke jonge knul zichzelf die nacht daar op die weg had bewezen.'

Op vijftig passen van de herberg rende Flem op een auto af die in de berm stond. Brigadier Blériot kwam de commissaris tegemoet. Adamsberg versnelde zijn pas want hij hoopte dat hij langs het ziekenhuis was geweest en nieuws had.

'Er is niets aan te doen, ze komen er niet achter wat eraan mankeert', zei hij tegen Adamsberg zonder hem te groeten, terwijl hij met een diepe zucht zijn korte armen spreidde.

'Verdomme, Blériot. Wat is er aan de hand?'

'Er tikt iets opzij.'

'Er tikt iets?'

'Ja, en geen weerstand bij inspanning, er zit maar weinig kracht in. In de afdaling of op de vlakke baan daarentegen gaat alles normaal.'

'Over wie hebt u het eigenlijk, Blériot?'

'Nou, over de auto, commissaris. En als je denkt dat je van de prefectuur een andere krijgt, kun je wachten tot sint-juttemis.'

'Oké, brigadier. Hoe is het verhoor van Mortembot verlopen?'

'Hij weet echt niks. Een slapjanus', zei Blériot ietwat treurig terwijl hij Flem aaide, die tegen hem op was gaan staan. 'Zonder Glayeux trekt die vent het niet.'

'Hij wil zijn suikerklontje', legde Adamsberg uit.

'Hij wil vooral in de cel blijven zitten. Die idioot heeft me uitgescholden en toen geprobeerd me in elkaar te slaan in de hoop dat-ie dan een tijd de bak in zou gaan. Ik ken dat soort.'

'Voor alle duidelijkheid, Blériot', zei Adamsberg terwijl hij zijn voorhoofd met de mouw van zijn T-shirt afveegde. 'Ik probeer u alleen maar te vertellen dat de hond zijn suikerklontje wil.'

'Nou, het is zijn tijd niet.'

'Dat weet ik, brigadier. Maar we zijn naar het bos geweest, hij is bij het meisje op de boerderij langs geweest en nu wil hij een suikerklontje.'

'Dan moet u hem dat zelf maar geven, commissaris. Want ik heb net aan die motor zitten prutsen en als mijn handen naar benzine ruiken, dan kun je hoog of laag springen, maar dan accepteert-ie niks.'

'Ik heb geen suiker, brigadier', legde Adamsberg geduldig uit.

Zonder te antwoorden bood Blériot hem zijn overhemdzakje aan, propvol met in papier verpakte suikerklontjes.

'Ga uw gang', zei hij.

Adamsberg haalde er een klontje uit, scheurde het papier eraf en gaf het aan Flem. Een zaak van niks, eindelijk afgehandeld.

'Sjouwt u altijd met zo veel suikerklontjes rond?'

'Nou en?' bromde Blériot.

Adamsberg voelde dat zijn vraag veel te direct was geweest en met iets persoonlijks te maken had waarover Blériot niet van zins was opheldering te verschaffen. Misschien had de dikke Blériot last van hypo's, van die plotselinge dalingen van de bloedsuikerspiegel waardoor je benen van elastiek werden en je het zweet op je voorhoofd kreeg, als een 'slapjanus' een flauwte nabij. Of misschien was hij gek op paarden. Of misschien stopte hij klontjes in de benzinetanks van zijn vijanden. Of misschien deed hij ze 's morgens vroeg in een glas calvados.

'Kunt u me afzetten bij het ziekenhuis, brigadier? Ik moet de arts spreken voordat hij vertrekt.'

'Het schijnt dat hij Léo uit het diepe heeft gevist als een karper uit de modder', zei Blériot terwijl hij weer achter het stuur plaatsnam en Flem op de achterbank sprong. 'Ik heb een keer zomaar een beekforel uit de Touques gehaald. Ik viste hem er domweg met mijn hand uit. Hij was vast tegen een rots op geklapt of zo. Ik had het hart niet om hem op te eten, ik weet niet waarom, ik heb hem in het water teruggegooid.'

'Wat doen we met Mortembot?'

'De slapjanus wil vannacht liever op de gendarmerie blijven. Daar heeft hij het recht toe tot morgenmiddag twee uur. Daarna, tja, ik weet het niet. Hij zal er nu wel spijt van hebben dat hij zijn moeder heeft vermoord. Bij haar zou hij veilig zijn geweest, het was geen vrouw die zich onzin liet verkopen. Trouwens, als hij zich had gedragen, dan had Hellequin zijn Leger niet achter hem aan gestuurd.'

'Gelooft u in het Leger, brigadier?'

'Welnee', bromde Blériot. 'Ik zeg wat er gezegd wordt, meer niet.'

'Jongeren die 's nachts die weg op gaan, komt dat vaak voor?'

'Ja. Van die stomme jochies die zich niet durven te drukken.'

'Naar wie luisteren ze dan?'

'Naar stomkoppen die ouder zijn dan zijzelf. Zo gaat dat hier. Of je brengt de nacht door in Bonneval, of je hebt geen ballen. Zo simpel is het. Ik heb het zelf gedaan toen ik vijftien was. Ik kan u wel zeggen dat je 'm knijpt op die leeftijd. En je mag geen vuur maken, dat is volgens de regels van de stomkoppen verboden.'

'Is het bekend wie daar dit jaar zijn geweest?'

'Dit jaar niet en andere jaren ook niet. Niemand gaat er naderhand prat op. Want je kameraden wachten je aan het eind op en zien dat je in je broek hebt gepiest. Of erger. Dus niemand blaast hoog van de toren. Het is als een sekte, commissaris, het is geheim.'

'En moeten meisjes dat ook doen?'

'Onder ons gezegd, commissaris, meisjes zijn in dat soort dingen veel minder stom dan jongens. Zij halen zich geen moeilijkheden op de hals voor niks. Nee, natuurlijk gaan zij daar niet heen.'

Dokter Hellebaud zat aan een bescheiden maaltijd in de ruimte die hem ter beschikking was gesteld. Hij babbelde luchtig met twee verpleegkundigen en met dokter Merlan, die hij voor zich gewonnen had en die zich nu welwillend opstelde.

'U ziet, beste vriend,' zei hij terwijl hij Adamsberg begroette, 'dat ik voor mijn vertrek nog even een warme maaltijd naar binnen werk.'

'Hoe gaat het met haar?'

'Ik heb een tweede behandeling ter controle uitgevoerd, alles is op zijn plaats gebleven, ik ben tevreden. Tenzij ik me vergis, zullen de functies dag na dag weer rustig op gang komen. Het resultaat daarvan is met name over vier dagen zichtbaar, daarna komt ze in de consoliderende fase. Maar pas op, Adamsberg, vergeet het niet. Geen politievragen: wat hebt u gezien, wie was het, wat is er gebeurd? Ze kan die herinnering nog niet aan, als je haar daartoe aanzet, zijn al onze inspanningen voor niets geweest.'

'Ik zal er persoonlijk op toezien, dokter Hellebaud', verzekerde Merlan hem onderdanig. 'Haar deur gaat op slot en niemand komt daar binnen zonder mijn toestemming. En niemand zal haar spreken zonder dat ik daar getuige van ben.'

'Ik reken volledig op u, beste collega. Adamsberg, als u toestemming voor nog een uitstapje weet te krijgen, zie ik haar binnen veertien dagen weer. Het was me een genoegen, werkelijk.'

'En ik wil u bedanken, Hellebaud, werkelijk.'

'Kom, vriend, het is mijn vak. Nu we het er toch over hebben, dat spanningspropje van u? Zullen we daar eens iets aan doen? René,' vroeg hij, terwijl hij zich tot de hoofdbewaker wendde, 'hebben we nog vijf minuutjes? Meer heb ik voor de commissaris niet nodig. Hij vertoont ongewoon weinig symptomen.'

'Dat kan', zei René terwijl hij op de klok keek. 'Maar om zes uur moeten we weg zijn, dokter, geen minuut later.'

'Meer heb ik niet nodig.'

De arts glimlachte, depte zijn lippen met een papieren servetje en nam Adamsberg mee een gang op, gevolgd door twee bewakers.

'U hoeft niet te gaan liggen. Ga maar op deze stoel zitten, dan komt het prima voor elkaar. Alleen even uw schoenen uittrekken. Waar zit dat fameuze propje? Waar, in uw nek?'

De arts betastte enige tijd de schedel, de hals en de voeten van de commissaris en stond ook even stil bij zijn ogen en de bovenkant van zijn jukbeenderen.

'U bent nog altijd even bijzonder, beste vriend', zei hij ten slotte terwijl hij hem beduidde dat hij zijn schoenen weer aan kon trekken. 'Je hoeft hier en daar maar een paar aardse banden door te snijden of u stijgt al op naar de wolken, daar hebt u geen ideaal voor nodig. Als een ballon. Kijk uit, Adamsberg, dat heb ik u al eens gezegd. Het echte leven is een hoop rottigheid, laagheid en middelmatigheid, het zij zo, daar zijn we het over eens. Maar we zijn genoodzaakt erdoorheen te banjeren, vriend. Genoodzaakt. Gelukkig bent u ook een gewoon levend wezen, en zit een deel van u aan de grond vast als de hoef van een stier die in de modder blijft steken. Dat is uw geluk, en dat heb ik geconsolideerd door over uw achterhoofds- en wangbeen te strijken.'

'En het propje, dokter?'

'Het propje was, fysiologisch gezien, afkomstig uit een ruimte tussen nekwervel C1, die vastzat, en C2. Somatisch is het ontstaan als gevolg van een heftig schuldgevoel.'

'Ik geloof niet dat ik ooit last heb van schuldgevoelens.'

'Een gelukkige uitzondering. Maar niet zonder barstje. Ik

zou zeggen – en u weet van hoe nabij ik deze verrijzenis heb gevolgd – dat de plotselinge verschijning in uw leven van een onbekende zoon, die door uw afwezigheid uit zijn evenwicht gebracht is en door uw onverschilligheid zelfs gedemoraliseerd is, dat kunt u zich wel voorstellen, volop schuldgevoel heeft gewekt. Vandaar die reactie van de nekwervels. Ik moet gaan, vriend. We zien elkaar mogelijk over veertien dagen als de rechter opnieuw toestemming verleent. Wist u dat de oude rechter De Varnier volkomen corrupt was, verrot tot op het bot?'

'Ja, daaraan dankt u uw aanwezigheid hier.'

'Succes, vriend', zei de arts terwijl hij hem de hand schudde. 'Ik zou het fijn vinden als u me af en toe in Fleury een bezoekje brengt.'

Hij had 'Fleury' gezegd alsof hij de naam van zijn buitenhuis noemde, alsof hij hem gewoon uitgenodigde voor een middag onder vrienden in zijn zitkamer op het platteland. Adamsberg keek hem na met een gevoel van bewondering dat hem enigszins ontroerde, iets wat hem zelden overkwam en wat ongetwijfeld het directe gevolg was van de behandeling die hij net had genoten.

Voordat dokter Merlan de deur op slot draaide, sloop hij zachtjes Léo's kamer in, hij raakte haar warme wangen aan en streelde haar haren. Even was hij van plan haar over de suikerwikkels te vertellen, maar die gedachte verdrong hij meteen.

'Hello, Léo, ik ben het. Flem is bij het meisje op de boerderij geweest. Hij is tevreden.'

32

In de hal van een nogal naargeestig hotel in Granada aan de randweg van de stad zetten Zerk en Mo de ouderwetse computer uit die ze net hadden geraadpleegd en liepen bewust onverschillig naar de trap. Je denkt er nooit over na hoe je loopt, behalve als je het gevoel hebt dat er op je wordt gelet, door de politie of uit liefde. En niets is dan moeilijker dan je verloren ongedwongenheid te imiteren. Ze hadden besloten de lift te mijden, een plek waar mensen, bij gebrek aan beter, meer tijd hebben om je te observeren dan elders.

'Ik weet niet of het wel zo verstandig was om op internet te gaan zoeken', zei Mo terwijl hij de deur van de kamer achter zich sloot.

'Rustig, Mo. Niets valt zo op als iemand die gespannen is. We hebben in ieder geval gevonden wat we zochten.'

'Ik geloof niet dat het zo'n goed idee is om naar het restaurant van Ordebec te bellen. Hoe heet het ook alweer?'

'Le sanglier courant. Nee, we bellen niet. Alleen in het geval dat er iets misgaat. We hebben nu de naam van die verrekte speelgoed- en diabolowinkel: Sur le fil. Nou is het een makkie om achter de naam van de eigenaar te komen en uit te vinden of hij kinderen heeft. Of liever gezegd een jongen van tussen de twaalf en zestien jaar.'

'Een zoon', bevestigde Mo. 'Een meisje komt niet zo gauw op het idee een duif zijn pootjes vast te binden om hem af te peigeren.'

'Of om auto's in de fik te steken.'

Mo ging op zijn bed zitten, strekte zijn benen en probeerde rustig te ademen. Hij had het gevoel alsof er continu een tweede hart in zijn borstkas klopte. Adamsberg had hem in het huis van de koeien uitgelegd dat het vast kleine spanningspropjes waren die zich hier of daar nestelden. Hij legde zijn hand op zijn buik in een poging ze te verdrijven en bladerde door de Franse krant van de vorige dag.

'Maar een meisje kan wel op het idee komen', voegde Zerk eraan toe, 'om lachend naar een gast te kijken die een duif vastbindt of die een auto in de fik steekt. Is er nieuws over Ordebec?'

'Nee. Maar volgens mij heeft je vader wel wat anders aan z'n kop dan de naam te willen weten van die vent van de diabolowinkel.'

'Dat denk ik niet. Ik geloof dat die gozer die de duif heeft gemarteld, die gozer die in Ordebec een moord heeft gepleegd, die gozer die Clermont-Brasseur in de fik heeft gestoken, ik geloof dat die allemaal arm in arm door zijn hoofd wandelen zonder dat hij echt onderscheid maakt.'

'Ik dacht dat je hem niet kende.'

'Maar ik krijg langzamerhand de indruk dat ik op hem lijk. Mo, we moeten morgen om tien voor negen van de kamer af zijn. Iedere dag weer. We moeten de indruk wekken dat we naar ons werk gaan. Als we hier morgen nog zijn.'

'Ah. Is hij jou ook opgevallen?' vroeg Mo terwijl hij zijn buik masseerde.

'Die gast die beneden naar ons zat te kijken?'

'Ja.'

'Hij zat wel lang naar ons te kijken, hè?'

'Ja. Waaraan doet jou dat denken?'

'Aan een juut, Mo.'

Zerk opende het raam om buiten te roken. Vanuit de kamer zag je alleen een binnenplaatsje, dikke afvoerbuizen, wasgoed en zinken daken. Hij gooide zijn peuk uit het raam en keek hoe hij in de schaduw neerkwam.

'We kunnen er beter nu vandoor gaan', zei hij.

33

Émeri had trots de dubbele deur van zijn empire-eetkamer geopend, benieuwd als hij was naar de reacties van zijn gasten. Adamsberg leek verrast maar onverschillig – een barbaar, concludeerde Émeri – maar de verbazing van Veyrenc en het bewonderende commentaar van Danglard maakten hem zo gelukkig dat de laatste sporen van de woordenwisseling van die dag werden uitgewist. Maar al mocht Danglard in feite het meubilair op zich waarderen, hij hield niet van de overdreven manier waarop alles heel precies was gereconstrueerd.

'Fantastisch, kapitein', luidde zijn conclusie terwijl hij zijn aperitief in ontvangst nam, want Danglard wist zich veel beleefder te gedragen dan de twee mannen uit de Béarn.

En daarom leidde inspecteur Danglard tijdens het diner bijna voortdurend het gesprek, met die oprechte levendigheid die hij zo goed kon veinzen en waarvoor Adamsberg hem altijd dankbaar was. Bovendien was de hoeveelheid wijn, die werd rondgedeeld in echt antieke karaffen waarin de wapens van de prins van Eckmühl stonden gegraveerd, ruimschoots voldoende, zodat de inspecteur geenszins bang hoefde te zijn dat er eventueel niet genoeg was. Aangemoedigd door Danglard, die schitterde door zijn kennis van de geschiedenis van het graafschap Ordebec, alsook van de veldslagen van maarschalk Davout, dronk Émeri nogal stevig en werd openhartiger, vaak vrijpostig en zelfs sentimenteel. Adamsberg had de indruk dat de maarschalksmantel, en daarmee de houding die deze mantel zijn erfgenaam voorschreef, steeds verder van zijn schouders gleed, tot hij op de grond lag.

Terwijl intussen een nieuw gezichtspunt Danglards ogen deed glanzen. Adamsberg kende hem goed genoeg om te weten dat zo'n staaltje van binnenpret niet het gebruikelijke gevolg was van de ontspanning die de drank bij hem teweegbracht. Het was iets ondeugends, alsof de inspecteur een of andere grap wilde uithalen waarover hij niet van plan was iets te zeggen. En, dacht Adamsberg, een grap die bijvoorbeeld te maken had met brigadier Veyrenc, tegen wie hij zich voor één keer bijna vriendelijk gedroeg, een mogelijkerwijs bedenkelijk teken. Een grap waardoor hij vanavond kon glimlachen tegen de man die hij later zou beetnemen.

Het drama van Ordebec, dat bij alle keizerlijke pracht en praal op de achtergrond was geraakt, kwam tijdens de calvados uiteindelijk aan de orde.

'Wat ga je met Mortembot doen, Émeri?' vroeg Adamsberg.

'Als jouw mensen assistentie komen verlenen, zouden we een week lang met zes of zeven man kunnen surveilleren. Zou je dat kunnen regelen?'

'Ik heb een vrouwelijke brigadier die voor tien telt, maar zij is op duikersmissie. Ik kan een of twee gewone jongens vrijmaken.'

'Zou je zoon ons niet een handje kunnen helpen?'

'Mijn zoon laat ik erbuiten, Émeri. Hij is er trouwens niet voor opgeleid en hij kan niet schieten. Bovendien is hij op reis.'

'O ja? Ik dacht dat hij een reportage maakte over rottende bladeren.'

'Dat klopt. Maar hij is gebeld door een meisje in Italië en daar is hij nu heen. Je weet hoe dat gaat.'

'Ja', zei Émeri terwijl hij met zijn stoel achteroverleunde voor zover zijn rechte empirearmstoel dat toeliet. 'Maar na een aantal onbeduidende scharreltjes heb ik hier mijn vrouw ontmoet. Toen ze met me meeging naar Lyon, verveelde ze zich al en hield ik nog van haar. Ik dacht dat ze blij zou zijn dat ik werd overgeplaatst naar Ordebec. En dat ze haar geboortestreek en oude vrienden weer terug zou zien. Daarom heb ik me zo uitgesloofd om hier terug te komen. Maar nee, ze bleef gewoon in Lyon. In mijn eerste twee jaar in Ordebec heb ik me niet bepaald keurig gedragen. Daarna heb ik zonder vreugde de bordelen van Lisieux afgelopen. Heel anders dan mijn voorvader, beste vrienden, als ik zo vrij mag zijn jullie zo te noemen. Elke strijd die ik leverde verloor ik, afgezien van wat kleine arrestaties die de eerste de beste imbeciel had kunnen verrichten.'

'Ik weet niet of je het leven moet beoordelen in termen van winnen of verliezen', mompelde Veyrenc. 'Dat wil zeggen, ik denk dat je je leven niet moet beoordelen. We worden daar voortdurend toe gedwongen en dat is fout.'

'"Erger dan een fout, een zonde"', vulde Danglard automatisch aan, waarmee hij het antwoord citeerde dat Fouché aan de keizer zou hebben gegeven.

'Dat vind ik mooi', zei Émeri gesterkt en hij stond enigszins wankel op om een tweede ronde calvados in te schenken. 'We hebben de bijl teruggevonden', kondigde hij zonder overgang aan. 'Die was achter het muurtje gegooid bij het huis van Glayeux, hij lag daar beneden in de wei.'

'Als een van de Vendermots hem heeft vermoord,' zei Adamsberg, 'denk je dan echt dat hij het familiegereedschap zou hebben gebruikt? En zo ja, dan zou het toch het makkelijkst zijn geweest om het weer mee naar huis te nemen?'

'Daarmee kun je twee kanten op, Adamsberg, dat zei ik al. Daarmee kan hun onschuld worden aangetoond en dus is dat heel slim.'

'Voor hen niet slim genoeg.'

'Je mag ze wel, hè?'

'Ik heb niks tegen ze. Niks wat tot nog toe belangrijk genoeg is.'

'Maar je mag ze wel.'

Émeri liep even de kamer uit en kwam terug met een oude schoolfoto, die hij op Adamsbergs schoot neerlegde.

'Kijk,' zei hij, 'daarop zijn we allemaal acht tot tien jaar. Hippo is al heel lang, hij is de derde van links achteraan. Hij heeft nog aan elke hand zes vingers. Ken je dat gruwelijke verhaal?'

'Ja.'

'Ik sta op de voorste rij, de enige die niet lacht. Je ziet dat ik hem al langer ken dan vandaag. Nou, ik kan je vertellen dat Hippo een gevaarlijk individu was. Niet die aardige jongen die hij tegenover jou zo graag uithangt. We hielden ons koest. Zelfs ik, die twee jaar ouder was dan hij.'

'Sloeg hij erop los?'

'Was niet nodig. Hij had een veel krachtiger wapen. Met zijn zes vingers beweerde hij dat hij een soldaat van de duivel was en dat hij, als we hem lastigvielen, ons alle ellende kon bezorgen die hij maar wilde.'

'En vielen jullie hem lastig?'

'In het begin wel. Je kunt je voorstellen hoe een schoolplein vol kinderen reageert op een jongen met zes vingers. Toen hij vijf, zes jaar was, werd hij gepest, werd er genadeloos de spot met hem gedreven. Dat is waar. Er was een groep jongens onder aanvoering van Régis Vernet, die bijzonder wreed tegen hem waren. Een keer heeft Régis spijkers in Hippo's stoel geslagen, met de punt naar boven, en Hippo is daarop gaan zitten. Het bloed stroomde uit zijn billen – uit zes gaten – en iedereen op het schoolplein lachte zich dood. Een andere keer werd hij aan een boom vastgebonden en piesten we allemaal over hem heen. Maar op een dag kwam Hippo in actie.'

'En bracht hij zijn zes vingers tegen jullie in stelling.'

'Precies. Zijn eerste slachtoffer was die rotzak van een Régis. Hippo bedreigde hem en richtte vervolgens heel serieus zijn beide handen op hem. En je kunt me geloven of niet, vijf dagen later werd de jonge Régis geschept door de auto van een Parijzenaar en was hij zijn beide benen kwijt. Vreselijk. Maar wij op school wisten heel goed dat niet die auto de schuldige was, maar de vloek die Hippo over hem had uitgesproken. En Hippo ontkende het niet, integendeel. Hij zei dat hij bij de volgende die hem lastigviel, zijn armen, zijn benen en zelfs zijn kloten eraf zou hakken. Toen werden de rollen omgedraaid en leefden wij in angst. Later is Hippo gestopt met die kwajongensstreken. Maar ik kan je verzekeren dat, of je er nu in gelooft of niet, ook nu nog niemand ruzie met hem zal zoeken. Niet met hem en niet met zijn familie.'

'Kunnen we die Régis spreken?'

'Hij is dood. Ik verzin het niet, Adamsberg. Het onheil heeft hem aldoor achtervolgd. Ziektes, ontslagen, sterfgevallen en armoede. Uiteindelijk heeft hij zich drie jaar geleden in de Touques verdronken. Hij was pas zesendertig. Wij, zijn oude klasgenoten, wisten dat de wraak van Hippo zich tegen hem was blijven keren. Dat had Hippo gezegd. Dat als hij besloot zijn vingers op iemand te richten, nou, dan was zo iemand zijn leven lang verdoemd.'

'En hoe denk jij daar nu over?'

'Gelukkig ben ik op mijn elfde hier weggegaan en heb ik dit allemaal kunnen vergeten. Als je de politieman Émeri die vraag stelt, antwoordt hij dat die noodlotsverhalen maar dwaasheid zijn. Als je de vraag aan het kind Émeri stelt, denk ik weleens dat Régis verdoemd was. Laten we zeggen dat de kleine Hippo zich uit alle macht heeft verdedigd. Hij werd uitgemaakt voor handlanger van Satan, voor minderwaardig stuk uitschot uit de hel, dus speelde hij uiteindelijk dat hij de duivel was. Maar hij speelde heel hoog spel, zelfs nadat zijn vingers eraf gehakt waren. Dat neemt niet weg dat ik je kan zeggen dat die jongen dan misschien geen afgezant van de duivel is, maar het is wel een harde, en misschien is hij gevaarlijk. Hij heeft van zijn vader meer te lijden gehad dan je je kunt voorstellen. Maar toen hij zijn hond op hem losliet, was dat een pure moordaanslag. Ik zou niet durven zweren dat hij zoiets niet meer doet. Je verwacht toch niet dat de kinderen Vendermot met alles wat ze hebben meegemaakt brave engeltjes zijn geworden?'

'En geldt dat ook voor Antonin?'

'Ja. Ik geloof niet dat een klein kind dat is verbrijzeld zich kan ontwikkelen tot een rustige persoonlijkheid, of wel? We gaan ervan uit dat Antonin zo bang is om te breken dat hij zelf niet tot actie durft over te gaan. Maar hij zou een trekker kunnen overhalen. Misschien een bijl oppakken, weet ik het.'

'Hij zegt van niet.'

'Maar hij zou blind alles verdedigen wat Hippo doet. Mogelijk was zijn bezoekje van vandaag, met dat verhaal over die bijl, hem opgedragen door zijn broer. Hetzelfde geldt voor Martin, die vreet als een wild beest en zijn oudste broer op de voet volgt.'

'Dan hebben we Lina nog.'

'Die het Woeste Leger ziet en niet minder geschift is dan haar broers. Of die doet alsof ze het ziet, Adamsberg. Waar het om gaat is toekomstige slachtoffers aan te wijzen, andere mensen bang te maken, zoals Hippo dat met zijn vingers deed. Slachtoffers met wie Hippo vervolgens afrekent, terwijl de familie hem alle nodige alibi's verschaft. En nu zijn ze meesters in het terroriseren van Ordebec, en ineens zijn ze wrekers, want deze slachtoffers zijn ook nog echte schoften. Maar ik geloof eerder dat Lina werkelijk een visioen heeft gehad. Daarmee is het allemaal begonnen. Een visioen dat haar broers letterlijk hebben genomen en besloten hebben ten uitvoer te brengen. Ze geloven erin. Want toen Lina haar eerste visioen had, was dat zo ongeveer het moment waarop hun vader overleed. Kort ervoor of erna, dat weet ik niet meer.'

'Twee dagen erna. Dat heeft ze me verteld.'

'Ze vertelt het graag. Heb je gezien hoe onaangedaan ze daaronder blijft?'

'Ja', zei Adamsberg, die weer voor zich zag hoe Lina met de zijkant van haar hand op de tafel sloeg. 'Maar waarom zou Lina de naam van het laatste slachtoffer geheimhouden?'

'Of ze heeft het echt niet goed gezien, of ze bewaren dat geheimpje om de mensen doodsbang te maken. Ze zijn handig. Zo'n gruwelijke bedreiging jaagt alle ratten uit hun holen. Dat vinden ze leuk, dat maakt ze gelukkig, en ze vinden het rechtvaardig. Zoals het ook rechtvaardig was dat hun vader stierf.'

'Je hebt waarschijnlijk gelijk, Émeri. Behalve als iemand munt slaat uit het feit dat de familie Vendermot vanzelfsprekend als schuldig wordt gezien. En in alle rust moorden pleegt omdat hij zeker weet dat die duivelse familie de schuld krijgt.'

'En wat voor reden zou hij daarvoor hebben?'

'Zijn angst voor het Woeste Leger. Je hebt zelf gezegd dat veel mensen in Ordebec erin geloofden, en dat sommigen er zozeer in geloofden dat ze er niet eens over durfden te praten. Denk erover na, Émeri. We zouden een lijst kunnen opstellen van al die mensen.'

'Dat zijn er te veel', zei Émeri hoofdschuddend.

Adamsberg liep zwijgend terug naar huis, voorafgegaan door Veyrenc en Danglard, die rustig voortstapten. Uiteindelijk hadden de wolken in het westen nog steeds geen regen gebracht en het was een erg warme avond. Danglard richtte af en toe het woord tot Veyrenc, ook iets opmerkelijks, nog afgezien van het feit dat hij nog steeds op een spottende manier geheimzinnig deed.

De beschuldiging van Émeri aan het adres van de familie Vendermot zat Adamsberg dwars. Aangevuld met details uit zijn jeugd die hij zojuist over Hippolyte had gehoord, was die beschuldiging geloofwaardig. Je kon je niet goed voorstellen dat de kinderen Vendermot door gezond verstand of welwillend gedrag woede en wraakzucht hadden weten te vermijden. Maar er was iets wat steeds opnieuw door zijn gedachten bleef malen. De oude Léo. Hij achtte geen van de vier Vendermots in staat haar tegen de grond te slaan. Maar zelfs als dat wel het geval was, dan veronderstelde Adamsberg dat Hippo – bijvoorbeeld – een minder barbaarse methode had gebruikt tegenover de oude vrouw die hem gedurende zijn hele jeugd had geholpen.

Voordat hij naar zijn kamer ging, liep hij eerst naar de kelder, en stopte de suikerwikkels en de foto's in een oud cidervat. Daarna stuurde hij een sms naar de Brigade met de mededeling dat hij voor twee uur 's middags twee man extra in Ordebec wilde hebben. Estalère en Justin waren daarvoor heel geschikt, want beiden hadden niet gauw last van de ondraaglijke verveling die bij een surveillance op de loer ligt, de eerste vanwege zijn 'opgewekte karakter' – zoals sommigen zeiden om het woord 'idioot' niet te gebruiken – de tweede omdat geduld een van de pijlers van zijn perfectionisme was. Het zou niet zo ingewikkeld zijn om het huis van Mortembot te beveiligen. Twee ramen aan de voorkant en drie aan de achterkant, alle voorzien van luiken. De enige zwakke plek was het wc-raampje aan de zijkant, zonder luik, maar wel met een ijzeren spijl ervoor. De moordenaar zou heel dichtbij moeten komen om het raampje in te slaan en een kogel door die smalle opening te schieten, wat onmogelijk zou zijn wanneer er twee mannen om het huis de ronde deden. En als de traditie van de slachtingen van Seigneur Hellequin werd gevolgd, zou het gebruikte wapen waarschijnlijk geen kogel zijn. Bijl, degen, lans, moker, steen, wurging, allemaal middeleeuwse middelen die alleen binnen toegepast konden worden. Behalve dan dat Herbier was vermoord met een geweer met afgezaagde loop, wat niet in het rijtje paste.

Adamsberg trok de kelderdeur achter zich dicht en stak het grote erf over. De lichten in de herberg waren al uit, Veyrenc en Danglard lagen te slapen. Met zijn vuisten maakte hij de kuil in het midden van zijn wollen matras nog wat dieper en kroop erin.

34

Zerk en Mo waren naar buiten gegaan door de nooduitgang die op de trap van het hotel uitkwam, en liepen de straat op zonder iemand tegen te komen.

'Waar gaan we heen?' vroeg Mo terwijl hij in de auto stapte.

'We gaan op zoek naar een klein dorpje in het zuiden, vlak bij Afrika. Daar stikt het van de boten en schippers die ons tegen een kleine vergoeding willen meenemen naar de overkant.'

'Ben je van plan over te steken?'

'We zullen eens kijken.'

'Shit, Zerk, ik heb gezien wat je in je tas hebt gestopt.'

'De blaffer?'

'Ja', zei Mo op ontevreden toon.

'Bij onze stop in de Pyreneeën, toen ik jou liet slapen, was ik op een kilometer afstand van mijn dorp. Het kostte me nog geen twintig minuten om het wapen van mijn grootvader op te halen.'

'Je bent niet goed wijs, wat wil je met een revolver?'

'Een pistool, Mo. Een automatische 1935A, kaliber 7,5 mm. Het dateert uit 1940, maar geloof me, het doet het nog.'

'En munitie, heb je munitie?'

'Een doos vol.'

'Maar waarvoor, godsamme?'

'Omdat ik kan schieten.'

'Shit, zeg, je bent toch niet van plan op een smeris te gaan schieten?'

'Nee, Mo. Maar we moeten wel door, toch?'

'Ik dacht dat je een rustig type was. Niet geschift.'

'Ik ben een rustig type. Mijn vader heeft jou uit de puree geholpen, dan moeten wij ervoor zorgen dat we er niet weer in raken.'

'Gaan we meteen naar Afrika?'

'We gaan eerst eens wat rondvragen bij de boten. Als je gesnapt wordt, Mo, gaat mijn vader eraan. Ook al ken ik hem dan niet, dat vind ik toch geen lekker idee.'

35

Veyrenc kon niet slapen. Hij stond voor het raam naar buiten te kijken. Danglard had de hele avond iets vreemds over zich gehad, Danglard voorzag een pleziertje, een overwinning, Danglard broedde op iets. Iets wat met het werk te maken had, meende Veyrenc, want de inspecteur was er de man niet naar om de door Émeri vermelde bordelen van Lisieux te gaan bezoeken. Of anders zou hij dat hebben aangekondigd zonder er moeilijk over te doen. De beminnelijkheid die hij tegenover hem aan de dag had gelegd, waarbij zijn kinderlijke jaloezie tot zwijgen was gebracht, was voor Veyrenc helemaal een reden om op zijn hoede te zijn. Hij vermoedde dat Danglard op het punt stond in het onderzoek een flinke vooruitgang te boeken en daar met geen woord over te spreken, om hem te passeren en zijn voorsprong tegenover Adamsberg veilig te stellen. Morgen zou hij de commissaris trots zijn bijdrage presenteren. Daar had Veyrenc niets op tegen. Net zomin als hij zich eraan ergerde dat er een plan door het doorgaans goed werkende hoofd van de inspecteur spookte. Maar bij een onderzoek waarin voortdurend zulke moordpartijen plaatsvonden, handel je niet op eigen houtje.

Om half twee 's nachts was Danglard nog niet verschenen. Teleurgesteld ging Veyrenc aangekleed en wel op zijn bed liggen.

Danglard had zijn wekker op tien voor zes gezet en was al gauw ingedut, wat zelden gebeurde, behalve wanneer hij, opgewonden over een daad die hij ging verrichten, zichzelf dwong goed te slapen. Om vijf voor half zeven 's ochtends nam hij achter het stuur plaats, haalde de auto van de handrem en liet hem zachtjes de hellende weg afrijden om niemand te wekken. Zodra hij op de openbare weg was, zette hij de motor aan en hij reed, met de zonneklep naar beneden, in een rustig tempo tweeëntwintig kilometer. Degene die hem geschreven had, man of vrouw, had hem verzocht geen aandacht te trekken. Dat deze persoon hem ten onrechte voor de commissaris had aangezien, was een gelukkig toeval. Hij had het bericht de vorige dag in de zak van zijn jasje gevonden, het was met potlood en met de linkerhand geschreven, of door iemand die zichzelf had leren schrijven. *Commesaris, Ik moet u wat vertelle over Glayeux maar op voorwaarde dat ik me niet bekent maak. Te gevaarlijk. Ik zie u op het station van Cérenay, peron A, 10 voor 7 presies. BEDANKT. Zeg het tegen niemant* – dit woord was een paar keer doorgestreept en opnieuw geschreven – *kom vooral niet te laat.*

Toen Danglard de gebeurtenissen van de vorige dag nog eens doornam, was hij ervan overtuigd geraakt dat degene die het briefje had geschreven het alleen in zijn zak kon hebben gestopt toen hij zich had gemengd tussen het groepje mensen voor het huis van Glayeux. Eerder, in het ziekenhuis, had hij het nog niet.

De inspecteur parkeerde onder een rij bomen en liep onopvallend om het kleine stationnetje heen naar perron A. Het gebouw, dicht en verlaten, lag buiten het dorpje. Er was ook niemand op het spoor. Danglard raadpleegde het bord met de vertrektijden en constateerde dat er voor twaalf minuten over elf geen enkele trein in Cérenay stopte. Dus geen enkel risico dat hier de komende vier uur iemand zou verschijnen. De briefjesschrijver had een van de weinige locaties uitgekozen waar het gegarandeerd stil was.

Om twaalf minuten voor zeven op de stationsklok ging Danglard op een bank op het perron zitten, met een kromme rug zoals hij gewend was, ongeduldig en nogal vermoeid. Hij had maar een paar uur geslapen, en als hij minder dan negen uur sliep, bleef er van zijn energie niet veel over. Maar dat hij Veyrenc te kakken zou zetten, vond hij een opwekkende gedachte, zodat hij nog eens glimlachte en zich voelde groeien. Hij werkte al meer dan twintig jaar met Adamsberg, en de spontane verstandhouding tussen de commissaris en brigadier Veyrenc maakte hem stekelig. Danglard was te scherpzinnig om zich illusies te maken en hij wist dat zijn aversie gewoon een kwestie van laffe jaloezie was. Hij wist niet eens zeker of Veyrenc wel met hem wedijverde, maar de verleiding was onweerstaanbaar. Pas op de plaats maken om Veyrenc voorbij te streven. Danglard keek op en slikte, waarmee hij een vaag gevoel zich onwaardig te gedragen van zich af zette. Adamsberg was voor hem geen referentiepunt en geen voorbeeld. Integendeel, hij ergerde zich meestal aan de manieren en gedachten van die man. Maar zijn respect en zelfs zijn genegenheid had hij nodig, alsof die zweverige figuur hem kon beschermen of zijn bestaan kon rechtvaardigen. Om negen minuten voor zeven voelde hij een hevige pijn in zijn nek, bracht zijn hand erheen en zakte in elkaar op het perron. Een minuut later lag het lichaam van de inspecteur dwars op de rails.

Omdat je overal op het perron gezien kon worden, had Veyrenc pas tweehonderd meter verderop, in de beschutting van een rangeerstation, een plek gevonden van waar hij Danglard kon observeren. Hij had daarvandaan geen goed zicht, en toen hij de man opmerkte, was die al vlak bij de inspecteur. De klap die hij met de zijkant van zijn hand tegen zijn halsslagader gaf en het ineenzakken van Danglard duurden maar een paar seconden. Toen de man het lichaam naar de rand van het perron begon te rollen, kwam Veyrenc al aangerend. Hij was nog zo'n veertig meter bij hem vandaan toen Danglard op de rails viel. De man sloeg al op de vlucht, met zware, doelgerichte stappen.

Veyrenc sprong op de rails, pakte Danglard bij zijn gezicht, dat in het ochtendlicht lijkbleek leek. Zijn mond stond open en hing slap, zijn ogen waren dicht. Veyrenc voelde zijn pols, duwde zijn oogleden omhoog en trof een lege blik. Danglard was buiten westen, gedrogeerd of stervende. Er vormde zich aan de zijkant van zijn hals, waar hij kennelijk geprikt was, al een grote blauwe plek. De brigadier schoof zijn armen onder zijn schouders om hem op het perron te hijsen, maar hij leek de vijfennegentig kilo van dat bewegingloze lichaam niet te kunnen verplaatsen. Hij had hulp nodig. Bezweet stond hij op om Adamsberg te bellen, toen hij het kenmerkende gefluit hoorde van een trein die in de verte met grote snelheid nadert. Radeloos zag hij links van zich de massale locomotief met veel lawaai recht op zich afkomen. Veyrenc wierp zich op het lichaam van Danglard en met een uiterste krachtsinspanning legde hij hem languit tussen de rails, met zijn armen langs zijn bovenbenen. De trein gaf een geluidssignaal dat klonk als een wanhoopskreet, de brigadier hees zichzelf met een krachtige beweging op het perron en kwam daar al rollend terecht. De wagons reden in loeiende vaart voorbij en daarna nam het geraas af en was hij niet meer in staat zich te verroeren, hetzij dat door de krachtsinspanning zijn spieren waren gescheurd, hetzij dat hij het niet kon verdragen om met de aanblik van Danglard geconfronteerd te worden. Met zijn arm om zijn hoofd geslagen voelde hij dat zijn wangen nat waren van de tranen. Eén enkele flard van informatie tolde door zijn lege hoofd. *De ruimte tussen de bovenkant van het lichaam en de onderkant van de trein bedraagt maar twintig centimeter.*

Misschien een kwartier later richtte de brigadier zich uiteindelijk op zijn ellebogen op en bewoog zich in de richting van de spoorbaan. Met zijn handen zijn hoofd ondersteunend opende hij in één keer zijn ogen. Danglard zag eruit als een dode die netjes tussen de glimmende rails was neergelegd, als tussen de armen van een luxe brancard, maar hij was ongeschonden. Veyrenc liet zijn voorhoofd weer op zijn arm vallen, haalde zijn mobieltje tevoorschijn en belde Adamsberg. Onmiddellijk komen, station van Cérenay. Daarna pakte hij zijn revolver, ontgrendelde hem en nam hem stevig in zijn rechterhand, met zijn vinger op de trekker. En deed zijn ogen weer dicht. *De ruimte tussen de bovenkant van het lichaam en de onderkant van de trein bedraagt maar twintig centimeter.* Nu herinnerde hij zich die geschiedenis van vorig jaar op de spoorbaan van de sneltrein Parijs-Granville. De man was zo dronken toen de trein over hem heen reed, dat hij geen enkele reactie meer vertoonde, en dat had hem het leven gered. Hij voelde zijn benen kriebelen en begon ze langzaamaan te bewegen. Het leek alsof ze van watten waren gemaakt en tegelijkertijd wogen ze zo zwaar als brokken graniet. *Twintig centimeter.* Een geluk dat Danglard doordat hij totaal geen spieren had, zo slap als een dweil tussen de rails had kunnen liggen.

Toen hij achter zich iemand hoorde rennen, zat hij in kleermakerszit op het perron, met zijn blik strak op Danglard gericht, alsof hij door voortdurend op hem te letten kon voorkomen dat er nog een tweede trein passeerde of dat hij de geest zou geven. Hij had hem toegesproken in onzinnige zinsflarden, 'hou vol', 'verroer je niet', 'haal adem', zonder dat hij als reactie zijn ogen had zien knipperen. Maar hij zag nu dat bij iedere inademing zijn weke lippen licht beefden, en die kleine beweging hield hij goed in de gaten. Hij begon weer bij zijn positieven te komen. De kerel die met Danglard had afgesproken, had een perfect plan bedacht door hem onder de sneltrein Caen-Parijs te gooien op een tijdstip waarop er geen enkele kans was dat er een getuige tussenbeide kwam. Hij zou uren later zijn ontdekt, wanneer het verdovende middel, wat dat ook zijn mocht, uit zijn lichaam was verdwenen. Ze zouden niet eens op het idee zijn gekomen om naar een verdovend middel te zoeken. Wat zouden ze bij het onderzoek hebben gezegd? Dat Danglard de laatste tijd veel neerslachtiger was geworden, dat hij bang was dat hij in Ordebec zou sterven. Dat hij, volkomen dronken, op de rails was gaan liggen om zelfmoord te plegen. Een merkwaardige keus natuurlijk, maar omdat je nooit precies wist hoe verward een dronken en suïcidale man was, zouden ze zoiets hebben geconcludeerd.

Hij richtte zijn blik op de hand die op zijn schouder werd gelegd, de hand van Adamsberg.

'Ga hem gauw helpen', zei Veyrenc. 'Ik durf me niet te verroeren.'

Émeri en Blériot hadden het lichaam van Danglard al bij de

schouders gepakt en Adamsberg sprong op de spoorbaan om de benen op te tillen. Blériot was vervolgens niet in staat zich in zijn eentje op het perron te hijsen en ze moesten hem helpen door hem aan beide handen vast te grijpen.

'Dokter Merlan komt eraan', zei Émeri, over Danglards borst gebogen. 'Naar mijn mening totaal gedrogeerd, maar niet in gevaar. Zijn hart klopt langzaam maar regelmatig. Wat is er gebeurd, brigadier?'

'Een kerel', zei Veyrenc met een stem die nog zwak klonk.

'Kun je niet opstaan?' vroeg Adamsberg.

'Ik denk het niet. Heb je geen slok brandewijn of zo?'

'Ik wel', zei Blériot en hij haalde een goedkope platte fles tevoorschijn. 'Het is nog geen acht uur, dat kan hard aankomen.'

'Net wat ik nodig heb', verzekerde Veyrenc hem.

'Hebt u vanochtend gegeten?'

'Nee, ik ben de hele nacht wakker gebleven.'

Veyrenc nam een slok met de bekende grimas die aangaf dat de drank inderdaad hard aankwam. Daarna nog een tweede slok en toen gaf hij de fles terug aan Blériot.

'Kun je praten?' vroeg Adamsberg, die in kleermakerszit naast hem had plaatsgenomen en op zijn wangen de lichte sporen zag die zijn tranen daar hadden achtergelaten.

'Ja. Ik heb een flinke opdonder gehad, dat is alles. Ik heb meer gedaan dan mijn lichaam aankan.'

'Waarom ben je wakker gebleven?'

'Omdat Danglard in zijn eentje op iets idioots zat te broeden.'

'Had jij dat ook door?'

'Ja. Hij wilde mij te slim af zijn en ik vond dat gevaarlijk. Ik dacht dat hij 's avonds eropuit zou gaan, maar hij nokte pas af om half zeven vanochtend. Ik heb de andere auto genomen en ben op enige afstand achter hem aan gereden. We kwamen hier uit', zei Veyrenc terwijl hij met een vaag gebaar om zich heen wees. 'Een of andere vent gaf hem een klap in zijn nek, en daarna een prik, geloof ik, en kieperde hem dwars over de rails. Ik zette het op een rennen, die kerel ook, en toen ik probeerde Danglard daar weg te halen, ging dat niet. En toen kwam de trein eraan.'

'De sneltrein Caen-Parijs,' zei Émeri op plechtige toon, 'die om vier voor zeven voorbijkomt.'

'Ja', zei Veyrenc en hij boog even zijn hoofd. 'En je kunt wel zeggen dat die echt snel is.'

'Verdomme', zei Adamsberg binnensmonds.

Waarom was Veyrenc degene die Danglard in de gaten had gehouden? Waarom hij niet? Waarom had hij de brigadier deze hel laten meemaken? Omdat Danglards plan tegen Veyrenc gericht was en Adamsberg het als iets onbelangrijks had beschouwd. Een zaak van mannen onder elkaar.

'Ik had nog net genoeg tijd om Danglard te verplaatsen en hem op de een of andere manier tussen de rails te leggen en mezelf op de een of andere manier op het perron te hijsen. Hij was heel zwaar verdomme, en de rand van het perron heel hoog. Ik voelde de wind van die trein langs mijn rug strijken. Twintig centimeter. Er is twintig centimeter afstand tussen de bovenkant van een lichaam – van een slap lichaam, een dronken lichaam – en de onderkant van een trein.'

'Ik weet niet of ik daar wel aan had gedacht', zei Blériot, die enigszins verbijsterd naar Veyrenc stond te kijken. Terwijl hij tegelijkertijd gefascineerd het bruine haar van deze brigadier bekeek, waarin een stuk of vijftien abnormale, rossige lokken zaten, als klaprozen op een bruine akker.

'Die kerel?' vroeg Émeri. 'Was die misschien dik, zoals Hippolyte?'

'Ja. Hij was stevig. Maar ik zag hem vanuit de verte en hij droeg een bivakmuts en handschoenen.'

'En verder, wat voor kleren droeg hij?'

'Sportschoenen en een soort sweater. Marineblauw of donkergroen, ik weet het niet. Help me eens, Jean-Baptiste, ik kan nu wel weer gaan staan.'

'Waarom heb je me niet gebeld toen je achter hem aan ging? Waarom ben je in je eentje vertrokken?'

'Het was een zaak tussen hem en mij. Een belachelijk initiatief van Danglard, zinloos om jou daarbij te betrekken. Ik dacht niet dat het zulke proporties zou aannemen. *Hij ging alleen op pad, zijn hart van wrok vervuld ...*'

Veyrenc hield op met dichten en haalde zijn schouders op.

'Nee,' mompelde hij, 'het wil niet.'

Dokter Merlan was gearriveerd en was druk in de weer met inspecteur Danglard. Hij schudde herhaaldelijk zijn hoofd en zei maar steeds 'onder de trein gelegen, onder de trein gelegen', alsof hij zichzelf probeerde te overtuigen van het uitzonderlijke karakter van de gebeurtenis die hij meemaakte.

'Waarschijnlijk een flinke dosis van een verdovend middel,' zei hij, terwijl hij opstond en naar twee ziekenbroeders gebaarde, 'maar ik heb de indruk dat het bijna is uitgewerkt. We nemen hem mee, ik zal voorzichtig zorgen dat hij wat sneller wakker wordt. Maar het zal wel twee uur duren voor hij weer kan praten, kom maar niet eerder, commissaris. Hij heeft kneuzingen opgelopen bij die klap tegen zijn halsslagader en zijn val op de rails. Maar niets gebroken, geloof ik. Onder de trein gelegen, ik heb er niet van terug.'

Adamsberg keek toe hoe de brancard werd weggedragen en voelde zich met terugwerkende kracht opeens ontredderd. Maar het spanningspropje in zijn nek dook niet opnieuw op. Wellicht dankzij de behandeling van dokter Hellebaud.

'En Léo?' vroeg hij aan Merlan.

'Gisteravond ging ze rechtop zitten en heeft ze gegeten. We hebben de katheter weggehaald. Maar ze praat niet, ze glimlacht alleen af en toe, alsof ze zo haar gedachten heeft zonder erbij te kunnen. Je zou haast denken dat die dokter Hellebaud van u de spraakfunctie heeft geblokkeerd, alsof hij die met een schakelaar heeft uitgezet. En weer zal aanzetten wanneer het hem goeddunkt.'

'Zo werkt hij wel ongeveer.'

'Ik heb geschreven naar zijn adres in Fleury om hem te vertellen hoe het gaat. Waarbij ik de brief naar de directeur heb gestuurd, zoals u me hebt aangeraden.'

'Zijn gevangenis in Fleury', preciseerde Adamsberg.

'Ik weet het, commissaris, maar ik zeg het niet graag en ik denk het niet graag. Zoals ik ook weet dat u de man bent die hem heeft laten arresteren en ik niet wil weten wat hij verkeerd heeft gedaan. Niets medisch, mag ik hopen?'

'Nee.'

'Onder een trein gelegen, ik heb er niet van terug. Alleen zelfmoordenaars gooien zich voor een trein.'

'Precies, dokter. Het is geen gebruikelijk wapen. Maar omdat het een bekend middel is om er een eind aan te maken, kon de dood van Danglard probleemloos voor een zelfmoord doorgaan. Hou voor al het ziekenhuispersoneel vast aan de zelfmoordversie en zorg voor zover mogelijk dat er niets uitlekt. Ik wil de moordenaar niet opschrikken. Die op dit moment wel zal aannemen dat zijn slachtoffer door de wielen van de sneltrein is vermorzeld. Laat hem nog maar een paar uur in die waan.'

'Ik begrijp het', zei dokter Merlan terwijl hij zijn ogen samenkneep en een scherpzinniger uitdrukking op zijn gezicht toverde dan noodzakelijk was. 'U wilt verrassen, bespioneren en beloeren.'

Adamsberg deed niets van dat al. De ambulance reed weg en hij liep over perron A heen en weer, niet verder dan twintig meter, want hij had geen zin om Veyrenc alleen te laten, die van agent Blériot – dat had hij gezien – drie of vier suikerklontjes toegediend had gekregen. Blériot de suikerman. Zonder dat hij erop lette, merkte hij op dat de agent de suikerwikkels niet op de grond liet vallen. Hij verkreukelde ze tot een propje, dat hij vervolgens in het voorzakje van zijn broek stopte. Émeri, wiens uniform voor het eerst niet goed dichtgeknoopt was, zo haastig had hij zich aangekleed om naar hen toe te komen, kwam hoofdschuddend bij hem terug.

'Ik zie geen enkel spoor rond die bank. Niets, Adamsberg, er is niets te vinden.'

Veyrenc beduidde Émeri dat hij een sigaret wilde.

'En het zou me verbazen als Danglard ons kon helpen', zei Veyrenc. 'Die vent kwam van achteren en hij had geen tijd om zich om te draaien.'

'Hoe kan het dat de treinmachinist hem niet heeft gezien?' vroeg Blériot.

'Op dat tijdstip had hij de zon in zijn gezicht', zei Adamsberg. 'Hij reed pal naar het oosten.'

'Zelfs al had hij hem gezien,' zei Émeri, 'dan was zijn locomotief pas na honderden meters tot stilstand gekomen. Brigadier, wat bracht u op het idee achter hem aan te gaan?'

'Het naleven van de regels, neem ik aan', zei Veyrenc glimlachend. 'Ik zag hem weggaan en ik ben hem gevolgd. Want bij een onderzoek als dit handel je niet op eigen houtje.'

'En waarom is hij in zijn eentje gegaan? Het lijkt me nogal een verstandige man, toch?'

'Maar wel eenzelvig', voegde Adamsberg eraan toe om hem van alle blaam te zuiveren.

'En degene die met hem heeft afgesproken, heeft waarschijnlijk geëist dat hij zonder begeleiding kwam', zuchtte Émeri. 'Zoals gewoonlijk. We zien elkaar straks op het bureau om de wacht bij het huis van Mortembot te regelen. Adamsberg, heb je die twee jongens uit Parijs nog kunnen krijgen?'

'Ze zouden hier voor twee uur vanmiddag moeten zijn.'

Veyrenc voelde zich goed genoeg om weer achter het stuur plaats te nemen en Adamsberg reed vlak achter hem aan naar de herberg van Léo, waar de brigadier snel wat soep uit blik at en meteen ging slapen. Toen Adamsberg naar zijn kamer terugliep, herinnerde hij zich dat hij de vorige avond was vergeten de duif te voeren. En zijn raam was open blijven staan.

Maar Hellebaud had zich in een van zijn schoenen genesteld zoals zijn soortgenoten boven op een schoorsteen konden gaan zitten, en hij zat geduldig op hem te wachten.

'Hellebaud,' zei Adamsberg terwijl hij de schoen met de duif oppakte en het geheel op de vensterbank zette, 'we moeten eens serieus praten. Je bent je natuurlijke staat aan het verlaten, je bent in een rap tempo de helling van de beschaving aan het afdalen. Je poten zijn genezen, je kunt vliegen. Kijk eens naar buiten. Zon, bomen, vrouwtjes, wormen en insecten in overvloed.'

Hellebaud liet een gekoer horen dat veel goeds leek te beloven en Adamsberg zette hem nog wat steviger op de vensterbank.

'Vlieg maar weg wanneer je wilt', zei hij. 'Je hoeft geen briefje achter te laten, ik begrijp het zo wel.'

36

Adamsberg had eraan gedacht dat je voor moeder Vendermot bloemen moest meebrengen en om tien uur 's ochtends klopte hij zachtjes aan de deur. Het was woensdag, hij had kans dat Lina thuis was, het was haar vrije ochtend in ruil voor haar zaterdagdienst. Hen tweeën, Lina en Hippo, wilde hij los van elkaar spreken voor een nader verhoor. Hij trof hen allemaal aan de ontbijttafel, nog geen van allen aangekleed. Hij begroette hen een voor een, waarbij hij goed keek hoe slaperig ze eruitzagen. Het verkreukte gezicht van Hippo leek hem overtuigend, maar met dat warme weer was het waarschijnlijk niet moeilijk eruit te zien alsof je net uit bed kwam. Behalve dat oogleden 's nachts opzwellen, wat niet valt na te bootsen, had Hippo van nature een trage oogopslag, waardoor zijn blik niet altijd wakker of sympathiek was.

De moeder – de enige die al aangekleed was – was echt blij met de bloemen en bood de commissaris meteen koffie aan.

'Er schijnt een drama te hebben plaatsgevonden in Cérenay', zei ze, en het was voor het eerst dat hij haar weer echt hoorde praten, met die stem die zowel onderdanig als helder klonk. 'Het is toch hopelijk niet een vervolg van die afschuwelijke zaak? Is Mortembot niets overkomen?'

'Wie heeft het u verteld?' vroeg Adamsberg.

'Is het Mortembot?' drong ze aan.

'Nee, hij niet.'

'Heilige Maria', zei de oude vrouw hijgend. 'Want als dat zo doorgaat, moeten de kinderen en ik hier weg.'

'Welnee, ma', zei Martin als vanzelf.

'Ik weet wat ik zeg, jongen. Jullie willen het stuk voor stuk niet zien. Maar op zekere dag komt er iemand en die vermoordt ons.'

'Welnee, ma', herhaalde Martin. 'Ze zijn veel te bang.'

'Ze begrijpen het niet', zei de moeder tegen Adamsberg. 'Ze

begrijpen niet dat ze denken dat wij allemaal schuldig zijn. Had jij je mond nou maar gehouden, beste meid.'

'Dat kon ik niet', zei Lina nogal streng, zonder zich druk te maken over de ongerustheid van haar moeder. 'Dat weet je best. Je moet de geronselden een kans gunnen.'

'Dat is waar', zei de moeder en ze ging aan tafel zitten. 'Maar we kunnen nergens heen. Ik zal ze toch moeten beschermen', legde ze uit terwijl ze zich opnieuw tot Adamsberg wendde.

'Niemand raakt ons met een vinger aan, ma', zei Hippolyte en hij hief zijn twee misvormde handen naar het plafond, en allemaal barstten ze in lachen uit.

'Ze begrijpen het niet', herhaalde de moeder zachtjes op treurige toon. 'Spot niet met je handen, Hippolyte. Het is niet het moment om de clown uit te hangen als er in Cérenay een dode is gevallen.'

'Wat is er gebeurd?' vroeg Lina, van wie Adamsberg zijn blik afwendde, want haar boezem was te duidelijk zichtbaar door haar witte pyjama heen.

'Dat heeft ma je verteld', zei Antonin. 'Er heeft zich iemand voor de sneltrein uit Caen gegooid. Het is een zelfmoord, dat bedoelde ze.'

'Hoe bent u erachter gekomen?' vroeg Adamsberg aan de moeder.

'Toen ik boodschappen ging doen. De stationschef arriveerde om kwart voor acht en zag de politie en de ambulance. Hij heeft een van de broeders gesproken.'

'Om kwart voor acht? Terwijl de eerste trein daar niet voor elf uur stopt?'

'Hij is gebeld door de machinist van de sneltrein. Die dacht dat hij iets op het spoor had gezien, dus toen is de chef gaan kijken. Weet u wie er zelfmoord heeft gepleegd?'

'Hebben ze het u niet verteld?'

'Nee', zei Hippo. 'Misschien is het Marguerite Vanout.'

'Waarom zij?' vroeg Martin.

'Je weet toch wat ze in Cérenay zeggen. Ze tlaksaar.'

'Ze raaskalt', vertaalde Lina.

'O ja? Hoezo?' vroeg Antonin met de oprechte blik van iemand die nieuwsgierig is, iemand die totaal niet beseft dat hij zelf raaskalt.

'Sinds haar man haar heeft verlaten. Ze schreeuwt, ze verscheurt haar kleren, ze bekrast de muren van huizen, ze schrijft erop. Op de muren.'

'Wat schrijft ze dan?'

'"Vuile varkes"', legde Hippo uit. 'Zonder "n". Of in het enkelvoud, of in het meervoud. Dat schrijft ze overal in het dorp en de mensen in Cérenay beginnen er genoeg van te krijgen. Elke dag moet de burgemeester al die "Vuile varkes" weghalen die zij er 's nachts op heeft geklad. En verder verstopt ze, omdat ze geld heeft, hier en daar een bankbiljet, onder een steen, in een boom, en de volgende dag kunnen de mensen het niet laten om 's ochtends vroeg al op zoek te gaan naar het geld, dat overal ligt verspreid, net als bij verstoppertje. Niemand komt meer op tijd op zijn werk. Dus in haar eentje ontregelt ze alles. Anderzijds is het niet verboden om bankbiljetten te verstoppen.'

'Het is best geinig', zei Martin.

'Ja, best wel', beaamde Hippo.

'Het is niet geinig', wees de moeder hen terecht. 'Het is een zielige vrouw die haar verstand kwijt is, en ze heeft het moeilijk.'

'Ja, maar toch is het geinig', zei Hippo terwijl hij zich vooroverboog om haar een zoen op haar wang te geven.

De moeder veranderde op slag, alsof ze plotseling doorhad dat iedere berisping zinloos en onbillijk was. Ze gaf haar grote zoon een paar klopjes op zijn hand en ging weer in de leunstoel in de hoek zitten, van waaruit ze waarschijnlijk niet meer aan het gesprek zou deelnemen. Het was als het ware een onbegrijpelijke, rustige aftocht, alsof een figuur van het toneel verdween terwijl je hem nog steeds kon zien zitten.

'We zullen bloemen sturen voor de begrafenis', zei Lina. 'We kennen haar tante immers goed.'

'Zal ik die dan in het bos gaan plukken?' stelde Martin voor.
'Dat doe je niet, geplukte bloemen sturen bij een begrafenis.'
'Je moet betaalde bloemen hebben', beaamde Antonin. 'Zullen we lelies kopen?'
'Nee hoor, lelies, dat is voor een bruiloft.'
'En we hebben geen geld voor lelies', zei Lina.
'Anemonen?' stelde Hippo voor. 'Tad si tein ruud, nenomena.'
'Daar is het de tijd niet voor', was het antwoord van Lina.

Adamsberg liet ze een tijdje onderhandelen over de keuze van de bloemen voor Marguerite, en dat gesprek, tenzij het door superieure geesten van tevoren in scène was gezet, bewees hem beter dan wat ook dat geen van de Vendermots bij het ongeluk in Cérenay betrokken was. Maar superieur, dat waren alle Vendermots, dat leed geen twijfel.

'Maar Marguerite is niet dood', zei Adamsberg ten slotte.
'O? Nou, dan geen bloemen', concludeerde Hippolyte meteen.
'Wie dan wel?' vroeg Martin.
'Er is niemand dood. De man lag tussen de rails en de trein is over hem heen gereden zonder hem te raken.'
'Bravo', zei Antonin. 'Dat is nog eens een kunstzinnige ervaring.'

Tegelijkertijd reikte de jonge man zijn zus een suikerklontje aan, en Lina, die het onmiddellijk begreep, brak het voor hem in tweeën. Een beweging die veel kracht van je vingers vereiste en waar Antonin zich niet aan waagde. Adamsberg wendde zijn blik af. Dat hij in alle mogelijke situaties voortdurend met suikerklontjes werd bestookt, bezorgde hem tegenwoordig koude rillingen, alsof hij van alle kanten werd aangevallen, waarbij suikerklontjes als werpstenen en obstakels fungeerden.

'Als hij zelfmoord wilde plegen,' zei Lina terwijl ze naar Adamsberg keek, 'had hij dwars op de rails moeten gaan liggen.'
'Dat klopt, Lina. Hij wilde geen zelfmoord plegen, hij is daar neergelegd. Het is mijn adjunct, Danglard. Iemand wilde hem vermoorden.'

Hippolyte fronste zijn wenkbrauwen.

'Een trein als wapen gebruiken,' merkte hij op, 'daar maak je het je niet makkelijk mee.'

'Maar als je het op een zelfmoord wilt laten lijken, is het niet zo gek', zei Martin. 'Wanneer je een spoorbaan ziet, denk je aan zelfmoord.'

'Tja', zei Hippolyte. 'Maar wie zo te werk gaat, moet wel een log brein hebben. Ambitieus, maar traag. Volkomen teiwereik, volkomen kierewiet.'

'Hippo,' zei Adamsberg terwijl hij zijn kopje opzijschoof, 'ik zou u eigenlijk even alleen moeten spreken. En daarna ook Lina, als dat mogelijk is.'

'Traag, traag', herhaalde Hippo.

'Maar ik moet u even spreken', drong Adamsberg aan.

'Ik weet niet wie uw adjunct wilde vermoorden.'

'Het gaat over iets anders. Over de dood van jullie vader', voegde hij er zachter aan toe.

'Dan is het goed', zei Hippo en hij wierp een blik op zijn moeder. 'We kunnen beter naar buiten gaan. Geef me even de tijd om me aan te kleden.'

Adamsberg liep over het verharde weggetje naast Hippolyte, die wel twintig centimeter boven hem uitstak.

'Ik weet niets van zijn dood', zei Hippo. 'Hij kreeg de bijl in zijn hoofd en in zijn borst en dat was het.'

'Maar u weet dat Lina de steel heeft afgeveegd.'

'Dat heb ik toen gezegd. Maar ik was nog klein.'

'Hippo, waarom heeft Lina die steel afgeveegd?'

'Dat weet ik niet', zei Hippo stuurs. 'Niet omdat ze hem had vermoord. Ik ken mijn zus, kom nou! Niet dat ze er geen zin in zou hebben gehad, dat hadden we allemaal. Maar het was juist andersom. Zij was degene die voorkwam dat Suif hem verscheurde.'

'Dan zou ze de bijl hebben afgeveegd omdat ze dacht dat een van jullie hem had vermoord. Of omdat ze heeft gezien dat een

van jullie hem vermoordde. Martin of Antonin.'
'Die waren zes en vier jaar.'
'Of u.'
'Nee. We waren allemaal veel te bang voor hem om zoiets te durven. We waren niet tegen hem opgewassen.'
'Maar jullie hadden wel de hond op hem afgestuurd.'
'Dan zou zijn dood de schuld zijn geweest van Suif, en niet van mij. Begrijpt u het verschil?'
'Ja.'
'En het gevolg is dat die rotzak mijn hond heeft doodgeschoten. We hadden de indruk dat als een van ons had gedurfd mijn vader aan te raken, hij in staat was ons allemaal onmiddellijk, net als Suif, neer te schieten, en mijn moeder als eerste. Dat zou misschien zijn gebeurd als de graaf me niet bij zich in huis had genomen.'
'Émeri zegt dat u geen bang kind was. Hij zegt dat u op school onrust zaaide toen u klein was.'
'Ik heb er een flinke bende van gemaakt, ja', zei Hippolyte en hij begon weer breed te glimlachen. 'Wat zegt Émeri? Dat ik een etterbakkie was dat iedereen terroriseerde?'
'Zoiets.'
'Dat zegt hij letterlijk. Maar Émeri was ook geen schatje. En hij had geen excuus. Hij werd in de watten gelegd en was rijk. Voordat Régis zijn bende van pestkoppen oprichtte, was er ene Hervé, die het op mij gemunt had. Nou, ik kan u zeggen dat Émeri graag vooraan stond wanneer ze rondjes om me heen draaiden en erop los sloegen. Nee, commissaris, ik heb nergens spijt van, ik moest me verdedigen. Ik hoefde mijn handen maar naar ze uit te steken of ze stoven brullend alle kanten op. Wat een grap. Het was hun eigen schuld. Zij zeiden dat ik duivelshanden had, dat ik uitschot uit de hel was. Ik zou zelf niet op het idee zijn gekomen. Dus maakte ik daar gebruik van. Nee, als er één ding is waarvan ik spijt heb, is het dat ik de zoon ben van de grootste smeerlap uit de buurt.'
Lina had zich intussen aangekleed en droeg een nauwslui-

tende blouse, die Adamsberg deed huiveren. Hippolyte maakte plaats voor haar en gaf haar een paar klopjes op haar arm.

'Hij zal je niet opeten, zusje', zei hij. 'Maar ongevaarlijk is hij ook niet. Hij wil graag weten waar de mensen hun rottigheid verborgen houden, en dat is geen leuk beroep.'

'Hij heeft Léo gered', zei Lina terwijl ze haar broer geërgerd aankeek.

'Maar hij vraagt zich af of ik Herbier en Glayeux heb vermoord. Hij zit in mijn rottigheden te wroeten. Waar of niet, commissaris?'

'Het is logisch dat die vraag bij hem opkomt', onderbrak Lina hem. 'Je hebt je toch wel fatsoenlijk gedragen, hoop ik?'

'Absoluut', verzekerde Adamsberg haar met een glimlach.

'Maar omdat Lina helemaal geen rottigheid te verbergen heeft, lever ik haar gerust aan u over', zei Hippo en hij liep weg. 'Maar, u gam raah neeg raah neknerk.'

'En dat betekent?'

'"U mag haar geen haar krenken"', zei Lina. 'Sorry, commissaris, zo heetgebakerd is hij nu eenmaal. Hij voelt zich voor ons allemaal verantwoordelijk. Maar we zijn aardig.'

'We zijn aardig'. Het simplistische visitekaartje van de familie Vendermot. Zo onnozel, zo dwaas dat Adamsberg zin had om het te geloven. Hun ideale ik, in zekere zin, hun alom verkondigde lijfspreuk. 'We zijn aardig'. Wat schuilt daarachter? zou Émeri meteen hebben gevraagd. Een vent die zo intelligent was als Hippolyte, en intelligent was nog zwak uitgedrukt, een vent die in staat was de letters van de woorden om te draaien alsof hij aan het knikkeren was, kon niet gewoon 'aardig' zijn.

'Lina, ik stel u dezelfde vraag als aan Hippo. Toen u uw vader vermoord aantrof, waarom hebt u toen die bijl afgeveegd?'

'Om iets te doen, neem ik aan. In een reflex.'

'U bent geen elf meer, Lina. U denkt toch niet meer dat zo'n antwoord voldoende is. Hebt u de bijl afgeveegd om de sporen van een van uw broers uit te wissen?'

'Nee.'

'Kwam het niet bij u op dat Hippo zijn schedel had kunnen inslaan? Of Martin?'

'Nee.'

'Waarom niet?'

'We waren allemaal veel te bang voor hem om zijn kamer binnen te gaan. We durfden daar sowieso niet te komen. Dat was verboden.'

Adamsberg bleef op de weg staan, keerde zich naar Lina en streek met een vinger over haar felroze wang zonder dat dit ongepast was, zoals Zerk over de veren van de duif had gestreken.

'Oké, wie probeerde u te beschermen, Lina?'

'De moordenaar', zei ze plotseling terwijl ze opkeek. 'En ik wist niet wie dat was. Ik was niet geschokt toen ik hem aantrof in zijn eigen bloed. Ik bedacht alleen dat eindelijk iemand hem zijn hersens had ingeslagen, dat hij nooit meer terug zou komen, en dat was een enorme opluchting. Ik verwijderde de vingerafdrukken op de bijl zodat de dader nooit gestraft zou worden. Wie het ook was.'

'Dank je, Lina. Was Hippo op school iemand waar iedereen bang voor was?'

'Hij beschermde ons. Want mijn broers, mijn jongere broertjes op het andere schoolplein, kregen er ook van langs. Toen Hippo de moed had om met de anderen de strijd aan te gaan, met zijn zielige, rare vingers, kregen we eindelijk rust. We zijn aardig, maar Hippo moest ons verdedigen.'

'Hij zei tegen ze dat hij een gezant van de duivel was, dat hij ze kon vernietigen.'

'En dat werkte!' zei ze lachend, zonder mededogen. 'Ze gingen ons allemaal uit de weg! Voor ons, kinderen, was dat een paradijs. We waren opeens koningen. Alleen Léo waarschuwde ons. Wraak is een gerecht dat koud gegeten wordt, zei ze, maar dat begreep ik toen niet. Maar nu', voegde ze er somberder aan toe, 'moeten we daarvoor boeten. Met die herinnering aan Hippo-de-duivel en met het Woeste Leger begrijp ik dat mijn moeder zich zorgen om ons maakt. In 1777 hebben ze hier met een hooivork François-Benjamin vermoord, een varkenshouder.'

'Ja, dat heb ik gehoord. Omdat hij het Leger had gezien.'

'Met drie slachtoffers die hij bij hun naam had genoemd, en een die hij niet had herkend. Net als ik. Na de dood van het tweede slachtoffer heeft de menigte zich op hem gestort en ze hebben hem twee uur lang gelyncht. François-Benjamin heeft de gave doorgegeven aan zijn neef Guillaume, die hem weer heeft doorgegeven aan zijn nicht Elodine, en van haar is hij overgegaan op Sigismond, de leerlooier, en toen op Hébrard, en toen op Arnaud, de lakenhandelaar, en toen op Louis-Pierre, de klavecimbelspeler, op Aveline en uiteindelijk op Gilbert, die hem naar het schijnt met het wijwater aan mij heeft doorgegeven. Wist uw adjunct iets, dat ze hem wilden vermoorden?'

'Geen idee.'

Hij ging alleen op pad, zijn hart van wrok vervuld, reciteerde Adamsberg in gedachten, verbaasd dat het dichtregeltje van Veyrenc weer opdook.

'Stop maar met zoeken', zei ze en haar stem klonk plotseling hard. 'Hem wilden ze niet vermoorden, maar u.'

'Welnee.'

'Jawel. Ook al weet u vandaag nog niets, morgen zult u uiteindelijk alles weten. U bent veel gevaarlijker dan Émeri. De dagen zijn geteld.'

'De mijne?'

'De uwe, commissaris. U kunt maar beter vertrekken, en snel ook. Niets kan de Seigneur ooit tegenhouden, hem niet en zijn soldaten niet. Sta hem niet langer in de weg. U kunt me geloven of niet, maar ik probeer u te helpen.'

Haar woorden waren zo verbitterd en onsamenhangend dat Émeri haar wel voor minder zou hebben gearresteerd. Adamsberg verroerde zich niet.

'Ik moet Mortembot beschermen', zei hij.

'Mortembot heeft zijn moeder vermoord. Hij verdient het niet dat mensen zich voor hem uitsloven.'

'Dat is mijn probleem niet, Lina, dat weet u.'

'U begrijpt het niet. Hij gaat dood, wat u ook doet. Maak dat u voor die tijd wegkomt.'
'Wanneer?'
'Nu.'
'Ik bedoel: wanneer gaat hij dood?'
'Hellequin beslist. Maak dat u wegkomt. U en uw mannen.'

37

Adamsberg liep langzaam de binnenplaats van het ziekenhuis op, dat hij net zo goed begon te kennen als het stamcafé van de Brigade. Danglard had geweigerd het ziekentenue te dragen, hij had het voorgeschreven hemd van geweven blauw papier uitgetrokken en zetelde op zijn bed met zijn pak aan, hoe smerig het ook was. De verpleegkundige had het ten zeerste afgekeurd, dit was niet hygiënisch. Maar aangezien het om een ex-zelfmoordenaar ging en hij languit onder een trein had gelegen – een voorval dat respect afdwong – had ze hem er niet toe durven verplichten.

'Ik heb wat gepastere kleding nodig', was Danglards eerste zin.

Tegelijkertijd gleed zijn blik naar de gele muur, om zijn schaamte, belachelijkheid en ontluistering vooral niet in de ogen van Adamsberg te hoeven zien. Dokter Merlan had hem in het kort op de hoogte gebracht van de belangrijkste gebeurtenissen zonder er een oordeel aan toe te voegen, en Danglard wist niet hoe hij zichzelf nog onder ogen kon komen. Hij had onprofessioneel gehandeld, hij was grotesk en, wat nog erger was, stom geweest. Hij, Danglard, de intellectueel. Zijn primitieve jaloezie, zijn knagende verlangen Veyrenc te kleineren hadden geen ruimte meer gelaten voor ook maar een greintje waardigheid en intelligentie. Misschien hadden die greintjes wel geprobeerd zich te manifesteren en iets te zeggen, maar hij had niets gehoord, had niets willen weten. Als de grootste idioot, zo een die de boel verruïneert. En de man die hij had willen vernederen, had hem geholpen en bijna zijn leven gelaten onder de wielen van de trein. Hij, Veyrenc de Bilhc, die de tegenwoordigheid van geest, het lef en de kracht had gehad om hem tussen de rails neer te leggen. Zelf, piekerde Danglard, had hij deze driedubbele prestatie beslist nooit volbracht. Hij had er waarschijnlijk nooit aan gedacht om het lichaam te verplaatsen en hij was er zeker nooit sterk genoeg voor geweest. En wellicht, en dat was nog erger, was hij van tevoren al haastig het perron op gevlucht.

Het gezicht van de inspecteur was grauw van ontreddering. Hij zag eruit als een rat die in het nauw was gedreven, en niet zat weggekropen in een lekker stukje brood bij Julien Tuilot.

'Pijn?' vroeg Adamsberg.

'Alleen als ik mijn hoofd draai.'

'Het schijnt dat u zich er niet van bewust bent geweest dat de sneltrein over u heen reed', zei Adamsberg zonder troost in zijn stem te laten doorklinken.

'Nee. Knap irritant zoiets te beleven zonder het je te herinneren, niet?' zei Danglard, die probeerde ietwat ironisch te klinken.

'Dat is niet wat er knap irritant is.'

'Was ik maar meer bezopen geweest dan gewoonlijk.'

'Zelfs dat niet, Danglard. U hebt u bij Émeri juist beheerst om het hoofd min of meer helder te houden zodat uw solistische actie zou slagen.'

Danglard sloeg zijn ogen op naar het gele plafond en besloot star in deze houding te volharden. Hij had de blik van Adamsberg opgevangen en de specifieke schittering in zijn ogen gezien. Een schittering die over een grote afstand doel trof en waaraan hij probeerde te ontkomen. Een zeldzame schittering, die bij de commissaris alleen verscheen als hij kwaad was, als iets van enorm belang was, of als er plotseling een idee bij hem opkwam.

'Veyrenc heeft het passeren van de trein wél gevoeld', benadrukte Adamsberg.

Woedend over Danglards kleingeestigheid, teleurgesteld en diep bedroefd, dat was hij beslist. Hij voelde de behoefte om hem te dwingen tot inzicht, tot besef. *Hij ging alleen op pad, zijn hart van wrok vervuld.*

'Hoe is het met hem?' mompelde Danglard nauwelijks verstaanbaar.

'Hij slaapt. Hij rust uit. We mogen van geluk spreken als dit niet tot nieuwe rode lokken leidt. Of tot grijze.'
'Hoe wist hij het?'
'Zoals ik het wist. U bent een slechte samenzweerder, inspecteur. De vreugde om een geheim, opwindend en hoogmoedig plan was de hele maaltijd lang van uw gezicht af te lezen en sprak uit al uw gebaren.'
'Waarom is Veyrenc wakker gebleven?'
'Omdat hij goed heeft nagedacht. Hij dacht dat als er iets was wat u zo kon opwinden, iets wat u in uw eentje wilde doen, dit vermoedelijk een tegen hem gerichte actie was. Bijvoorbeeld nieuwe informatie vergaren. Terwijl u, inspecteur, vergat dat als een informant anoniem wenst te blijven, hij niet van plan is zich persoonlijk te melden. Dan schrijft hij zonder op de afspraak te verschijnen. Zelfs Estalère zou hebben gevoeld dat het een valstrik was. U niet. Veyrenc wel. En ten slotte dacht hij bovenal dat je in een moordpartij als deze niet op eigen houtje handelt. Behalve als je in je eentje lauweren wilt oogsten en je door dit verlangen vergeet wat vanzelfsprekt. Want u hebt een boodschap ontvangen, toch, Danglard? Voor een ontmoeting?'
'Ja.'
'Waar? Wanneer?'
'Ik vond het briefje in mijn zak. Die vent moet het erin hebben gestopt toen ik in de kleine menigte stond voor het huis van Glayeux.'
'Hebt u het bewaard?'
'Nee.'
'Bravo, inspecteur. Waarom niet?'
Danglard kauwde enige tijd op de binnenkant van zijn wangen voordat hij besloot antwoord te geven.
'Ik wilde niet dat iemand wist dat ik een berichtje voor mezelf had gehouden. Dat ik met voorbedachten rade had gehandeld. Ik was van plan om, nadat ik de informatie had verkregen, een aannemelijke verklaring te verzinnen.'
'Zoals?'

'Dat een man in de menigte me was opgevallen. Dat ik navraag naar hem had gedaan. Dat ik in Cérenay was gaan rondkijken om er iets meer over te weten te komen. Iets onschuldigs.'

'Iets waardigs, in wezen.'

'Ja', siste Danglard. 'Iets waardigs.'

'En het liep mis', zei Adamsberg terwijl hij opstond en door de kamer, die maar een paar meter lang was, om het bed van de inspecteur heen begon te lopen.

'Oké', gaf Danglard toe. 'Ik ben in de beerput gevallen en erin blijven steken.'

'Dat is mij ook eens overkomen, weet u nog?'

'Ja.'

'Dus u hoeft niets te verzinnen. Het moeilijkste is niet om erin te vallen, maar om er schoon uit te komen. Wat was dat voor berichtje?'

'Geschreven door een analfabeet, met een heleboel fouten. Ofwel echt, ofwel gefingeerd, zou allebei kunnen. In ieder geval was het goed gedaan als het nep was. Vooral het woord "niemant", dat hij een paar keer had doorgestreept.'

'En wat stond erin?'

'Dat ik om tien voor zeven precies op het perron van het station van Cérenay moest zijn. Ik dacht dat de man in dat dorp woonde.'

'Dat denk ik niet. Het voordeel van Cérenay is dat er een trein langs komt. Om vier minuten voor zeven. Terwijl het station van Ordebec niet meer in gebruik is. Wat heeft Merlan over het verdovende middel gezegd?'

De ogen van Adamsberg zagen er weer bijna normaal uit, waterig, 'algachtig', zoals sommigen zeiden, als ze een woord moesten bedenken om deze vage, onduidelijke, haast halfvloeibare staat te omschrijven.

'Volgens de eerste uitslagen zit er niets meer in mijn lichaam. Hij denkt aan een middel dat veeartsen gebruiken en waarvan het de bedoeling was dat ik een kwartier verdoofd zou zijn, waarna je er niets meer van terugvindt. Ketamine in een sterk verdunde dosis, want ik heb geen hallucinaties gehad. Commissaris, kunnen we iets afspreken? Ik bedoel, kunnen we het zo doen dat de Brigade niet over mijn debacle wordt geïnformeerd?'

'Wat mij betreft geen bezwaar. Maar we zijn met ons drieën hiervan op de hoogte. U moet dit niet met mij bespreken, maar met Veyrenc. Hij zou, alles welbeschouwd, zin kunnen hebben om wraak te nemen. Dat zou begrijpelijk zijn.'

'Ja.'

'Zal ik hem naar u toe sturen?'

'Niet nu.'

'U had in wezen geen ongelijk', zei Adamsberg terwijl hij naar de deur liep, 'toen u dacht dat u uw leven op het spel zou zetten in Ordebec. Om te weten te komen waarom iemand u wilde vermoorden, inspecteur, moet u goed nadenken, alle stukjes van de puzzel verzamelen. En erachter zien te komen wat de moordenaar van u te vrezen heeft.'

'Nee', schreeuwde Danglard haast toen Adamsberg de deur opende. 'Nee, het gaat niet om mij. Die vent dacht dat ik u was. Zijn brief begon met "Commissaris". Hij wilde u vermoorden. U ziet er niet uit als een politieman uit Parijs, ik wel. Toen ik bij het huis van Glayeux aankwam, in een grijs pak, heeft de man gedacht dat ik de commissaris was.'

'Dat denkt Lina ook. En ik weet niet waarom ze dat denkt. Ik ga, Danglard, we moeten de surveillancediensten bij het huis van Mortembot verdelen.'

'Ziet u Veyrenc nog?'

'Als hij wakker is.'

'Zou u iets tegen hem kunnen zeggen? Namens mij?'

'In geen geval, Danglard. Dat moet u zelf doen.'

38

De kenmerken van de plaats van interventie, zoals Émeri dat noemde – dat wil zeggen het huis van Mortembot – waren lang en breed beschreven aan de mannen van het gemengde politieteam Ordebec-Parijs, en de surveillancediensten waren verdeeld. De halve man waarop Émeri recht had, brigadier Faucheur, was voltijd afgestaan door de gendarmerie van Saint-Venon, gezien de urgentie van de situatie. Ze beschikten over vier groepjes van twee mannen, waardoor er vier diensten van zes uur per vierentwintig uur konden worden ingezet. Eén man aan de achterkant, uitkijkend op het land, die deze gevel en de oostzijde in de gaten moest houden. Eén man vóór, verantwoordelijk voor de straatkant en de westelijke puntgevel. Het huis was niet diep, geen enkele hoek zou onbewaakt blijven. Het was vijf over half drie, Mortembot liet zich met zijn dikke lijf op het kleine plastic stoeltje zakken en zat zwetend naar de instructies te luisteren. Huisarrest tot nader order, luiken dicht. Hij was er niet tegen. Als het aan hem had gelegen, had hij gevraagd of hij in een cementen kist kon worden opgesloten. Er werd een code afgesproken, zodat Mortembot er zeker van kon zijn dat het echt de politie was die op zijn deur klopte voor zijn voedselvoorziening en informatie. De code zou iedere dag worden veranderd. Het sprak voor zich dat het verboden was om open te doen voor de postbode, voor een door zijn boomkwekerijen gestuurde loopjongen of voor een vriend die graag wilde weten hoe het met hem ging. De brigadiers Blériot en Faucheur zouden de eerste dienst op zich nemen tot negen uur 's avonds. Justin en Estalère zouden hen aflossen tot drie uur 's nachts, Adamsberg en Veyrenc tot negen uur 's morgens, en Danglard en Émeri weer tot drie uur 's middags. Adamsberg had onder valse voorwendselen moeten onderhandelen om te voorkomen dat Danglard en Veyrenc samen dienst zouden hebben – overhaaste verzoeningen leken hem vruchteloos en weinig kies. Er was een rooster opgesteld voor drie dagen.

'En na die drie dagen?' vroeg Mortembot, die zijn vingers keer op keer door zijn natte haren haalde.

'Dat zien we dan wel', zei Émeri onvriendelijk. 'We gaan je geen weken in de watten leggen als we de moordenaar te pakken hebben.'

'Maar die krijgen jullie nooit te pakken', zei Mortembot haast kermend. 'Hellequin krijg je niet te pakken.'

'Geloof jij daar dan in? Ik dacht dat jij en je neef ongelovigen waren.'

'Jeannot, ja. Maar ik heb altijd geloofd in een hogere macht in het bos van Alance.'

'En heb je dat tegen Jeannot gezegd?'

'Nee, nee. Hij vond dat lariekoek van achterlijke types.'

'En als jij daarin gelooft, weet je dan waarom je door Hellequin bent uitverkoren? Weet je dan waarom je bang voor hem bent?'

'Nee, nee, dat weet ik niet.'

'Tuurlijk wel.'

'Misschien omdat ik Jeannots vriend was.'

'En omdat Jeannot de jonge Tétard heeft vermoord?'

'Ja', zei Mortembot, in zijn ogen wrijvend.

'Heb je hem geholpen?'

'Nee, nee, op mijn erewoord.'

'En jij hebt er geen moeite mee om je neef direct na zijn dood te verlinken?'

'Hellequin eist berouw.'

'Ah, daarom. Opdat de Seigneur je spaart. In dat geval heb je er alle belang bij om te vertellen wat er met je moeder is gebeurd.'

'Nee, nee. Ik heb haar met geen vinger aangeraakt. Het was mijn moeder.'

'Je hebt alleen maar met een touw de poot van het krukje aangeraakt. Je bent een waardeloze kerel, Mortembot. Sta op, we gaan je thuis opsluiten. En nu je alle tijd krijgt om na te denken, zou ik maar te biecht gaan bij Hellequin en een schuldbelijdenis opstellen.'

Adamsberg wipte even bij de herberg aan, waar hij Hellebaud aantrof op zijn eigen bed, genesteld in de kuil van het matras, en Veyrenc, die wakker, gedoucht en in schone kleren aan tafel zat achter een portie opgewarmde pasta, die hij zo uit de pan at.

'We hebben samen surveillancedienst van drie uur 's nachts tot negen uur 's ochtends. Lukt dat?'

'Prima, ik geloof dat ik weer in orde ben. Een trein op je af zien stormen, dat is onbeschrijflijk. Ik was bijna bezweken, ik had Danglard bijna op de rails laten liggen en was op het perron gesprongen.'

'Je krijgt vast een medaille', zei Adamsberg en hij glimlachte even. 'De eremedaille van de politie. Een echte zilveren medaille.'

'Niet eens. Of we moeten alles vertellen en Danglard te gronde richten. Ik geloof niet dat die ouwe erbovenop zou komen. De neergestorte albatros, het diepgezonken intellect.'

'Hij bindt al in, Louis. Hij weet niet hoe hij zich uit dit debacle moet redden.'

'Logisch.'

'Ja.'

'Wil je pasta? Ik hoef niet alles', zei Veyrenc terwijl hij hem de pan aanbood.

Adamsberg zat de lauwwarme pasta te verorberen toen zijn mobieltje begon te rinkelen. Hij klapte het met één hand open en las het sms'je van Retancourt. Eindelijk.

Volgens Vl 1 tegen hoofdbutler, haar dond geknipt, vanwege shock rouw, 's nachts 3 uur. Maar volgens ontslagen kamerm al geknipt dond bij thuisk feest. Maar km erg wraakzuchtig, onbetrouwb getuige. Ga ervandoor. Auto controleren.

Adamsberg liet Veyrenc het sms'je zien, met licht bonzend hart.

'Snap het niet', zei Veyrenc.

'Ik leg het je uit.'

'Ik heb jou ook iets uit te leggen', zei Veyrenc terwijl hij zijn lange wimpers neersloeg. 'Ze zijn onderweg.'

Veyrenc hield zijn mond en tekende de contouren van Afrika op een papiertje dat als boodschappenlijstje was gebruikt.

Wanneer heb je dat gehoord? schreef Adamsberg onder de woorden *kaas, brood, aansteker, vogelzaad.*

Sms'je uur geleden ontvangen, schreef Veyrenc.

Van wie?

Van een vriend van wie je zoon het nr. heeft.

Wat is er gebeurd?

Zijn op een smeris gestuit in Granada.

Zijn waar?

In Casares, op vijftien kilometer van Estepona.

Waar ligt dat?

Tegenover Afrika.

'We gaan naar buiten', zei Adamsberg en hij stond op. 'Ik heb geen honger meer.'

39

'Niets te melden', zei Justin toen Veyrenc en Adamsberg hem om vijf voor drie 's nachts kwamen aflossen.

Adamsberg liep om het huis heen naar Estalère, die plichtsgetrouw heen en weer liep, waarbij hij beurtelings naar het huis en naar het land keek.

'Niets', bevestigde Estalère. 'Behalve dat hij nog steeds niet slaapt', zei hij terwijl hij naar het licht wees dat door de luiken heen scheen.

'Hij heeft wel wat anders aan zijn hoofd dan te slapen.'

'Dat zal het zijn.'

'Wat eet je?'

'Een suikerklontje. Om mijn energie op peil te houden. Wilt u er ook een?'

'Nee, dank je, Estalère. Om de een of andere reden werkt suiker me op dit moment op mijn zenuwen.'

'Een allergie?' vroeg de agent ongerust terwijl hij zijn reusachtige groene ogen wijd opensperde.

Adamsberg had ook geen oog dichtgedaan, ondanks zijn pogingen om op voorhand wat te slapen vanwege zijn surveillancenachtdienst. Zerk en Mo verkeerden in gevaar, stonden op het punt naar Afrika te verdwijnen – en waarom ging zijn Zerk zover mee in het lot van Mo? – de moordenaar van Ordebec ontsnapte hem als het echte rotspook dat hij was, je zou haast denken dat ze allemaal gelijk hadden en dat niemand ooit Seigneur Hellequin met zijn lange haar zou weten te overmeesteren; de familie Clermont was nog steeds ongrijpbaar, maar dan was er nog die kwestie van die korte haren. Een aanwijzing zo zwak dat er bij het eerste grondige onderzoek niets van overbleef. Tenzij het ontslagen kamermeisje gelijk had, en Verlosser 1, Christian, was thuisgekomen met kortgeknipt haar. Vertrokken om acht uur met lang haar, teruggekomen om twee uur 's nachts met kort haar. Zo kort als wanneer Mo zijn hoofd schoor nadat het vuur hem te pakken had gekregen. Zodat niet opviel dat er lokken verbrand of afgeknipt waren, zodat de politie hem niet zou verdenken. Maar Christophe, en niet Christian, had zijn vader thuisgebracht. En de pakken van beiden waren smetteloos en niet naar de stomerij gestuurd.

Adamsberg concentreerde zich op het surveilleren. De maan wierp vrij veel licht op het land en de bosrand, ook al hadden wolken, zoals Émeri had opgemerkt, zich samengepakt in het westen. Het leek alsof de Normandiërs na veertien dagen hitte zonder regen zich ongerust begonnen te maken over deze ongewone toestand. Die kwestie van wolken in het westen begon een obsessie te worden.

's Morgens om vier uur was het licht nog steeds aan in de twee kamers op de begane grond, de keuken en het toilet. Dat Mortembot wakker was, was niet verbazingwekkend, maar de slechte slapers die Adamsberg kende, deden de meeste lichten uit, behalve in de kamer waar ze zich verschansten. Tenzij Mortembot, verstijfd van angst, geen duisternis in huis kon verdragen. Om vijf uur liep hij naar Veyrenc.

'Vind je dit normaal?' vroeg hij hem.

'Nee.'

'Zullen we eens gaan kijken?'

'Ja.'

Adamsberg gaf het aantal afgesproken klopjes op de deur. Vier lange, twee korte, drie lange. Hij herhaalde de code een paar keer zonder antwoord te krijgen.

'Maak open', zei hij tegen Veyrenc, 'en trek je wapen. Blijf buiten terwijl ik bij die man ga kijken.'

Adamsberg liep met getrokken wapen in de hand langs de muren door de lege kamers. Geen opengeslagen boek, geen televisie die nog aanstond, geen Mortembot. In de keuken de restjes van een koude maaltijd die hij had laten staan. In de badkamer de kleren die hij eerder op het politiebureau had gedragen. Mortembot had alleen via het dakraampje kunnen ontsnappen, wachtend totdat een van de smerissen de hoek om was geslagen, om dan op de grond te springen. Hij had er geen vertrouwen in gehad, hij was er liever vandoor gegaan. Adamsberg opende de deur van het toilet en het dikke lichaam stortte ruggelings voor zijn voeten neer. De vloer lag onder het bloed, en de keel van Mortembot, wiens broek nog op zijn dijen hing, was doorboord met een lang en dik, stalen projectiel. Een kruisboogpijl, als Adamsberg zich niet vergiste. Hij was al minstens drie uur dood. Het glas van het raampje lag in splinters op de grond.

De commissaris riep Veyrenc.

'Precies in de keel geraakt terwijl hij stond te piesen. Kijk maar naar de hoogte', zei Adamsberg terwijl hij voor de wc ging staan met zijn gezicht naar het kleine raampje. 'Het projectiel is recht in zijn hals terechtgekomen.'

'Verdomme, Jean-Baptiste, er zit een ijzeren tralie voor het raampje. Er is aan weerszijden niet meer dan twintig centimeter ruimte. Wat is dat voor pijl? Een boogschutter achter dat raampje? Maar die zou Estalère toch hebben gezien, goeie genade!'

'Het is een speciale pijl, een heel krachtige kruisboogpijl.'

Veyrenc floot tussen zijn tanden, van woede of verbazing.

'Dat is met recht een middeleeuws wapen.'

'Niet per se, Louis. Aan de wond te zien durf ik te wedden dat het om een pijl gaat met een jachtpunt. Heel modern. Licht, sterk en precies, voorzien van vlijmscherpe vinnen die een bloeding teweegbrengen. Beslist dodelijk.'

'Als je kunt richten', zei Veyrenc, die om het lichaam heen liep en zijn gezicht tussen de tralie en het raamkozijn drukte. 'Moet je eens zien hoe nauw. Ik kan mijn arm er amper tussendoor steken. Met een beetje geluk moet de schutter op nog geen vijf meter afstand zijn gaan staan om raak te schieten zonder op de tralie te stuiten. Dan had Estalère hem gezien. Het licht van de lantaarnpaal reikt tot daar.'

'Niet met een beetje geluk, Louis. Met een kruisboog voorzien van een katrol, de compound bijvoorbeeld. Op veertig meter afstand, met een vizier en een nachtkijker, zou de man zijn doel niet missen. Zelfs niet op vijftig meter, als hij goed is. En als hij zo'n wapen bezit, dan is hij beslist goed. Hoe dan ook, dat wil zeggen dat de moordenaar zich in het bos bevond, precies aan de rand. Een volmaakt stil schot, hij had alle tijd om ervandoor te gaan voordat de politie in de gaten zou krijgen wat hij had aangericht.'

'Heb jij verstand van kruisbogen?'

'Ik ben tijdens mijn diensttijd ongewild scherpschutter geweest. Ze hebben me met elk denkbaar apparaat laten schieten.'

'Vreemd', zei Veyrenc terwijl hij zich omdraaide. 'Hij heeft andere kleren aan.'

Adamsberg toetste het nummer in van Émeri.

'Andere wat?' vroeg hij.

'Kleren. Mortembot heeft zich omgekleed. Een bij elkaar passende grijze polo en joggingbroek. Waarvoor, terwijl hij in zijn eentje thuis zat opgesloten?'

'Om zich te verschonen na zijn verblijf in de cel, niet? Dat lijkt me normaal. Émeri, maak ik je wakker? Kom gauw. Mortembot is dood.'

'Kon dat niet tot morgen wachten?' vroeg Veyrenc.

'Wat?'

'Dat omkleden.'

'Verdomme, Louis, wat kan ons dat nou schelen. Hij ging piesen, de moordenaar stond op dat moment te wachten. Mortembot is recht tegenover hem in het volle licht, zonder zich te bewegen, voor het raampje verschenen. Het perfecte doelwit. Hij is stilletjes in elkaar gezakt, Seigneur Hellequin heeft hem te grazen genomen, en weer op ouderwetse wijze.'

'Op aan commando's aangepaste, ouderwetse wijze, dat zei je zelf.'

'Voor een schot als dit zie ik geen andere optie. Maar het is niettemin een apparaat van meer dan drie kilo en bijna een meter lang. Zelfs als het opvouwbaar is, stop je dat niet onder een jasje. De man moet hebben geweten waar hij het naderhand kon achterlaten.'

'Wie bezit zo'n ding tegenwoordig?'
'Veel jagers. Het is hét wapen voor op groot wild gerichte stropers, omdat het zo stil is. Het valt nog onder "vrijetijdswapen", een apparaat van de zesde categorie, vergunningvrij bezit, beschouwd als sport of spel. En wat voor spel!'
'Waarom heb jij daar niet aan gedacht?'
Adamsberg keek een tijdje naar het raampje, de gebroken ruit, de ijzeren spijl.
'Ik dacht eigenlijk dat met de ruit ertussen willekeurig welk schot wel van richting moest veranderen. Met een kogel of met een pijl. Het resultaat was zo onzeker dat een moordenaar daar niet doorheen durfde te schieten. Maar kijk eens goed naar die ruit, Louis. Die hebben we niet gecontroleerd.'
Émeri kwam het huis binnen, met maar twee knopen van zijn jasje dicht.
'Het spijt me, Émeri', zei Adamsberg. 'Een kruisboogpijl dwars door het wc-raampje. Toen de man stond te piesen.'
'Het wc-raampje? Maar daar zit een tralie voor!'
'Er dwars doorheen, Émeri. En recht in zijn keel.'
'Een kruisboog? Maar daar kun je alleen maar een hert op tien meter afstand mee verwonden.'
'Niet met deze, Émeri. Heb je Lisieux ingelicht?'
'Ze komen eraan. De verantwoordelijkheid ligt bij jou, Adamsberg. Jij leidt het onderzoek. En jouw mannen surveilleerden.'
'Mijn mannen kunnen geen veertig meter ver het bos in kijken. Jij had moeten voorzien dat ze via dit raampje naar binnen konden. Jij was verantwoordelijk voor de inventarisatie van de risico's van deze plek.'
'En ik had een schot met een kruisboog via een muizengaatje moeten voorzien?'
'Ik noem het eerder een rattengat.'
'In dat rattengat zat een dikke ruit, waardoor willekeurig welk projectiel van richting zou zijn veranderd. De schutter kon deze doorgang niet kiezen.'
'Kijk eens naar die ruit, Émeri. Er zit geen stukje glas meer

in het hout. Het is van tevoren zorgvuldig losgesneden, zodat een licht duwtje met een vinger al genoeg was om het eruit te laten vallen.'

'Zodat het schot niet van richting veranderde.'

'Nee. En we hebben niet opgemerkt dat er een kras van een glassnijder langs het kozijn liep.'

'Dat verklaart niet waarom de man voor de kruisboog heeft gekozen.'

'Vanwege de stilte. Plus dat de schutter het huis van de moeder van Mortembot kende. Er ligt overal tapijt, tot in het toilet aan toe. Het ruitje is geruisloos gevallen.'

Émeri zette de kraag van zijn jasje op en gromde van ongenoegen.

'In deze contreien', zei hij, 'hebben mannen eerder geweren. Als hij geen gerucht wilde maken, had de moordenaar met een geluiddemper en een subsonische kogel kunnen schieten.'

'Dan nog, dat geeft een flinke knal. Ongeveer zoals een .22-kaliber-luchtdrukpistool, en dus luider dan een kruisboog.'

'Je hoort toch het geluid van de pees.'

'Maar het is geen geluid waarop je verdacht bent. Op die afstand klinkt de trilling net als het suizen van vleugels. En het is echt een wapen voor Hellequin, toch?'

'Ja', sprak Émeri wrevelig.

'Bedenk dat wel, Émeri. Het is niet alleen technisch een volmaakte keus, maar ook artistiek. Historisch en poëtisch.'

'Hij heeft Herbier anders niet poëtisch neergeschoten.'

'Hij verandert blijkbaar. Wordt geraffineerder.'

'Geloof jij dat de moordenaar denkt dat hij Hellequin is?'

'Dat weet ik niet. We weten alleen dat het een uitstekende kruisboogschutter is. Dat is in ieder geval een aanknopingspunt. Een onderzoek instellen naar schietclubs, ledenlijsten uitpluizen.'

'Waarom heeft hij zich omgekleed?' vroeg Émeri terwijl hij naar het lichaam van Mortembot keek.

'Om zich te verschonen na de cel', antwoordde Veyrenc.

'Mijn cel is schoon. En de dekens ook. Wat denk jij, Adamsberg?'

'Ik vraag me juist af waarom jij en Veyrenc je druk maken over het feit dat hij zich heeft omgekleed. Hoewel alles telt', zei hij, waarbij hij vermoeid naar het raampje wees. 'Zelfs een rattengat. Vooral een rattengat.'

40

Adamsberg nam deel aan het sporenonderzoek in het bos tot 's morgens zeven uur, vergezeld van de vijf andere, uit hun bed getrommelde mannen. Danglard leek geradbraakt. Hij had, dacht Adamsberg, evenmin de slaap kunnen vatten, tevergeefs op zoek naar een rustige plek waar hij zijn gedachten achter kon laten, zoals je een schuilplaats probeert te vinden tegen de wind. Maar op dit moment had Danglard geen schuilplaats meer. Zijn briljante geest, niet in staat tot laaghartigheid of stommiteit, lag in brokstukken aan zijn voeten.

Bij het eerste daglicht ontdekten ze vrij snel de plek waar de dader had gewacht. Het was Faucheur die de anderen riep. Het was duidelijk dat de moordenaar, vreemd genoeg, verscholen achter een reusachtige eik op een vouwstoeltje had gezeten, waarvan het metalen onderstel in het bladertapijt was weggezakt.

'Nog nooit zoiets meegemaakt', sprak Émeri haast gechoqueerd. 'Een moordenaar die zich om zijn comfort bekommert. Die gast maakt zich op om een man te vermoorden, maar hij wil daarbij zijn benen niet vermoeien.'

'Misschien is hij oud', zei Veyrenc. 'Of heeft hij moeite met lang staan. Het kon wel uren duren voordat Mortembot op het toilet zou verschijnen.'

'Niet zo heel oud', zei Adamsberg. 'Om de pees van de kruisboog te spannen en de terugslag op te vangen, moet je tamelijk sterk zijn. Een zittende houding bood hem meer precisie. En je maakt minder lawaai dan wanneer je staat. Hoe ver is dit van het doelwit af?'

'Zo'n meter of tweeënveertig, drieënveertig', zei Estalère, die, zoals Adamsberg altijd al had beweerd, goede ogen had.

'In Rouen', zei Danglard heel zacht, alsof zijn verloren glans hem voortaan belette normaal te praten, 'wordt in de kathedraal het hart bewaard van Richard Leeuwenhart, die in de strijd door een kruisboogschot is geveld.'

'Echt?' vroeg Émeri, die altijd opleefde van glorieuze verhalen van het slagveld.

'Ja. Hij raakte gewond bij het beleg van Châlus-Chabrol in maart 1199 en overleed elf dagen later aan gangreen. Bij hem was tenminste de naam van de moordenaar bekend.'

'Wie dan?' vroeg Émeri.

'Pierre Basile, een jonker uit de Limousin.'

'Wat hebben wij daar verdorie mee te maken?' vroeg Adamsberg, geïrriteerd dat Danglard in zijn misère erin volhardde zijn eruditie tentoon te spreiden.

'Ik wou alleen maar zeggen', zei Danglard met verstikte stem, 'dat hij een van de beroemdste kruisboogslachtoffers is.'

'En na Richard de minkukel Michel Mortembot', zei Émeri. 'Dat is nog eens een achteruitgang', concludeerde hij hoofdschuddend.

De mannen kamden het bos verder uit, tegen beter weten in op zoek naar voetsporen van de moordenaar. Het bladertapijt was droog vanwege de zomer en hield geen sporen vast. Het was Émeri die drie kwartier later floot en hen bijeenriep op een paar meter van de tegenovergelegen bosrand. Hij had zijn jas intussen helemaal dichtgeknoopt en stond hen, weer kaarsrecht, op te wachten bij een rechthoekig stuk pas omgewoelde aarde dat onhandig met wat bladeren was toegedekt.

'De kruisboog', zei Veyrenc.

'Dat denk ik', zei Émeri.

De kuil was niet diep, een centimeter of dertig, zodat de agenten al snel een plastic hoes blootlegden.

'Juist', zei Blériot. 'Die vent had geen zin om zijn wapen te vernietigen. Hij heeft het inderhaast hier verstopt. Hij moet de kuil vooraf hebben gegraven.'

'Zoals hij het ruitje vooraf heeft uitgesneden.'

'Hoe kon hij hebben geweten dat Mortembot zich hier zou opsluiten?'

'Zo moeilijk te raden is het niet dat Mortembot na de dood van Glayeux weer terug zou keren naar het huis van zijn moeder', zei Émeri. 'Niet goed verstopt', voegde hij er misnoegd aan toe, wijzend op de kuil. 'Zoals hij ook de bijl niet goed heeft verborgen.'

'Misschien heeft hij een beperking', opperde Veyrenc. 'Dat hij voor het moment heel doeltreffend is, maar niet in staat ver vooruit te denken. Een mentale instelling met blinde vlekken, met tekortkomingen.'

'Of het wapen is van iemand, net als de bijl,' zei Adamsberg, wiens hoofd begon te tollen van vermoeidheid, 'bijvoorbeeld van een van de Vendermots. En is het de bedoeling van de dader dat het wordt gevonden.'

'U weet wat ik van hen vind', zei Émeri. 'Maar ik geloof niet dat Hippo een kruisboog bezit.'

'En Martin? Die altijd van alles in het bos loopt te verzamelen?'

'Die zie ik geen beesten vangen met een commando-uitrusting. Maar wie er vast een bezat, is Herbier.'

'Twee jaar geleden', bevestigde Faucheur, 'hebben we een everzeug gevonden met een pijl in haar zij.'

'De moordenaar kan het wapen na zijn dood makkelijk bij hem weg hebben gehaald voordat zijn huis werd verzegeld.'

'Ook daarna,' sprak Adamsberg kalm, 'die zegels kun je zo verbreken en weer herstellen.'

'Dan moet je wel een prof zijn.'

'Dat is waar.'

Émeri's team nam het materiaal mee dat bestemd was voor Lisieux, zette het terrein van de kuil en het vouwstoeltje af, en liet Blériot en Faucheur ter bewaking achter, in afwachting van de komst van de technische recherche.

Ze kwamen terug bij het huis van Mortembot, tegelijk met dokter Merlan, die was opgeroepen voor het eerste onderzoek. De lijkschouwer werd opgehouden in Livarot, waar een leidekker van een dak was gevallen. Geen misdrijf ogenschijnlijk, maar de gendarmes hadden verkozen hem in te schakelen vanwege het commentaar van de echtgenote, die schouderophalend had opgemerkt dat haar man 'zo bol stond van de cider als een koeienpens'.

Merlan onderzocht het lichaam van Mortembot en schudde zijn hoofd.

'Als je al niet eens meer rustig kunt piesen', was het enige wat hij zei.

Een nogal onbehouwen lijkrede, dacht Adamsberg, maar niet ontoepasselijk. Merlan bevestigde dat er tussen een en twee uur 's nachts moest zijn geschoten, in ieder geval vóór drie uur. Hij trok de pijl uit het lichaam zonder het te verplaatsen, om de zaak zo veel mogelijk intact te laten voor zijn collega.

'Een verdomd barbaars ding', zei hij terwijl hij hem voor Adamsbergs gezicht heen en weer zwaaide. 'Mijn collega zal hem opensnijden, maar als ik op de inslag afga, is de pijl dwars door zijn strottenhoofd gegaan tot aan zijn slokdarm. Ik denk dat hij door verstikking om het leven is gekomen voordat de bloeding zijn werk heeft kunnen doen. Zal ik hem weer aankleden?'

'Dat kan niet, dokter. De technische recherche komt nog langs.'

'Maar toch', zei Merlan met een grimas.

'Ja dokter, ik weet het.'

'En u,' zei Merlan terwijl hij Adamsberg strak aankeek, 'u zou er goed aan doen gauw uw bed op te zoeken. En hij ook', voegde hij eraan toe en hij wees even met zijn duim naar Danglard. 'Er zijn hier mensen die niet genoeg rust nemen. Straks vallen ze om als kegels zonder dat er een bal aan te pas komt.'

'Ga maar', zei Émeri, en hij gaf Adamsberg een tikje op zijn schouder. 'Ik wacht wel op de jongens. Wij hebben geslapen, Blériot en ik.'

Hellebaud had in de slaapkamer sporen van zijn ochtendwandeling achtergelaten door zo'n beetje overal graankorrels te verspreiden. Maar hij was weer teruggekropen in de linkerschoen en begon te koeren toen hij Adamsberg zag. Die schoenenkwestie had, hoe tegennatuurlijk ook, tenminste een groot voordeel. De duif poepte niet langer lukraak de hele kamer onder, maar uitsluitend in die schoen. Als hij had geslapen, zou hij de binnenkant schoonkrabben. Waarmee? vroeg hij zich af terwijl hij zich oprolde in de kuil van het matras. Met een mes? Een lepeltje? Een schoenlepel?

De gewelddadigheid van die jachtpunt had hem van afkeer vervuld, die scherpe vinnen die de man onder het piesen hadden doorboord. Veel meer dan het in de keel van de oude vrouw, Lucette Tuilot, gepropte broodkruim, een methode die door zijn originele en primitieve karakter iets ontroerends had. En Danglard had hem geïrriteerd met zijn commentaar over Richard Leeuwenhart, voor zover ze daar wat mee te maken hadden. En Veyrenc ook, die zich afvroeg waarom Mortembot zich had omgekleed. Een snelle en nauwelijks terechte irritatie, waaruit wel bleek hoe moe hij was. Mortembot had zijn blauwe jasje uitgetrokken – dat vast naar de cel stonk, wat je er ook van zei, al was het maar naar een desinfecterend middel – en hij had een lichtgrijs katoenen joggingpak met een donkergrijze boord aangetrokken. Nou en? Als Mortembot nou gewoon zin had in iets makkelijks? Of iets prettigs? Émeri had hem eveneens geërgerd door de manier waarop hij hem opnieuw duidelijk maakte dat de volle verantwoordelijkheid voor de ramp bij hem lag. Laffe soldaat, die Émeri. Deze derde moord zou Ordebec helemaal in vuur en vlam zetten, en vervolgens de hele regio. De plaatselijke kranten stonden al bol van de dodelijke razernij van Hellequin, sommige ingezonden lezersbrieven wezen met een vinger naar de Vendermots, nog zonder ze expliciet te noemen, en de vorige avond was het naar zijn idee op straat eerder stil geworden dan gewoonlijk. En nu de moordenaar van verre met een kruisboog toesloeg, vond niemand meer beschutting in zijn rattenhol. En hij al helemaal niet, nu iemand hem onder een trein in drieën had willen delen. Als de moordenaar had geweten hoe onwetend en machteloos hij was, zou hij niet de moeite hebben genomen een trein voorbij te laten komen om hem te doden. Misschien belemmerde Lina's boezem hem finaal het zicht op de kwalijke rol van de familie Vendermot.

41

Adamsberg opende zijn ogen drie uur later, terwijl hij aandachtig luisterde naar het luide gezoem van een vlieg die als een razende van de ene kant van de kamer naar de andere vloog, waarbij hij, net als Hellebaud, blijkbaar niet had opgemerkt dat het raam wagenwijd openstond. Op dat eerste moment van ontwaken dacht hij niet aan Mo en Zerk, die in de gevarenzone verkeerden, niet aan de doden van Seigneur Hellequin en niet aan de oude Léo. Hij vroeg zich slechts af waarom hij had gedacht dat het jasje dat Mortembot in de cel droeg blauw was, terwijl het kastanjebruin was.

Hij opende zijn deur, strooide wat zaad op de drempel om Hellebaud aan te sporen zich op zijn minst een meter van de schoen vandaan te wagen, en ging in de keuken een kop koffie zetten. Danglard zat daar al, stilletjes, zijn hoofd over een krant gebogen die hij niet las, en Adamsberg begon enig mededogen te voelen voor zijn oude vriend, die niet bij machte was uit zijn beerput te klauteren.

'In *Le Reportage d'Ordebec* schrijven ze dat de politie uit Parijs er geen bal van snapt. Kort samengevat.'

'Ze hebben geen ongelijk', zei Adamsberg terwijl hij water op het koffiedik goot.

'Ze wijzen er nog eens op dat Seigneur Hellequin al in 1777 de marechaussee zonder slag of stoot onder de voet liep.'

'Dat is evenmin onwaar.'

'Toch is er iets. Het heeft niets met het onderzoek te maken, maar toch moet ik eraan denken.'

'Als het om het hart van Richard gaat, laat dan maar zitten, Danglard.'

Adamsberg liep naar buiten, het erf op en liet het water op het gas staan koken. Danglard schudde zijn hoofd, verhief zijn lichaam, dat hem tien keer zo zwaar leek als normaal, en nam het koffiezetten over. Hij liep naar het raam en zag Adamsberg onder de appelbomen rondlopen, met zijn handen diep in de zakken van zijn vormeloze broek, terwijl zijn blik – naar het hem toescheen – leeg en desolaat was. Danglard dacht aan de koffie – moest hij die naar buiten brengen? of moest hij die in zijn eentje opdrinken zonder hem te waarschuwen? – terwijl hij het erf vanuit zijn ooghoek in de gaten hield. Adamsberg verdween uit zijn gezichtsveld, dook toen op uit de kelder en keerde ietwat gehaast terug naar het huis. Hij plofte neer op de bank zonder zijn gebruikelijke souplesse, legde zijn beide handen plat op tafel en keek hem strak aan zonder iets te zeggen. Danglard, die zich op dit moment niet meer gerechtigd voelde vragen te stellen of kritiek te uiten, zette twee kopjes op tafel en schonk als een goede echtgenote de koffie in, want iets beters kon hij niet bedenken.

'Danglard,' zei Adamsberg, 'welke kleur had het jasje van Mortembot toen hij op de gendarmerie zat?'

'Kastanjebruin.'

'Juist. En ik zag het als blauw. Tenminste, toen ik er later bij stilstond, noemde ik het blauw.'

'Ja?' zei Danglard voorzichtig, eerder verontrust door de periodes waarin Adamsberg verstarde dan wanneer diens algachtige ogen oplichtten.

'En waarom, Danglard?'

De inspecteur bracht zijn kopje zwijgend naar zijn lippen. De verleidelijke gedachte kwam bij hem op er een drupje calvados in te gieten, zoals ze dat hier deden om 'het lichaam te prikkelen', maar hij voorvoelde dat hij met dit gebaar, om drie uur 's middags, het risico liep de nauwelijks getemperde woede van Adamsberg weer op te wekken. Vooral nu *Le Reportage d'Ordebec* verkondigde dat ze er geen bal van snapten en ook – dat had hij voor de commissaris verzwegen – dat ze geen moer uitvoerden. Of Adamsberg was juist zo ver weg dat hij het niet eens zou merken. Hij wilde net opstaan om dat drupje te halen toen Adamsberg een stapeltje foto's uit zijn zak haalde en voor hem uitspreidde.

'De gebroeders Clermont-Brasseur', zei hij.

'Oké', zei Danglard. 'De foto's die de graaf u heeft gegeven.'

'Precies. In vol ornaat tijdens het befaamde feest. Hier heb je Christian, in een blauw colbert met een krijtstreepje, en hier Christophe met zijn kapiteinsblazer.'

'Ordinair', oordeelde Danglard met zachte stem.

Adamsberg haalde zijn mobieltje tevoorschijn, liet wat foto's voorbijkomen en gaf het toestel aan Danglard.

'Dit is de foto die Retancourt me heeft gestuurd, die van het pak dat Christian droeg toen hij 's avonds thuiskwam. Een pak dat niet naar de stomerij is gebracht, evenmin als dat van zijn broer. Dat heeft ze gecontroleerd.'

'Dan moeten we haar wel geloven', zei Danglard terwijl hij het fotootje bekeek.

'Blauw pak met een streepje voor Christian. Ziet u wel? Niet bruin.'

'Nee.'

'Waarom dacht ik dan dat het jasje van Mortembot blauw was?'

'Vergissing.'

'Omdat hij zich heeft "omgekleed", Danglard. Ziet u nu het verband?'

'Eerlijk gezegd niet.'

'Omdat ik eigenlijk wist dat Christian zich had "omgekleed". Net als Mortembot.'

'En waarom heeft Mortembot zich omgekleed?'

'Wat kan Mortembot ons nou schelen', wond Adamsberg zich op. 'Het lijkt wel alsof u het expres niet wilt begrijpen.'

'Vergeet niet dat ik onder een trein heb gelegen.'

'Dat is waar', erkende Adamsberg kortaf. 'Christian Clermont heeft zich "omgekleed", en dat had ik al dagenlang voor ogen. Zo duidelijk voor ogen dat toen ik aan het jasje van Mortembot dacht, ik het als blauw zag. Zoals dat van Christian. Vergelijk ze eens goed, Danglard: het pak dat Christian draagt tijdens het feestje, en het pak dat Retancourt heeft gefotografeerd, dat wil zeggen het pak waarin hij die avond is thuisgekomen.'

Adamsberg legde voor Danglard de foto neer die de graaf hem had gegeven en daarnaast de foto op zijn mobieltje. Ineens leek hij zich te realiseren dat er koffie voor hem stond en hij dronk zijn kopje half leeg.

'Nou, Danglard?'

'Het valt me alleen op omdat u het hebt gezegd. De twee kostuums van Christian zijn bijna identiek, allebei van dezelfde kleur blauw, maar inderdaad, ze zijn niet hetzelfde.'

'Precies, Danglard.'

'Het tweede kostuum heeft een minder fijn streepje, bredere revers en een smallere mouwinzet.'

'Precies', herhaalde Adamsberg glimlachend, waarna hij opstond en in grote stappen van de schoorsteen naar de deur liep. 'Precies. Tussen het moment waarop Christian tegen middernacht het feest verliet en het moment waarop hij tegen tweeën thuiskwam, heeft hij zich omgekleed. Dat heeft hij heel goed gedaan, het is nauwelijks zichtbaar, maar het is wel zo. Het pak dat hij de volgende dag naar de stomerij heeft gestuurd, is inderdaad niet het pak dat hij bij thuiskomst droeg, Retancourt heeft zich niet vergist. Maar het is het pak dat hij op het feest droeg. En waarom, Danglard?'

'Omdat het naar benzine stonk', antwoordde de inspecteur, die weer een beetje kon glimlachen.

'En het stonk naar benzine omdat Christian de Mercedes in de fik heeft gestoken, met zijn vader erin. Iets anders,' voegde hij eraan toe terwijl hij met zijn hand op tafel sloeg, 'hij heeft zijn haren geknipt voordat hij naar huis ging. Pak de foto's er maar bij: op het feest nogal lang haar met een lok op zijn voorhoofd. Ziet u wel? Maar wanneer hij thuiskomt is het, volgens het kamermeisje dat hij heeft ontslagen, heel kort. Want, zoals Mo dat vaak is overkomen, zijn er in de gloeiende hitte van het vuur haren van hem verschroeid, en die ontbrekende lokken vielen op. Dus heeft hij zijn haar in één lengte geschoren en een ander pak aangetrokken. En wat zegt hij de volgende dag tegen zijn huisknecht? Dat hij 's nachts zijn haar heeft gemillimeterd; in een opwelling van rouw, denken ze, als wanhoopsdaad. Christian-de-schroeier.'

'Geen direct bewijs', zei Danglard. 'De foto van Retancourt is niet op de avond zelf genomen, en niets bewijst dat zij – of het kamermeisje dat haar heeft ingelicht – zich niet in het kostuum heeft vergist. Ze lijken zo op elkaar.'

'Mogelijk vinden we haren in de auto.'

'Die zal inmiddels wel schoon zijn.'

'Dat hoeft niet, Danglard. Het is heel lastig om al die kleine afgeknipte haartjes weg te krijgen, zeker van de stoffering van een hoofdsteun, als we het geluk hebben dat het interieur van de auto met stof is bekleed. Je kunt ervan uitgaan dat Christian nogal haastig te werk is gegaan, vooral omdat hij dacht geen enkel risico te lopen. En zelfs niet te worden verhoord. Retancourt moet de auto controleren.'

'Hoe krijgt ze toestemming die auto te onderzoeken?'

'Die krijgt ze niet. Derde bewijs, Danglard. De hond, het suikerklontje.'

'Het verhaal van uw Léo.'

'Ik heb het over die andere hond en dat andere suikerklontje. We leven in een tijd van een suikerplaag, inspecteur. In sommige jaren dalen er wolken lieveheersbeestjes op de aarde neer en een andere keer zijn dat suikerklontjes.'

Adamsberg zocht de sms'jes van Retancourt op over het op staande voet ontslagen kamermeisje en liet ze de inspecteur lezen.

'Ik snap het niet', zei Danglard.

'Dat komt omdat u onder een trein hebt gelegen. Eergisteren vroeg Blériot me op straat of ík Flem een suikerklontje wilde geven. Hij had net aan de motor van zijn auto staan sleutelen en hij legde uit dat Flem het suikerklontje weigerde als zijn handen naar benzine stonken.'

'Heel goed', sprak Danglard al wat levendiger en hij stond op om de calvados onder uit de kast te pakken.

'Wat doet u, Danglard?'

'Ik neem maar één druppel. Om de koffie wat op te vrolijken en mijn beerput in één moeite door.'

'Verdomme, inspecteur, dat is Léo's calvados, die krijgt ze van de graaf. Waar moet ze ons voor aanzien als ze thuiskomt? Voor een bezettingsleger?'

'Oké', zei Danglard en hij schonk snel het drupje in terwijl Adamsberg naar de schoorsteen liep en hem even zijn rug toekeerde.

'Daarom is het kamermeisje de laan uit gestuurd. Christian had zich omgekleed en opgefrist, maar zijn handen roken nog naar benzine. Dat is een geur die urenlang aan je huid blijft kleven. Een geur die een hond feilloos ruikt. Dat begreep Christian toen het dier zijn suikerklontje afwees. Het suikerklontje dat het kamermeisje had opgeraapt. En waar ze commentaar op heeft geleverd. Hij moest dus van dat vuile klontje af zien te komen. En van het kamermeisje, dat hij stante pede heeft ontslagen.'

'Dan zou ze moeten getuigen.'

'Zowel wat dat betreft als het kortgeknipte haar. Zij is niet de enige die Christian die avond heeft gezien. Ook de twee agenten die hem het nieuws kwamen vertellen. Daarna heeft hij zich in zijn kamer teruggetrokken. We moeten meer weten over wat Retancourt schrijft: *kamerm levert commentaar op suik*. Wat voor commentaar? U stuurt Retancourt daar vanavond direct op af.'

'Waar vanavond?'

'In Parijs, Danglard. U gaat terug, u brengt Retancourt op de hoogte en vertrekt meteen weer.'

'Naar Ordebec?'

'Nee.'

Danglard dronk zijn koffie met calvados op en dacht even na. Adamsberg opende beide mobieltjes en haalde de batterijen eruit.

'Wilt u dat ik de jongens ga halen? Bedoelt u dat?'

'Ja. Het zal u niet veel tijd kosten om ze in Casares te vinden.

In Afrika daarentegen is het andere koek. Als de smerissen hen in Granada hebben gespot, is het heel goed mogelijk dat ze nu, terwijl wij hier zitten te praten, in de kustplaatsen gaan zoeken. U moet hen voor zijn, Danglard. U scheurt erheen en brengt ze terug.'

'Dat lijkt me te vroeg.'

'Nee, ik denk dat onze beschuldiging steekhoudt. We moeten hun terugkomst tactisch aanpakken. Zerk keert zogenaamd terug uit Italië, waarheen hij was afgereisd vanwege een liefdesaffaire, en Mo was opgevangen in het huis van een vriend. De vader van de vriend geeft er de brui aan en verraadt hem. Dat klinkt plausibel.'

'Hoe hou ik contact met u?'

'Bel me in Le sanglier bleu, in gecodeerde bewoordingen. Laten we afspreken dat ik daar vanaf morgen iedere avond eet, ik of Veyrenc.'

'Le sanglier courant', corrigeerde Danglard automatisch, die plotsklaps zijn lange, slappe armen langs zijn lichaam liet vallen. 'Maar verdraaid nog aan toe, de ander, die Christophe, reed in de Mercedes. Christian had het feest al verlaten.'

'Ze hebben het met zijn tweeën gedaan. Christian is al eerder met zijn eigen auto weggegaan, hij heeft hem in de buurt van de Mercedes geparkeerd, en heeft vervolgens gewacht tot zijn broer naar buiten kwam. Hij zat klaar, met zijn nieuwe gympen aan. Maar hij had ze gestrikt als een onnozele ouwe man. Toen Christophe van de Mercedes wegliep en hun vader daarin opgesloten achterliet, zogenaamd om zijn mobieltje te zoeken, dat hij inderdaad op de stoep had laten vallen, heeft Christian de benzine uitgegoten, het vuur aangestoken en daarna snel zijn eigen auto weer opgezocht. Christophe was dus op een behoorlijke afstand toen de brand uitbrak, hij heeft de politie gebeld, en getuigen hebben hem zelfs zien rennen. Christian heeft de operatie afgerond: hij heeft de schoenen bij Mo thuis neergezet – zijn voordeur is zo vermolmd dat je hem met een potlood openkrijgt – hij heeft zich omgekleed en hij heeft zijn pak in zijn kofferbak gelegd. En dan merkt hij dat een deel van zijn haar is verbrand. Hij scheert zijn haar heel kort. De volgende dag vist hij zijn pak uit de achterbak en laat het stomen. Nu hoeft alleen Mo nog maar te worden zwartgemaakt.'

'En waarom zou Christian een scheerapparaat bij zich hebben?'

'Dat soort mannen heeft altijd een reistas klaarstaan in hun kofferbak. Om bij het minste of geringste in een vliegtuig te kunnen stappen. Dus hij had een scheerapparaat.'

'De rechter zal dit niet willen horen', sprak Danglard hoofdschuddend. 'Het zijn onneembare vestingen, het systeem is gesloten.'

'Dus gaan we via het systeem naar binnen. Ik geloof niet dat graaf De Valleray het op prijs zal stellen dat de twee broers zijn oude vriend Antoine in brand hebben gestoken. Dus hij zal wel een handje helpen.'

'Wanneer moet ik vertrekken?'

'Ik geloof nu, Danglard.'

'Ik laat u niet graag alleen ten overstaan van Seigneur Hellequin.'

'Ik geloof niet dat Hellequin een aanval onderneemt door middel van de sneltrein Caen-Parijs. Of met een commandokruisboog.'

'Dat zou een inbreuk zijn op de goede smaak.'

'Ja.'

42

Danglard zette net zijn laatste bagage in de achterbak van een van de auto's, toen hij Veyrenc op het erf zag staan. Hij had nog niet de kracht en de woorden gevonden, en zeker nog niet de nodige bescheidenheid opgebracht, om met de brigadier te gaan praten. Door de dood van Mortembot had hij deze beproeving kunnen uitstellen. De gedachte alleen al hem een hand te geven en 'dankjewel' te zeggen, leek hem belachelijk plechtstatig.

'Ik ga de jongens opzoeken', was het enige wat hij wist te zeggen toen hij vlak bij hem was.

'Riskant', zei Veyrenc.

'Adamsberg heeft de doorgang gevonden. Het rattengat waarlangs we toegang krijgen tot de Clermonts. Misschien hebben we iets waarop we de aanklacht tegen de twee broers kunnen baseren.'

Veyrencs blik klaarde op, zijn lip ging omhoog, waarna zijn gevaarlijke meisjesglimlach verscheen. Danglard bedacht dat hij van zijn neef Armel, bijgenaamd Zerk, hield alsof het zijn eigen zoon was.

'Als u daar bent,' zei Veyrenc, 'controleer dan even iets. Dat Armel niet onderweg het pistool van zijn grootvader heeft meegepikt.'

'Adamsberg zei dat hij niet kon schieten.'

'Hij kent die jongen niet. Hij kan heel goed schieten.'

'Goeie god, Veyrenc', zei Danglard, die voor even vergat hoe moeilijk het gesprek voor hem was. 'Ik moest nog iets tegen Adamsberg zeggen, het heeft niets te maken met het onderzoek, maar toch iets wat ik moet zeggen. Kunt u dat aan hem doorgeven?'

'Vertel het maar.'

'In het ziekenhuis raapte ik de sjaal op die van Lina's schouders was gegleden. Hoe warm het ook is, ze houdt altijd die lap stof om zich heen. Daarna hielp ik de dokter om de graaf weg te dragen toen hij flauwviel. Toen we zijn bovenlijf ontblootten, verzette hij zich zo veel als hij kon. Daar', zei Danglard, terwijl hij zijn middelvinger op de bovenkant van zijn linkerschouderblad legde, 'heeft hij op zijn huid een nogal lelijke paarse vlek, die iets weg heeft van een pissebed van twee centimeter lang. Nou, zo een heeft Lina er ook.'

De twee mannen keken elkaar bijna recht in de ogen.

'Lina Vendermot is de dochter van De Valleray', zei Danglard. 'Net zo zeker als dat ik in een beerput heb gezeten. En omdat zij en haar broer Hippo, allebei vlasblond, als twee druppels water op elkaar lijken, vormen ze een koppel. De twee donkerharigen daarentegen, Martin en Antonin, zijn ongetwijfeld van vader Vendermot.'

'Verrek. Weten ze dat?'

'De graaf zeker. Daarom ging hij zo tekeer toen we zijn bovenlijf wilden ontbloten. Van de kinderen weet ik het niet. Het ziet ernaar uit van niet.'

'Maar waarom zou Lina die vlek dan verbergen?'

'Het is een vrouw. Zo'n pissebed is niet erg charmant.'

'Ik probeer te bedenken wat dat voor verschil maakt voor de manoeuvres van Hellequin.'

'Nog geen tijd gehad om daarover na te denken, Veyrenc. Ik laat het werk hier aan u over', zei hij en hij gaf hem een hand. 'Nog bedankt', voegde hij eraan toe.

Hij had het gedaan. Hij had het gezegd.

Zoals een heel normaal mens. Zoals een doorsneeman op een heel gewone manier raad weet met een drama, dacht hij bij zichzelf terwijl hij zijn handen afveegde voordat hij achter het stuur kroop. Iemand een hand geven, dankjewel zeggen, was waarschijnlijk makkelijk, banaal, moedig eventueel, maar het was gebeurd, en terecht. Later zou hij er wel meer over zeggen, als hij ertoe kwam. Toen hij de weg op draaide, ging hij in een plotselinge opwelling van verbeten vreugde rechtop zitten bij de gedachte dat Adamsberg de moordenaars van de oude Clermont te pakken had. Dankzij het jasje van Mortembot, en hoe hij te werk was gegaan, maakte niet uit, hij wist niet zeker of hij wel goed had begrepen wat er allemaal was gebeurd. Maar de troepen waren gemobiliseerd, waardoor hij zich op dat moment aardig kon verzoenen met het schaamteloze gedrag van mensen, en in lichte mate met dat van zichzelf.

Om negen uur 's avonds trof hij Retancourt op het terras van een restaurantje beneden haar flat in Seine-Saint-Denis. Elke keer als hij Violette zag, zelfs al na drie dagen, vond hij haar groter en dikker dan in zijn herinnering en was hij daarvan onder de indruk. Ze zat op een plastic stoel waarvan de poten onder haar gewicht uiteenweken.

'Drie dingen', recapituleerde Retancourt, die weinig tijd had besteed aan het informeren naar de gemoedstoestanden van haar collega's die vastzaten in de modderpoel van Ordebec, want meevibreren was niet haar sterkste kant. 'De auto van Verlosser 1, Christian. Ik heb het uitgezocht, die staat in hun privégarage geparkeerd, samen met de auto's van de broer en van hun echtgenotes. Als ik hem wil onderzoeken, moet ik hem daar weghalen. Dus de beveiliging uitschakelen en de draden met elkaar verbinden. Noël doet dat in een handomdraai. Maar ik neem niet het risico die auto daarna terug te brengen, ze zoeken maar uit hoe ze hem weer in handen krijgen, dat is niet ons probleem.'

'We kunnen de monsters niet gebruiken als we niet de officiële weg hebben gevolgd.'

'Maar we krijgen nooit een officiële vergunning. Dus we gaan anders te werk. Verzamelen onwettige bewijzen, stellen een dossier samen, en vallen dan aan.'

'Laten we daar dan maar even van uitgaan', zei Danglard, die het nogal brute optreden van de brigadier zelden ter discussie stelde.

'Tweede punt,' zei ze terwijl ze haar machtige vinger op de tafel legde, 'het kostuum. Het kostuum dat onopvallend naar de stomerij is gestuurd. Benzinedamp is, net als haren, vooral heel kleine haartjes, iets wat moeilijk weg te werken is. Met een beetje geluk blijven er vluchtige resten in de stof achter. Natuurlijk moeten we het kostuum ontvreemden.'

'Een probleem.'

'Valt wel mee. Ik ken de werktijden, ik weet op welk moment Vincent, de hoofdbutler, bij de deur staat. Ik kom met een tas, ik leg uit dat ik boven een jasje of iets anders ben vergeten, en ik waag het erop.'

Gebrekkige voorbereiding, lef en zelfvertrouwen, allemaal middelen die Danglard nooit gebruikte.

'Met welk excuus bent u daar weggegaan?'

'Dat mijn echtgenoot me op de hielen zat, dat hij me op het spoor was gekomen, dat ik voor mijn veiligheid moest vluchten. Vincent zei dat hij medelijden met me had maar hij leek verbaasd dat ik getrouwd was, en nog meer dat een echtgenoot zo hardnekkig achter me aan zat. Ik geloof dat Christian niet eens heeft gemerkt dat ik weg ben. Derde punt, de suiker. Dus het kamermeisje, Leila. Ze voelt zich gekwetst, ze zal ongetwijfeld willen praten als ze zich iets herinnert. Over die suiker of over die kortgeknipte haren. Hoe kwam Adamsberg erop dat hij een ander pak had aangetrokken?'

'Ik zou het u niet precies kunnen vertellen, Violette. Het was een web van draden die niet compleet waren en niet allemaal dezelfde kant op lagen.'

'Ik begrijp het', zei Retancourt, die vaak in opstand was gekomen tegen het zweverige brein van de commissaris.

'Op de arrestatie van de broers Clermont-Brasseur', zei Danglard en hij vulde het glas van Retancourt, met als enig doel dat hij zichzelf ook nog een glas kon inschenken. 'Dat zal een mooi gezicht zijn, verheffend, heilzaam en bevredigend, maar het zal van korte duur zijn. Het imperium zal overgaan op de neven en dan begint alles weer opnieuw. U kunt me niet bereiken op mijn mobiel. Breng Adamsberg vanavond verslag uit bij Le sanglier courant. Dat is een restaurant in Ordebec. Als hij zegt dat u hem moet bellen in Le sanglier bleu, moet u zich daar niets van aantrekken, het is dezelfde locatie, maar het lukt hem niet die naam te onthouden. Ik weet niet waarom hij zo graag wil dat die ever blauw is. Ik schrijf het nummer voor u op.'

'Gaat u weg, inspecteur?'

'Vanavond, ja.'

'Zonder dat we u kunnen bereiken? Dat wil zeggen zonder dat we weten waar u bent?'

'Dat klopt.'

Retancourt knikte maar leek niet verbaasd, waaruit Danglard opmaakte dat ze wel min of meer wist van hun gesjoemel met Mo.

'Dus u bent van plan er ongezien vandoor te gaan?'

'Ja.'

'En hoe denkt u dat aan te pakken?'

'Stiekem. Lopend of per taxi, dat weet ik nog niet.'

'Geen goed idee', zei Retancourt terwijl ze afkeurend haar hoofd schudde.

'Ik heb geen beter idee.'

'Ik wel. We gaan bij mij boven nog een laatste glas drinken, dat lijkt voor de hand liggend. Dan komt mijn broer en neemt u mee. U weet dat Bruno een ondeugende jongen is? Die bij alle agenten in de buitenwijken bekend is?'

'Ja.'

'En zo ongevaarlijk en onhandig dat als ze hem achter het stuur aanhouden, hij een seintje krijgt dat hij door mag rijden. Hij kan niet veel, maar rijden kan hij wel. Hij kan u vannacht naar Straatsburg brengen, of naar Lille, Toulouse, Lyon of ergens anders heen. Welke richting komt u het beste uit?'

'Laten we zeggen Toulouse.'

'Prima. Daarvandaan neemt u een trein waarheen u maar wilt.'

'Dat lijkt me perfect, Violette.'

'Maar dan nog uw kleding. Waar u ook heen gaat, gesteld dat u niet als een Parijzenaar herkend wilt worden, dan is dit niet goed. Leen twee pakken van Bruno, die zijn qua broekspijpen een beetje lang, en een beetje strak om de buik, maar het zal best gaan. En ze zijn een beetje opzichtig. Dat zal u niet bevallen. Het ziet er een tikje patserig, opschepperig uit.'

'Ordinair?'

'Nogal, ja.'

'Net wat ik nodig heb.'

'Nog één ding. Laat Bruno gaan zodra u in Toulouse bent. Betrek hem niet bij uw problemen, hij heeft al sores genoeg.'

'Dat is niet mijn gewoonte', zei Danglard, en hij bedacht op hetzelfde moment dat hij bijna de dood van Veyrenc op zijn geweten had.

'Hoe gaat het met de vogel?' vroeg Retancourt kortweg, en ze stond op.

Vijfendertig minuten later verliet Danglard Parijs, languit op de achterbank van de auto van de broer, in een pak van slechte kwaliteit waarvan de mouwen te strak zaten, en voorzien van een nieuw mobieltje. U kunt gaan slapen, had Bruno gezegd. Danglard sloot zijn ogen en voelde zich, tot Toulouse althans, beschermd door de sterke en oppermachtige arm van brigadier Violette Retancourt.

43

'Als een pissebed?' vroeg Adamsberg voor de tweede keer.

Hij was pas om zeven uur 's avonds teruggekomen van de gendarmerie en het ziekenhuis. Veyrenc stond hem aan het begin van de weg naar de herberg op te wachten en hij vertelde hem in het kort wat er zoal aan resultaten was geboekt. Het onderzoek van de technische recherche uit Lisieux had niets opgeleverd, het vouwstoeltje van de moordenaar was van het soort dat door alle vissers wordt gebruikt, de kruisboog was inderdaad die van Herbier en er zaten alleen zijn vingerafdrukken op, Estalère en Justin waren weer naar de Brigade teruggekeerd en Léo was wel wat aangesterkt maar praatte nog steeds niet.

'Een pissebed van twee centimeter. Op het linkerschouderblad bij De Valleray en bij Lina.'

'Als een soort van groot insect op hun rug geschilderd?'

'Ik wil niet moeilijk doen zoals Danglard, maar een pissebed is geen insect. Het is een schaaldier.'

'Een schaaldier? Zoals een garnaal, bedoel je? Een garnaal zonder water?'

'Een kleine landgarnaal, ja. Dat blijkt uit het feit dat hij veertien pootjes heeft. Insecten hebben zes pootjes. Dus je begrijpt dat spinnen, die er acht hebben, ook geen insecten zijn.'

'Zit je me in de maling te nemen? Probeer je me soms te vertellen dat spinnen landgarnalen zijn?'

Terwijl Veyrenc Adamsberg wegwijs maakte in de wetenschap, vroeg hij zich af waarom de commissaris niet reageerde op het bericht dat Hippolyte en Lina de onwettige kinderen van De Valleray waren.

'Nee, het zijn geleedpotigen.'

'Dat verandert wel iets', zei Adamsberg terwijl hij langzaam de weg af begon te lopen. 'Maar wat?'

'Dat verandert niet zozeer het beeld dat we van een pissebed hebben. Het is een schaaldier dat niet eetbaar is, meer niet.

Hoewel je je kunt afvragen wat Martin ermee doet.'

'Ik heb het over De Valleray. Als iemand zo'n vlek op zijn rug heeft en als een ander die ook heeft, zijn ze dan per se familie van elkaar?'

'Dat lijdt geen twijfel. En Danglards beschrijving was heel precies. Twee centimeter lang, paars gekleurd, langgerekt ovaal lijfje en twee voelsprietachtige dingen aan de bovenkant.'

'Een schaaldier dus.'

'Ja. Als je nagaat dat De Valleray niet ontkleed wilde worden, kun je daar met zekerheid uit concluderen dat hij weet dat die vlek hem kan verraden. En aangezien Hippo sprekend op Lina lijkt, weet de graaf dat de twee Vendermotkinderen van hem zijn.'

'Maar zijzelf weten het niet, Louis. Hippo zei nijdig tegen me, en hij meende het echt, dat het enige wat hij in zijn leven betreurde, was dat hij zo'n smeerlap als vader had gehad.'

'Dat betekent dat de graaf het hun zeker niet zal vertellen. Hij heeft voor hen gezorgd toen ze klein waren, hij heeft hen door Léo laten opvoeden, hij heeft Hippo in huis genomen toen hij merkte dat het jongetje bedreigd werd, maar hij heeft zijn kinderen niet willen erkennen. En hij laat ze een armoedig bestaan leiden bij hun moeder', concludeerde Veyrenc kortaf.

'De angst voor een schandaal, de erfenis moest veiliggesteld worden. Nogal min eigenlijk, die graaf De Valleray.'

'Vond jij hem sympathiek?'

'Dat is het woord niet. Ik vond hem oprecht en vastberaden. Grootmoedig ook.'

'Maar hij lijkt eerder laf en achterbaks.'

'Of hij zit vastgeklonken aan de rots van zijn voorouders en durft zich niet te verroeren. Als een zeeanemoon. Nee, vertel me alsjeblieft niet wat een zeeanemoon is. Een weekdier, neem ik aan.'

'Nee, een neteldier.'

'Oké,' gaf Adamsberg toe, 'een neteldier. Bezweer me in ieder geval dat Hellebaud een vogel is en dan komt het allemaal goed.'

'Het is een vogel. Nou ja, het wás een vogel. Sinds hij het verschil niet meer weet tussen jouw schoen en zijn natuurlijke omgeving, liggen de zaken anders.'

Adamsberg pikte een sigaret van Veyrenc en liep weer langzaam door.

'Nadat de graaf met Léo trouwde toen ze nog heel jong was,' zei hij, 'is hij bezweken voor de druk van het kamp De Valleray en is hij gescheiden om met een vrouw van goede komaf te trouwen, een weduwe met een zoon.'

'Is Denis de Valleray niet zijn zoon?'

'Dat weet iedereen, Louis. Het is de zoon van de moeder, hij heeft hem geadopteerd toen hij drie was.'

'Geen andere kinderen?'

'Officieel niet. Er wordt gefluisterd dat de graaf onvruchtbaar is, we weten nu dat dat niet klopt. Stel je eens voor dat ze in Ordebec te weten komen dat hij twee kinderen heeft bij een werkster.'

'Was moeder Vendermot in dienst bij het kasteel?'

'Nee. Maar ze heeft een jaar of vijftien gewerkt in een soort kasteelhotel in de buurt van Ordebec. Het was waarschijnlijk een onweerstaanbare meid, als ze Lina's boezem had. Heb ik je al verteld over Lina's boezem?'

'Ja. En die heb ik zelfs al gezien. Ik kwam haar tegen toen ze haar kantoor verliet.'

'En wat heb je gedaan?' vroeg Adamsberg met een vluchtige blik in de richting van de brigadier.

'Net als jij. Gekeken.'

'En?'

'Nou, je hebt gelijk. Erg appetijtelijk.'

'In dat kasteelhotel trof de graaf waarschijnlijk de jonge moeder Vendermot. Met als gevolg twee kinderen. Van de moeder had de graaf niets te vrezen. Ze zou niet van de daken gaan schreeuwen dat Hippo en Lina de kinderen van de graaf waren. Want zoals vader Vendermot wordt beschreven, had hij haar kunnen vermoorden, en waarom niet met kinderen en al.'

'Ze had er na zijn dood over kunnen praten.'
'Een kwestie van schaamte, nog steeds', zei Adamsberg hoofdschuddend. 'Ze heeft een reputatie hoog te houden.'
'En dus was De Valleray gerust. Afgezien van die vlek die hem kon verraden. En wat is het verband met Seigneur Hellequin?'
'Uiteindelijk is er geen verband. De graaf heeft twee onwettige kinderen, oké. Niets wat ook maar in de verte met de drie moorden te maken heeft. Ik ben moe van het denken, Louis. Ik ga onder die appelboom zitten.'
'Het kon weleens gaan regenen.'
'Ja, dat heb ik gezien, de lucht betrekt in het westen.'

Zonder te weten waarom, besloot Adamsberg een deel van de nacht op de weg van Bonneval door te brengen. Hij liep de hele weg af, niet in staat in het donker ook maar één braam te zien, en ging toen terug naar de boomstam waar Flem altijd om een suikerklontje bedelde. Daar bleef hij minstens een uur zitten, passief en zelfs ontvankelijk voor ieder onverwacht bezoek van de Seigneur, die zich niet verwaardigde hem tegemoet te komen. Misschien omdat hij in het verlaten bos niets voelde, geen onbehagen en geen angst, zelfs niet toen er met veel lawaai een hert voorbijkwam, zodat hij omkeek. Zelfs niet toen niet ver bij hem vandaan een kerkuil hijgde, met dat eigenaardige geluid dat de menselijke ademhaling nabootst. Waarbij hij hoopte dat de uil echt een vogel was, zoals hij dacht. Daarentegen wist hij nu zeker dat De Valleray een man was die weinig voorstelde, en dat idee ergerde Adamsberg. Een despoot, een egoïst, zonder liefde voor zijn geadopteerde zoon. Die zich schikte naar de regels van de familie-eer. Maar waarom zou hij dan op zijn achtentachtigste besluiten opnieuw met Léo te trouwen? Waarom die provocatie? Waarom na een heel leven van volgzaamheid aan het eind van de rit opnieuw een schandaal veroorzaken? Misschien juist om die onderworpenheid van zich af te schudden, die al veel te lang had geduurd. Sommige mensen heffen op het laatste moment nog fier het hoofd op. In dat geval lagen de zaken natuurlijk anders.

Een luidruchtiger lawaai gaf hem nog even hoop, een zwaar gestamp, en gehijg. Hij ging staan en lette goed op, klaar om zich uit de voeten te maken als de Seigneur met het lange haar in aantocht was. Maar hij zag alleen een troep everzwijnen op weg naar hun modderpoel. Nee, dacht Adamsberg terwijl hij weer verder liep, Hellequin was niet in hem geïnteresseerd. Die ouwe had liever vrouwen zoals Lina, en hij kon hem geen ongelijk geven.

44

'In dat geval liggen de zaken anders', vertelde Adamsberg Veyrenc bij het ontbijt.

De commissaris had onder een van de appelbomen op het erf koffie en brood neergezet. Terwijl Adamsberg de kommen volschonk, zat Veyrenc kleine appeltjes vier meter voor zich uit te gooien.

'Denk eens na, Louis. Mijn foto stond de dag na mijn aankomst al in *Le Reportage d'Ordebec*. De moordenaar kon mij niet verwarren met Danglard. Ze probeerden dus echt hem op de spoorrails te vermoorden, en niet mij. Waarom? Omdat hij de pissebedden had gezien. Een andere verklaring is er niet.'

'En wie zou geweten hebben dat hij ze had gezien?'

'Jij weet als geen ander dat Danglard niet goed iets voor zich kan houden. Wellicht heeft hij door Ordebec rondgeslenterd en met deze en gene wat gepraat. Hij heeft zichzelf waarschijnlijk verraden. Er bestaat dus wel degelijk een verband tussen de moorden en de pissebedden. De moordenaar wil voor geen prijs dat bekend wordt waar de kinderen van de familie Vendermot vandaan komen.'

'*Verberg je nageslacht, de vruchten van je zaad./ Ze eisen op een dag vergelding van het kwaad*', mompelde Veyrenc en hij gooide nog een appel.

'Tenzij de graaf er niet langer over wenst te zwijgen. Een jaar geleden is de oude De Valleray in verzet gekomen door te besluiten met Léo te trouwen. En te herstellen wat hij uit zwakheid had kapotgemaakt. Hij heeft zijn hele leven gehoorzaamd, dat weet hij, hij probeert het nu weer goed te maken. Dan mag je aannemen dat hij het ook met zijn kinderen weer goed probeert te maken.'

'Hoe dan?' vroeg Veyrenc en hij gooide een zevende appel.

'Door ze in zijn testament op te nemen. Ieder een derde deel. Zo zeker als een zeeanemoon geen weekdier is, denk ik dat De

Valleray hen in zijn testament heeft bedacht, en dat Hippolyte en Lina na zijn dood erkend zullen worden.'

'Eerder durft hij niet.'

'Blijkbaar niet. Wat doe je toch met die appels?'

'Ik mik op de holen van veldmuizen. Waarom ben je zo zeker van dat testament?'

'Vannacht in het bos wist ik het zeker.'

Alsof het bos hem op de een of andere manier waarheden kon dicteren. Veyrenc ging liever niet in op het typische gebrek aan logica van Adamsbergs antwoord.

'Wat deed je daar dan in het bos?'

'Ik heb een deel van de nacht op de weg van Bonneval doorgebracht. Er waren wilde zwijnen, een burlend hert en een kerkuil. En dat is toch een vogel, nietwaar? Geen schaaldier of een spin.'

'Een vogel. De uil die hijgt als een mens.'

'Precies. Waarom mik je op de holen van veldmuizen?'

'Ik speel golf.'

'Je mist alle holes.'

'Ja. Je bedoelt dat als De Valleray alle drie de kinderen in zijn testament heeft gezet, daarmee alles anders wordt. Maar alleen als iemand het weet.'

'Iemand weet het. Denis de Valleray mag zijn stiefvader niet. Hij loert waarschijnlijk allang op hem. Je mag aannemen dat zijn moeder hem heeft gewaarschuwd, zodat hij niet door een stelletje uit de klei getrokken bastaards van tweederde van zijn vermogen wordt beroofd. Het zou me verbazen als hij niet op de hoogte is van het testament van zijn vader.'

Veyrenc legde zijn handvol appels neer, schonk zich nog een tweede kop koffie in en stak zijn hand uit naar Adamsberg voor suiker.

'Ik heb genoeg van al dat gedoe met die suiker', zei de commissaris en hij gaf hem een klontje.

'Je bent er klaar mee. De suiker van Flem heeft je naar de suiker van Christian Clermont geleid, de bus gaat weer dicht.'

'Laten we het hopen', zei Adamsberg terwijl hij met kracht

op het deksel van de suikerbus drukte, die niet goed sloot. 'We moeten er een nieuw elastiek omheen doen. Zo doet Léo het, we moeten haar gewoontes respecteren. Ze moet alles in goede staat aantreffen wanneer ze terugkomt. Danglard heeft al van de calvados gedronken, dat is al genoeg. Dus ik hou het erop dat Denis geen weekdier is en dat hij op de hoogte is van het testament van zijn vader. Sinds een jaar misschien, sinds de graaf opstandig is geworden. Als zijn vader overlijdt, is dat een financieel en maatschappelijk debacle. De burggraaf Denis de Valleray, veilingmeester in Rouen, is dan de broer van twee boerenpummels, van de gek met de zes vingers en de halvegare met haar visioenen, en de stiefzoon van een graaf die van het rechte pad is geraakt.'

'Behalve als hij de kinderen van de Vendermots uit de weg ruimt. Dat is geen geringe beslissing.'

'Niet vanuit een bepaalde gezichtshoek. De burggraaf beschouwt de Vendermots waarschijnlijk als onbeduidend. Ik denk dat hij ze spontaan, instinctief minacht. Hij kan zelfs menen dat hun overlijden gerechtvaardigd is. Het zou voor zijn gevoel niet heel "erg" zijn. Niet erger dan voor jou het dichtmaken van de holen van veldmuizen.'

'Ik maak ze ook weer open.'

'In ieder geval oneindig veel minder erg dan tweederde van zijn erfenis en zijn hele maatschappelijke aanzien verliezen. Er staat heel veel op het spel.'

'Er zit een wesp op je schouder.'

'Een insect', verduidelijkte Adamsberg terwijl hij hem met een beweging wegjoeg.

'Klopt. En als Denis van het testament afweet – als dat testament bestaat – dan minacht hij de Vendermots niet alleen, maar haat hij ze.'

'Al minstens een jaar. We weten niet wanneer de graaf het heeft gedaan.'

'Maar Hippo en Lina zijn niet dood.'

'Dat weet ik', zei Adamsberg en hij zette de suikerbus achter zijn rug neer, alsof hij de aanblik niet langer kon verdragen. 'Het is geen impulsieve moordenaar. Hij denkt na, hij sluipt rond. Hippo en Lina uit de weg ruimen is gevaarlijk. Stel dat iemand op de hoogte is van hun voorgeslacht. Als Danglard er in twee dagen achter is gekomen, kun je je voorstellen dat anderen het ook weten. Zodat Denis aarzelt. Want als de twee Vendermots overlijden, wordt hij automatisch verdacht.'

'Door Léo bijvoorbeeld. Zij heeft die kinderen vertroeteld en komt al zeventig jaar bij de graaf over de vloer.'

'Denis heeft haar de hersens ingeslagen. En in dat geval zou die overval niets te maken hebben met wat Léo heeft ontdekt. Nou zit die wesp bij jou.'

Veyrenc blies op zijn schouder en keerde zijn koffiekom om zodat het insect niet meer door het zoete vocht werd aangelokt.

'Keer jij je kom ook om', zei hij tegen Adamsberg.

'Ik heb er geen suiker in gedaan.'

'Ik dacht dat jij er altijd suiker in deed.'

'Ik zei dat die suiker op het ogenblik op mijn zenuwen werkt. Alsof suiker een insect is. In ieder geval hangt die suiker als een zwerm wespen om me heen.'

'Eigenlijk', zei Veyrenc, 'loert Denis op een goede gelegenheid om te kunnen moorden zonder zich aan verdenkingen bloot te stellen. En die gelegenheid doet zich in optima forma voor als Lina weer een visioen heeft.'

Adamsberg leunde tegen de boomstam, zodat hij bijna met zijn rug naar Veyrenc toe kwam te zitten, die al de andere helft van de boom in beslag nam. Om half tien begon de zon al echt warm te worden. De brigadier stak een sigaret op en gaf er over zijn schouder een aan de commissaris.

'Een ideale gelegenheid', beaamde Adamsberg. 'Want als de drie geronselden overlijden, zal de angst van de inwoners van Ordebec zich onvermijdelijk tegen de familie Vendermot keren. Tegen Lina, die verantwoordelijk is voor haar visioen en die tussen de levenden en de doden in staat. Maar ook tegen Hippo, van wie iedereen weet dat hij zijn zes vingers van de duivel had. In zo'n context zou er niemand van opkijken als de twee Vendermots worden vermoord, en zou de helft van het stadje verdacht kunnen worden. Precies zoals toen de bewoners, in zeventienhonderd-en-nog-wat, met hooivorken een zekere Benjamin hebben afgeslacht, die een beschrijving had gegeven van de geronselden. Om aan de slachtpartij een eind te maken heeft de menigte hem vermoord.'

'Maar we leven niet meer in de achttiende eeuw, de methode zal wel anders zijn. Lina en Hippo zullen niet in het openbaar worden gelyncht, het zal wel onopvallender gebeuren.'

'Dus Denis vermoordt Herbier, Glayeux en Mortembot. Behalve bij Herbier doet hij het op ouderwetse wijze, min of meer op de gebruikelijke manier, om de angst van het volk te versterken. Het is wel het soort knaap om lid te zijn van een club van selecte kruisboogschutters, toch?'

'Het eerste wat we moeten nagaan', knikte Veyrenc terwijl hij zijn twintigste appel gooide.

'Je kunt niet verwachten dat je goed kan mikken als je blijft zitten. En omdat de drie slachtoffers notoire smeerlappen zijn en waarschijnlijk moordenaars, heeft Denis er geen enkele moeite mee ze op te offeren.'

'Wat betekent dat op dit moment Lina en Hippo in direct gevaar verkeren.'

'Niet voor het donker is.'

'Je beseft toch wel dat het hele verhaal voorlopig alleen gebaseerd is op die paarse pissebed.'

'We kunnen de alibi's van Denis controleren.'

'Die vent is even onbenaderbaar als de familie Clermont.'

De twee mannen bleven lang zwijgen, waarna Veyrenc in één keer zijn hele voorraad appels weggooide en het vaatwerk op het blad begon te stapelen.

'Kijk', zei Adamsberg zachtjes en hij pakte hem bij zijn arm. 'Hellebaud komt naar buiten.'

En inderdaad, de duif was al tot twee meter voorbij de drempel van de slaapkamer gekomen.

'Heb je tot daar voer neergelegd?' vroeg Veyrenc.
'Nee.'
'Dan zoekt hij uit zichzelf naar insecten.'
'Insecten, schaaldieren, geleedpotigen.'
'Juist.'

45

Kapitein Émeri zat ontsteld naar Adamsberg en Veyrenc te luisteren. Hij had die vlek nooit gezien, hij had nooit gehoord dat de Vendermotkinderen van graaf De Valleray waren.
'Dat hij met jan en alleman naar bed is geweest, wisten we. Zoals we ook wisten dat zijn vrouw een hekel aan hem had en de jonge Denis tegen hem heeft opgestookt.'
'En zoals we weten dat zijn vrouw zich later ook niet onbetuigd heeft gelaten', zei Blériot.
'We hoeven niet alles wereldkundig te maken, brigadier. De situatie is zo al pijnlijk genoeg.'
'Jawel, Émeri,' zei Adamsberg, 'alles moet wereldkundig worden. We hebben dat schaaldier, en dat kunnen we niet uitvlakken.'
'Welk schaaldier?' vroeg Émeri.
'De pissebed', legde Veyrenc uit. 'Dat is een schaaldier.'
'Wat kan ons dat nou schelen?' viel Émeri uit en hij stond plotseling op. 'Blijf daar niet zo staan, Blériot, ga koffie voor ons maken. Ik waarschuw je, Adamsberg, en luister goed naar me. Ik weiger ook maar de geringste verdenking tegen Denis de Valleray te koesteren. Hoor je me? Dat weiger ik.'
'Omdat het de burggraaf is.'
'Beledig me niet. Je vergeet dat de adel in de Empiretijd niets met aristocraten te maken wilde hebben.'
'Waarom dan wel?'
'Omdat jouw verhaal niet steekhoudend is. Dat verhaal van een vent die drie kerels vermoordt enkel en alleen om de Vendermots uit de weg te ruimen.'
'Het zit juist heel goed in elkaar.'
'Nee, dan zou Denis óf idioot óf bloeddorstig moeten zijn. Ik ken hem, hij is geen van beide. Hij is slim, opportunistisch en ambitieus.'
'Op luxe gesteld, zelfingenomen en vol verachting.'

'Dat klopt, ja. Maar ook lui, voorzichtig, bangelijk en besluiteloos. Je zit op een dwaalspoor. Denis zou nooit de wilskracht hebben om Herbier recht in zijn gezicht te schieten, Glayeux met een bijl om zeep te brengen en een pijl op Mortembot af te vuren. We zijn op zoek naar een onverschrokken mafkees, Adamsberg. En onverschrokken mafkezen, nou, je weet best waar die in Ordebec wonen. Wie zegt dat het niet net andersom is? Wie zegt dat die drie mannen niet zijn afgeslacht door Hippo, voordat hij zich klaarmaakt om Denis de Valleray te overvallen?'

Blériot plaatste een dienblad op de tafel en, heel anders dan Estalère, maakte hij zich er makkelijk van af door haastig de vier koppen neer te zetten. Émeri schonk zichzelf in zonder weer te gaan zitten, en hij gaf de suiker door.

'Hè, wie zegt dat?' hernam hij.

'Daar had ik niet aan gedacht', bekende Adamsberg. 'Het zou kunnen.'

'Het kan zelfs heel goed. Stel je eens voor dat Hippo en Lina weten van wie ze afstammen en van het testament weten. Dat is toch mogelijk?'

'Ja', zei Adamsberg en hij weigerde resoluut de suiker aan te nemen die Émeri hem aanreikte.

'Dan klopt die redenering van jou perfect, maar dan andersom. Zij hebben er alle belang bij Denis uit de weg te ruimen. Maar zodra het testament wordt voorgelezen, zullen zij als eersten verdacht worden. Dus bedenkt Lina een visioen, waarbij ze het vierde slachtoffer niet bekendmaakt.'

'Oké', gaf Adamsberg toe.

'En het vierde slachtoffer wordt Denis de Valleray.'

'Nee, dat klopt niet, Émeri. Dat zou de Vendermots niet boven elke verdenking verheffen, integendeel.'

'Hoezo dat?'

'Omdat iedereen moet denken dat het Leger van Hellequin de vier mannen heeft vermoord. Dus dan kom je toch weer bij de familie Vendermot uit.'

'Verdomme', zei Émeri terwijl hij zijn kop neerzette. 'Bedenk dan maar wat anders.'

'Eerst nagaan of Denis de Valleray een kruisboogschutter is', zei Veyrenc, die een groen appeltje had bewaard, dat hij tussen zijn handpalmen rond liet rollen.

'Heb je de sportclubs in de omgeving nagelopen?'

'Er zijn er een heleboel', zei Émeri ontmoedigd. 'Elf in totaal in deze regio, alleen al vijf in dit departement.'

'Is er bij die elf een club die chiquer is dan de andere?'

'De Compagnie de la Marche in Quitteuil-sur-Touques. Je moet door twee leden worden voorgedragen om toegelaten te worden.'

'Uitstekend. Vraag hun of Denis lid is.'

'Hoe dan? Die informatie zullen ze me nooit geven. In zulke kringen worden de leden beschermd. En ik ben niet van plan hun te gaan vertellen dat de politie een onderzoek instelt naar de burggraaf.'

'Daar is het inderdaad nog te vroeg voor.'

Émeri ijsbeerde door de kamer, zijn bovenlichaam kaarsrecht, zijn handen op zijn rug en in zichzelf gekeerd.

'Goed', zei hij na een tijdje onder de indringende blik van Adamsberg. 'Ik zal het doen door een beetje te bluffen. Alle drie de kamer uit, jullie, ik heb een hekel aan liegen in het openbaar.'

Tien minuten later deed de kapitein de deur open en met een agressief gebaar gaf hij te kennen dat ze weer binnen moesten komen.

'Ik heb me voorgedaan als ene François de Rocheterre. Ik heb uitgelegd dat burggraaf De Valleray bereid was me voor te dragen zodat ik lid kan worden van de Compagnie. Ik heb gevraagd of het nodig was door twee personen voorgedragen te worden of dat de aanbeveling van de burggraaf op zich al voldoende was.'

'Heel goed', zei Blériot waarderend.

'Vergeet dit maar, brigadier. Ik ben gewend recht door zee te gaan, ik hou niet van dit soort trucjes.'

'En?' vroeg Adamsberg.

'Ja,' zuchtte Émeri, 'De Valleray hoort inderdaad bij de club. En het is een goede schutter. Maar hij heeft nooit aan de wedstrijden van de Normandische Liga willen deelnemen.'

'Te gewoon waarschijnlijk', zei Veyrenc.

'Ongetwijfeld. Maar we hebben een probleem. De secretaris van de club praatte te veel. Niet omdat hij me zo graag informatie wilde geven maar omdat hij me wilde uittesten. Hij vertrouwde het niet, dat weet ik zeker. Wat betekent dat de Compagnie de la Marche Denis de Valleray weleens zou kunnen gaan bellen om te vragen of het klopt dat hij ene François de Rocheterre kent. Zodat Denis zal begrijpen dat iemand onder een valse naam inlichtingen over hem inwint.'

'En met name over zijn bekwaamheden als boogschutter.'

'Precies. Denis is geen genie, maar hij zal al gauw snappen dat hij verdacht wordt van de moord op Mortembot. Óf door de politie, óf door een onbekende. Hij zal op zijn hoede zijn.'

'Of het werk heel snel afmaken. Hippo en Lina uit de weg ruimen.'

'Belachelijk', zei Émeri.

'Denis heeft alles te verliezen', hield Adamsberg vol. 'Denk maar eens goed na. Het beste zou zijn om bewaking bij het kasteel neer te zetten.'

'Geen sprake van. Dan krijg ik last met de graaf en de burggraaf, dat wil zeggen met al mijn superieuren. Bewaking zonder reden, onterende verdenkingen, een professionele fout.'

'Precies', erkende Veyrenc.

'Dan surveilleren we bij het huis van de familie Vendermot. Maar dat is veel minder zeker. Kun je Faucheur nog inroepen?'

'Ja.'

'Het hoeft niet voordat het pikkedonker is. We beginnen om tien uur 's avonds en stoppen om zes uur 's ochtends. Dat is acht uur posten, dat redden we wel.'

'Prima', gaf Émeri toe, die plotseling heel moe leek. 'Waar is Danglard gebleven?'

'Hij was achteraf behoorlijk in de war. Hij is naar huis gegaan.'

'Zodat jullie nog maar met z'n tweeën zijn.'

'Dat is voldoende. Jij neemt de wacht van tien tot twee, en ik los je vervolgens af met Veyrenc. Dan hebben we nog tijd om eerst bij Le sanglier te gaan eten.'

'Nee, we doen het andersom. Ik neem de tweede wacht met Faucheur, van twee tot zes. Ik ben bekaf, ik ga eerst slapen.'

46

Al drie dagen had Adamsberg een boek van Léo naar het ziekenhuis meegenomen. Hij bracht haar haren weer in orde, ging op een elleboog geleund op haar bed zitten, en las haar een pagina of twintig voor. Het was een oud boek, waarin de wederwaardigheden van een tot mislukking gedoemde hartstochtelijke liefde uitvoerig werden beschreven. De kwestie leek de oude vrouw niet echt te boeien, maar ze glimlachte veel tijdens het voorlezen, waarbij ze haar hoofd en haar vingers bewoog alsof ze naar een liedje luisterde in plaats van naar een verhaal. Vandaag had Adamsberg bewust een ander boek meegebracht. Hij las een technisch hoofdstuk voor over merries die veulens werpen, en Léo leek weer op dezelfde manier mee te deinen. Evenals de verpleegkundige, die altijd aanwezig was als hij een half uurtje kwam voorlezen en wie het niet leek uit te maken dat hij van onderwerp was veranderd. Adamsberg begon zich zorgen te maken over die toestand van bijna gelukzalige rust, hij had Léo heel anders gekend, spraakzaam, rechtdoorzee, een beetje knorrig en onbeschaamd. Dokter Merlan, die in zijn collega Hellebaud nog steeds een onbeperkt vertrouwen had, terwijl de commissaris dit vertrouwen begon te verliezen, verzekerde hem nogmaals dat het proces precies verliep zoals de osteopaat het had beschreven, die hij de vorige dag nog 'in zijn huis in Fleury' had mogen bellen. Léone was heel goed in staat te praten en te denken, maar haar onbewuste had die functies met behulp van de dokter in de ruststand gezet, zodat de oude vrouw in een heilzaam toevluchtsoord verkeerde en het nog een paar dagen zou duren voordat het beschermende hek openging.

'Het is nog maar een week', zei Merlan. 'Gun haar de tijd.'

'Hebt u haar niets verteld over Mortembot?'

'Geen woord. We volgen de instructies. Hebt u de krant van gisteren gelezen?'

'Het artikel over de politie uit Parijs die nergens benul van heeft?'
'Zoiets, ja.'
'Ze hebben gelijk. Twee doden sinds ik hier ben.'
'Maar u hebt het ook twee keer voorkomen. Bij Léone en bij de inspecteur.'
'Voorkomen is iets anders dan bestrijden, dokter.'
Dokter Merlan spreidde meelevend zijn armen.
'Dokters kunnen geen diagnose stellen zonder symptomen en de politie kan het niet zonder aanwijzingen. Uw moordenaar is een asymptomatisch wezen. Hij laat geen sporen achter, hij komt en gaat als een spook. Niet normaal, commissaris, niet normaal. De Valleray is het met me eens.'
'De vader of de zoon?'
'De vader natuurlijk. Denis is niet geïnteresseerd in wat hier allemaal gebeurt.'
'Kent u hem goed?'
'Zo'n beetje. We zien hem zelden hier in de stad. Maar twee keer per jaar organiseert de graaf een diner voor de notabelen en daar zit ik aan. Niet erg boeiend maar je kunt er niet omheen. Voortreffelijk eten niettemin. Hebt u de burggraaf in het vizier?'
'Nee.'
'Terecht. Hij zou nooit proberen wie dan ook te vermoorden, en weet u waarom niet? Omdat hij daartoe een besluit zou moeten nemen en daar is hij niet toe in staat. Hij heeft niet eens zijn eigen vrouw uitgekozen, dus kunt u nagaan. Dat zeggen ze tenminste.'
'We hebben het er nog wel over, dokter, zodra u even tijd voor me hebt.'

Hippolyte stond voor het huis de was op te hangen aan een blauwe waslijn die tussen twee appelbomen was gespannen. Adamsberg sloeg hem gade, hij schudde een jurk van zijn zus uit om de vouwen eruit te krijgen voordat hij hem zorgvuldig ophing. Het was natuurlijk uitgesloten dat hij hem zonder omwegen zou vertellen over de pas ontdekte bloedverwantschap. Dat kon voorlopig alleen maar tot heftige en onvoorspelbare reacties leiden, en de moordenaar was te ongrijpbaar en onberekenbaar, wat maakte dat het beter was geen nieuwe elementen toe te voegen aan deze situatie die ze niet onder controle hadden. Hippolyte stopte toen hij Adamsberg zag naderen, en wreef onwillekeurig over de zijkant van zijn rechterhand.

'Negromedeog, commissaris.'

'Goedemorgen', antwoordde Adamsberg. 'Hebt u pijn?'

'Het valt wel mee, het is die ontbrekende vinger. Als het gaat regenen, steekt het. Het trekt dicht in het westen.'

'Het trekt al dagenlang dicht in het westen.'

'Maar deze keer is het menens', zei Hippo terwijl hij weer doorging met zijn werk. 'Het gaat regenen, en niet zo'n klein beetje ook. Het steekt behoorlijk.'

Adamsberg streek aarzelend met zijn hand over zijn gezicht. Émeri zou ongetwijfeld hebben gedacht dat die pijn niet werd veroorzaakt door de ontbrekende vinger, maar door de harde klap die hij Danglard met de zijkant van zijn hand had toegediend.

'En steekt het niet in uw linkerhand?'

'Soms is het de ene hand, soms de andere, en soms allebei. Er zit geen logica in.'

Abnormale intelligentie, geslepen geest, geen beminnelijk voorkomen. Als Adamsberg het onderzoek niet had geleid, had Émeri Hippo allang achter slot en grendel gezet. Hippo, die het visioen van zijn zus waarmaakte, de geronselden vermoordde en in één moeite door de erfgenaam van De Valleray uit de weg ruimde.

Hippo was onbezorgd, hij stond nu een van Lina's gebloemde blouses uit te schudden, wat Adamsberg onmiddellijk het beeld van haar boezem voor ogen bracht.

'Ze trekt elke dag andere kleren aan, idioot zo veel werk als dat geeft.'

'We gaan vannacht jullie huis bewaken, Hippo. Dat kwam ik u vertellen. Als u buiten twee kerels ziet, begin dan niet te schieten. Veyrenc en ik van tien tot twee. Émeri en Faucheur nemen het over tot 's ochtends vroeg.'

'Waarom?' vroeg Hippo en hij haalde zijn schouders op.

'Die drie zijn nu dood. Uw moeder maakt zich terecht zorgen om jullie. Ik zag een nieuw opschrift op de muur van het pakhuis toen ik hierheen kwam: "Dood aan de V's".'

'"Dood aan de varkens"', zei Hippo glimlachend.

'Of "Dood aan de Vendermots". Aan hen die de storm teweegbrengen.'

'Wat zou het voor zin hebben om ons te vermoorden?'

'Om een einde te maken aan de vervloeking.'

'Onzin. Ik heb u al gezegd dat niemand in onze buurt durft te komen. En bewaking, daar geloof ik niet in. Mortembot is toch evengoed vermoord? Ik wil u niet kwetsen, commissaris, maar we zijn niets met u opgeschoten. Jullie hebben als gekken om zijn huis heen en weer gelopen en het is voor jullie ogen gebeurd. Wilt u me even helpen?'

Hippolyte reikte alsof het de gewoonste zaak van de wereld was Adamsberg de uiteinden van een laken aan en de twee mannen schudden in de warme buitenlucht het wasgoed uit.

'De moordenaar', hernam Hippo terwijl hij de commissaris twee wasknijpers gaf, 'zat rustig op zijn vouwstoeltje, hij zal achteraf wel gelachen hebben. Een politieagent heeft nog nooit iemand van een moord weerhouden. Als zo'n vent vastbesloten is, is het net een paard in galop. Obstakels, daar springt hij overheen, punt uit. En deze vent is verdomde vastbesloten. Om een man op de rails te gooien moet je verrekte koelbloedig zijn. Weet u waarom hij uw collega heeft aangevallen?'

'Nog steeds niet', antwoordde Adamsberg op zijn hoede. 'Hij schijnt hem voor mij te hebben aangezien.'

'Onzin', zei Hippo weer. 'Zo'n type neemt niet de verkeerde te pakken. Kijk maar goed uit als u vannacht op de uitkijk staat.'

'De politie vermoorden heeft geen enkele zin. Want het is net als met distels, het groeit zo weer aan.'

'Dat is waar, maar deze kerel is bloeddorstig. Een bijl, een kruisboog, een trein, afschuwelijk. Een schot met een kogel is netter, toch?'

'Dat hoeft niet. Herbier was door zijn kop geschoten. Bovendien maakt dat lawaai.'

'Dat klopt', zei Hippo terwijl hij in zijn nek krabde. 'En hij is een spook, door niemand ooit gezien.'

'Dat zegt Merlan ook.'

'Voor één keer heeft hij geen ongelijk. Ga de wacht houden als u daar zin in hebt, commissaris. Dat zal mijn moeder tenminste geruststellen. Ze is op het ogenblik helemaal van streek. En ze moet voor Lina zorgen.'

'Is die ziek?'

'Hier', zei Hippo en hij wees op zijn voorhoofd. 'Als Lina het Leger heeft gezien, is ze wekenlang van slag. Ze heeft last van aanvallen.'

Danglard belde even voor negen uur naar Le sanglier courant. Adamsberg stond op met een angstig voorgevoel. Hij liep langzaam naar het toestel en vroeg zich intussen af hoe hij het gesprek in geheimtaal kon voeren. Voor woordspelingen had hij bepaald geen talent.

'U kunt de afzender geruststellen', zei Danglard. 'De twee pakjes lagen bij het bagagedepot. Het was de juiste sleutel.'

Oké, bedacht Adamsberg opgelucht. Danglard had Zerk en Mo teruggevonden, ze waren dus in Casares.

'Niet erg beschadigd?'

'Het papier een beetje verkreukeld, het touwtje versleten maar nog wel toonbaar.'

Oké, dacht Adamsberg weer. De jongens waren moe, maar waren er goed aan toe.

'Wat zal ik ermee doen?' vroeg Danglard. 'Terugsturen naar de afzender?'

'Als het niet al te lastig is, hou ze dan nog maar even bij u. Ik heb nog niets gehoord van het sorteercentrum.'

'Dat is wel lastig, commissaris. Waar zal ik ze laten?'

'Dat is niet mijn probleem. Bent u aan het eten?'

'Nog niet.'

'Is het borreltijd? Drink dan een glas port op mijn gezondheid.'

'Dat drink ik nooit.'

'Maar ik vind het lekker. Doe het maar.'

Oké, dacht Danglard bij zichzelf. Het was nogal een opgaaf, maar niet zo'n gek idee. Adamsberg vroeg hem of hij de jongens met de auto naar Porto wilde brengen, dat wil zeggen precies de kant op waar ze vandaan kwamen. En ze hadden nog niets gehoord over het onderzoek van Retancourt. Het was dus nog te vroeg om ze de grens weer over te brengen.

'Vlot het nog een beetje in Ordebec?'

'Er zit geen enkele beweging in. Vannacht misschien.'

Adamsberg ging weer bij Veyrenc aan tafel zitten en at zijn bijna koud geworden vlees op. Een donderslag deed plotseling de muren van het restaurant schudden.

'Bewolking in het westen', mompelde Adamsberg en hij wees met zijn vork omhoog.

Terwijl het regende dat het goot en hevig onweerde, begonnen de twee mannen aan hun nachtelijke wake. Adamsberg hief zijn gezicht naar de stortregen. Op zulke momenten van onweer, en dan alleen, voelde hij zich deels verbonden met de energiemassa die daarboven zonder reden en zonder doel losbarstte, zonder andere impuls dan een fantastisch en zinloos vertoon van macht. Macht waaraan het hem deze laatste dagen vooral had ontbroken, macht die nog steeds helemaal in handen van de vijand lag. En die deze avond eindelijk bereid was zich over hem uit te storten.

47

De grond was 's ochtends nog vochtig en Adamsberg, die onder zijn ontbijtappelboom zat, met de suikerbus achter zijn rug, voelde dat zijn broek nat werd. Blootsvoets probeerde hij met zijn tenen grassprieten te grijpen en los te trekken. De temperatuur was minstens tien graden gedaald, het was nevelig, maar de onverschrokken ochtendwesp had hem weer gevonden. Hellebaud scharrelde op vier meter afstand van de drempel van de kamer, wat een aanzienlijke vooruitgang betekende. Er was daarentegen geen enkele vooruitgang wat de spookmoordenaar betrof, de nacht was zonder alarm verstreken.

Blériot kwam met zijn dikke lichaam zo snel als hij kon op hem af.

'Uw voicemail is vol', zei hij hijgend toen hij in zijn buurt was.

'Wat?'

'Uw voicemail, die is vol. Ik kon u niet bereiken.'

Grote kringen onder zijn ogen, ongeschoren wangen.

'Wat is er aan de hand, brigadier?'

'Denis de Valleray was vannacht niet in staat om de Vendermots om zeep te helpen. Hij is dood, commissaris. Haast u, ze willen dat u naar het kasteel komt.'

'Hoezo dood?' schreeuwde Adamsberg terwijl hij op blote voeten naar zijn kamer rende.

'Hij heeft zich van het leven beroofd door uit het raam te springen', schreeuwde Blériot op zijn beurt, en met enige gêne, want dit is niet het soort bericht dat je luidkeels meedeelt.

Adamsberg gunde zichzelf geen tijd om een schone broek aan te trekken, hij pakte zijn mobieltje, stak zijn voeten rechtstreeks in zijn schoenen, die voor het grijpen stonden, en rende weg om Veyrenc wakker te schudden. Vier minuten later stapte hij in de oude auto van de brigadier.

'Vertel, Blériot, ik luister. Wat weten we?'

'De graaf heeft het lichaam van Denis vanmorgen om vijf over acht gevonden, hij heeft Émeri gebeld. De kapitein is zonder u vertrokken omdat u niet bereikbaar was. Hij heeft mij erop uitgestuurd om u te halen.'

Adamsberg drukte zijn lippen op elkaar. Toen hij de vorige avond was teruggekomen van zijn nachtelijke wake, hadden hij en Veyrenc hun mobieltjes ontmanteld om vrijuit de balans te kunnen opmaken inzake de twee voortvluchtige jongens. En hij was vergeten zijn batterij er weer in te stoppen voordat hij was gaan slapen. Door zijn telefoon voortdurend als een persoonlijke vijand te beschouwen, wat het ding in feite was, had hij er niet meer bij stilgestaan.

'Wat zegt hij?'

'Dat Denis de Valleray zelfmoord heeft gepleegd, daar bestaat geen twijfel over. Het lichaam ruikt sterk naar whisky. Émeri zegt dat de burggraaf zo veel mogelijk heeft ingenomen om zich moed in te drinken. Ik ben daar niet zo zeker van. Want de burggraaf voelde zich beroerd en heeft zich uit het raam gebogen om te braken. Hij woont op de tweede verdieping, het terras daarbeneden is bestraat.'

'Kan hij per ongeluk voorover zijn gevallen?'

'Ja. De balustrades voor de ramen van het kasteel zijn erg laag. Maar aangezien twee van zijn doosjes kalmeringstabletten bijna leeg zijn, en dat van de slaapmiddelen was aangebroken, denkt de kapitein dat hij er zelf een eind aan heeft willen maken.'

'Hoe laat ongeveer?'

'Rond middernacht of één uur 's nachts. De lijkschouwer was zowaar een keer vlot ter plaatse, en ook de technische recherche. Als het om de burggraaf gaat, zijn ze sneller.'

'Gebruikte hij veel medicijnen?'

'Dat zult u wel zien, zijn nachtkastje staat er vol mee.'

'Dronk hij veel?'

'Dat wordt gezegd. Maar nooit zo veel dat hij er dronken of beroerd van werd. Het vervelende is', zei Blériot met een grijns, 'dat Émeri beweert dat Denis geen zelfmoord zou hebben gepleegd als u geen navraag had laten doen bij zijn kruisboogvereniging.'

'Dat het mijn schuld is?'

'In zekere zin. Want gisteravond is de secretaris van de Compagnie op het kasteel langs geweest voor een aperitief.'

'Ze hebben er geen gras over laten groeien.'

'Maar Denis leek zich daarna, volgens de graaf, tijdens het avondeten geen zorgen te maken. Alhoewel niemand in die familie oprecht aandacht heeft voor de ander. Ze zitten ieder op hun eigen plek aan een reusachtige tafel te eten zonder ook maar drie woorden met elkaar te wisselen. Een andere getuige is er niet, zijn vrouw zit met de kinderen in Duitsland.'

'Dan zou Émeri ook moeten denken dat als de burggraaf zelfmoord heeft gepleegd, dit betekent dat hij inderdaad schuldig was.'

'Dat zegt hij ook. U kent de kapitein een beetje. Hij is zo opvliegend als buskruit – dat past wel bij een achterachterkleinzoon van een maarschalk – maar hij komt meteen weer tot bedaren. Hij zegt alleen dat u het anders had kunnen aanpakken. Voorzichtiger te werk gaan, rustig bewijzen verzamelen en Denis in voorlopige hechtenis nemen. Als je het zo bekijkt, zou hij nu niet dood zijn geweest.'

'Maar levenslang gevangen en zijn moorden openbaar gemaakt. Precies wat hij niet wilde. Hoe is de graaf eronder?'

'Gechoqueerd, hij heeft zich verschanst in zijn bibliotheek. Maar niet verdrietig. Die twee konden elkaar niet meer verdragen.'

Adamsberg kreeg Émeri aan de lijn op twee kilometer van het kasteel.

'Ik heb het papier', sprak de kapitein met harde stem.

'Welk papier?'

'Dat verdomde testament van je, godsamme. Oké, de twee kinderen Vendermot zijn erfgenamen, ieder een derde deel. Enige voordeel voor Denis: hij behoudt het kasteel.'

'Heb je er met de graaf over gesproken?'

'Daar krijg je geen woord uit, hij is opeens zo venijnig als wat. Ik geloof dat hij niet weet wat hij met de situatie aan moet.'

'En wat de door Denis gepleegde moorden betreft?'

'Daarin is hij onvermurwbaar. Hij erkent dat hij zijn stiefzoon niet aardig vond en vice versa. Maar hij beweert dat Denis de drie mannen niet vermoord kan hebben, noch Léo in elkaar kan hebben geslagen, noch inspecteur Danglard op het spoor kan hebben geduwd.'

'Met als reden?'

'Dat hij hem sinds zijn derde kent. Hij zal zich onwankelbaar aan zijn versie houden. Het spookbeeld van een schandaal, je begrijpt het wel.'

'En hoe luidt zijn versie?'

'Dat Denis zo veel heeft gedronken dat hij er ziek van werd, om een persoonlijke reden die onbekend is. Dat hij, omdat hij zich beroerd voelde, gauw naar het raam is gelopen om te braken. Dat het raam openstond om de koelte van het onweer binnen te laten. Dat hij duizelig was en is gevallen.'

'En wat denk jij?'

'Dat jij er debet aan bent', bromde Émeri. 'Het bezoekje van de secretaris van de Compagnie bracht de alarmbel aan het rinkelen. Hij heeft zichzelf een mengsel van medicijnen en alcohol toegediend, en daardoor is hij overleden. Maar niet op de manier die hij had gekozen. Niet door op bed het bewustzijn te verliezen. Hij is naar het raam gewaggeld, hij heeft zich voorovergebogen om te braken en hij is gevallen.'

'Goed', zei Adamsberg, zonder op het verwijt van de kapitein in te gaan. 'Hoe heb je de graaf het testament weten te ontfutselen?'

'Door druk op hem uit te oefenen. Door hem te zeggen dat de inhoud me bekend was. Hij kon geen kant op. Een vuil trucje, Adamsberg, verwerpelijk. Geen eer aan te behalen.'

Adamsberg bekeek het verbrijzelde hoofd van de burggraaf, de hoogte van het raam, de lage balustrade, de ligging van het lichaam, het braaksel waarmee de grond was besmeurd. De burggraaf was inderdaad uit zijn kamer voorovergevallen. In het ruime vertrek was een whiskyfles over het tapijt gerold en naast het bed lagen drie geopende medicijndoosjes.

'Een tranquillizer, een angstremmer en een slaapmiddel', zei Émeri terwijl hij de doosjes een voor een aanwees. 'Hij lag op bed toen hij ze heeft ingenomen.'

'Ik zie het', zei Adamsberg, die de braakselsporen volgde: een op het laken, het tweede op de grond op twintig centimeter van het raam, het laatste op de balustrade. 'Toen hij misselijk werd, had hij nog de tegenwoordigheid van geest om naar het raam te lopen. Kwestie van waardigheid.'

Adamsberg ging wat verderop in een leunstoel zitten, terwijl twee technisch rechercheurs de slaapkamer in bezit namen. Ja, zijn navraag bij de schietclub was de oorzaak geweest van De Vallerays zelfmoord. En ja, de burggraaf had, na drie moorden en twee pogingen tot moord, zijn eigen uitweg gekozen. Adamsberg zag zijn kale hoofd dat op de grond van het terras te pletter was gevallen weer voor zich. Nee, Denis de Valleray had noch het formaat, noch de expressie van een onverschrokken moordenaar. Niets woests of intimiderends, maar een afstandelijke, discrete man, hooguit iemand die geen tegenspraak duldde. Maar hij had het gedaan. Met een geweer, met een bijl en met een kruisboog. Pas op dat moment realiseerde hij zich dat de zaak van Ordebec rond was. Dat de onsamenhangende en stagnerende gebeurtenissen plotseling tot een ontknoping waren gekomen, zoals een grote tas met een klap wordt dichtgeslagen. Zoals de wolken in het westen zich ontladen. Dat hij Léo nog een laatste keer zou opzoeken, dat hij haar een nieuwe ontwikkeling in de liefdesgeschiedenis of een passage over de drachtige merries zou voorlezen. Een laatste keer de familie Vendermot, Merlan, de graaf, Flem, een laatste keer Lina, de kuil in het wollen matras, zijn plekje onder de scheve appelboom. Bij de gedachte aan afstand en vergetelheid die dit bij hem opriep, beving hem een onaangenaam gevoel van incompleetheid. Even licht als de vinger van Zerk op de veren van de duif. Morgen zou hij Hellebaud naar de stad terugbrengen, morgen zou hij naar Parijs rijden. Het Woeste Leger vervaagde, de Seigneur ging in het duister op. Nu hij uiteindelijk, dacht hij teleurgesteld bij zichzelf, zijn opdracht volledig had volbracht. Seigneur Hellequin is onoverwinnelijk. Dat hadden ze hem allemaal voorspeld en verteld, en het was waar. Dit jaar zou aan de annalen van de sinistere legende van Ordebec worden toegevoegd. Vier geronselden, vier doden. Hij had alleen maar de menselijke interventies weten te voorkomen, hij had tenminste Hippo en Lina van een doodsteek met een hooivork gered.

De lijkschouwer schudde zonder omhaal van woorden aan zijn arm om hem aan te spreken.

'Sorry', zei Adamsberg. 'Ik had u niet zien binnenkomen.'

'Het is geen ongeluk', zei ze. 'De testen zullen het bevestigen, maar het voorlopige onderzoek wijst op de inname van een dodelijke dosis benzodiazepine en vooral neuroleptica. Als hij niet uit het raam was gevallen, was hij daar waarschijnlijk aan overleden. Zelfmoord.'

'Dat lijkt te kloppen', zei een van de technisch rechercheurs terwijl hij naderbij kwam. 'Ik heb maar één serie vingerafdrukken, op het eerste gezicht de zijne.'

'Wat is er gebeurd?' vroeg de lijkschouwer. 'Ik weet dat zijn vrouw heeft besloten om met haar zonen in Duitsland te gaan wonen, maar ze waren al jaren geen echt stel meer.'

'Hij had net begrepen dat hij was gesnapt', sprak Adamsberg op vermoeide toon.

'Geld? Geruïneerd?'

'Nee, het politieonderzoek. Hij had drie mannen gedood, had op een haar na nog een man en de oude Léone omgebracht en hij maakte aanstalten er nog twee te vermoorden. Of vier. Of vijf.'

'Hij?' vroeg de lijkschouwer terwijl haar blik naar het raam ging.

'Verbaast u dat?'

'Meer dan dat. Het was een man van het voorzichtige spel.'

'Hoe bedoelt u?'

'Ongeveer een keer per maand ga ik in het casino van Deauville mijn geluk beproeven. Daar kwam ik hem weleens tegen. Ik heb hem nooit echt gesproken, maar je leert een hoop als je iemand aan de speeltafel gadeslaat. Hij aarzelde bij het nemen van besluiten, hij vroeg om raad, hij hield op een ergerlijke manier de hele tafel op, en dat allemaal voor een bescheiden inzet. Geen durfal, geen winner, maar een lafhartige, hulpbehoevende speler. Je kunt je moeilijk voorstellen dat hij zelf een plan zou hebben uitgewerkt. Laat staan zo'n meedogenloos besluit genomen. Hij leefde slechts bij de gratie van de invloed van zijn stand, zijn aanzien, en met de steun van zijn relaties. Dat was zijn veiligheid, zijn vangnet. U weet wel, zo'n vangnet dat trapezewerkers veiligheid biedt.'

'En als dat net dreigde te scheuren?'

'In dat geval is alles mogelijk, uiteraard', zei de lijkschouwer terwijl ze wegliep. 'Als een vitale alarmbel rinkelt, is de menselijke respons onberekenbaar en verschrikkelijk.'

Adamsberg registreerde de uitspraak, hij zou het zelf nooit zo hebben geformuleerd. Mogelijk kwam het van pas om de graaf te kalmeren. Verschrikkelijke moorden, onberekenbare zelfmoord, drijf een dier nooit in het nauw, hoe mondain en geciviliseerd het ook is. Dat wist iedereen, je kon het alleen op verschillende manieren zeggen. Hij liep de brede, geboende eikenhouten trap af terwijl hij de woorden voor zich uit mompelde, en haalde zijn trillende mobieltje uit zijn achterzak. Wat hem, toen hij in aanraking kwam met de opgedroogde modder, eraan herinnerde dat hij niet de tijd had genomen om een schone broek aan te trekken. Hij stopte voor de deur van de bibliotheek en las het sms'je van Retancourt. *Zes geknipte haren op hoofdsteun links v, twee op colb feestkost. Kamerm bevestigt geknipte haar en garagestank suikerkl.* Adamsberg sloot zijn vingers om het apparaat, overvallen door hetzelfde kinderlijke en opwindende machtsgevoel dat hij de vorige dag tijdens het onweer had ervaren. Primaire, onverhoedse en barbaarse vreugde, triomf over de giganten. Hij haalde twee keer diep adem, streek met zijn hand langs zijn gezicht om de glimlach eraf te vegen en klopte op de deur. Voordat het antwoord van de graaf klonk, driftig en vergezeld van een tik met zijn stok op de grond, was de uitspraak van de lijkschouwer helemaal verdwenen, verdronken in de ondoordringbare wateren van zijn brein.

48

Hij had Léo een bezoekje gebracht, een hoofdstuk voorgelezen over tweelinggeboortes onder de paardachtigen, de oude vrouw op haar wang gekust, gezegd: 'Ik kom terug', en dokter Merlan gegroet. Hij was bij de familie Vendermot langsgegaan, had de broers onderbroken bij het ophangen van een hangmat op het erf, en had in enkele woorden uiteengezet wat er ten slotte was gebeurd, zonder de cruciale kwestie van het vaderschap van graaf De Valleray aan te snijden. Die zorg liet hij aan Léo over, of aan de graaf zelf, als hij daar ooit het lef voor had. De woede van De Valleray was al wat bekoeld, maar gezien de schok die het kasteel op zijn grondvesten deed schudden, betwijfelde Adamsberg of hij zijn grootsprakige besluit om Léo te trouwen staande zou houden. Vanaf morgen zouden de landelijke media de misdrijven van de burggraaf uitvoerig uit de doeken doen en ze zouden zo dicht mogelijk neerstrijken bij het bloedspoor, dat rechtstreeks naar het kasteel leidde.

De persconferentie zou om negen uur plaatsvinden, en Adamsberg liet de eer helemaal over aan kapitein Émeri, als terechte wederdienst voor zijn nagenoeg vriendelijke medewerking. Émeri had hem daar uitbundig voor bedankt, zonder dat hij, die hield van enigszins formele bekendmakingen en uiterlijk vertoon, in de gaten had dat Adamsberg blij was zich daaraan te kunnen onttrekken. Émeri had erop gestaan de afronding van het onderzoek te vieren en had hem voor een aperitief uitgenodigd in zijn empirekamer, samen met Veyrenc, Blériot en Faucheur. Blériot had de worst gesneden, Faucheur had mierzoete kirs gemaakt en Émeri had het glas geheven op de vernietiging van de vijand, en in één moeite door de grote overwinningen van zijn voorvader opgehaald, Ulm, Austerlitz, Auerstaedt, Eckmühl en vooral Eylau, zijn favoriet. Toen Davout, aangevallen op de rechterflank, steun had gekregen van het legerkorps van maarschalk Ney. Toen de keizer, zijn mannen aansporend, naar Murat had geroepen: 'Laat jij ons afmaken door die lieden?' Opgewekt en als het ware voldaan had de kapitein keer op keer met zijn hand over zijn buik gestreken, ongetwijfeld verlost van al zijn spanningspropjes.

Hij had Lina op haar kantoor opgezocht en een laatste blik geworpen op het voorwerp van zijn begeerte. Met Veyrenc had hij het huis van Léo opgeruimd en hij had geaarzeld of hij een beetje water in de fles calvados zou schenken om het vloeistofniveau aan te vullen. 'Eerbiedloos gedrag van een onwetende puber,' had Veyrenc verklaard, 'je doet geen water bij zo'n calvados.' Hij had de duivenpoep uit zijn linkerschoen gekrabd, de hier en daar verspreide zaadkorrels opgeveegd en op de kuil in het matras geklopt om het te egaliseren. Hij had zijn benzinetank laten volgooien, zijn tas gepakt en was in het oude plaatsje Ordebec helemaal naar boven geklommen. Gezeten op een warm muurtje dat nog in de zon lag, nam hij de weilanden en de heuvels gedetailleerd in zich op en keek of hij misschien een onverstoorbare koe zag bewegen. Hij moest wachten tot het avondeten in Le sanglier bleu voordat hij kon vertrekken, dat wil zeggen, wachten op het telefoontje van Danglard, om hem te vragen de jongens terug te brengen. De inspecteur moest Zerk naar Italië sturen en Mo afzetten bij een van zijn kameraden, wiens vader de rol van verklikker op zich zou nemen. Hij hoefde zijn instructies niet te coderen, hij had ze al voor zijn vertrek met Danglard doorgesproken. Hij hoefde alleen maar het sein te geven. Geen enkele koe besloot te bewegen, en geconfronteerd met deze tegenslag ervoer Adamsberg hetzelfde gevoel van incompleetheid als die morgen. Even vluchtig en even duidelijk.

Het was eigenlijk vergelijkbaar met wat zijn buurman hem steeds vertelde, de oude Lucio, die als kind tijdens de Spaanse Burgeroorlog een arm had verloren. Het probleem, legde Lucio hem uit, was niet zozeer die arm als wel het feit dat er op het moment van het verlies een spinnenbeet op zat waaraan hij nog had zitten krabben. En zeventig jaar later krabde Lucio nog aan die spinnenbeet die er niet meer was. Wat niet af is blijft altijd irriteren. Wat had hij in Ordebec niet afgemaakt? De beweging van de koeien? Het definitieve herstel van Léo? Het wegvliegen van de duif? Of, dat stond buiten kijf, de verovering van Lina, die hij niet eens had aangeraakt? In al die gevallen kriebelde het en, onkundig van de oorzaak, concentreerde hij zich op de in de weiden verstarde runderen.

Veyrenc en hij gingen uiteen bij het vallen van de avond. Adamsberg nam de taak op zich het huis af te sluiten, maar maakte geen haast. Hij zette de vogelkooi in de kofferbak, vervoerde Hellebaud in de schoen en installeerde hem op de passagiersstoel. De duif leek hem inmiddels genoeg geciviliseerd, dat wil zeggen ontaard, om niet tijdens de reis heen en weer te gaan fladderen. De regen van het onweer was in de cabine doorgedrongen, misschien ook wel in de motor, want hij had wat moeite met starten. Een bewijs dat de auto's van de Brigade er niet beter aan toe waren dan die van Blériot, om de Mercedessen van de Clermont-Brasseurs maar buiten beschouwing te laten. Hij wierp een blik op Hellebaud, die rustig op zijn stoel zat, en dacht aan de oude vader Clermont, die op net zo'n stoel voorin in vertrouwen had zitten wachten, terwijl zijn twee zoons op het punt stonden hem in brand te steken.

Tweeënhalf uur later liep hij door het donkere tuintje bij zijn huis en keek om zich heen of hij de oude Lucio zag. Zijn buurman had hem vast horen thuiskomen, hij zou onvermijdelijk met zijn biertje verschijnen, maar eerst doen alsof hij moest piesen onder de boom voordat hij een gesprek aanknoopte. Adamsberg had net genoeg tijd om zijn tas en Hellebaud te pakken, die hij met zijn schoen op de keukentafel neerzette, toen hij Lucio in het duister aan zag komen lopen, met twee flesjes bier in zijn hand.

'Het gaat beter, hombre', luidde Lucio's diagnose.

'Ik denk het.'

'De pottenkijkers zijn twee keer teruggekomen. En toen verdwenen. Heb je je zaakjes voor elkaar?'

'Bijna.'

'En op het platteland? Heb je dat voor elkaar?'

'Dat is afgerond. Maar niet best. Drie doden en een zelfmoord.'

'De dader?'

'Ja.'

Lucio knikte, hij leek de macabere balans te waarderen, en hij opende de bierflesjes, waarbij hij een tak als hefboom gebruikte.

'Als je ertegenaan piest', protesteerde Adamsberg, 'tast je de wortels al aan, en nu trek je er ook nog eens de schors vanaf.'

'Helemaal niet', reageerde Lucio verontwaardigd. 'Er zit volop stikstof in urine, iets beters als compost bestaat er niet. Waarom denk je dat ik tegen die boom pies? Stikstof', herhaalde Lucio terwijl hij het woord proefde. 'Wist je dat niet?'

'Ik weet niet veel, Lucio.'

'Ga zitten, hombre', zei de Spanjaard en hij wees op de houten kist. 'Het was hier warm,' zei hij en hij nam een slok uit zijn flesje, 'we hebben geleden.'

'Daar ook. In het westen pakten zich wel wolken samen maar er gebeurde niets. Uiteindelijk is het gisteren tot een uitbarsting gekomen, zowel in de lucht als in het onderzoek. Er was ook een vrouw wier boezem ik het liefst rauw had verslonden. Daar heb je geen idee van. Ik geloof dat ik het had moeten doen, ik geloof dat ik iets niet heb afgemaakt.'

'Jeukt het?'

'Ja, daarom wilde ik je spreken. Niet mijn arm jeukt, maar ik voel irritatie in mijn kop. Als een klapperende deur, een deur die ik niet heb dichtgedaan.'

'Dan moet je terug, hombre. Anders blijft het je leven lang klapperen. Je weet hoe het werkt.'

'Het onderzoek is afgerond, Lucio. Ik heb daar niets meer te zoeken. Of het moet zijn dat ik de koeien niet heb zien bewegen. In de Pyreneeën wel. Maar daar, ho maar.'

'Kun je die vrouw niet krijgen? In plaats van naar die koeien te kijken?'

'Ik wil haar niet krijgen, Lucio.'

'O.'

Lucio dronk luid klokkend zijn flesje half leeg en boerde, terwijl hij nadacht over de moeilijke kwestie die Adamsberg hem voorlegde. Hij was ontzettend gevoelig voor onafgemaakte zaken die bleven jeuken. Dat was zijn terrein, zijn specialiteit.

'Als je aan haar denkt, denk je dan aan eten?'

'Aan een tulband met amandelen en honing.'

'Wat is dat?'

'Een speciaal soort brioche.'

'Dat is duidelijk', zei Lucio als expert. 'Maar beten zijn altijd duidelijk. Je zou het beste op zoek kunnen gaan naar zo'n tulband. Dat zou moeten volstaan.'

'In Parijs zal ik geen echte vinden. Het is een specialiteit uit het oosten van het land.'

'Ik kan altijd Maria vragen of ze er een voor je wil bakken. Er bestaan vast wel recepten van, toch?'

49

De bespreking van de stand van zaken op de Brigade begon zondagmorgen 15 augustus om half tien, in aanwezigheid van veertien leden. Adamsberg had ongeduldig op Retancourt zitten wachten en had, als teken van dankbaarheid en bewondering, in een ruwe, enigszins militaire betuiging van hartelijkheid haar bij haar schouder vastgepakt, een gebaar dat Émeri zou hebben gewaardeerd. Een omhelzing ter begroeting van zijn meest briljante soldaat. Retancourt, die elk gevoel van subtiliteit verloor als ze op het emotionele vlak werd aangesproken, had als een onwillig, mokkend kind haar hoofd geschud en bewaarde haar tevredenheid tot later, dat wil zeggen, tot ze alleen was.

De agenten zaten in een kring om de grote tafel, Mercadet en Mordent maakten aantekeningen voor de notulen van de vergadering. Adamsberg was geen liefhebber van deze grote bijeenkomsten, waarop hij moest samenvatten, toelichten, orders geven en conclusies trekken. Omdat zijn aandacht bij het minste of geringste verslapte en hij zich aan zijn plicht van dat moment onttrok, ging Danglard altijd naast hem zitten om hem zo nodig terug te roepen tot de werkelijkheid. Maar Danglard zat op dat moment in Porto met Momo-de-schroeier, terwijl hij Zerk al naar Rome had gestuurd en hij bereidde zich waarschijnlijk voor op zijn terugkeer naar Parijs. Adamsberg verwachtte hem tegen het eind van de dag. Dan zouden ze voor de geloofwaardigheid enkele dagen wachten, voordat de pseudoverklikker de Brigade zou waarschuwen. Mo zou als een trofee aan de commissaris worden overhandigd. Adamsberg nam zijn rol nog eens door terwijl brigadier Froissy een uiteenzetting gaf van het werk van de afgelopen dagen; onder andere een bloedige confrontatie tussen twee collega's van een verzekeringsmaatschappij, waarbij de een de ander voor 'schimmige homo' had uitgemaakt, en de eerste dit met een door een briefopener gescheurde milt had moeten bekopen, ze hadden hem op het nippertje gered.

'Het schijnt', preciseerde de altijd nauwgezette Justin, 'dat niet "homo" maar "schimmig" het probleem was.'

'Maar wat is een "schimmige homo"?' vroeg Adamsberg.

'Dat weet niemand, zelfs niet degene die het zei. We hebben het nagevraagd.'

'Oké', zei Adamsberg en hij begon te tekenen op de blocnote die op zijn knieën lag. 'En het meisje met de woestijnmuis?'

'De rechtbank gaat ermee akkoord dat ze wordt opgevangen door een halfzus die in de Vendée woont. Het meisje heeft van de rechter een psychiatrische behandeling opgelegd gekregen. De halfzus stemt erin toe om ook de woestijnmuis in huis te nemen. Eveneens een meisje, volgens de arts.'

'Goed mens', oordeelde Mordent en hij gaf een kort rukje aan zijn lange, magere hals, wat hij iedere keer deed als hij commentaar leverde, als om de zaak te benadrukken. Omdat Mordent iets weg had van een oude reiger zonder veren, deed deze beweging Adamsberg altijd denken aan een klokkende vogel die een flinke vis opslokt. Gesteld dat een reiger een vogel was en een vis een vis.

'Haar oudoom?'

'Opgesloten. Voornaamste door de rechter in aanmerking genomen tenlasteleggingen: vrijheidsberoving, geweldpleging en mishandeling. In ieder geval geen verkrachting. Het probleem is dat de oudoom haar bij niemand anders wilde laten wonen.'

'Oké', herhaalde Adamsberg terwijl hij de scheve ontbijtappelboom tekende.

Zo slecht als hij de woorden van de lijkschouwer langer dan enkele seconden kon onthouden, zo glashelder stond iedere tak en ieder twijgje van de appelboom hem nog voor de geest.

'Julien Tuilot', kondigde brigadier Noël aan.

'De broodkruimmoord.'

'Precies.'

'Een uniek wapen in zijn soort', zei Adamsberg terwijl hij het blaadje van zijn blocnote omsloeg. 'Even doeltreffend en stil als een kruisboog, maar vereist absolute nabijheid.'

'Wat is het verband?' vroeg Retancourt.

Adamsberg gebaarde dat hij dit later zou uitleggen en begon het gezicht van dokter Merlan te tekenen.

'In voorlopige hechtenis genomen', zei Noël. 'Een nicht is van plan zijn verdediging te betalen, omdat zijn leven is gesaboteerd door een tirannieke echtgenote.'

'Lucette Tuilot.'

'Ja. Die nicht heeft hem in de gevangenis kruiswoordpuzzels gebracht. Hij zit daar nog geen twaalf dagen en hij heeft al een toernooi georganiseerd voor geïnteresseerde gedetineerden, op beginnersniveau.'

'In prima conditie, als ik het goed begrijp.'

'Nog nooit zo monter geweest, volgens zijn nicht.'

Er viel een stilte, iedereen keerde zich nu naar Retancourt, van wie ze allemaal wisten dat zij de hoofdrol had gespeeld in de zaak-Clermont-Brasseur, zonder dat ze de details kenden. Adamsberg gebaarde naar Estalère voor een rondje koffie.

'We zijn nog altijd op zoek naar Momo-de-schroeier,' begon Adamsberg, 'maar hij is niet degene die de Mercedes in brand heeft gestoken.'

Tijdens het vrij lange verhaal van Retancourt – het eerste pak, het tweede pak, het geknipte haar, het kamermeisje, de labrador, de benzinelucht – deelde Estalère de koffie uit, waarna hij de tafel rond ging om melk en suiker aan te bieden, zo gedistingeerd als hij kon en met extra veel aandacht. Brigadier Mercadet stak als afwijzing zwijgend zijn hand op, wat Estalère kwetste, omdat hij ervan overtuigd was dat de brigadier altijd suiker in zijn koffie nam.

'Niet meer', legde Mercadet hem zachtjes uit. 'Dieet', zei hij en hij legde zijn hand op zijn buik.

Gerustgesteld maakte Estalère zijn ronde af, terwijl Adamsberg zonder reden verstarde. Verrast door een vraag van Morel werd hij zich ervan bewust dat Retancourt klaar was met haar verslag en dat hij er een deel van had gemist.

'Waar is Danglard?' herhaalde Morel.

'Die neemt rust', antwoordde Adamsberg snel. 'Hij heeft onder een trein gelegen. Geen verwondingen, maar dat gaat je niet in je kouwe kleren zitten.'

'Heeft hij onder een trein gelegen?' vroeg Froissy even verbijsterd en bewonderend als dokter Merlan had gereageerd.

'Veyrenc had de tegenwoordigheid van geest om hem tussen de rails in te leggen.'

'Twintig centimeter ruimte tussen de bovenkant van het lichaam en de onderkant van de trein', lichtte Veyrenc toe. 'Hij heeft er niets van gemerkt.'

Adamsberg stond onhandig op en liet zijn blocnote op tafel achter.

'Veyrenc gaat verder met het verslag van Ordebec', zei hij. 'Ik kom terug.'

'Ik kom terug', dat zei hij altijd, alsof het heel goed mogelijk was dat hij op een dag niet meer terugkwam. Hij verliet het lokaal met een zwieriger pas dan gewoonlijk en liep stilletjes naar buiten. Hij wist dat hij plotsklaps was verstard, als een koe uit Ordebec, en dat hij zo'n vijf à zes minuten van de vergadering had gemist. Waarom, dat kon hij niet zeggen, daar wilde hij al lopend over straat achter zien te komen. Hij was niet ongerust over deze abrupte afwezigheid, hij was eraan gewend. De reden ervan kende hij niet, maar de oorzaak wel. Er was iets door zijn hoofd geschoten als de pijl van een kruisboog, zo snel dat hij het niet had kunnen bevatten. Maar het was voldoende geweest om hem verstijfd te doen staan. Zoals toen hij in het water van de haven van Marseille die schittering had opgemerkt, zoals toen hij op de muren in Parijs dat affiche had gezien, zoals tijdens die slapeloze nacht in de Parijs-Venetiëexpres. En het ongeziene beeld dat voorbij was gekomen, had het overtollige vocht afgevoerd uit het waterige gebied van zijn brein, en in zijn kielzog andere nauwelijks waarneembare figuren meegesleept, die zich aan elkaar hadden vastgeklampt als een reeks magneten. Hoe het kwam en wat de relatie was, begreep hij niet, maar voor zijn ogen verscheen Ordebec, en om precies te zijn een deur, die van de oude auto van Blériot, een deur die openstond, en waaraan hij niet speciaal aandacht had geschonken. Dat had hij gisteren nog tegen Lucio gezegd, dat er een deur was die niet goed dichtzat, een deur die nog klapperde, een beet waaraan hij nog steeds zat te krabben.

Behoedzaam liep hij langzaam door de straten, op weg naar de Seine, waar zijn passen hem altijd heen leiden als hij geschokt was. Op zulke momenten was Adamsberg, die bijna ongevoelig was voor angst of welke heftige emotie dan ook, gespannen als een snaar, waarbij hij zijn vuisten balde terwijl hij probeerde te bevatten wat hij had gezien zonder het te zien, of gedacht zonder het te denken. Er bestond geen methode om die parel te bevrijden uit de vormeloze hoop waarin zijn gedachten zich aan hem voordeden. Hij wist alleen dat hij snel moest zijn, want zijn geest was van dien aard dat alles erin wegzonk. Soms had hij die parel te pakken gekregen door volkomen stil te blijven staan totdat het ijle beeld trillend naar de oppervlakte steeg; soms door te lopen en de chaos van zijn herinneringen op te schudden; soms door te slapen en de wet van de zwaartekracht zijn werk te laten doen; en hij vreesde dat als hij bij voorbaat een bepaalde strategie koos, hij zijn doelwit zou missen.

Nadat hij meer dan een uur had gelopen, ging hij op een bank in de schaduw zitten met zijn kin in zijn handen. Hij was tijdens Retancourts betoog de draad van het gesprek kwijtgeraakt. Wat was er gebeurd? Niets. Alle agenten waren blijven zitten en luisterden aandachtig naar het verhaal van de brigadier. Mercadet vocht tegen de slaap en maakte ternauwernood aantekeningen. Allemaal, op een na. Estalère had rondgelopen. Natuurlijk, hij had de koffie geserveerd, met het gebruikelijke perfectionisme waarmee hij deze handeling uitvoerde. De jonge man was gekrenkt omdat Mercadet de suiker had afgeslagen, die hij gewoonlijk wel nam, en de brigadier had naar zijn buik gewezen. Adamsberg haalde zijn handen van zijn gezicht en drukte zijn knieën tegen elkaar. Mercadet had nog een ander gebaar gemaakt, hij had zijn hand opgestoken als teken van weigering. Op dat moment was het kruisboogschot in zijn hoofd gelost. De suiker. Er was iets met die verrekte suiker, van het begin af aan. De commissaris hief zijn hand, waarmee hij Mercadets gebaar imiteerde. Hij herhaalde het gebaar een tiental keren, zag de geopende deur weer voor zich, en Blériot bij zijn haperende auto. Blériot. Blériot had ook suiker in zijn koffie geweigerd toen Émeri hem die aanbood. Hij had zwijgend zijn hand geheven, precies zoals Mercadet dat had gedaan. Op de gendarmerie, de dag waarop ze over Denis de Valleray spraken. Blériot, met zijn overhemdzakken die bol stonden van de suikerklontjes, maar die ze zelf niet in zijn koffie gebruikte. Blériot.

Adamsberg stopte met gebaren. Daar lag de parel, glanzend in de holte van de rots. De deur die hij niet had gesloten. Vijftien minuten later stond hij heel voorzichtig op om de nog niet helder gevormde en onbegrepen indrukken niet op de vlucht te jagen, en ging lopend naar huis. Hij had zijn tas van de vorige dag niet uitgepakt, hij pakte hem op, stopte Hellebaud in de schoen en zette alles zo stilletjes mogelijk in zijn auto. Hij wilde geen geluid maken, want hij was bang dat hardop spreken het proces zou verstoren van de flarden van zijn gedachten die moeizaam bezig waren één geheel te vormen. Hij stuurde Danglard daarom maar een simpel sms'je met het mobieltje dat Retancourt hem had verstrekt: *Ik ga weer terug. Mocht het noodzakelijk zijn, zelfde plaats zelfde tijd.* Hij bleek niet bij machte om 'noodzakelijk' te spellen, en hij veranderde het woord in 'nodig'. *Mocht het nodig zijn, zelfde plaats zelfde tijd.* Daarna sms'te hij brigadier Veyrenc: *Kom 20.30 u. naar Léo's herberg. Neem Retancourt beslist mee. Zorg dat ze je niet zien, kom via het bospad. Breng een rol touw en eten mee.*

50

Adamsberg reed onopvallend opnieuw Ordebec binnen om twee uur 's middags, een gunstig tijdstip waarop de straten zondags verlaten waren. Hij nam de weg door het bos om bij Léo's huis te komen en opende de deur van de kamer die hij als de zijne beschouwde. Wegzakken in de kuil van het wollen matras leek hem een vanzelfsprekende prioriteit. Hij zette de volgzame Hellebaud in de vensterbank en rolde zich op het bed op. Zonder in slaap te vallen luisterde hij naar het koeren van de duif, die tevreden leek dat hij zijn plekje weer terug had. Hij liet al zijn gedachten door elkaar lopen zonder nog langer pogingen te doen ze te schiften. Hij had onlangs een foto gezien die hem had getroffen omdat hij hem zo'n duidelijk beeld bood van hoe hij zich zijn brein voorstelde. Het ging om de inhoud van visnetten, uitgestort op het dek van een groot schip, die een heterogene en moeilijk te identificeren berg vormde die boven de zeevissers uitstak en waarin onontwarbaar het zilver van de vissen, het bruin van de algen, het grijs van de schaaldieren – zeedieren en geen landdieren zoals die rottige pissebed – het blauw van de kreeften en het wit van de schelpen zich met elkaar vermengden, zonder dat je de grenzen van de verschillende elementen kon onderscheiden. Dat was waar hij altijd mee vocht, met een ongeordende, zwalpende en veelvormige opeenhoping, die voortdurend kon veranderen of uiteenvallen, ja zelfs terugkeren naar zee. De zeevissers schiftten de berg door de te kleine beestjes, de kluwen algen en het ongeschikte materiaal in het water terug te gooien terwijl ze de bruikbare en bekende vormen bewaarden. Adamsberg werkte naar zijn idee andersom: hij wierp de zinnige elementen weg om vervolgens de ongerijmde fragmenten uit zijn eigen berg nader te onderzoeken.

Hij begon opnieuw bij het punt van vertrek, bij de hand van Blériot die werd geheven bij zijn koffie, en liet de beelden en geluiden van Ordebec de vrije loop: het knappe, aangetaste gelaat van Seigneur Hellequin, Léo die hem in het bos opwachtte, de empirebonbonnière op de tafel van Émeri, Hippo die de natte jurk van zijn zus uitschudde, de merrie wier neus hij had geaaid, Mo en zijn kleurpotloden, de zalf op de kleiachtige delen van Antonin, het bloed op de Heilige Maagd van Glayeux, Veyrenc die op het perron van het station ineen was gezakt, de koeien en de pissebed, de spanningspropjes, de strijd om Eylau, waarvan Émeri hem tot drie keer toe verhaal had gedaan, de stok van de graaf die op het oude parket tikte, het gesjirp van de krekels bij de familie Vendermot, de troep wilde zwijnen op de weg van Bonneval. Hij draaide zich op zijn rug, schoof zijn handen onder zijn nek en staarde naar de balken van het plafond. Die suiker. Die suiker had hem dagenlang achtervolgd en hem buitengewoon geïrriteerd, zozeer dat hij zijn koffie nu zonder dronk.

Adamsberg stond na twee uur op, zijn wangen gloeiden. Er was maar één persoon die hij moest spreken: Hippolyte. Hij zou wachten tot zeven uur, het tijdstip waarop alle inwoners van Ordebec in keukens en cafés bijeenkomen voor het aperitief. Als hij om het plaatsje heen liep, kon hij het huis van de familie Vendermot bereiken zonder iemand tegen te komen. Ook zij zouden aan het aperitief zitten, misschien maakten ze die vreselijke port soldaat die ze voor zijn bezoek hadden gekocht. Hij moest Hippo rustig zien te overtuigen van zijn zienswijze, hem precies daarheen leiden waar hij hem hebben wilde en hem strakke instructies meegeven. *Wij zijn aardig.* Dat was wel een erg bondige omschrijving voor een jongen wiens vingers waren geamputeerd en die zijn vriendjes jarenlang had geterroriseerd. *Wij zijn aardig.* Hij keek op zijn horloges. Hij moest drie telefoontjes plegen ter bevestiging. Het ene naar graaf De Valleray, het andere naar Danglard en het laatste naar dokter

Merlan. Hij zou over tweeënhalf uur op pad gaan.

Hij sloop zijn kamer uit naar de kelder. Daar kon hij, als hij op een ton klom, bij een stoffig raampje, de enige opening die uitkeek op een stukje wei met koeien. Hij had de tijd, hij zou wachten.

Toen hij, terwijl het angelus luidde, voorzichtig het huis van de familie Vendermot naderde, voelde hij zich tevreden. Maar liefst drie koeien hadden bewogen. En nog wel over meerdere meters, zonder hun neus uit het gras te halen. Wat hem een uitstekend teken leek voor de toekomst van Ordebec.

51

'Geen boodschappen kunnen doen, alle winkels waren dicht', zei Veyrenc terwijl hij een tas met etenswaren op tafel uitpakte. 'We hebben Froissy's kast moeten plunderen, die moeten we wel weer snel aanvullen.'

Retancourt was met haar rug tegen de schoorsteen gaan zitten, waarin geen vuur brandde, haar blonde hoofd stak ver boven de stenen mantel uit. Adamsberg vroeg zich af waar hij haar zou laten slapen in dit huis, waar alle bedden oud waren, dat wil zeggen, veel te krap voor haar lichamelijke afmetingen. Met een vrij vrolijke uitdrukking op haar gezicht keek ze toe terwijl Veyrenc en Adamsberg broodjes hazenpaté met oesterzwammen klaarmaakten. Je wist nooit waarom Retancourt er de ene dag stuurs en de andere dag vriendelijk uitzag, daar vroeg je niet naar. Zelfs als ze glimlachte had de dikke vrouw altijd iets ruigs en lichtelijk indrukwekkends, wat je ervan weerhield vertrouwelijk te worden of oppervlakkige vragen te stellen. Net zomin als je de stam van een reuzenpijnboom een vriendschappelijk – in wezen respectloos – tikje gaf. Hoe haar gezicht ook stond, Retancourt dwong respect af en soms verering.

Na de eenvoudige maaltijd – maar de paté van Froissy was ontegenzeglijk verrukkelijk – tekende Adamsberg een plattegrond voor hen. Vanaf Léo's herberg kon je het pad naar het zuidoosten nemen, en dan doorsteken, afslaan bij de onverharde weg van Bessonnière en dan kwam je uit bij de oude put.

'Een wandelingetje van zes kilometer. Ik kon niets beters bedenken dan die oude put. De put van L'Oison. Ik heb hem gezien toen ik langs de Touques liep.'

'Wat is de Touques?' informeerde Retancourt, altijd pietje precies.

'De rivier hier. De put ligt in de buurgemeente, wordt al veertig jaar niet meer gebruikt en is een meter of twaalf diep. Het is makkelijk en verleidelijk om er iemand in te kieperen.'

'Mits iemand zich ver genoeg over de rand heen buigt', zei Veyrenc.

'Waar ik op reken. Want de moordenaar heeft deze manoeuvre al eerder uitgehaald door het lichaam van Denis uit het raam te kieperen. Hij weet hoe het moet.'

'Dus Denis heeft geen zelfmoord gepleegd', constateerde Veyrenc.

'Hij is vermoord. Hij is het vierde slachtoffer.'

'En niet het laatste.'

'Precies.'

Adamsberg legde zijn potlood neer en ontvouwde zijn laatste redeneringen – gesteld dat dit het juiste woord was. Retancourt trok herhaaldelijk haar neus op, want zoals altijd stoorde ze zich aan de manier waarop de commissaris probeerde tot een conclusie te komen. Maar die conclusie had hij bereikt, dat moest ze toegeven.

'Wat allicht verklaart waarom hij niet het geringste spoor heeft achtergelaten', zei Veyrenc, door deze nieuwe aanwijzingen tot nadenken gestemd.

Retancourt, op haar beurt, kwam terug op de praktische aspecten van hun actie.

'Is die breed? Die putrand?'

'Nee, zo'n dertig centimeter. En, bovenal, laag.'

'Dan kan het', beaamde Retancourt. 'En de doorsnee van de put?'

'Ruim genoeg.'

'Hoe gaan we te werk?'

'Vijfentwintig meter verderop staat een oud gebouwtje dat bij een boerderij hoorde. Een schuur met twee grote, gammele houten deuren. Daar gaan we staan, er is geen schuilplaats dichterbij. Kijk uit, Hippo is een sterke vent. We lopen een groot risico.'

'Het is gevaarlijk', zei Veyrenc. 'We zetten een leven op het spel.'

'We hebben geen keus, er is geen bewijs, behalve wat armzalige suikerwikkels, zonder duidelijk verband.'

'Heb je ze bewaard?'

'In een ton in de kelder.'

'Misschien zitten er vingerafdrukken op. Het heeft in geen weken geregend.'

'Maar het is geen bewijs. Op een boomstronk zitten en suiker eten is geen misdaad.'

'We hebben de woorden van Léo.'

'Woorden van een oude vrouw in shock. En die ik als enige heb gehoord.'

'Samen met Danglard.'

'Die niet oplette.'

'Dat houdt geen stand', stelde Retancourt vast. 'Er is geen andere optie dan heterdaad.'

'Gevaarlijk', herhaalde Veyrenc.

'Daarom is Retancourt hier, Louis. Zij is sneller en betrouwbaarder. Zij kan die vent grijpen als hij erin dreigt te duiken. Zij houdt het touw bij zich, voor het geval dat.'

Veyrenc stak een sigaret op en schudde zijn hoofd zonder blijk te geven van gekwetstheid. Dat Retancourts kracht hoger werd ingeschaald dan de zijne was een vanzelfsprekendheid die niet ter discussie stond. Zij zou ongetwijfeld in staat zijn geweest Danglard het perron op te hijsen.

'Als het mislukt', zei hij, 'is die man er geweest en wij met hem.'

'Het kan niet mislukken', wierp Retancourt kalm tegen. 'Gesteld dat het gaat gebeuren.'

'Het gaat gebeuren', verzekerde Adamsberg hun. 'Die kerel heeft geen keus. En hij zal deze man met alle plezier vermoorden.'

'Laten we daar dan maar van uitgaan', zei Retancourt en ze hield haar glas bij om het te laten vullen.

'Violette,' sprak Adamsberg zacht terwijl hij aan haar verzoek gehoor gaf, 'dit is uw derde glas. We hebben uw kracht nodig, voor de volle honderd procent.'

Retancourt haalde haar schouders op, alsof de commissaris iets onnozels had gezegd waar je geen commentaar op hoefde te geven.

52

Retancourt stond achter de linker vleugel van de schuurdeur, de twee mannen rechts. Niets mocht de sprint van de brigadier naar de put in de weg staan.

In het donker stak Adamsberg zijn handen op naar zijn collega's, zijn tien vingers gespreid. Nog tien minuten. Veyrenc trapte zijn sigaret op de grond uit en drukte zijn oog tegen een grote spleet in de houten wand. De forse brigadier spande zijn spieren en zette zich schrap, terwijl Retancourt, die tegen de deurlijst leunde, in weerwil van de vijftien meter touw die ze om haar romp droeg, de indruk wekte volledig ontspannen te zijn. Wat Adamsberg verontrustte, gezien de drie glazen wijn.

Hippolyte verscheen als eerste en hij ging op de rand van de put zitten terwijl hij zijn handen in zijn zakken stak.

'Potig, zelfverzekerd', mompelde Veyrenc.

'Let op de kant van de duiventil. Daar komt Émeri vandaan.'

Drie minuten later kwam de kapitein op zijn beurt aangelopen, kaarsrecht, zijn uniform keurig dichtgeknoopt, maar met een ietwat aarzelende tred.

'Dat is het probleem', zei Adamsberg zachtjes. 'Hij is meer op zijn hoede.'

'Dat kan in zijn voordeel werken.'

De twee mannen begonnen een vanuit de schuur onverstaanbaar gesprek. Ze stonden op nog geen meter afstand van elkaar, wantrouwend en offensief. Hippolyte sprak meer dan Émeri, en snel, met agressieve stembuigingen. Adamsberg wierp een bezorgde blik op Retancourt, die nog steeds tegen de deurpost leunde zonder dat er in haar kalme houding ook maar iets veranderd was. Wat niet per se geruststellend was, want Retancourt kon zonder wankelen staand slapen, als een paard.

De lach van Hippolyte weerklonk in het donker, hard en vals. Hij gaf Émeri een klap op zijn rug, een gebaar dat verre van vriendschappelijk was. Toen boog hij zich over de putrand, waarbij hij een arm uitstak alsof hij iets wilde aanwijzen. Émeri verhief zijn stem, brulde iets als 'klootzak', en boog zich op zijn beurt.

'Let op', fluisterde Adamsberg.

De beweging was bedrevener en sneller dan hij had verwacht – de arm van de man schoof onder de benen door en tilde ze allebei tegelijk op – en zijn reactie was trager dan hij had gehoopt. Hij startte een dikke seconde te laat, met een geringe achterstand op Veyrenc, die zijn hele gewicht inzette. Retancourt was al bij de put toen hij nog drie meter te gaan had. Volgens een techniek die alleen zij beheerste, had ze Émeri gevloerd en was ze schrijlings boven op hem gaan zitten terwijl ze zijn armen tegen de grond gedrukt hield en de borstkas van de man, die kreunde onder haar gewicht, onverbiddelijk platdrukte. Hippolyte kwam hijgend overeind, aan zijn vingers gewond door de stenen waaraan hij zich had geschaafd.

'Dat was op het nippertje', zei hij.

'Je liep geen enkel risico', zei Adamsberg en hij wees naar Retancourt.

Hij pakte de polsen van de kapitein beet en deed hem achter zijn rug de handboeien om, terwijl Veyrenc zijn benen vastbond.

'Verroer geen vin, Émeri. Violette vermorzelt je als een pissebed, als je dat maar weet. Als een landgarnaal.'

Adamsberg toetste zwetend en met bonzend hart het nummer in van Blériot, terwijl Retancourt overeind kwam en op haar gemak op de put ging zitten, waarbij ze, even rustig alsof ze net van de markt terugkwam, een sigaret opstak. Veyrenc liep heen en weer, en zwaaide met zijn armen om de spanning van zich af te zetten. Van een afstandje vervaagden zijn contouren en was alleen nog de glans van zijn rode lokken zichtbaar.

'Kom naar ons toe bij de oude put van L'Oison, Blériot', zei Adamsberg. 'We hebben de man te pakken.'

'Welke man?' vroeg Blériot, die pas had opgenomen nadat de telefoon wel tien keer was overgegaan en die sprak met een doffe stem.

'De moordenaar van Ordebec.'
'En De Valleray dan?'
'De Valleray was het niet. Kom hierheen, brigadier.'
'Waarheen? Naar Parijs?'
'Er is geen put van L'Oison in Parijs, Blériot, kom op.'
'Welke man?' vroeg Blériot nogmaals, terwijl hij zijn keel schraapte.
'Émeri. Het spijt me zeer, brigadier.'
En het speet Adamsberg echt. Hij had met deze man gewerkt, ze hadden samen gewandeld, gedronken en gegeten, en bij hem thuis getoost op de overwinning. Die dag – gisteren in feite, herinnerde Adamsberg zich – was Émeri gezellig, welbespraakt en sympathiek. Hij had vier mannen vermoord, Danglard op het spoor gekieperd en Léo met haar hoofd tegen de grond geslagen. De oude Léo, die hem als kleuter uit het bevroren ven had gered. Gisteren nog had Émeri zijn glas kir geheven ter nagedachtenis aan zijn voorvader, en was hij zelfverzekerd geweest. Er was een dader, ook al was dat niet degene die hij had voorzien. Het werk was nog niet klaar, nog twee doden om het af te maken, drie als Léo weer kon spreken. Maar het stond er prima voor. Vier geslaagde moorden, twee mislukte pogingen, nog drie te gaan, hij had een duidelijk plan. Zeven doden in totaal, een mooi eindresultaat voor een trotse soldaat. Adamsberg zou naar de Brigade terugkeren met Denis de Valleray als dader, de zaak was rond en het slagveld vrij.

Adamsberg ging in kleermakerszit naast hem in het gras zitten. Émeri, met zijn ogen ten hemel geslagen, zette het gezicht van een strijder op die geen spier vertrekt tegenover de vijand.

'Eylau,' zei Adamsberg tegen hem, 'een van de overwinningen van je voorvader, een van jouw favorieten. Je kent de strategie uit je hoofd, je praat erover met iedereen, of ze het nu horen willen of niet. Want het was "Eylau" wat Léo zei. En niet "Hello", natuurlijk. "Eylau, Flem, suiker." Ze doelde op jou.'

'Je begaat de vergissing van je leven, Adamsberg', sprak Émeri met zware stem.

'We kunnen met z'n drieën getuigen. Je hebt geprobeerd om Hippo in de put te gooien.'

'Omdat het een moordenaar is, een duivel. Dat zei ik je aldoor al. Hij heeft me bedreigd, ik heb me verdedigd.'

'Hij heeft je niet bedreigd, hij heeft gezegd dat hij wist dat je de dader bent.'

'Nee.'

'Jawel, Émeri. Ik heb hem zijn rol gedicteerd. Jou melden dat hij een lichaam in de put had zien liggen, je vragen naar hem toe te komen om het zelf te kunnen constateren. Je was er niet gerust op. Waarom een afspraak 's avonds? Waar had die Hippo het over met dat lichaam in de put? En je bent gekomen.'

'Nou en? Als er een lijk lag, dan was het mijn plicht erop af te gaan. Ongeacht het tijdstip.'

'Maar er was geen lijk. Alleen maar Hippo die jou beschuldigde.'

'Zonder bewijs', zei Émeri.

'Precies. Van het begin af aan geen enkel bewijs, geen enkele aanwijzing. Niet bij Herbier, niet bij Glayeux, noch bij Léo, Mortembot, Danglard en De Valleray. Zes slachtoffers, vier doden en geen enkel spoor. Dat is zeldzaam, een moordenaar die als een spook voorbijkomt. Of als een smeris. Want wie is er beter in het wegwerken van alle sporen dan een smeris? Jij was verantwoordelijk voor het technische deel, jij gaf me de uitslagen. Met als eindresultaat dat we niets hadden, niet één vingerafdruk, niet één aanwijzing.'

'Er zijn geen aanwijzingen, Adamsberg.'

'Ik geloof graag dat je alles hebt vernietigd. Maar dan is er nog de suiker.'

Blériot parkeerde zijn auto bij de duiventil en holde met een zaklamp in zijn hand op hen af, waarbij zijn dikke buik op en neer schudde. Hij bekeek het lichaam van zijn kapitein, die vastgebonden op de grond lag, wierp een radeloze en woeste blik op Adamsberg, maar hield zich in. Hij wist niet of hij moest ingrijpen of iets zeggen, hij wist niet meer wie zijn vrienden en wie zijn vijanden waren.

'Brigadier, verlos me van dit stelletje idioten', commandeerde Émeri. 'Hippo heeft hier met me afgesproken onder het voorwendsel van een lijk in de put, hij heeft me bedreigd en ik heb me verdedigd.'

'Door te proberen mij erin te gooien', zei Hippo.

'Ik had geen wapen bij me', zei Émeri. 'Ik zou daarna alarm hebben geslagen om je eruit te laten halen. Ook al behoren duivels van jouw soort op die manier te creperen. Zodat ze terugkeren naar het binnenste van de aarde.'

Blériot keek beurtelings naar Émeri en Adamsberg, nog altijd niet bij machte partij te kiezen.

'Brigadier,' zei Adamsberg terwijl hij opkeek, 'u gebruikt geen suiker in uw koffie. Uw suikervoorraad was dus voor de kapitein, en niet voor uzelf, toch?'

'Ik heb altijd suiker bij me', zei Blériot kortaf met een iel stemmetje.

'Voor hem als hij een inzinking heeft? Als zijn benen het begeven, als hij begint te zweten en te beven?'

'We mogen er niet over praten.'

'Waarom sjouwt u met die voorraad rond? Omdat zijn zakken anders uitpuilen? Omdat hij zich schaamt?'

'Allebei, commissaris. We mogen er niet over praten.'

'Moeten die suikerklontjes verpakt zijn?'

'Dat is hygiënischer, commissaris. Ze kunnen weken in mijn zak zitten zonder dat hij er eentje gebruikt.'

'Uw suikerwikkels, Blériot, zijn dezelfde als die ik op de weg van Bonneval bij de liggende boomstam heb opgeraapt. Daar heeft Émeri een inzinking gehad. Daar is hij gaan zitten en heeft hij er zes opgegeten, daar heeft hij de papiertjes achtergelaten en daar heeft Léo ze gevonden. Na de moord op Herbier. Want tien dagen eerder lagen ze er niet. Léo weet alles, Léo brengt de details, de vlindervleugels, met elkaar in verband, Léo weet dat Émeri soms een aantal suikerklontjes achter elkaar moet eten om er weer bovenop te komen. Wat deed Émeri op de weg van Bonneval? Dat is de vraag die zij hem heeft gesteld. Hij is gekomen om die te beantwoorden, dat wil zeggen dat hij haar heeft afgetuigd.'

'Dat is onmogelijk. De kapitein heeft nooit suikerklontjes bij zich. Daar vraagt hij mij om.'

'Maar die avond, Blériot, ging hij in zijn eentje naar de kapel en nam hij ze mee. Hij weet wat zijn probleem is. Een te sterke emotie of een plotseling energieverbruik kan een hypo veroorzaken. Hij wilde niet riskeren na de moord op Herbier flauw te vallen. Hoe scheurt hij het papiertje open? Aan de zijkant? Van onderen? En dan? Maakt hij er een propje van? Verkreukelt hij het? Laat hij het zoals het is? Of vouwt hij het op? We hebben allemaal zo onze eigen gewoontes met papiertjes. U bijvoorbeeld maakt er een heel strak balletje van dat u in uw broekzak stopt.'

'Om geen troep op de grond achter te laten.'

'En hij?'

'Hij trekt het van onderen open en pakt het voor driekwart uit.'

'En dan?'

'Daar laat hij het bij.'

'Precies, Blériot. En dat wist Léo ongetwijfeld. Ik ga u niet vragen uw kapitein te arresteren. Ik zet hem met Veyrenc achter in uw auto. U stapt voor in. Het enige wat ik van u verwacht, is dat u ons naar de gendarmerie rijdt.'

53

Adamsberg had de handboeien van Émeri losgemaakt zodra ze in de verhoorkamer waren. Hij had inspecteur Bourlant, in Lisieux, op de hoogte gebracht. Blériot was naar Léo's wijnkelder gestuurd om de suikerwikkels op te halen.

'Het is niet verstandig om hem ongeboeid te laten', merkte Retancourt zo neutraal mogelijk op. 'Bedenk maar hoe Mo is gevlucht. Voor je het weet gaan verdachten ervandoor.'

Adamsbergs blik kruiste die van Retancourt, en hij wist zeker dat er een uitdagende ironie in lag. Retancourt had, net als Danglard, begrepen hoe Mo was ontvlucht, en ze had niets losgelaten. Toch was er waarschijnlijk niets wat haar zo had geërgerd als deze methode met zijn twijfelachtige gevolgen.

'Maar deze keer bent u erbij, Retancourt', antwoordde Adamsberg glimlachend. 'Dus we lopen geen enkel risico. We wachten tot Bourlant er is', zei hij, terwijl hij zich tot Émeri richtte. 'Ik ben niet bevoegd om je te verhoren op deze gendarmerie waar jij nog officier bent. Dit bureau heeft geen chef meer, Bourlant zal je naar Lisieux laten overbrengen.'

'Des te beter, Adamsberg. Bourlant respecteert tenminste de op feiten gebaseerde principes. Van jou weet en zegt iedereen keer op keer dat je een luchtfietser bent en jouw mening is bij de politie, gendarmerie of agenten, totaal niet geloofwaardig. Ik hoop dat je dat weet.'

'En heb je er daarom op aangedrongen dat ik naar Ordebec kwam? Of omdat je dacht dat ik inschikkelijker zou zijn dan je collega, die jou bij het onderzoek er niet aan te pas had laten komen?'

'Omdat jij niks voorstelt, Adamsberg. Wind, wolken, een onbenullige zombie, die niet in staat is om ook maar enigszins logisch te redeneren.'

'Je bent goed geïnformeerd.'

'Natuurlijk. Het was mijn onderzoek en het was niet mijn

bedoeling dat een efficiënte politieman het mij zou afnemen. Zodra ik je zag, begreep ik dat alles wat er over je gezegd wordt waar is. Dat ik mijn eigen gang kon gaan terwijl jij in je nevelen opging. Het heeft helemaal nergens toe geleid, Adamsberg, je hebt niks voor elkaar gekregen, en daarvan kan iedereen getuigen. Inclusief de pers. Het enige wat je hebt gedaan, is voorkomen dat ik dat zwijn van een Hippolyte zou arresteren. En waarom bescherm je hem? Weet je dat eigenlijk wel? Omdat je niet wilt dat iemand aan zijn zuster komt. Je bent onbekwaam en je bent een maniak. Het enige wat je in Ordebec hebt gedaan, is naar haar boezem kijken en je met die rotduif bezighouden. Afgezien van het feit dat de geheime politie een inval heeft gedaan om hier rond te neuzen. Denk je dat ik dat niet heb gehoord? Waar was je hier nou helemaal mee bezig, Adamsberg?'

'Ik was suikerwikkels aan het oprapen.'

Émeri opende zijn mond, ademde toen diep in en deed er het zwijgen toe. Adamsberg dacht wel te weten wat hij eigenlijk had willen zeggen: Sukkel, die suikerwikkels van je, daar schiet je niks mee op.

Prima, vingerafdrukken zou hij niet vinden. Maagdelijke wikkels en verder niets.

'Denk je dat je een jury kunt overtuigen met je wikkeltjes?'

'Je vergeet één ding, Émeri. Degene die heeft geprobeerd Danglard om te brengen, heeft ook de anderen vermoord.'

'Uiteraard.'

'Een stevig gebouwde man die hard bleek te kunnen lopen. Jij hebt, net als ik, gezegd dat Denis de Valleray de moorden had gepleegd en dat hij ook met Danglard in Cérenay had afgesproken. Dat staat in je eerste rapport.'

'Uiteraard.'

'En dat hij zelfmoord heeft gepleegd toen de secretaris van de club hem had verteld dat er een onderzoek was ingesteld.'

'Niet van de "club", maar van de Compagnie de la Marche.'

'Ook goed, dat maakt op mij geen indruk. Míjn voorvader was dienstplichtige tijdens die napoleontische oorlogen van je, en hij is op zijn twintigste gesneuveld, mocht dat je interesseren. In Eylau, mocht je willen weten waarom die naam in mijn geheugen is blijven hangen. Met beide benen in de modder, terwijl jouw grootvader defileerde voor de overwinning.'

'Kwestie van afkomst', zei Émeri glimlachend, rechtop als nooit tevoren, en hij legde zelfverzekerd zijn arm om de rugleuning van zijn stoel. 'Jij zult niet meer geluk hebben dan je grootvader, Adamsberg. Je zit nu al tot over je knieën in de modder.'

'Denis heeft zelfmoord gepleegd, schreef je, omdat hij wist dat hij verdacht werd. Verdacht van de moord op Herbier, Glayeux, Mortembot, en van poging tot moord op Léo en Danglard.'

'Natuurlijk. Je bent niet op de hoogte van het vervolg van het labrapport. Een enorme dosis angstremmers, tranquillizers en bijna vijf gram alcohol in zijn bloed.'

'Waarom niet? Makkelijk zat om dat allemaal in de keel te gieten van een man die half verdoofd is. Je tilt zijn hoofd op en je wekt de slikreflex op. Maar dan blijft de vraag, Émeri: waarom zou Denis Danglard hebben willen vermoorden?'

'Dat heb je me zelf uitgelegd, luchtfietser. Omdat Danglard de waarheid kende wat de Vendermotkinderen betreft. Vanwege die vlek in de vorm van een insect.'

'Van een schaaldier.'

'Dat kan me geen zak schelen', stoof Émeri op.

'Dat heb ik gezegd en ik heb me vergist. Want vertel eens hoe Denis de Valleray zo snel zou hebben geweten dat Danglard dat schaaldier had gezien? En hebben begrepen wat dat betekende? Terwijl ik het zelf pas op de avond van zijn vertrek hoorde?'

'Op grond van geruchten.'

'Daar ging ik van uit. Maar ik heb Danglard gebeld en hij heeft er met niemand over gepraat, behalve met Veyrenc. De man die het briefje in zijn zak heeft gestopt, heeft dat gedaan vlak nadat de graaf in het ziekenhuis was flauwgevallen. De enigen die konden hebben gezien dat Danglard de sjaal weer over Lina's schouders legde, dat Danglard de blote rug van de graaf zag, dat Danglard naar die paarse vlek keek en daar verbaasd over was, waren dus vader De Valleray, dokter Merlan, de verpleging, de gevangenbewaarders, dokter Hellebaud, Lina en jij. De bewakers en Hellebaud kun je wegstrepen, want die staan erbuiten. De verpleegkundigen kun je wegstrepen, want zij hebben die vlek nooit gezien. Lina kun je wegstrepen, want die heeft nooit de rug van de graaf gezien.'

'Die heeft ze die dag gezien.'

'Nee, ze stond helemaal achteraan op de gang, dat heeft Danglard bevestigd. Zodat Denis de Valleray dus niet wist dat de inspecteur had ontdekt dat hij een broer en zus had. Hij had dus geen enkele reden hem onder de trein Caen-Parijs te gooien. Jij wel. En wie nog meer?'

'Merlan. Hij heeft de vingers van Hippo geopereerd toen die klein was.'

'Merlan stond niet tussen het groepje mensen tegenover het huis van Glayeux. Afgezien nog van het feit dat de nakomelingen van De Valleray hem totaal niet interesseren.'

'Lina kan het hebben gezien, wat die inspecteur van jou ook mag beweren.'

'Ze stond niet voor het huis van Glayeux.'

'Maar die kleiachtige broer van haar wel. Antonin. Wie zegt dat ze het hem niet heeft verteld?'

'Merlan. Lina is veel later dan de anderen uit het ziekenhuis weggegaan, ze stond bij de balie met een vriendin te praten. Haar kun je wegstrepen.'

'Dan blijft de graaf nog over, Adamsberg', beweerde Émeri zonder enige terughoudendheid. 'Die niet wilde dat bekend werd dat zij zijn kinderen waren. Niet tijdens zijn leven tenminste.'

'Hij stond ook niet voor het huis van Glayeux, maar lag ter observatie in het ziekenhuis. Alleen jij hebt het gezien en begrepen, en alleen jij kon het bericht in Danglards zak stoppen. En hoogstwaarschijnlijk toen hij het huis van Glayeux binnenging.'

'En wat zou mij dat kunnen schelen dat de graaf die duivelskinderen heeft verwekt? Ík ben geen zoon van De Valleray. Wil je mijn rug soms zien? Vind maar eens een verband tussen mij en de dood van al die sukkels.'

'Dat is heel eenvoudig, Émeri. Angst. En het noodzakelijke uitroeien van de oorzaak van de angst. Je bent altijd bangelijk geweest, en gekrenkt omdat je niet het fiere karakter van je grootvader had. Jammer genoeg ben je wel naar hem vernoemd.'

'Angst?' vroeg Émeri en hij spreidde zijn handen. 'Waarvoor in godsnaam? Voor die minkukel van een Mortembot, die met zijn broek op zijn knieën is gestorven?'

'Voor Hippolyte Vendermot. Die in jouw ogen schuld heeft aan al jouw onvermogen. En dat al tweeëndertig jaar lang. Je wordt gekweld door het vooruitzicht net zo te eindigen als Régis, je moest de man wel kapotmaken die jou als kind had verdoemd. Dat je "verdoemd" bent, dat weet je zeker. Want daarna heb je met je fiets een bijna dodelijke smak gemaakt. Maar dat heb je me niet verteld. Heb ik het mis?'

'Waarom zou ik je over mijn jeugd moeten vertellen? Alle kinderen vallen met de fiets op hun snufferd. Is dat jou nooit overkomen?'

'Jawel. Maar niet vlak nadat ik was "verdoemd" door de kleine, satanische Hippo. Niet nadat ik van het tragische ongeluk van Régis had gehoord. Het is daarna met jou van kwaad tot erger gegaan. Op school bleef je zitten, je had tegenslagen in je werk in Valence en Lyon, je was onvruchtbaar, je vrouw liep weg. Je was bang, lafhartig, vaak duizelig. Je bent geen maarschalk zoals je vader het zou hebben gewild, je bent niet eens een soldaat. En dat grote fiasco is in jouw ogen een drama, een drama dat steeds verschrikkelijker wordt. Maar dat drama is niet jouw schuld, Émeri, want Hippo heeft het veroorzaakt door jou te "verdoemen". Door te zorgen dat je geen kinderen kreeg, door je een gelukkig of roemrijk leven, wat voor jou op hetzelfde neerkomt, te ontzeggen. Hippo is de bron van jouw ellende, van jouw noodlot, en je bent nog steeds doodsbang voor hem.'

'Wees nou eens redelijk, Adamsberg. Wie zou er nou bang zijn voor zo'n achterstevoren pratende debiel?'

'Denk je dat je debiel moet zijn om letters te kunnen omkeren? Natuurlijk niet. Je moet over een speciaal talent beschikken. Een duivels talent. Dat weet je, zoals je ook weet dat Hippo afgemaakt moet worden zodat jij veilig bent. Je bent nog maar tweeënveertig, je kunt een nieuw leven beginnen. Sinds je vrouw is vertrokken en sinds de zelfmoord van Régis drie jaar terug, waardoor je helemaal radeloos bent geworden, is dat je obsessie. Want je bent een man van obsessies. Je empirekamer om maar eens wat te noemen.'

'Gewoon een kwestie van respect, dat kun jij niet begrijpen.'

'Nee, een megalomane manie. Je smetteloze uniform, dat door geen klontje suiker uit model gebracht mag worden. Je air van een trotse soldaat. Er is er maar één verantwoordelijk voor wat jij beschouwt als een debacle dat onrechtvaardig, ondraaglijk, schandelijk en vooral bedreigend is, en dat is Hippolyte Vendermot. Maar aan de vloek die hij over je heeft uitgesproken kan pas een einde komen als hij dood is. In zekere zin een neurotisch geval van noodweer, ware het niet dat je ook nog vier anderen hebt vermoord.'

'Waarom zou ik in dat geval', zei Émeri, terwijl hij zich weer tegen de rugleuning van zijn stoel liet vallen, 'niet gewoon Hippo vermoorden?'

'Omdat je bovenal bang bent dat jij de schuld krijgt van zijn dood. En dat is begrijpelijk. Want iedereen hier weet van jullie kinderjaren, van het fietsongeluk op je tiende nadat je verdoemd was, van de haat die de familie Vendermot toedraagt. Je hebt een alibi nodig om je volkomen veilig te voelen. Een alibi en een dader. Je hebt een veelomvattende, vernuftige strategie nodig, zoals in Eylau. De weldoordachte strategie, het enige middel om, net als de keizer, te winnen van een leger dat twee keer zo sterk is. En Hippolyte Vendermot is wel tien keer zo sterk als jij. Maar jij bent potverdorie de afstammeling van een maarschalk, en jij kunt hem vermorzelen. "Laat jij je te grazen nemen door die lieden?", zoals de keizer zou hebben gezegd. Nee, zeker niet. Maar dan moet je wel op iedere kuil in het terrein bedacht zijn. Je hebt een maarschalk Ney nodig, die Davout te hulp komt wanneer hij op de rechter flank wordt bedreigd. Daarom ben je met Denis gaan praten.'

'Ben ik met hem gaan praten?'

'Een jaar geleden had je een diner bij de graaf met de notabelen, met onder anderen dokter Merlan, burggraaf Denis natuurlijk en de veilingmeester van Évreux. De graaf kreeg een flauwte en jij bracht hem met hulp van de dokter naar zijn kamer. Dat heeft Merlan me verteld. Ik denk dat je die avond hebt kennisgenomen van het testament.'

Émeri moest even spontaan lachen.

'Was jij daarbij dan, Adamsberg?'

'In zekere zin. Ik heb de graaf gevraagd of hij het kon bevestigen. Hij dacht dat hij doodging, hij vroeg jou met spoed om zijn testament, hij gaf je de sleutel van de kluis. Hij wilde voordat hij stierf zijn twee Vendermotkinderen in zijn testament zetten. Met moeite schreef hij er dus een paar regels bij en vroeg jou om te tekenen. Hij vertrouwde op je discretie, je bent kapitein, je bent een eerbaar man. Maar jij hebt die regels natuurlijk gelezen. En je was niet eens echt verbaasd dat de graaf duivels als Hippo en Lina had verwekt. Je hebt de vlek op zijn rug gezien toen Merlan hem onderzocht. Je weet van Lina's vlek, haar sjaal glijdt voortdurend van haar schouders. Voor jou is het geen pissebed met voelsprieten, maar een rode duivelskop met hoorntjes. Dat sterkt je allemaal in de gedachte dat dit nageslacht onwettig en verdoemd is. En terwijl je al zo lang op zoek bent naar een gelegenheid om het Vendermotvolk uit de weg te ruimen – want Lina is in jouw ogen net zo eng – doet zich op die avond die gelegenheid eindelijk voor. Bijna. Je denkt lang na, bangelijk als je bent, je wikt en weegt, en korte tijd later praat je met de zoon van De Valleray.'

'Ik heb nooit betrekkingen aangeknoopt met de burggraaf, dat weet iedereen.'

'Maar je kunt wel bij hem op bezoek gaan, Émeri, je bent hoofd van de gendarmerie. Je hebt Denis de waarheid verteld, dat er nieuwe regels aan het testament van zijn vader zijn toegevoegd. Je hebt hem erop gewezen dat het verkeerd kan aflopen. Het is een slappeling en dat weet je. Maar een man als de burggraaf neemt niet meteen een beslissing. Je hebt hem de tijd gegeven om na te denken, te dubben. Je hebt hem nog eens opgezocht om hem te pressen, te overtuigen, en hem het volgende aanbod te doen: jij zorgt ervoor dat die onwettige erfgenamen uit de weg geruimd worden, mits hij jou een alibi verschaft. Denis raakte van zijn stuk, heeft waarschijnlijk nog meer zitten dubben. Maar zoals je al had verwacht, ging hij er uiteindelijk op in. Als jij de moorden pleegt, als hij niets anders hoeft te doen dan te zweren dat hij bij je was, is dat geen slechte deal. De zaak is beklonken. Je wacht op een geschikte gelegenheid.'

'Je hebt nog steeds geen antwoord gegeven op mijn vraag. Wat kon mij dat nou schelen dat de graaf die schepsels heeft verwekt? En dat Danglard dat wist?'

'Niets. Die schepsels zelf, daar ging het om. Maar als hun verwantschap bekend werd, zou jij de steun van je handlanger, Denis, kwijtraken, die er geen enkele baat meer bij zou hebben gehad om jou te dekken. En dan had je dus geen alibi meer. En daarom heb je Danglard op de rails gekieperd.'

Op dat moment kwam inspecteur Bourlant de kamer binnen en knikte koeltjes naar commissaris Adamsberg, voor wie hij geen enkel respect had.

'Punt van beschuldiging?' vroeg hij.

'Vier moorden, twee pogingen tot moord, twee moorden beraamd.'

'Beramen telt niet. Kunt u dat onderbouwen?'

'Morgen om tien uur krijgt u mijn rapport. Aan u de beslissing of u het bij de rechter aanhangig maakt of niet.'

'Dat lijkt me correct. Komt u mee, kapitein Émeri. Neem me

niet kwalijk, want ik weet niks van de zaak af. Maar Adamsberg is nu eenmaal met het onderzoek belast en ik ben gedwongen te gehoorzamen.'

'We zullen maar weinig tijd samen doorbrengen, inspecteur Bourlant', zei Émeri terwijl hij met het nodige vertoon opstond. 'Hij heeft geen bewijzen, hij kletst maar wat.'

'Bent u alléén gekomen, inspecteur?' vroeg Adamsberg.

'Het antwoord luidt bevestigend, commissaris. Het is Maria-Hemelvaart.'

'Veyrenc, Retancourt, lopen jullie even mee met de inspecteur. Dan begin ik intussen vast aan het rapport.'

'Iedereen weet dat je nog geen drie regels op papier krijgt', zei Émeri grijnzend.

'Maak je daarover maar niet te sappel. Nog één ding, Émeri: de perfecte gelegenheid heeft Lina je ongewild geboden. Toen ze het Woeste Leger zag en heel Ordebec dat te horen kreeg. Ze wees je zelf de weg, een teken van het lot. Je hoefde alleen nog maar haar voorspelling waar te maken, de drie geronselden om te brengen en zo de bewoners tegen de Vendermots op te zetten. "Dood aan de V's.". En vervolgens Lina en haar vervloekte broer vermoorden. Er zou allicht in de stad zijn gezocht naar een gek die doodsbang was voor het Leger en vastbesloten de "doorgevers" uit de weg te ruimen. Zoals in 1775, toen ze met tientallen tegelijk François-Benjamin op de hooivork namen. Verdachten zouden er genoeg zijn geweest.'

'1777', corrigeerde Veyrenc bij afwezigheid van Danglard.

'Zo veel misschien niet, maar op zijn minst tweehonderd.'

'Ik heb het niet over het aantal verdachten, maar over het jaar waarin François-Benjamin ter dood werd gebracht. 1777.'

'O, oké', zei Adamsberg onaangedaan.

'Imbeciel', siste Émeri.

'Denis is welhaast net zo schuldig als jij,' hernam Adamsberg rustig, 'door als een laffe loser jou zijn toestemming, zijn absolutie te geven. Maar toen je begreep dat de Compagnie de la Hache ...'

'De la Marche', onderbrak Émeri hem.

'Ook goed. Dat de Compagnie de burggraaf op de hoogte zou brengen van het onderzoek, wist je dat hij al na een paar uur zou bezwijken. Dat hij zou gaan praten, dat hij jou zou beschuldigen. Want hij wist dat je de geronselden had afgeslacht als voorbereiding op de dood van de Vendermots. Je bent hem gaan opzoeken, je hebt met hem gepraat om zijn angst te sussen, je hebt hem halfdood geslagen – je professionele klap tegen de halsslagader – je hebt hem drank en medicijnen laten slikken. Tegen verwachting stond Denis plotseling op om over te geven, waarna hij gauw naar het openstaande raam liep. Het onweerde, weet je nog? Het weer van de almacht. Je hoefde zijn benen maar op te tillen en hij viel voorover. Denis zou van de moorden beschuldigd worden, daarom pleegde hij zelfmoord. Uitstekend. Het stuurde je plan in de war, maar uiteindelijk toch niet helemaal. Na die vier sterfgevallen, en zelfs als er nu een rationele verklaring was, zou half Ordebec nog steeds denken dat de eigenlijke oorzaak het Leger was. Dat in wezen Hellequin de vier geronselden uit de weg had geruimd. Dat de burggraaf slechts zijn wapen, zijn instrument was geweest. Dat Hippo en Lina nog steeds en voor altijd de hand hadden in de komst van de Seigneur. Dan kon er rustig gezegd worden dat een of andere krankzinnige vervolgens de twee handlangers van Hellequin uit de weg had geruimd. Een krankzinnige die met algemene goedkeuring nooit gevonden zou worden.'

'Dat is wel een heel grote slachtpartij om één kerel te treffen', zei Émeri en hij streek zijn jasje glad.

'Zeker, Émeri. Maar vergeet niet dat die slachtpartij jou bijzonder goed uitkwam. Glayeux en Mortembot hadden je allebei bespot en vernederd, en je had ze niet te pakken gekregen. Je haatte ze. Hetzelfde geldt voor Herbier, die je niet eens hebt kunnen arresteren. Allemaal slechte mensen, en jij hielp slechte mensen naar de andere wereld, met Hippo als laatste. Maar bovenal, Émeri, geloof je oprecht in het Leger. Seigneur Hellequin, zijn dienaren Hippo en Lina, zijn slachtoffer Régis, dat heeft voor jou allemaal een betekenis. Door de geronselden te doden verwierf je tegelijkertijd de gunsten van de Seigneur. En dat is niet niks. Want je was bang dat jij het vierde slachtoffer zou worden. Je had het niet graag over die vierde man, die naamloze. Ik neem dus aan dat je langgeleden al iemand hebt vermoord. Net als Glayeux en net als Mortembot. Maar dat is je eigen geheim.'

'Zo is het wel genoeg, commissaris', kwam Bourlant tussenbeide. 'Aan niets van wat hier gezegd wordt, kan enige waarde worden toegekend.'

'Dat weet ik, inspecteur', zei Adamsberg met een glimlachje, terwijl hij Veyrenc en Retancourt achter de stroeve officier uit Lisieux aan stuurde.

'Het trotse arendsjong', mompelde Veyrenc, *'stort op de aarde neer,/ Zijn droom van 't Pantheon wordt nu geen waarheid meer.'*

Adamsberg wierp Veyrenc een blik toe waarmee hij hem te kennen gaf dat dit niet het juiste moment was, zoals hij dat ook had gedaan met Danglard bij zijn verhaal over Richard Leeuwenhart.

54

Lina was niet naar haar werk gegaan, de normale gang van zaken in huize Vendermot was verstoord door het bericht dat kapitein Émeri, de vertegenwoordiger van de ordehandhavers, was gearresteerd. Bijna alsof de kerk van Ordebec opeens ondersteboven stond. Nadat inspecteur Bourlant het rapport van Adamsberg had gelezen – dat door Veyrenc grondig was geredigeerd – had hij besloten de rechter te waarschuwen, die voorlopige hechtenis had opgelegd. Er was niemand in Ordebec die niet wist dat Louis Nicolas Émeri in Lisieux in de cel zat.

Daarbij kwam nog dat de graaf de familie Vendermot een officiële brief had laten bezorgen, waarin stond van wie Hippolyte en Lina in feite afstamden. Hij had gedacht dat het minder vernederend was, had hij Adamsberg uitgelegd, als de kinderen het van tevoren van hem hoorden, en niet na afloop via geruchten, die zoals altijd snel en ongegrond de ronde zouden doen.

Toen Adamsberg terugkwam van het kasteel, trof hij hen tegen twaalven in hun eetkamer aan, waar ze al pratend, als biljartballen die op een oneffen laken tegen elkaar stoten, kriskras heen en weer liepen rond de grote tafel, die niet was afgeruimd.

Adamsbergs komst leek niet opgemerkt te worden. Martin was met een stamper en een zo goed als lege vijzel in de weer, terwijl Hippo, gewoonlijk de baas in huis, met zijn wijsvinger langs alle muren van de kamer ging alsof hij er een onzichtbare lijn op tekende. Een kinderspelletje, dacht Adamsberg. Hippo reconstrueerde zijn leven en dat zou wel de nodige tijd kosten. Antonin keek angstig naar zijn stevig doorstappende grote broer, waarbij hij steeds ergens anders ging staan zodat Hippolyte niet in het voorbijgaan tegen hem opbotste. Lina had zich koppig op een stoel geworpen, waarvan ze met haar nagel schilfertjes verf afkrabde, met zo'n inzet dat het leek alsof haar leven ervan afhing. Alleen de moeder verroerde zich niet en zat in zichzelf gekeerd in haar leunstoel. Uit haar hele houding, haar hoofd gebogen, haar magere benen tegen elkaar geklemd, haar armen om haar lichaam geslagen, sprak de schaamte waaronder ze gebukt ging en waaruit ze geen uitweg wist. Iedereen was er nu van op de hoogte dat ze met de graaf naar bed was geweest, dat ze de vader had bedrogen, en heel Ordebec zou daar tot in lengte van dagen commentaar op blijven leveren.

Zonder iemand te begroeten, want hij dacht dat ze hem toch niet hoorden, liep Adamsberg eerst naar de moeder toe en legde zijn bos bloemen op haar schoot. Waardoor ze, leek het wel, zich nog ongemakkelijker ging voelen. Ze was het niet waard om bloemen te krijgen. Adamsberg drong aan, pakte een voor een haar handen en legde ze op de bloemstelen. Daarna wendde hij zich tot Martin.

'Zou je zo vriendelijk willen zijn een kop koffie voor ons te maken?'

Deze woorden en het feit dat hij hem opeens tutoyeerde trokken de aandacht van de familie. Martin zette zijn vijzel neer en liep naar het fornuis, terwijl hij zich op zijn hoofd krabde. Adamsberg haalde zelf de kommen uit het dressoir en zette ze op de vuile tafel, waarbij hij een deel van het vaatwerk naar een hoek schoof. Een voor een vroeg hij hun te gaan zitten. Lina gehoorzaamde als laatste en begon, toen ze eenmaal zat, met haar nagel de schilfers van de stoelpoot te bewerken. Adamsberg was zich ervan bewust dat hij geen psychologisch talent had en kreeg even de neiging ervandoor te gaan. Hij pakte de koffiepot van Martin aan en schonk alle kommen vol, bracht er een naar de moeder, maar die weigerde, terwijl ze krampachtig haar boeket bleef vasthouden. Hij had het gevoel dat hij nog nooit zo veel koffie had gedronken als hier. Hippo schoof ook zijn kom weg en opende een flesje bier.

'Jullie moeder maakte zich zorgen om jullie,' begon Adamsberg, 'en ze had dubbel en dwars gelijk.'

Hij zag dat ze hun ogen neersloegen. Allemaal bogen ze hun hoofd, alsof ze bij een mis een ogenblik stilte in acht namen.

'Als jullie geen van allen in staat zijn voor haar op te komen, wie moet het dan doen?'

Martin strekte zijn hand uit naar zijn vijzel, maar hield zich in.

'De graaf heeft ervoor gezorgd dat ze niet gek is geworden', waagde Adamsberg te zeggen. 'Jullie kunnen je geen van allen voorstellen wat een hel haar leven is geweest. De Valleray heeft jullie allemaal beschermd, dat hebben jullie aan haar te danken. Hij heeft voorkomen dat Hippo zoals de hond werd neergeschoten. Ook dat hebben jullie aan haar te danken. Samen met hem heeft ze jullie altijd de hand boven het hoofd gehouden. Dat kon ze niet in haar eentje. Ze heeft als moeder gedaan wat ze kon. Dat wilde ik maar even zeggen.'

Adamsberg wist niet zeker of het klopte wat hij beweerde, of de moeder wel of niet gek zou zijn geworden, en of de vader op Hippolyte zou hebben geschoten, maar het was nu niet het moment om alles uitvoerig uit de doeken te doen.

'Heeft de graaf vader vermoord?' vroeg Hippo.

Dat de stilte werd verbroken door het gezinshoofd, was een goed teken. Adamsberg heradeemde en vond het jammer dat hij geen sigaret van Zerk of Veyrenc bij de hand had.

'Nee. Wie jullie vader heeft vermoord, zullen we nooit te weten komen. Herbier misschien.'

'Ja,' kwam Lina snel tussenbeide, 'dat kan. Een week daarvoor was er een hevige ruzie geweest. Herbier vroeg mijn vader om geld. Er werd flink geschreeuwd.'

'Natuurlijk', zei Antonin terwijl zijn ogen eindelijk wijd opengingen. 'Herbier wist het waarschijnlijk van Hippo en Lina, hij zal Vendermot wel hebben gechanteerd. Mijn vader had nooit kunnen verdragen dat de hele stad het wist.'

'In dat geval', bracht Hippo ertegen in, 'zou vader Herbier hebben vermoord.'

'Ja,' zei Lina, 'en daarom is het zijn bijl. Vader heeft wel geprobeerd Herbier te vermoorden, maar die heeft gewonnen.'

'Hoe dan ook,' bevestigde Martin, 'als Lina Herbier bij het

Woeste Leger heeft gezien, betekent dat dat hij een misdaad heeft begaan. Van Mortembot en Glayeux wisten we het, maar niet van Herbier.'

'Zo is het', concludeerde Hippo. 'Herbier heeft vader de hersens ingeslagen.'

'Zo is het ongetwijfeld', beaamde Adamsberg. 'Nu is alles rond, en vooral, nu neemt alles een einde.'

'Waarom zegt u dat mijn moeder zich terecht zorgen maakte?' vroeg Antonin. 'Émeri heeft óns niet vermoord.'

'Maar dat was hij wel van plan. Dat was zijn uiteindelijke doel: Hippo en Lina vermoorden, en de verantwoordelijkheid leggen bij een willekeurige inwoner van Ordebec die door de doden van het Woeste Leger gek zou zijn geworden van angst.'

'Net als in 1777.'

'Precies. Maar door de dood van de burggraaf kwam het er niet van. Émeri is ook degene die hem uit het raam heeft gekieperd. Maar het is voorbij', zei hij en hij draaide zich om naar de moeder, die weer wat levendiger uit haar ogen leek te kijken, alsof ze enigszins bij haar positieven kwam nu haar daden onder woorden gebracht en zelfs goedgepraat waren. 'De tijd van angst is voorbij', benadrukte hij. 'En ook de vloek die rustte op de familie Vendermot. De slachtpartij zal in ieder geval tot gevolg hebben dat iedereen nu weet dat geen van jullie de dader was, maar dat jullie de slachtoffers waren.'

'Zodat we niemand meer zullen imponeren', zei Hippo met een teleurgesteld lachje.

'Jammer misschien', zei Adamsberg. 'Maar je bent voortaan gewoon een man met vijf vingers.'

'Gelukkig dat ma de afgehakte vingers nog bewaard heeft', verzuchtte Antonin.

Adamsberg bleef nog een uur zitten en nam toen afscheid, waarbij hij nog een laatste keer naar Lina keek. Voordat hij vertrok, pakte hij de moeder bij haar schouders en vroeg haar of ze tot aan de weg met hem mee wilde lopen. Van haar stuk gebracht legde het vrouwtje de bloemen neer en pakte een teil, met de verklaring dat ze dan meteen de was kon binnenhalen.

Adamsberg hielp de moeder het wasgoed van de lijn te halen die tussen de appelbomen hing en legde het opgevouwen in de teil. Hij had geen idee hoe hij de kwestie op een voorzichtige manier kon aanroeren.

'Herbier zou uw man hebben vermoord', zei hij zachtjes. 'Wat vindt u daarvan?'

'Het is goed', fluisterde het vrouwtje.

'Maar het klopt niet. Ú hebt hem vermoord.'

De moeder liet haar knijper vallen en pakte met beide handen de waslijn beet.

'Wij tweeën zijn de enigen die het weten, mevrouw Vendermot. De misdaad is verjaard en niemand zal het er ooit nog over hebben. U had geen keus. Het was u of zij tweeën. Ik bedoel, de twee kinderen van De Valleray. Hij zou ze vermoorden. U kon ze alleen op die manier redden.'

'Hoe bent u erachter gekomen?'

'Doordat er in feite drie zijn die het weten. U, ik en de graaf. Dat de zaak in de doofpot is gestopt, komt doordat hij heeft ingegrepen. Dat heeft hij vanochtend bevestigd.'

'Vendermot wilde de kinderen vermoorden. Hij wist het.'

'Wie had het hem verteld?'

'Niemand. Hij had wat timmerwerk bij het kasteel afgeleverd en De Valleray hielp hem met uitladen. De graaf werd gegrepen door een grijparm van de laadmachine en zijn overhemd scheurde over de hele lengte. Vendermot kreeg zijn rug te zien. En de vlek.'

'Maar er is nog iemand die het weet, maar dan gedeeltelijk.'

Geschrokken keek de vrouw Adamsberg aan.

'Dat is Lina', ging hij verder. 'Ze heeft als klein kind gezien dat u hem vermoordde. Daarom veegde ze de steel af. Daarna heeft ze alles willen uitwissen, alles willen vergeten. Daarom kreeg ze kort daarna haar eerste aanval.'

'Wat voor aanval?'

'Haar eerste visioen van het Woeste Leger. Ze zag Vendermot

als geronselde. Dus voortaan was Seigneur Hellequin schuldig aan die misdaad in plaats van u. Aan die dwaze gedachte bleef ze vasthouden.'

'Met opzet?'

'Nee, als zelfbescherming. Maar we zouden haar van die nachtmerrie moeten bevrijden.'

'Dat gaat niet. Die dingen gaan onze krachten te boven.'

'Misschien lukt het u als u haar de waarheid vertelt.'

'Dat nooit', zei het vrouwtje en ze greep zich weer aan de waslijn vast.

'Ergens in haar achterhoofd heeft Lina al zo haar vermoedens. En als Lina vermoedens heeft, hebben haar broers die ook. Het zou helpen als ze weten dat u het hebt gedaan en waarom.'

'Dat nooit.'

'U mag kiezen, mevrouw Vendermot. Stelt u zich eens voor. De klei van Antonin zal uitharden, Martin eet geen beestjes meer en Lina is van haar visioenen verlost. Denk erover na, u bent hun moeder.'

'Vooral die klei is vervelend', zei ze zwakjes.

Zo zwakjes dat Adamsberg zeker wist dat ze op dat moment, als de pluizige parachuutjes van een paardebloem, door een windvlaag uiteengeblazen had kunnen worden. Een breekbaar en ontredderd vrouwtje dat haar man met twee bijlslagen had geveld. Een paardebloem is een simpel plantje, maar o zo sterk.

'Maar twee dingen zullen altijd zo blijven', hernam Adamsberg. 'Hippo zal de woorden blijven omkeren. En het Leger van Hellequin zal door Ordebec blijven trekken.'

'Zeker weten,' zei de moeder op krachtiger toon, 'maar dat is heel wat anders.'

55

Veyrenc en Danglard brachten Mo zonder pardon, met de handboeien om, naar het kantoor van Adamsberg en dwongen hem op een stoel plaats te nemen. Adamsberg was echt blij hem weer te zien en in feite een beetje trots dat het was gelukt hem van de brandstapel te redden.

Aan weerskanten van Mo geposteerd, met strenge, waakzame blik, speelden Veyrenc en Danglard perfect hun rol. Adamsberg gaf Mo onopvallend een knipoogje.

'Je ziet waar een ontsnapping op uitloopt, Mo.'

'Hoe hebt u me gevonden?' vroeg de jonge man op een toon die niet agressief genoeg klonk.

'Je zou op zekere dag toch tegen de lamp zijn gelopen. We hadden je adresboekje.'

'Kan me niks schelen', zei Mo. 'Ik mocht ervandoor gaan, ik moest ervandoor gaan. Ik heb die kar niet in de fik gestoken.'

'Dat weet ik', zei Adamsberg.

Mo keek nauwelijks verbaasd.

'De twee zoons van Clermont-Brasseur hebben het gedaan. Op ditzelfde moment worden ze aangeklaagd voor moord met voorbedachten rade.'

Voordat hij drie dagen eerder Ordebec had verlaten, had Adamsberg van de graaf de belofte gekregen dat hij de betreffende magistraat erover zou aanspreken. Een belofte die hem probleemloos werd gedaan, want het barbaarse gedrag van de twee broers had de graaf ernstig gechoqueerd. Hij had in Ordebec al genoeg gruweldaden meegemaakt en was niet bereid tot toegeeflijkheid, ook niet ten opzichte van zichzelf.

'Zijn zoons?' vroeg Mo schijnbaar verontwaardigd. 'Hebben zijn eigen zoons hem in de fik gestoken?'

'Terwijl ze het zo aanlegden dat jij beschuldigd zou worden.

Jouw gympen, jouw methode. Behalve dan dat Christian Clermont de veters niet goed gestrikt had. En dat een paar plukken van zijn haar door de hitte van het vuur zijn verschroeid.'

'Dat gebeurt zowat elke keer.'

Mo draaide zijn hoofd naar links en naar rechts als iemand die plotseling beseft dat de omstandigheden veranderd zijn.

'Kan ik dan gaan?'

'Dacht je dat?' zei Adamsberg streng. 'Weet je niet meer hoe je hier weg bent gekomen? Bedreiging van een politieofficier met een wapen, het gebruiken van geweld en onrechtmatige ontsnapping.'

'Maar ik moest wel', zei Mo weer.

'Misschien wel, beste kerel, maar dat is nu eenmaal de wet. Je krijgt voorlopige hechtenis, over ongeveer een maand volgt de uitspraak.'

'Ik heb u niet eens pijn gedaan', protesteerde Mo. 'Alleen een klein klapje.'

'Een klapje waardoor je nu voor de rechter verschijnt. Je weet er alles van. Hij beslist.'

'Hoelang riskeer ik?'

'Twee jaar,' schatte Adamsberg, 'wegens bijzondere omstandigheden en ondervonden schade. Je zou na acht maanden vrij kunnen komen vanwege goed gedrag.'

'Acht maanden, shit', zei Mo, deze keer bijna oprecht.

'Je zou me eerder moeten bedanken omdat ik de brandstichters heb gevonden. En dat terwijl ik geen enkele reden had om je welgezind te zijn. Een commissaris die een verdachte laat ontsnappen, weet je wat voor risico die loopt?'

'Kan me niks schelen.'

'Dat dacht ik al', zei Adamsberg en hij stond op. 'Neem hem mee.'

Adamsberg gaf Mo met zijn hand een teken dat inhield: ik had je gewaarschuwd. Acht maanden. We hebben geen keus.

'Het is waar, commissaris', zei Mo plotseling terwijl hij hem zijn geboeide polsen toestak. 'Ik zou u moeten bedanken.'

Terwijl hij Adamsberg de hand drukte, stopte Mo hem een propje papier toe. Een propje dat groter was dan dat van een suikerwikkel. Adamsberg deed na zijn vertrek de deur dicht, ging er met zijn rug tegenaan staan zodat er niemand binnen kon komen, en vouwde het papiertje open. Mo had in piepkleine lettertjes gedetailleerd zijn redenering uitgeschreven ten aanzien van het touwtje waarmee de poten van duif Hellebaud waren vastgebonden. Aan het eind van het briefje had hij naam en adres genoteerd van het rotjoch dat dit had gedaan. Adamsberg glimlachte en stopte het papiertje zorgvuldig in zijn zak.

56

Volgens hetzelfde procedé had graaf De Valleray voor elkaar gekregen dat op de afgesproken dag de osteopaat weer aan Léo's bed zat. De arts was al twintig minuten in de kamer bezig, met als enig gezelschap dokter Merlan, die niets van het schouwspel wilde missen, en bewaker René. Op de gang was weer bijna hetzelfde tafereel te zien, wachtende mensen die heen en weer liepen: Adamsberg, Lina, de verpleegkundige, de graaf die met zijn wandelstok op het linoleum zat te tikken, en voor de deur de bewakers uit Fleury. Dezelfde stilte en dezelfde spanning. Maar voor Adamsberg had het angstige gevoel een ander karakter gekregen. Het was nu niet meer de vraag of Léo in leven bleef, maar of de dokter haar weer aan het praten zou krijgen. En of ze dan wel of niet de naam van de moordenaar van Ordebec zou noemen. Adamsberg betwijfelde of de rechter zonder die getuigenis de aanklacht tegen kapitein Émeri zou handhaven. De magistraat zou zoiets niet aandurven op grond van zes suikerwikkels, waarop inderdaad geen enkele vingerafdruk te vinden was. En ook niet op grond van het feit dat hij bij de put Hippolyte had aangevallen, wat geenszins bewees dat hij ook de andere moorden had gepleegd.

Voor de graaf ging het erom of zijn oude Léo haar vitaliteit weer zou terugkrijgen of dat ze onbeweeglijk zou blijven liggen in een gelukzalig stilzwijgen. Over het huwelijk had hij niet meer gesproken. Na alle verbijstering, angst en schandalen die Ordebec door elkaar hadden geschud, leek het stadje zelf uitgeput, leken zijn appelbomen krommer dan voorheen en zijn koeien in één houding verstard.

Een golf van regen en koelte bracht Normandië tot zijn normale staat terug. Zodat Lina niet langer in een van haar gebloemde overhemdblouses met wijdopen hals verscheen, maar een trui had aangetrokken die hoog om haar nek sloot. Adamsberg had net zijn aandacht op dat probleem gericht toen eindelijk dokter Hellebaud tevreden de kamer uit kwam gehuppeld. Er was, net als de vorige keer, in het vertrek van de verpleging een tafel voor hem gedekt. Zwijgend werd hij daarheen gebracht, en de dokter wreef zich langdurig in de handen voordat hij hun verzekerde dat Léo vanaf morgen weer zou praten zoals ze altijd had gedaan. Ze had genoeg geestelijke weerstand opgebouwd om de situatie aan te kunnen, dus hij had de blokkade kunnen opheffen. Merlan zat, met zijn wang op een hand geleund, zo'n beetje als een verliefde oude man toe te kijken hoe hij aan het eten was.

'Er is één ding', zei de osteopaat tussen twee happen door, 'dat ik graag zou willen ophelderen. Dat een man zich op je stort om je te vermoorden, daar zou iedereen door geschokt zijn. Dat een vriend zoiets doet, maakt het trauma des te heviger. Maar bij Léo was er nog iets veel ergers gebeurd, waardoor ze deze gebeurtenis absoluut niet onder ogen wilde zien. Dit verschijnsel zou zich bijvoorbeeld voordoen als haar eigen zoon haar had aangevallen. Dat lijdt geen twijfel. En daarom begrijp ik het niet. Maar ik blijf erbij dat ze niet gewoon door een kennis is aangevallen. Het is iets meer dan dat.'

'Inderdaad', zei Adamsberg peinzend. 'Het is een man die ze niet vaak meer zag. Maar die ze goed heeft gekend, onder bijzondere omstandigheden.'

'Ja, en?' vroeg de arts terwijl hij hem strak aankeek met een oplettende schittering in zijn ogen.

'Toen die man drie jaar oud was, is Léo in een bevroren ven gesprongen waarin hij bezig was te verdrinken. Ze heeft zijn leven gered.'

De dokter knikte langdurig.

'Dan weet ik genoeg', zei hij.

'Wanneer kan ik naar haar toe?'

'Nu meteen. Maar voor een verhoor pas morgenochtend. Wie heeft die rare boeken voor haar meegebracht? Een belachelijke liefdesgeschiedenis en een handboek voor de paardenartsenijkunde. Ongelooflijk.'

'Die liefdesgeschiedenis vond ik wel mooi', zei de verpleegkundige.

Adamsberg liep nogmaals over de weg van Bonneval, rond de kapel van Sint-Antonius, naar de oude put van L'Oison, en kwam voor het eten enigszins geradbraakt bij Le sanglier aan, bleu of courant, dat deed er niet toe. Zerk, terug van zijn liefdesreis naar Italië, belde hem onder het eten vanuit Parijs om te vertellen dat Hellebaud was weggevlogen en niet meer teruggekeerd. Heel goed nieuws, maar Adamsberg hoorde ontsteltenis in de stem van zijn zoon.

Al om zeven uur 's ochtends had hij zijn laatste ontbijt onder de appelboom klaargezet. Hij wilde het begin van het bezoekuur niet missen, hij wilde niet dat inspecteur Bourlant eerder bij Léo was dan hij. Met medeweten van dokter Merlan en de verpleegkundige had hij het voor elkaar gekregen dat de deur voor hem een half uur eerder dan de algemene bezoektijd werd geopend. Weer verzoend met de suiker, gooide hij twee klontjes in zijn koffie en deed de bus daarna zorgvuldig dicht, met het elastiek er weer omheen.

Om half negen deed de verpleegkundige zachtjes de deur van het ziekenhuis voor hem open. Léo zat aangekleed in een leunstoel op hem te wachten. Dokter Merlan had toegestaan dat ze vandaag nog naar huis ging. Er was afgesproken dat brigadier Blériot haar om twaalf uur samen met Flem zou komen halen.

'U bent hier niet alleen omdat u mij zo graag ziet, toch, commissaris? Ik ben een mispunt', veranderde ze direct van toon. 'U hebt me naar het ziekenhuis gebracht, u bent steeds bij me gebleven, u hebt die dokter laten komen. Waar heeft hij zijn praktijk?'

'In Fleury.'

'Merlan zei dat u zelfs mijn haar hebt gekamd. Dat is aardig van u.'

We zijn aardig, herinnerde Adamsberg zich en hij zag de gezichten van de Vendermotkinderen weer voor zich, twee met blond en twee met donker haar, en het was niet ver bezijden de waarheid. Adamsberg had tegen dokter Merlan gezegd dat hij Léone vooral niet over de arrestatie van Émeri mocht vertellen. Hij wilde haar getuigenis aanhoren zonder haar te beïnvloeden.

'Dat klopt, Léo. Ik wil het weten.'

'Louis', fluisterde Léo. 'Het was mijn kleine Louis.'

'Émeri?'

'Ja.'

'Gaat het, Léo?'

'Ja.'

'Wat is er gebeurd? Met die suiker? Want dat hebt u toch tegen me gezegd, Léo: Eylau – zoals de slag – Flem en suiker.'

'Ik weet het niet meer. Wanneer was dat?'

'Twee dagen nadat u was overvallen.'

'Nee, dat zegt me niets. Maar er was wel een probleem met die suiker. Tien dagen daarvoor was ik bij Sint-Antonius geweest en had ik niets gezien.'

'Dus voordat Herbier was verdwenen.'

'Ja. En de dag waarop ik u ontmoette terwijl ik op Flem zat te wachten, zag ik voor die boomstam al die witte papiertjes verspreid op de grond liggen. Ik verstopte ze onder de bladeren omdat het niet netjes stond, het waren er minstens zes. De volgende morgen dacht ik er weer aan. Er komt nooit iemand op de weg van Bonneval, dat weet u. Ik vond het vreemd dat er iemand rondliep juist op het moment dat Herbier werd vermoord. En ik ken maar één man die zes suikerklontjes achter elkaar opeet. En de papiertjes niet verfrommelt. Dat is Louis. Hij heeft soms opeens een inzinking, weet u, en dan moet hij zichzelf weer oppeppen. De dag daarna heb ik me afgevraagd of Louis daar was geweest, of hij in het bos naar het lichaam had gezocht, en waarom hij in dat geval niets had gezegd, en vooral, het lichaam niet had gevonden. Ik was nieuwsgierig en ik heb hem gebeld. Hebt u misschien een sigaar, commissaris? Ik heb al dagen niet gerookt.'

'Ik heb nog een oude sigaret.'

'Prima.'

Adamsberg zette het raam wijd open en gaf Léo de sigaret en een vuurtje.

'Dank u', zei Léo en ze blies de rook uit. 'Louis antwoordde dat hij eraan kwam. Zodra hij binnen was, stortte hij zich op me. Ik weet het niet, ik begrijp het niet.'

'Hij is de moordenaar van Ordebec, Léo.'

'Van Herbier?'

'Van Herbier en anderen.'

Léone nam een lange trek van haar sigaret, die een beetje trilde.

'Louis? Mijn kleine Louis?'

'Ja. We hebben vanavond alle tijd om erover te praten, als ik mag blijven eten. Ik zorg voor de maaltijd.'

'Soep lijkt me lekker, met veel peper. Peper hebben ze hier niet.'

'Dat komt in orde. Maar vertel eens: waarom noemde u hem "Eylau"? En niet Louis?'

'Zo werd hij genoemd toen hij nog een kleuter was', zei Léo met de weifelende blik waarmee het opduiken van het verleden gepaard gaat. 'Dat kwam doordat zijn vader hem voor de grap een trommel cadeau had gedaan, maar ongetwijfeld met de bedoeling hem voor te bereiden op het leger. Dat bleef zo tot hij vijf was: het trommelslagertje van Eylau, de kleine Eylau. Heb ik hem zo genoemd?'

Op hetzelfde moment barstte het nieuws over de zaak-Clermont-Brasseur in de media los en leidde tot veel ophef. Van alle kanten werd de vraag opgeworpen of de broers na hun misdaad bescherming hadden gekregen. Maar er werd niet over uitgeweid. Er werd evenmin lang stilgestaan bij de arrestatie van de jonge Mohamed. Al die opwinding zou niet lang duren. Over een paar dagen zou de zaak gebagatelliseerd worden en vervolgens in de vergeetput tuimelen, zoals Hippo bijna in de put van L'Oison was gevallen.

Zowel geschokt als ontgoocheld en verstrooid luisterde Adamsberg op het stoffige radiootje van Léo naar het nieuws. Hij had de boodschappen gedaan, hij had groentesoep gekookt en een lichte maaltijd klaargemaakt, geschikt voor iemand die net weer thuis is uit het ziekenhuis. Hoewel hij dacht dat Léo liever een heel wat steviger maaltijd met een flink stuk vlees zou hebben gehad. Als hij zich niet vergiste, zou de avond eindigen met calvados en een sigaar. Adamsberg liet de radio voor wat hij was en stak ter ere van haar terugkeer de open haard aan. Aan de hitte was, net als aan het traject van de moordenaar, een einde gekomen; in Ordebec was het na alle ellende gewoon weer frisjes.

57

Op een woensdag, meer dan een maand later, nam Danglard op de Brigade een stevige kist in ontvangst, voorzien van twee handvaten, die zorgvuldig was dichtgemaakt en door een speciale koerier werd afgeleverd. Hij liet hem door de detector gaan en er bleek een rechthoekig voorwerp in te zitten dat op houtkrullen tussen twee plankjes lag. Met zorg tilde hij de kist op en zette hem voorzichtig op het bureau van Adamsberg neer. Danglard was het niet vergeten. Hij keek begerig naar het voorwerp, streek met zijn vingers over de ruwe bovenkant van de kist en aarzelde het deksel op te tillen. Het idee dat een paar centimeter verderop een doek van de school van Clouet lag, bracht hem in een staat van hevige opwinding. Hij zorgde ervoor dat hij Adamsberg tegen het lijf liep.

'Er ligt in uw kamer een pakket voor u.'
'Oké, Danglard.'
'Ik denk dat het de Clouet is.'
'De wat?'
'Het schilderij van de graaf. De school van Clouet. Het juweel, het pronkstuk, dat wat een mens troost biedt.'
'Oké, Danglard', zei Adamsberg nogmaals, die zag dat het plotseling rood aangelopen gezicht van de inspecteur buitengewoon bezweet was.

Ongetwijfeld stond Danglard al een tijdje zenuwachtig op hem te wachten. Hijzelf had sinds de scène in de bibliotheek niet meer aan het schilderij gedacht.

'Wanneer is het gearriveerd?'
'Bijna twee uur geleden.'
'Ik was op bezoek bij Lucien Tuilot. Ze doen mee aan het kruiswoordtoernooi, niveau 2.'

Adamsberg opende de kist op enigszins ruwe wijze en begon onder de angstige blik van Danglard met zijn blote handen de houtkrullen weg te halen.

'Beschadig het niet, nondeju. Kijk uit, alstublieft.'

Het was inderdaad het beloofde schilderij. Adamsberg legde het in de onwillekeurig uitgestoken handen van Danglard en glimlachte vanzelf toen hij zag hoe zielsgelukkig de inspecteur leek. Voor het eerst sinds hij hem bij de strijd met het Woeste Leger had betrokken.

'Ik vertrouw hem u toe, Danglard.'

'Nee', riep Danglard onthutst, bijna schreeuwend.

'Jawel. Ik ben een boerenpummel, een man uit de bergen, een luchtfietser, een onbenul zelfs, zei Émeri. En dat klopt. Bewaar hem voor mij, hij zal bij u veel gelukkiger zijn, veel meer in de watten worden gelegd. Hij hoort bij u, kijk, hij is u al in de armen gesprongen.'

Danglard boog zijn hoofd naar het doek, niet in staat te antwoorden, en Adamsberg vermoedde dat hij op het punt stond in huilen uit te barsten. Zo emotioneel was Danglard nu eenmaal, en dat bracht hem soms tot grote hoogten waar Adamsberg geen weet van had, maar kon hem ook aanzetten tot onwaardig gedrag zoals op het station van Cérenay.

Naast dit schilderij – en Adamsberg besefte dat het een cadeau van onschatbare waarde was – nodigde graaf De Valleray hem uit voor zijn huwelijk met mevrouw Léone Marie Pommereau, dat vijf weken later zou plaatsvinden in de kerk van Ordebec. Op het werkrooster aan de muur omcirkelde Adamsberg de huwelijksdatum met een dikke blauwe viltstift en in gedachten gaf hij zijn oude Léo een kus. Hij zou niet vergeten de dokter in 'Huize Fleury' te waarschuwen, maar zelfs als graaf De Valleray zijn invloed aanwendde, was het ondenkbaar dat hij het feest mocht bijwonen van de vrouw die hij er weer bovenop had geholpen. Zo'n absolute macht trof je alleen aan in bolwerken als van de familie Clermont, waar het kleine gaatje dat hij had aangebracht onherroepelijk elke dag weer wat werd dichtgestopt met behulp van talloze schijnheilige handen die de schandelijke daden, geheime verstandhoudingen en kruitsporen uitwisten.

Pas na drie weken en vijf dagen verscheen Hellebaud, de duif, op een ochtend weer op de vensterbank van de keuken. Een hartelijke begroeting en een heel opgewonden bezoekje. De vogel pikte in de handen van Zerk en Adamsberg, liep een paar keer over de tafel heen en weer, en vertelde met veel gekoer wat hij allemaal had meegemaakt. Een uur later ging hij er opnieuw vandoor, nagestaard door de peinzende en lege blikken van Adamsberg en zijn zoon.

Noot van de auteur

Het verhaal over de ontmoeting tussen Gauchelin, de pastoor van Bonneval, en het Woeste Leger, verteld door de twaalfde-eeuwse historicus Ordéric Vital, is genoegzaam bekend, zodat er op internet veelvuldig naar wordt verwezen. De oude teksten die in deze roman worden geciteerd, zijn ontleend aan: Claude Lecouteux, *Fantômes et revenants au Moyen Âge*, Parijs, Éditions Imago, 1986.

Noten

Pagina 16 Cf., van dezelfde auteur, *Vervloekt* (De Geus, Breda 2011).
Pagina 22 Cf., van dezelfde auteur, *De eeuwige jacht* (De Geus, Breda 2009).
Pagina 44 Cf., van dezelfde auteur, *Vervloekt* (De Geus, Breda 2011).
Pagina 70 Cf., van dezelfde auteur, *De eeuwige jacht* (De Geus, Breda 2009).
Pagina 214 Cf., van dezelfde auteur, *Vervloekt* (De Geus, Breda 2011).

Fred Vargas bij De Geus

Uit de dood herrezen
Sophia Siméonidis, een voormalig operazangeres, woont in een rustige Parijse straat. Op een ochtend ziet ze dat er achter in haar tuin een jonge beuk staat. Wie heeft die boom daar geplant? De koude rillingen lopen haar over de rug.

Een beetje meer naar rechts
Louis Kehlweiler hield zich tot voor kort bezig met het ophelderen van moeilijke misdaden. Op een dag vindt hij een verdacht botje onder een boom waar de vorige avond nog een hondendrol lag. Hebben botje en drol iets met elkaar te maken?

Verblijfplaats onbekend
Martha, ex-prostituee, roept de hulp in van Louis Kehlweiler. Ze houdt bij haar thuis Clément verborgen, een simpele jongen die ze nog van vroeger kent en die verdacht wordt van moord op twee vrouwen. Louis moet diens onschuld bewijzen of de echte schuldige zien te vinden.

Maak dat je wegkomt
In Parijs zijn tekenen van een nieuwe pestuitbraak, waarbij enkele doden vallen. Commissaris Adamsberg gelooft echter niet dat de zwarte dood rondwaart en gaat op zoek naar een 'doodgewone' moordenaar die de stad met zijn morbide pestgrap terroriseert.

De man van de blauwe cirkels
Commissaris Adamsberg raakt geïntrigeerd door de blauwe krijtcirkels die her en der in Parijs op straat verschijnen. De tekenaar laat telkens een voorwerp in de cirkel

achter: een leeg blikje, een dode muis. Volgens Adamsberg ademen de cirkels wreedheid uit. Een psychiater bevestigt hem dat de cirkeltekenaar geobsedeerd is door de dood ...

Misdaad in Parijs
Trilogie, bestaand uit *Uit de dood herrezen*, *Een beetje meer naar rechts* en *Verblijfplaats onbekend*.

De terugkeer van Neptunus
Gedurende dertig jaar heeft Adamsberg een dossier samengesteld over een moordenaar, bijgenaamd Neptunus, die hij nooit heeft kunnen ontmaskeren. Nu Adamsberg zelf verdacht wordt van moord is hij vastbesloten zijn plaaggeest definitief te verslaan.

De omgekeerde man
In *De omgekeerde man* reist commissaris Adamsberg af naar de Provence, waar het gerucht gaat dat een boerin gedood is door een weerwolf. Adamsberg is de enige die het weerwolfverhaal niet meteen als massahysterie afdoet.

De eeuwige jacht
In *De eeuwige jacht* krijgt een reeks merkwaardige gebeurtenissen betekenis wanneer Adamsberg in een kostbaar, oud boek het recept aantreft voor het eeuwige leven.

Vervloekt
Bij de ingang van een kerkhof worden zeventien afgesneden voeten gevonden. Enkele dagen later krijgt Adamsberg te maken met een in stukken gezaagd lijk. Om deze twee op het eerste gezicht totaal verschillende zaken op te lossen duikt de commissaris in het verleden van een familie: in hun geschiedenis, omzwervingen en legendes.